그럼에도 우리는
이해하지 못할 것이다

정재훈

1982년 서울에서 태어났다.

2018년 『세계일보』 신춘문예를 통해 문학평론가로 등단했다.

『그럼에도 우리는 이해하지 못할 것이다』『재일코리안 문학과 조국』(공저) 『키워드로 읽는 아프리카 소설 2』(공저)를 썼고, 『'재일'이라는 근거』(다케다 세이지 저, 공역)를 옮겼다.

경희대학교, 광운대학교에서 강의를 하고 있으며, 『뉴 래디컬 리뷰』 편집위원으로 활동하고 있다.

ARCADE 0019 CRITICISM 그럼에도 우리는 이해하지 못할 것이다

1판 1쇄 펴낸날 2023년 9월 20일
지은이 정재훈
디자인 최선영
인쇄인 (주)두경 정지오
펴낸이 채상우
펴낸곳 (주)함께하는출판그룹파란
등록번호 제2015-000068호
등록일자 2015년 9월 15일
주소 (10387) 경기도 고양시 일산서구 중앙로 1455 대우시티프라자 B1 202-1호
전화 031-919-4288
팩스 031-919-4287
모바일팩스 0504-441-3439
이메일 bookparan2015@hanmail.net

ⓒ정재훈, 2023, printed in Seoul, Korea

ISBN 979-11-91897-61-6 03810

값 30,000원

•이 책 내용의 전부 또는 일부를 재사용하려면 반드시 저작권자와 (주)함께하는출판
그룹파란 양측의 동의를 받아야 합니다.
•잘못된 책은 바꾸어 드립니다.
•지은이와의 협의 하에 인지는 생략합니다.
•이 도서는 2023년도 한국문화예술위원회 아르코문학창작기금 발간 지원 사업에 선정
되어 발간되었습니다.

그럼에도 우리는
이해하지 못할 것이다

정재훈

등단을 한 지 오 년 차에 접어들어서 첫 비평집을 내놓게 되었다. 2018년부터 써 왔던 미숙한 글들을 보면서 비평집을 너무 급하게 내는 것은 아닌가 싶다가도 그간 발표했던 것들을 대충 묶어 보니 분량은 꽤 나왔다. 막상 글들을 그렇게 묶고 교정을 해 나가는 것이 쉽지 않았다. 이 '책머리에'를 쓰는 것조차 그간 해 왔던 어느 작업들보다 더 어렵다고 느끼면서 차일피일 미루고 있었다. 마치 편지를 쓰기 전에 상대에게 어떻게 마음을 담아야 하는지 몰라서 썼다 지우기를 반복하는, 백지 앞에서 갈팡질팡하는 마음이었다.

방황하듯 어느 술자리에 늦게까지 앉아서 취기가 서서히 올랐는데, 마침 동갑내기 문우인 김건영 시인에게서 전화가 왔다. 그도 나처럼 취해 있었다. 목소리에 말놀이꾼의 냄새가 잔뜩 배어 있었다. 서로 취기에 이런저런 시답지 않은 얘기를 주고받다가 노래 한 곡 해 보라는 시인의 말에 대뜸 안치환의 「사람이 꽃보다 아름다워」를 불렀다. 나중에는 누가 먼저 시작한 것인지도 모를 정도로 함께 부르다가 다음 만남을 약속하며 통화를 마쳤다. 생각해 보니 그의 시는 술에 취할 때 봐야 가장 시답고 가끔은 아름답게까지 읽힌다는 말을 미처 하지 못했던 것 같다.

"절망과 좌절은 문학적 풍요를 가져온다. 문학의 풍요는 다시 패배와 슬픔을 껴안는다." 그가 『계간 파란』 여름호(2023)의 '이슈' 코너에 서두로 썼던 구절을 이제 와 다시금 곱씹어 본다. 2016년에 결혼을 하고 이듬해 벼락처럼 실직을 당했다. 늦은 나이 탓인지 구직에 연이어 실패하다가 겨우 자리 잡게 된 학습지 방문 교사 일을 하면서 한 달에 손에 쥔 돈이 오십만 원도 채 안 됐다. 코로나가 한창이던 시절에는 아들을 낳았고 비싼 수업료를 들여 가며 지금도 부모 수업을 받는 중이다.

지금까지 살아오면서 풍요와 절망을, 패배와 슬픔을 누구보다 격하게 껴안았다고 생각한다. 하지만 어떤 때는 나 자신의 절망과 좌절이 이기적이고 구차하게 느낄 정도로 누군가의 더 큰 비극과 슬픔을 마주하기도 했었다. 세월호가 그랬고, 코로나도 그랬으며, 최근에 일어난 오송 참사도 그러했다. 문학을 하는 이라면 누군가의 절망에 '가만히' 있지 않아야 한다는 생각도 들지만, 또 한편으로는 문학을 하는 일이 누군가의 슬픔을 뽑아 먹고 사는 것은 아닌지 자괴감도 들었다.

문득 신춘문예 시상식에 낭독할 글을 쓰느라 밤을 샜던 때가 떠올랐다. '촛불'을 목도한 우리는 어떠한 시대적 위기 앞에서도 두려움 없이 맞서려는 용기가 필요해 보였다. 무능한 어른들에 의해 비참하게 생을 달리한 아이들의 죽음이 기름진 피자와 치킨으로 조롱받기도 했었고, 그렇게 무참하게 저급해진 삶의 징후는 곳곳에 있었다. 죽음답지 않은 죽음, 비인간적인 것들의 출몰을 방치하면 더 큰 절망과 패배로 이어질 것 같았다.

불길한 징후에 예민한 자는 어떠해야 하는가. 단상에 올라 낭독을 하면서 '첨병(尖兵)'이라는 말에 힘을 주었던 것이 기억난다. 나는 아직도 여전히 일개의 첨병으로 경계에 서 있다. 먼저 경계에 서서 싸웠던 선배들의 과업을 기억하면서. 오늘과 내일의 경계, 그리고 작품과 시대의 경계에서 마주하게 될 절망과 슬픔이 언젠가 죄책감 뒤섞인 풍요로 이어진다고 할지라도 버텨야만 할 것 같다. 앞장서서 전쟁을 이끄는 것이 아니라 얼굴에 흙먼지를 잔뜩 뒤집어쓰고 포복하여 조금씩 앞으로 나아갈 수만 있어도 족했다. 그렇게 나는 아직 살아남아 임무를 수행하는 중이다.

'왜 문학을 하게 되었는가'라는 식의 질문을 받을 때마다 떠오르는 얼굴이 하나 있다. 지금까지 누구에게도 말한 적이 없던 얼굴이다. 대학 새내기 시절에 뭣도 모르고 문학을 꿈꾼다며 발을 내민 독서 토론 동아리에서 만난 예비역 선배였다. 다른 복학생 선배들과는 달리 유난히 하얀 얼굴의 그는 토론에서도 권위적이었다. 관망을 하다가 마침내 내뱉어진 말 앞에서 토론의 열기는 차갑게 식어 버렸다. 작품들은 보잘것없는 수준으로까지 해체되었다. 아마 그는 지금도 나를 가장 반항적이고 예의 없던 후배로 기억하고 있을지도 모르겠다. 어쨌든 만약 지금까지 살아오면서 그와 똑같은 얼굴을 한 번 더 만났다면, 나는 결코 문학을 하지 않았을 것이다.

누구에게도 말하지 못한 얼굴이 하나 더 있다. 서울에 살았을 때

집주인이 새로 바뀌자 우리 가족은 쫓겨났고 성남으로 이사를 와야만 했었다. 부모님은 큰 빚을 갚기 위해 지하에서 생활을 해야 한다고 하셨다. 너무나도 싫었다. 그곳에 빛은 없었다. 아침에도 불을 켜지 않으면 밤의 연속이었다. 사춘기의 반항심이 하늘 끝까지 올라갔던 시절이었다. 그러다 어느 날, 어머니가 찹쌀떡을 건네주셨다. 가게를 보시다가 내 또래로 보이는 여학생이 들어와 사 달라기에 선뜻 사 주었다고 하셨다. 가정 형편이 어려워서 떡을 팔러 다닌다는 말의 진위를 따지기도 전에 나는 그날 하얀 찹쌀떡을 한입 베어 물고 서럽게 울었다.

지금 이 순간에도 여러 얼굴들이 떠오른다. 절망과 슬픔을 주는 얼굴, 그리고 풍요로움을 선사하는 얼굴들이 있다. 누군가의 작품을 읽을 때도 마찬가지였다. 글을 읽는 것이 아니라 글에 깃든 얼굴을 보고 목소리를 듣고자 하는 마음이었다. 작품은 이미 그것들을 구조화한 것이다. 그것에 깃든 얼굴과 목소리, 그 외의 모든 것들에 대해 공감하려 하지 않는다면 독자로서의 책무를 버리는 것과 마찬가지이다. 단편적인 시각으로만 몇 가지를 들면서 함부로 작품을 해체하려 한다면, 그것은 작품에 깃든 얼굴과 목소리들을 지워 버리는 꼴이다. 9할을 견디는 1할의 각오로 쓴 작품들이기에 나 또한 그만한 각오를 해야만 했다.

미미하게 보이는 1할일지라도 9할의 무게를 견디며 나온 것이라면 단단할 수밖에 없을 테다. 굳은살처럼 투박하게 보여도 상관없다. 포복하며 나아가듯이 썼던 기록이라고 해 두자. 범박하게 말하자면 이 책의 제1부는 편지로 시작한다. 비평이란 무엇이며 우리가 우리의 길을 가기 위해서 어떻게 해야 할지에 대해 고민한 부분이다. 제2부는 예전 코로나 시국과 지금의 엔데믹 상황에서 기억의 윤리는 왜 필요한 것이며 시적인 힘은 무엇인지를 거칠게나마 썼다. 제3부는 시집 해설을, 제4부는 시들에 대한 리뷰를 실었다. 모르는 자의 표정으로 지나왔던 길이기에 다시금 찾아간들 역시나 모르는 자의 표정을 지을 수밖에 없을 것 같다. 다만 작품을 따라가 보겠다는 각오만이, 그때의 전율만은 어렴풋이 남아 있을 뿐이다.

고마운 얼굴들이 많다. 이 책에 실린 글들의 첫 번째 독자였던 아내 수옥에게 제일 먼저 고맙다는 말을 하고 싶다. 그리고 이제는 엄마가 원고를 읽으면 자기도 읽어 보겠다고 덤비는 아들 태경이 언젠가 이 책을 진지한 독자로서 봐 주었으면 좋겠다. 풍요롭진 않았지만 인간답게 사는 것이란 무엇인지 지금도 몸소 보여 주고 계시는 부모님, 또 나보다 더 열심히 가장으로 살아가는 두 동생들에게 존경을 표한다.

미숙한 원고를 마치 자신의 글처럼 읽어 주고 쓴소리도 아끼지 않았던 형철 형에게 감사하다. 집필하신 소중한 책들을 손수 내게 건네시면서 문학을 향한 열정을 보여 주시고 따뜻한 격려를 아끼지 않으셨던 이숭원 선생님, 그리고 형철 형과 함께 만나 지금까지 연을 이어 오면서 하나하나 챙겨 주신 장석원 선생님, 든든한 우군인 승원 선배, 은영 선배, 학중 형, 효선 누나, 그리고 경희대 서하진 선생님, 홍용희 선생님, 고인환 선생님, 이성천 선생님, 오태호 선생님께도 감사와 존경을 표한다.

누구보다 바쁘신 와중에도 부족한 원고를 하나하나 살펴봐 주시고 이래저래 일들을 핑계로 차일피일 교정 작업을 미루었던 궁색한 처지를 너그러이 기다려 주신 파란 출판사의 채상우 선생님께도 감사드린다. 올해 한국문화예술위원회 발간 사업에 선정된 것으로 그동안의 기다림과 노고를 조금은 풀어 드리고 싶다.

스무 살부터 만나 여전히 문학의 열기를 함께 나누고 있는 동기 화영과 기용에게 고맙다. 등단을 하고 문우가 된 건영, 우신 시인에게도 감사하다. 고등학생 시절에 만나 지금은 문학과는 전혀 다른 일을 하고 있지만, 글을 쓰고 소위 배운 사람이 어떻게 세상을 바라봐야 하는지 또 자신이 읽은 책의 내용을 삶에 이입시키며 나보다 더 분투하는 친구 신영에게 이 책을 바친다. 하나하나 감사함을 표할 분들이 많다. 나중에 기회가 되면 그때마다 인사를 드리고자 한다.

비평집의 마지막 글 제목을 '운명에 걸 판돈은 아직 남았다'라고 했다. 9할의 실패를 겪고 마지막 1할을 갈망하며 던졌던 주사위의 지난 궤적이 희미하게 떠오르기도 한다. "익숙했던 것들의 죽음과 낯선 것들의 탄생을 기도(企圖/祈禱)하려는 자의 운명"이 꼭 시인만의 것은 아니라고 생각한다. 바람 앞에 거칠게 흔들리는 깃발, 이미 던져진 주사위처럼 지금도 하루하루가 절망의 9할과 희망의 1할을 오간다. 아직 살아 있기에 이 판을 무작정 털고 일어날 수도 없다. 그래서 오늘도 나는 "낯설고 차가운 이국에서 자신의 운을 시험해야 했을 망명자처럼 운명을 향해" 몸을 숙인다. 최대한 낮은 자세로, 가장 낮은 곳에 있는 이들을 향해.

2023년 8월
정재훈

차례

제2부

제4부

제1부

'문' 앞에서 쓴, 당신께 보내는 편지

독서하다. 사랑하다. 사고하다.
독서의 기쁨은 사랑의 기쁨과 마찬가지로
타인의 사고와의 만남이라는 경험에서 오는데,
거기에는 일체의 경쟁 관계나 정신의 기능을 종속시킬
일체의 의도가 배제되어 있다.[1]

친애하는 당신께

이 글은 편지글의 형식을 취합니다. 수신인은 언젠가 제 글을 읽게 될 당신이겠지요. 디지털 시대의 매체와 '읽는 뇌'의 상관관계를 다룬 『다시, 책으로』의 저자 매리언 울프는 편지글의 형식에 대해 이렇게 말한 바 있습니다. "편지는 뇌를 일시 정지 상태로 이끕니다. 그 상태에서 우리는 함께 생각해 볼 수 있지요. (중략) 편지는 아무리 다급한 내용을 담고 있어도 표현하기 힘든 가벼움과 연결성이 내포되어, 쓴 사람과 읽는 사람 사이의 진정한 대화를 위한 기초가 되어 줍니다."[2] 일전에 '종이책의 현재와 미래, 종이책을 대신할 다양한 문학의 소통 방식'이라는 주제로 글을 쓰면서 편지 쓰는 식으로 하면 어떨까라는 생각이 들었습니다. 왜냐하면 저에게는 이 주제가

---

1 파스칼 키냐르, 『은밀한 생』, 송의경 역, 문학과지성사, 2001, p.423.
2 매리언 울프, 『다시, 책으로』, 전병근 역, 어크로스, 2019, pp.32-33.

섣불리 단언하기 힘든 문제였기 때문입니다. 무언가의 '현재'와 '미래'를 진단한다는 일이 마치 여러 갈래로 뻗은 길이나 거대한 문 앞에 서는 느낌 같아서였을지도 모르겠습니다. 그래서 저는 이 글이 그저 "똑똑, 문을 두드리고 다른 세계로의 진입을 간청하는 일"[3]과도 같았으면 좋겠다고 생각했습니다.

'종이책의 현재와 미래' 그리고 '종이책을 대신할 다양한 문학의 소통'이라는 주제는 이미 오래전부터 나온 것이었습니다. 이전에 혹자들은 기술이 발달함에 따라 전자책, 스마트폰 등의 디지털 읽기 방식이 종이책의 위기를 가져올 것이라고 진단하기도 했었지요. 시대는 계속해서 기술적으로 진보하였고, 우리는 자연스레 디지털 읽기 방식에 익숙해졌습니다. 덩달아 이러한 방식에 대해 우호적인 입장들이 속속 나왔지만, 그럼에도 아직까지는 종이책 읽기 방식이 더 낫다는 입장도 여전히 남아 있습니다. 저는 평소에도 디지털 읽기 방식이 무조건 나쁘다고 보지는 않았습니다. 그렇기 때문에 '종이책을 대신할 다양한 문학의 소통'에 대해서도 제 일상을 되돌아보고 몇 가지 사례를 찾는 것쯤은 어려운 일이 아니었습니다. 대표적인 예로 '유튜브와 책'이라는 콘텐츠('겨울서점')로 왕성히 활동하고 있는 김겨울과 젊은 세대들의 음악적 코드에 시를 접목시켜서 이를 공연하는 '트루베르(trouvere)'라는 밴드의 경우를 들고자 합니다.

김겨울이 운영하는 유튜브 채널 '겨울서점'은 제가 구독할 당시에는 구독자가 약 2만여 명이었으나, 이제는 그 수가 11만 명을 넘어섰습니다. 어느덧 김겨울은 '북튜버'라는 생소한 직업(?)의 대명사가 되었고, 현재는 독서와 관련된 강연 등 다양한 활동을 이어 나가

---

3 장혜령, 『사랑의 잔상들』, 문학동네, 2018, p.62.

고 있습니다. 문학, 비문학 가리지 않고 여러 책을 소개하고 있습니다만, 어찌 됐든 유튜브라는 디지털 매체를 통해 책을 소개한다는 점에서는 가히 독보적이라 볼 수 있겠지요. 그리고 '트루베르'도 이들의 공연을 유튜브로 즐길 수 있다는 점에서는 김겨울의 경우와 비슷합니다. 젊은 세대들에게는 딱딱하고 지루하게 느껴질 수 있을 법한 시를 장르음악의 친숙한 멜로디로 공연하고 있다는 점과 나름의 팬층을 형성했다는 점은 문학의 새로운 소통 방식으로서 주목할 부분이 있다고 봅니다. 그런데 제가 제시한 이런 사례들은 결국 책으로 귀결되거나 책으로부터 나온 것입니다. 다시 말하자면 새로운 방식이 등장했다고 해서 이전의 것(책)이 완전히 사라진 것은 아니라는 점입니다.

그렇기에 역으로 디지털 영역에서 아날로그인 책의 영역으로 건너온 예도 있습니다. 제가 어느 문예지의 기획을 통해 다룬 김동식의 『회색 인간』이 그것입니다. 온라인 게시판에 올린 자신의 글들(손바닥소설에 가까운 글들)을 '책'으로 묶어 출판 시장에 내놓았던 것이지요. 김동식은 우리가 흔히 말하는 '등단'이라는 제도로 데뷔한 이도 아니고 또 그의 작품이 우리가 흔히 범주화하는 어떠한 '문학'에 속한 것은 아니지만, 제가 그때 당시 주목하고자 했던 것은 그의 색다른 문제의식이 기존의 소설들과 뚜렷하게 선을 긋고 있었기 때문입니다. 상세한 내용을 굳이 서술할 필요는 없겠지만 어쨌든 제가 김동식의 사례를 드는 이유는 어쩌면 우리가 성급하게 책의 소멸을 말해 오지 않았나 하는 것입니다. 여전히 책은 지금까지도 자신의 자리를 디지털 매체에 쉽게 내어 주지 않고 있으며, 김동식의 경우처럼 오히려 정반대의 경우가 생겨나기도 하니까요.

낭시가 쓴 『사유의 거래에 대하여』[4]라는 책에는 "책과 서점에 대한 단상"이라는 부제가 달려 있습니다. 이 책은 낭시가 프랑스 동부 스트라스부르에 위치한 '케 데 브륌'이라는 서점의 제안을 받아 쓴 글에서부터 나와서 결국 한 권의 책으로 출간된 것입니다. 원래 개점 20주년을 맞아 단골 고객에게 감사의 일환으로 기획된 짧은 글이었지요. 여기서 언급된 '서점'이라는 공간과 '책'이 지닌 의미는 낭시의 문체를 빌려서 신비로운 분위기를 자아내고 있습니다. 우리 주변에도 이와 비슷한 곳이 있지요. 바로 독립서점이 그것입니다. 낭시가 회상하는 서점의 분위기와 가장 닮아 있는 곳이라 할 수 있겠지요. 사람들이 "수직 상하 관계인 전통적인 커뮤니티를 벗어나 자유로운 네트워킹을 할 수 있는 독립서점을 중심으로 관심사, 취향 등을 기반으로 한 정서적 공감"[5]을 나눌 수 있다는 것은 아날로그적인 책이 지닌 힘이 여전히 사라지지 않았음을 증명합니다.

*

공감을 위한 장소의 등장은 대형 서점에서 벌어지는 소비만으로는 충족되지 못하는 이른바 '(공감을 위한) 소통을 갈구하는 마음'과 관련이 있어 보입니다. 독립서점은 그 마음들을 위해 마련된 장소라 할 수 있겠지요. 이러한 점에서 책은 지금도 끊임없이 우리의 소통 매개체로써 그 역할을 발휘하는 듯합니다. 앞서 소개한 낭시의 에세

---

4 장-뤽 낭시, 『사유의 거래에 대하여』, 이선희 역, 길, 2016.
5 구선아·장원호, 「독립서점의 커뮤니티 유형에 관한 연구—서울 독립서점을 중심으로」, 『인문콘텐츠』 52호, 인문콘텐츠학회, 2018, p.112.

이 내용을 보면, "책이 거래되는 서점은 사유를 통해 또 다른 관계가 맺어지는 장"이고 여기서 벌어지는 "독서는 열림과 닫힘 사이에서 무한히, 다양한 방식으로 되풀이되는 '접촉'이자 '참여'"[6]인 것입니다. 그렇다면 액정 화면의 디지털 소통 방식이 우리의 일상을 지배하고 있는 상황에서 왜 우리는 저 화면이 아니라, 아날로그 방식의 책을 여전히 손에서 놓지 못하고 또 왜 독립서점과 같은 관계의 장을 그토록 원하는 것일까요?

그전에 먼저 짚고 넘어가야 할 부분이 있습니다. 그것은 바로 독립서점에서 벌어지는 "자유로운 네트워킹"입니다. 인용한 것이지만 이 "네트워킹"이라는 말은 우리가 흔히 말하는 인터넷을 가리키는 것이 아닙니다. 이것은 '인격의 관계망'입니다. 실제 대다수의 독립서점들이 위치한 곳이 주로 대로가 아니라, 이면 도로에 위치해 있으며 인근에 거주하는 주민들과의 커뮤니티를 형성한다는 점에서 그렇습니다. 이는 디지털 문자, SNS로 대변되는 소통 방식에서 벗어나 직접 그곳을 찾아가 소통하고자 하는 아날로그 방식이지요. 그 대상은 당연히 '나'와 같은 '인간'입니다. 독립서점을 찾는 이들은 소비 이전에 이렇게 관계를 더 원하기 때문에 대형 서점을 이용하는 이들과는 다른 가치 기준을 가지고 있다고 볼 수 있습니다.

요즘 대형 서점에서 흔히 볼 수 있는 검색대, 아니면 온라인 도서 구매 사이트처럼 어느덧 우리와 책 사이에 알게 모르게 디지털적인 측면이 자리 잡게 되었다는 점은 누구도 부정하지 못할 것입니다. 아날로그 방식이 점차 디지털 방식으로 대체되는 현상은 이미 오래전에 진행되었으니까요. 우리 주변의 "디지털 문자는 '비질료성' 혹

6 장-뤽 낭시, 『사유의 거래에 대하여』, p.70.

은 전자 에너지에 힘입은 유동적 문자"라고 할 수 있습니다. 그리고 이것은 어떠한 "깊이도 배경도 잠복처도 없이 오로지 깜빡거리는 표면만 있을 뿐"입니다. 디지털 신호들은 도시 곳곳에 배치되고, 이것들은 마치 "이미지의 홍수와 정보의 강"처럼 합쳐져 우리 일상 곳곳에 흐르고 있습니다.[7] 환한 전광판으로 밤을 잃은 대도시의 야경을 내려다본다고 한번 떠올려 보십시오. 그것을 가만히 바라보면 인위적인 빛들이 일정한 규칙에 따라 움직이고 있다는 것을 알게 되실 겁니다. 이렇듯 디지털 신호는 오로지 지정된 회선을 따라 규칙적인 명멸을 무한히 반복할 따름입니다.

사람이 죽었는데 사람을 사랑해도 될까. 밤을 두드린다. 나무 문이 삐걱댔다. 문을 열면 아무도 없다. 가축을 깨무는 이빨을 자판처럼 박으며 나는 쓰고 있었다. 먹고사는 것에 대해 이 장례가 끝나면 해야 할 일들에 대해 뼛가루를 빗자루로 쓸고 있는데 내가 거기서 나왔는데 식도에 호스를 꽂지 않아 사람이 죽었는데 너와 마주 앉아 밥을 먹어도 될까. 사람은 껍질이 되었다. 헝겊이 되었다. 연기가 되었다. 비명이 되었다 다시 사람이 되는 비극. 다시 사람이 되는 것. 다시 사람이어도 될까. 사람이 죽었는데 사람을 생각하지 않아도 될까. 케이크에 초를 꽂아도 될까. 너를 사랑해도 될까. 외로워서 못 살겠다 말하던 그 사람이 죽었는데 안 울어도 될까. 상복을 입고 너의 침대에 엎드려 있을 때 밤을 두드리는 건 내 손톱을 먹고 자란 짐승. 사람이 죽었는데 변기에 앉고 방을 닦으면서 다시 사람이 될까 무서워. 그런 고백을 해도 될까. 사람이 죽었는데 계속 사람이어도 될까. 사람이 어떻게 그럴 수 있어?

7 알라이다 아스만, 『기억의 공간』, 변학수·채연숙 역, 그린비, 2011, p.287.

라고 묻는 사람이어도 될까. 사람이 죽었는데 사람을 사랑해도 될까.

나무 문을 두드리는 울음을 모른 척해도 될까.

—손미, 「사람을 사랑해도 될까」 전문

디지털 방식이 지배적인 곳에서는 '사라지는 것'에 대해 일말의 관심조차 없으며, 그렇기에 공감이라는 정동 또한 발생하지 않습니다. 사라진 것의 자리에는 그저 그와 똑같은 것이 새롭게 대체되면 그만입니다. 언제든 무엇으로도 대체가 가능한 시스템은 마치 정교한 회로처럼 구성된 신자유주의를 연상케 합니다. 이제는 이것이 기어코 사람의 생명에까지 영향력을 끼치려 합니다. 우리는 이러한 생명의 가치가 비참할 정도로 훼손당했던 일들을 목격한 바 있었습니다. 2014년에 벌어진 '세월호'가 그러했지요. 위 시는 '죽음'이라는 존재적 사건을 향한 자기반성이란 무엇인지 깊이 생각하게 합니다. 화자를 머뭇거리게 하는 질문들이 우리에게도 사유하라고 계속해서 다그치는 것 같습니다. 죽음이 화자 앞에서 '살아 있는 얼굴'을 한 채로 수시로 출몰하고, 그렇게 "사람이 죽었는데 사람을 생각하지 않아도 될까"라는 윤리적인 질문으로써 위 시는 우리에게 '인간다움'이란 무엇인지 묻고 있습니다.

윤리적인 물음은 쉽게 답할 수 없는 것이기도 합니다. 눈앞에 벌어진 사태를 바라보며 간단명료하게 해결책을 제시하려는 태도야말로 디지털의 가장 보편적인 방식과 닮았다고 할 수 있습니다. 여기에는 오류나 끊김(흔히 버퍼링이라고 하지요)은 그저 시급히 제거해야 할 문제에 불과하지요. 반면에 위 시의 화자는 끊김이 포함된 불연속적인 질문들 사이로 계속해서 맴돌고 있다는 점에서 디지털의 방식을 거스르고 있습니다. 혼선을 보이기도 하고 쉽게 답하지 못하면서 맴도는 시는 곧 아날로그 방식에 가깝다고 볼 수 있겠습니다. 저도 가끔씩 '사람'과 '사랑'을 잘못 읽을 때가 있습니다. 위 시를 읽을 때도 그랬던 것 같습니다. 사랑과 사람의 교착, 그에 따라 발생하는 혼선은 인간의 연약한 지점이 마침내 드러난 사건입니다.

*

손미의 시에서는 이렇듯 끊임없이 출몰하는 질문들이 있었습니다. 자문으로 떠도는(하지만 '자답'은 없는) 내면의 혼선은 오직 밤에만 이뤄집니다. 시인의 시를 절대적으로 지배하고 있는 것은 어떠한 답도 들리지 않는 저 깊은 정적입니다. 시의 화자(시인 자신일 수도 있지요)가 답을 찾지 못한 채 머뭇거리는 순간이 밤이라는 점은 의미심장해 보입니다. 휘황찬란한 빛에 의지한 채 바라보는 세계가 아니라, 무엇도 확답할 수 없는 순간이 밤이라는 시간에 의해 더 극대화되었을 때, 우리는 비로소 또 다른 지점을 마주할 것이기에 그렇습니다. 그런데 한편으로 보면 본래 밤은 우리에게 그리 많은 것을 허락하지 않았습니다. 지금의 우리는 문명의 이기에 의지한 채로 우리 스스로 어찌할 수 없는 것(밤의 시간)이 있다는 사실을 망각하고 있었는지도 모르지요.

'쉽게 허락되지 않는 것'을 안다는 것도 한계를 마주했다는 의미이며, 이를 극복하기 위한 노력으로 이어질 수 있습니다. 물론 그 노력의 결과가 성공이냐 아니면 실패냐라는 식으로 도출되는 것은 아닙니다. 결과 자체가 딱히 중요한 것도 아닙니다. 여기서의 노력이라는 것은 무모한 부딪침에 가깝습니다. 앞서 인용한 손미의 시구절을 또 갖고 온다면, 노력은 "밤을 두드린다"는 행위와도 같은 것입니다. 쉽게 답할 수 없는 질문들을 품은 채 행하는 이 최소한의 노력은 인간이라면 누구든지 시도할 수 있습니다. 온기를 지닌 손으로 글을 쓰고, 또 누군가의 글을 통해 그 사람에게 다가가려는 마음과 그에 따라 추동되는 이후의 행위야말로 '인간다움'이라 할 수 있겠습니다. 그런데 이것을 실천해 나가는 과정은 필연적으로 혼선이 발생할 수밖에 없습니다.

읽는다, 자꾸, 문장을, 거꾸로
시간 같다, 어떤 문장은

되뇌었다, 여러 번, 잠들 때까지, 일어나자마자
잠들 때까지.

당도할 때마다, 문장 끝자락에,
부딪쳤다, 닿을 때마다
다시 첫 단어, 부딪쳤다, 셀 수 없이, 마주한, 그 시간의,
아니, 그 문장의.

감겨 온다, 눈이

사라 지는 문 장

왔고, 아침이

시작된다, 다시, 네가

동일하게 작문되는, 또 하루

끝없는.
—이훤,「문장, 읽히는, 거꾸로」전문

여기 또 다른 밤이 있습니다. 그리고 마찬가지로 혼선이 발생하고 있지요. 시에 펼쳐진 문장들이 문법에 맞지 않는 오류로만 가득해 보이시겠지만, 오히려 이것은 시인이기에 가능한 독법입니다. 먼저 시인이 문장을 읽는 시간은 밤입니다. 밤은 화자(시인 자신일 수도 있지요)가 무엇도 확신할 수 없게 만듭니다. 게다가 화자에게 강력한 힘을 가함으로써 자신의 존재감을 드러내지요. 시의 화자는 이 힘을 "잠"이라는 형태로 느낍니다. 이것은 불가항력에 가깝습니다. 화자는 그렇게 해석의 불일치, 의미의 지연 등 문법 밖의 영역으로 내몰립니다. 시인이 시도하려는 또 다른 독법의 방식 또한 쉽지 않은 것은 마찬가지입니다. "끝내 이해 못한 문장처럼 어떤 눈빛은/난해하"기만 하지요(「속독」).

"문장"과 "눈빛"의 교착은 시인에게 혼선을 유발합니다. 시인도 제가 그랬던 것처럼 "문장"과 "눈빛"을 잘못 읽었던 경험이 있지는 않았을까요. 다만 시인의 독법은 저와는 다르게 거의 분투에 가까울 정도로 보입니다. 자신을 둘러싼 세계('너'로 대변되는 세상)를 읽고, ('너'를) 받아쓰려는 시인의 분투는 "아침"이 와도 반복됩니다. "동일하게 작문되는" 한낮은 시인이 비로소 무언가 쓸 수 있는 여력을 추스르는 때이지만, 다시 밤이 오면 시인은 "문장"과 "눈빛" 사이에서 여지없이 혼선을 겪겠지요. 우리의 삶도 수많은 눈빛과 숱한 문장들로 채워져 있는 것은 아닐까요. 누군가의 삶을 문장으로 읽어 내려는 시인의 노력은 끊임없는 오류와 시행착오 속에서 무한히 반복될 것입니다. 이렇게 "끝없는" 읽기와 쓰기를 반복할 수 있게 하는 동력은 결국 누군가의 삶에 가까이 다가가고자 하는 마음에서 나옵니다.

그럼 시인만 그럴까요? 독립서점을 찾아가는 누군가의 발걸음도 시인과 동등한 마음에서 시작됩니다. 그곳은 오로지 '책 읽기'만을 위한 장소가 아닙니다. 거기서 벌어지는 말들의 부딪힘, 사유의 접촉은 조용하면서도 격렬한 '사건'이 되기도 합니다. 독립서점은 그곳을 찾는 이들이 무언가 다름을 확인할 수 있게 하는, 그야말로 낯선 공간입니다. 낭시는 책 읽기가 "때로 우리가 행동이라고 부르는 것, 때로 경험이라고 부르는 것, 읽어 내기 어려운 현실 세계와 몸을 비비며 접촉하는 것"[8]이라고 말했습니다. 행동과 경험 그리고 읽어 내기 어려운 현실과의 접촉은 우리가 아직 살아 있음을 확인하게 합니다. 시인이 마주한 누군가의 눈빛도 그렇고, 독립서점을 찾아 길을 걷는 누군가의 발걸음도 마찬가지입니다. 거기서 오는 접촉은 미세한 열, 다름 아닌 삶의 온기를 느끼게 해 줍니다. 손과 손, 손과 책, 손과 낱장의 종이에서 발생하는 마찰열. 저마다의 온기를 '마음'의 자격으로 나누려는 데에서 오는 연대감. 저는 이것이 '인간다움'이라 말하고 싶습니다.

*

저는 전자패드로 글을 읽는 것이 힘듭니다. 스크롤을 무심코 내

---

8 장-뤽 낭시, 『사유의 거래에 대하여』, p.57.

렸다가 올리기도 하면서 책갈피라는 깃을 몇 번을 넘겨 보지만 실제 책장을 넘기는 것 같은 기분은 도무지 느끼지 못합니다. 그리고 어떤 책을 읽어도 제 손이 느끼는 무게감은 오로지 전자 기기의 무게라는 점에서 항상 똑같습니다. 두꺼운 책을 다운받아서 보아도 그 묵직함을 경험하기가 어렵지요. 그렇다고 책의 가치가 꼭 무게에만 있다는 말은 아닙니다. 어느 시집의 해설을 쓸 때 이런 대목을 썼던 적이 있습니다. '얇은 시집이라고 해서 그 한 권의 무게가 결코 가벼운 것은 아니다'라는 말이었던 것 같습니다. 책은 손에서 느끼는 무게감, 감촉만으로도 우리에게 특별한 느낌을 줍니다. 촉감만은 아닐 것입니다. 앞서 소개한 김겨울의 저서 『독서의 기쁨』에서는 책 냄새에 관한 내용이 있습니다. 그 대목을 갖고 와 보겠습니다.

책에 관련된 가장 좋은 냄새는—동의하지 않는 사람도 있겠지만—책 냄새일 테다. 가끔 책에 코를 박고 향을 맡아 본다. 요새 나오는 책에서는 냄새가 별로 나지 않지만 여전히 나에게 책 냄새는 마음의 고향과도 같다. (중략) 우리 모두 알지 않는가. 책 냄새를 맡았을 때 곧바로 연상되는 분위기, 책의 신비로움, 책만이 가지는 따뜻함이 책 냄새를 사랑하게 만든다는 것을. 책 냄새는 단순히 책 한 권의 냄새로 남지 않는다. 책을 꽂은 책장과 그 책장의 주인, 책에 들어간 사람들의 정성과 시간, 이 책을 읽었을 사람들과 읽을 사람들, 지금 책에 코를 박고 있는 것이 허락된 환경 모두가 책 냄새를 책 냄새로 만든다. 우리가 책이라는 존재를 통해 공유하고 있는 세계가 이 냄새에 남아 있는 것만 같다. 책에 기록된 글자는 모두 다를지라도 우리에게는 약속된 향이 있다.[9]

"우리 모두 알지 않는가"라는 확신은 바로 우리 모두의 공통된 감각(후각을 비롯한 다양한 감각)에서 나온 것입니다. 책 냄새는 후각의 영역에만 머물지 않으며, 책을 집어 든 '나'를 넘어 타자들을 떠올리게 합니다. 책을 통한 "세계"의 열림은 독자에게 '기쁨'으로 이어집니다(그래서 김겨울이 자신의 첫 책의 이름을 "독서의 기쁨"이라고 하지 않았을까 생각합니다). 또한 파스칼 키냐르가 쓴 『은밀한 생』에서 "독서하다. 사랑하다. 사고하다."라는 일련의 행위들이 동일한 의미로 묶일 수 있었던 데에는 바로 이 '기쁨'이 자리 잡고 있기 때문입니다. 여기에는 "일체의 경쟁 관계나 정신의 기능을 종속시킬" 그 어떠한 "의도가 배제되어 있"는 우호적인 제스처가 담겨 있습니다. "우리에게는 약속된 향이 있다"라는 김겨울의 전언은 매력적인 사유의 향기를 가리키는 것이며, 지금 우리가 희미하게 지니고 있을 인간다운 냄새가 아닐까요.

자, 이제는 서두에 언급한 『다시, 책으로』의 내용을 꺼내 보려 합니다. 앞서 소개한 이들의 신비로움과는 다른 관점, 즉 책에 관한 과학적인 견해도 살펴볼 만한 가치가 충분히 있으니까요. 매리언 울프는 자신의 책에서 디지털 시대의 읽기에 관한 문제 등을 다루었습니다. 현재 그녀는 인지신경학자로서 '읽는 뇌' 분야에서는 세계적인 연구자이기도 합니다. 그녀는 다양한 연구 사례를 제시하며 읽기의 중요성을 강조하고 있습니다. 과학적인 사실들을 무미건조하게 제시하지 않고, 독자들에게 친절히 말을 건네면서 이를 공감하도록 유도한다는 점이 이 책이 지닌 매력이라고 생각합니다. 그녀는 미국의 소설가 메릴린 로빈슨을 언급하면서 "책이야말로 많은 사람이 은연중에 품게 되는 공포와 선입견의 해독제로 작용하고 타인의 관점을

---

9 김겨울, 『독서의 기쁨』, 초록비책공방, 2018, pp.184-185.

이해하도록 돕는 힘"[10]이 있다고 지적합니다. 그녀가 봤을 때 이 힘은 그저 신비로운 영역에만 있는 것이 아닙니다.

이어서 그녀는 「제인 오스틴을 읽을 때 당신의 뇌(Your brain on Jane Austen)」라는 논문을 소개합니다. 내용을 그대로 옮기면 이렇습니다. "이 논문에는 18세기 영문학을 연구하는 나탈리 필립스가 스탠퍼드 대학교의 신경과학자들과 팀을 이루어 우리가 상이한 방식으로 소설을 읽을 경우 어떤 일이 일어나는지, 즉 '주의를 집중'하느냐 마느냐에 따라 어떤 차이가 나는지를 조사한 결과가 나옵니다. 필립스와 동료들은 연구를 통해 우리가 소설 한 편을 '집중해서' 읽을 때는 등장인물들의 느낌과 행동에 관련된 뇌 영역이 활성화된다는 사실을 발견했습니다. 문학을 전공하는 스탠퍼드 대학원생들을 상대로 실험한 결과였지요."[11] 또한 그녀는 인지과학자 키스 오틀리의 연구(소설을 읽는 것이 인지 과정에 매우 밀접한 연관이 있음을 밝히고자 한 연구)를 통해 "우리가 소설을 읽는 동안, 타인의 관점을 취해 보는 과정과 소설 내용(인생의 거대한 감정과 갈등이 주기적으로 전개되는 공간) 자체가 공감에 기여할 뿐만 아니라 '도덕 실험실'(사회과학자 프랭크 해크멀더가 만든 명칭입니다)의 역할까지 한다는 것"[12]을 강조하고 있습니다.

이렇듯 신비로움과 과학적인 영역의 교착 지점에는 공감이 자리 잡고 있습니다. 저는 왜 책이 우리에게 필요한지 다시금 생각해 봤습니다. 제 생각이 시대에 뒤떨어지는 것처럼 보일 수도 있습니다. 기술의 발전에 따른 매체의 진화는 계속되겠지요. 하지만 기술의 발

---

10 매리언 울프, 『다시, 책으로』, p.85.
11 매리언 울프, 『다시, 책으로』, pp.90-91.
12 매리언 울프, 『다시, 책으로』, p.92.

전이 인간에게 편리하고 유익한 것만을 가져다주는 것은 아닙니다. 아직까지 독자들은 전자책보다 종이책을 선호하고 있고, 그렇게 책을 구매하고, 그것을 읽는 일련의 행위에 담긴 의미를 중요하게 생각하는 듯합니다. 전자책의 가능성을 폄하하려는 것은 아닙니다. 다만 우리 곁에 있는 책을 가볍게 여기지 않았으면 합니다. 제가 이 글을 쓰는 순간에도 누군가는 책을 읽고, 또 독립서점을 찾기도 하겠지요. 거기에 드는 시간과 비용 그리고 독자의 기쁨, 또 무한한 상상력은 오직 책으로만 가능합니다. 디지털의 방식은 너무나 손쉽게 구매와 삭제를 오갑니다. 그러니 독자들이 스스로를 독려하고, 그렇게 자발적으로 짊어지려는 부담감(책임감)은 발생하지 않습니다. 이러한 방식은 앞으로도 공감이나 기쁨이 무엇인지 이해하지 못할 것입니다.

*

똑똑.

저는 다시 두드려 봅니다. 하지만 눈앞의 문은 미동조차 없이 조용하기만 합니다. 어느 시인의 서평을 쓰면서 제목을 "이 글은 반드시 실패로 끝난다"라고 한 적이 있었습니다. 당돌하게 여기실지 모르겠지만, 당시에는 그 굳게 닫힌 문(間/門/文)이 제 눈앞에 있었다는 것만큼은 분명하게 말씀드리고 싶군요. 그런데 지금 제 앞에 있는 문도 그때의 문과 똑같이 생겼습니다. 저는 또 문 앞에서 한없이 기다려야 할 것입니다. 그때 제목으로 달았던 '실패'라는 단어는 패배감에서 나온 것이 아니었습니다. 문학은, 혹은 책은, 아니면 제 곁의 누군가는 '문' 그 자체였으니까요. 저는 아직까지도 그것(들)에 대해 쉽게 단정할 수가 없으며, 그렇기에 '이해'라는 말도 함부로 꺼내지 못합니다. 저에게 '실패'란, 패배를 의미하는 게 아니라, 애초에 도달할 수 없는 것을 탐했던 죄에 관한 정당한 대가입니다.

당신에게 보내는 이 글도 실패로 끝날 수 있습니다. 하지만 그렇다고 해서 두렵거나 부끄러운 마음은 조금도 들지 않습니다. 당신과 제가 살고 있는 이 디지털의 시대에서 '실패'는 또 다른 의미로 쓰여야 합니다. 기술이 발전했어도 누군가는 번거롭고 불편한 것들을 찾습니다. 일부러 시간이 오래 걸리는 것을 선택하기도 하고요. 지금의 책도 마찬가지입니다. 누군가는 지금도 홀로 책장을 넘기며 어느 문장(文) 주변을 서성거리고 있겠지요. 문장들을 바라보는 눈빛의 머뭇거림과 손끝의 망설임은 인간이 자아낼 수 있는 여러 가지 빛 가운데서 가장 아름다운 무늬(文)를 남기게 될 것입니다. 이 부족한 글이 부디 당신의 무늬를 오롯이 받았으면 좋겠습니다. 편지라는 형식으로 당신에게 무턱대고 건넨 저의 이 당돌함을 부디 헤아려 주십시오. 그럼 안녕히.

마음에서의 시, 그것을 바라보는 비평

1. 위기에 둘러싸인 마음이 쓴 시

2010년대 시 비평들을 아우르는 키워드를 하나 뽑아 본다면 무엇을 들어야 할까. 여러 가지가 있을 수 있겠으나, 그 가운데에서 '위기'를 꼽고 싶다. 거기에 몇 마디를 덧붙인다면 '문학을 비롯한 사회 전반에 닥친 위기'라고 해 두자. 2010년대 평론들은 '세월호'와 '촛불', 사회 각층의 '미투'로 촉발된 지금의 페미니즘까지 우리 사회를 뒤흔들었던 다양한 위기에 대한 응답들이었다. 문학 안팎의 위기와 치열하게 마주한 끝에 터져 나온 값진 목소리들이 2010년대의 비평이었다고 말해도 과언이 아닐 것이다. 비평이라는 글쓰기가 점차 독자들에게 외면받은 채 문단 내에서만 통용되고 있다는 부정적인 시각도 있어 왔지만, 사회적 변혁의 한가운데에서 위기를 진단하고 그에 응전하려는 시도 자체가 부정되어서는 안 된다. 위기에 맞서 문학이 어떻게 이에 응답해야 하는가를 고민했던 비평의 목소리는 앞으로도 존재해야 하며, 문학과 현실을 향해 화두를 끊임없이 제시해야 한다.

'위기'라는 키워드에서 가장 가까운 위치에 놓인 시 평론으로는 이성혁의 「위기 속의 비평과 시의 미학적 윤리」(『창비』, 2017.겨울)를 꼽을 수 있다. 글의 서두부터 '비평'의 의의와 '비평가'의 역할을 제시했다. 요약하자면 "비평은 위기이고, 비평가는 위기를 예민하게 감지해야 하는 사람"이기 때문에 "비평가는 자기 시대와 작품에 표현되어 있는 위기를 들추어내고 주체성을 문제화하면서 그 위기와의 대결에 참여"하는 자라는 것이다(p.364). 이성혁의 글에서 주목해야 할 부분은 이른바 "세대론 비평은" "현 상황의 위기에 대응하는 비평이 아니라"는 점이다(p.369). 그는 "우리 시대 시인들이 '문학+성' 안팎의 위기와 그 위기를 드러내는 사건을 어떻게 체화하고 형상화하는지"를 살펴보기 위해(p.370) 신철규, 임솔아, 안태운, 이설야의 시를 제시하며 "우리 삶의 위기 상황"에 응답하려는 시들이 지닌 윤리적 의의를 밝혔다(p.381). 이렇듯 그의 비평이 인식한 지금의 현실은 바로 "여전히 신자유주의의 자본 기계에 '예속'되어" 있는 "헬조선의 상황"이다(p.372).

지옥을 가리키는 '헬(hell)'이라는 명칭이 상투화되고 그것이 공동체 내에서 '위기의 평범성'으로 고착된 현실에서도 문학은 특유의 예민함을 잃지 않으려 노력했다. 더 큰 파국을 상상하도록 일상을 낯설게 함으로써 끊임없이 감각의 외연을 확장시키며, 위기의 신호들을 문학적인 언어로써 전환하여 보다 인간답고 유의미한 삶의 태도를 열어 주었다. 2010년대를 거치면서 더 견고해진 신자유주의의 생존 질서에 인간적인 가치들이 점점 훼손되고 삶다운 삶을 위해 요구되던 윤리적 기준마저 서서히 붕괴되고 있는 현 상황을 우리가 진정 위기라 느낀다면, 그것으로부터 나오는 문학적 언어도 당연히 그 위기감이 뚜렷하게 느껴질 수 있도록 좀 더 예민함을 발휘해야 한다. 그러한 위기의 언어를 통해서 "세상과 삶의 위기와 그 위기에서 생겨나는 가능성"을 모색하려는 '시를 쓰는 마음'은 인간다운 삶을 위해서도 스스로를 증명하려 할 것이다(p.384).

양경언은 「삶다움의 가능성을 믿는 시」(『창비』, 2016.여름)에서 황인찬, 임솔아, 정한아, 전문영의 시를 중심으로 "삶다움을 보장받지 못한 채 살아가는 이들의 안간힘"에 주목했다(p.273). 삶 자체를 인정하지 않는 현실을 향한 시 쓰기의 응전에는 미학적 전략이 필요하다. 이 비평의 목소리를 따라 더 구체적으로 언급하자면 "최근 시는 '나'라는 주체의 존재 증명을 위한 미학적인 전략을 구사"하기 시작하였고(p.290), "죽지 않고, 나를 살리기 위해 쓰는 일"이 최근 시에서 "영민하게" 행해지고 있다는 것이다(p.291). 시적 자아이자 시인이라고 볼 수 있는 주체인 '나'를 현실 내에서 당당히 세운다는 말은 그만큼 지금의 삶이 인간답지 못하다는 것을 가리킨다. 결국 지금의 시는 삶답지 못한 삶, 인간적이지 못한 삶, 또 죽음답지 못한 죽음까지도 그 문제의식을 확장하여 '나'의 존재적 명분을 스스로 모색해야 하는 시기에 이르렀다.

언어를 세심하게 다루면서 "우리를 우리답게 하는 것"[1]이 비평의 목적이라면, 지금의 비평 또한 우리를 우리답지 못하게 하는 현실의 문제가 무엇이고, 그것을 어떻게 문학으로써 응전해야 하는가를 고민해야 한다. 아울러 지금의 현실을 살아가는 '마음'이 왜 시를 쓰려고 하는지 살펴보는 작업도 필요하다. 이성혁이 지적한 '위기 속의 가능성 찾기'와 양경언의 '나를 살리기 위한 시 쓰기'도 애초에는 시

---

1 테리 이글턴·매슈 보몬트, 『비평가의 의무』, 문강형준 역, 민음사, 2015, p.26.

를 쓰고자 하는 누군가의 마음에서부터 출발했던 문제였을 것이다. 따라서 '시를 쓰려는/쓰는 마음은 어떤 것인가?'라는 본질적인 질문을 통해 지금의 위기를 견디는 마음(들)을 돌아봄으로써 인간다움의 삶에 대해 진지하게 모색해 봐야 한다. 이는 시를 쓰려는/쓰는 마음을 또 다른 마음의 자격으로 되짚어 보는 일이기도 하다. 그럼 마음을 둘러싼 현실의 문제는 무엇이며, 그 마음이 어떻게 시 쓰기라는 도정에 이르고, 지금의 위기에 어떤 방식으로 응전하는지 보자.

2. 마음의 해체와 그것의 위기적 징후

시를 쓰려는/쓰는 마음은 무엇인가. 먼저 이 마음을 홀로 되짚어 봤을 어느 시인의 시구절을 따오면 어떨까 싶다. 여기 "세상이 나를 어떻게 소비합니까, 일렁이는 마음"[2]이 있다. 시인의 "마음"을 시각적 이미지로 변환시켰을 이 "일렁이는" 것에서 희미하게 드러나는 어떤 징후들을 엿볼 수 있다. 즉 바깥의 "세상"이 '나'라는 주체마저 "소비"하려고 든다는 데에서 오는 위기적 징후, 그럼에도 시적 영감으로, 또는 시를 쓰려는 욕망으로 "일렁이는 마음"의 징후가 그것이다. 하지만 이 구절만으로는 시인의 "마음"과 그것을 둘러싼 "세상"의 '생존의 논리' 사이에 놓인 긴장감을 모두 밝히기는 어렵다. 그러니 여기에 비평의 목소리 일부를 함께 덧붙인다. "자본주의 사회에서 가장 위험한 존재는 사실 시인이다. 그들이 구사하는 말을 한번 보라. (중략) 소비에 전념하는 말, 소비하고자 시시로 덤벼 대는 말 (중략) 이런 말들과 가장 동떨어진 말을 구사하는 자들은 시인밖에

---

2 이현호, 「마음에 내리는 마음」, 『아름다웠던 사람의 이름은 혼자』, 문학동네, 2018.

없다."[3]

　그렇다면 저 징후들을 품은 "마음"이자 소비될 수 없는 말들은 구체적으로 어떻게 현실에서 발현되는가. 문화사회학자인 김홍중의 「진정성의 수행과 창조적 자아에의 꿈」[4]은 "시인이 되기를 열망하면서 시적 실천을 수행하는 젊은이들의 공동체인 시문학동인(同人) P(익명)에 대한 탐구"를 통해 지금 이곳의 '시심'을 고찰한다(p.360). 'P동인' 내에서 "시를 쓰거나 읽는 행위"는 주변 "또래에게는 매우 낯선 행위로 여겨지며 심지어 기이한 활동으로 비추어"진다(p.361). 시를 쓰고 읽는 일이 기이할 정도로 무용하다고 여기는 이곳에서 생존의 논리는 "신자유주의적 자기 통치에 몰두하는 존재들"로부터 확실히 증명되어 왔다(p.360). 그런데 오히려 이들이 지극히 정상적인 행위라 믿는 이른바 '스펙 쌓기' 등의 것들은 철저히 비자발적인 행위이다. 반대로 비경제적이며 무용한 시를 쓰는 'P동인'의 행위는 그것을 쓰려고 하는 마음에서 비롯된 자발적인 동인(動因)을 갖추었으며, 이는 인간으로서 행하는 자유로운 행위이다.

　세상으로부터 쉽게 소비될 수 없는 시를 창작하려는 즉 신자유주의적 생존의 논리를 벗어나 보려는 "시 쓰는 청년들의 시심은 시, 공동체, 자아를 향한 진정성의 추구를 그 핵심으로 하고 있"다(p.365). 김홍중의 관점에서 봤을 때 "시를 쓰는 것은 단순한 취미 활동이나 여가 활동이 아니라, 자기의 생산, 자기의 제조, 자기의 창조 과정"이며, 결국 "이런 점에서 시적 창조성에의 열망은 유용한 창조성"이다(p.395). '자기'의 생산 및 창조 과정은 세상이 '나'를 함부로 소비할

---

3 조재룡, 『의미의 자리』, 민음사, 2018, p.589.
4 김홍중, 『사회학적 파상력』, 문학동네, 2016, pp.359-398.

수 없도록 하는 것이다. 다만 여기에는 끊임없는 마찰이 발생한다. 외부의 시선, 현실적인 제약 등이 그것이다. 결국 이들의 '시를 쓰려는 마음'은 자신을 둘러싼 생존의 논리와는 상반된 '정신적인 유용함'만을 추구하며, 창조적인 열망을 통해 '자기'를 세우려는 자발적 행위로 이어진다. 이 마음은 쉽게 소비될 수 없는 '나'를 시적으로 과감히 구축하려고 시도한다는 점에서 현실을 향한 응전이라고 볼 수 있다.

하지만 김홍중이 결론에서 전한 'P동인'의 해체는 시를 쓰려는 마음이 처한 상실이자, 시 쓰기로 향했던 도정이 좌절된 사건이다. 생존의 논리에서 조금은 벗어나고자 했던 "마음"이 직면하게 된 상실과 좌절이 불러온 사회적 파급력은 고작해야 "일렁이는" 것처럼 미미하게 보일 수도 있겠지만, 그것은 오히려 저 밑에 깊숙이 숨어 있는 더 큰 위기를 가리키는 징후이다. 생존의 논리에 종속되어 인간다움을 점차 상실하고 있는 세태 속에서 일어난 시적 자아의 붕괴는 더 방대하고 치명적인 무언가의 '해체'로 이어질 수 있다. 인간답게 "살아가는 방식에 대한 정신적 골격이 사라진 사회 상태는 더 이상 충분한 의미로 사회라 부르기 어렵다. 그것은 일정한 양식을 가진 생활 조직체가 아니기 때문이다. 그건 오히려 사회의 해체 상태라 말하는 편이 나을 것이다."[5]라는 경고는 정신의 위기가 몰고 올 치명적인 파국("해체 상태")을 떠올리게 한다.

'P동인'의 해체(더 작게는 시적 자아의 붕괴)로 일어나는 사회적 파장은 쇼조가 지적한 것처럼 "정신적 골격"의 붕괴를 최초로 알리는 불길한 징후이다. 즉 이는 '자기'를 세우려고 하는 (정신적인) 삶의 방식

---

5 후지타 쇼조, 『정신사적 고찰』, 조성은 역, 돌베개, 2013, p.10.

들의 붕괴, 그리고 삶답지 못한 삶을 강요하고 있는 생존의 논리에 의해 와해될 위기에 빠진 인간다움을 가리킨다. 전후(戰後)를 거쳐 고도의 경제성장기에 진입한 일본 사회가 직면할 수밖에 없었던 정신사적 위기를 냉철하게 분석한 쇼조의 시선은 그렇게 인간적인 '삶다움'의 방식이 지속적으로 상실되어 가는 것에 예민했기에 우리로서는 참고할 만하다. 지금 이곳에서 냉소로 폄하받고 비정상적인 것으로 치부되고 있는 "정신적 골격"들 가운데에는 누군가의 시 쓰기도 포함될 것이다. 이런 상황 속에서 지금의 시는 삶답지 못한 삶의 한복판에서 인간적인 발성으로 유일하게 남게 되었다. 이제부터 이것은 누군가의 마음으로부터 나오는 소리이자, 시로써 다시 인간다운 내일을 꿈꾸려 한다.

3. 갇힌 마음의 가난이 희망의 노래가 되다—이해존의 경우

누군가의 삶은 아직도 가난하다. 그리고 이러한 가난은 유독 홀로 사는 좁은 방이나 고시원 같은 외로운 곳에서 가장 강렬하게 분위기를 형성한다. 이를테면 냄새, 어둠, 눅눅한 공기처럼 말이다. 이해존의 『당신에게 건넨 말이 소문이 되어 돌아왔다』(실천문학사, 2017)의 마음들은 이렇게 가난하고 좁은 방들을 닮았다. 특히 갇혀 있다는 상황에 대한 시인의 예민한 감각이 돋보인다. 등단작이었던 「녹번동」에서도 이것이 구체적으로 드러난다. "앞발이 잘리고도 언제 다시 발톱을 세울지 몰라 사람들이 그물로 가둬 놓았"던 시인의 마음은 "신음"과 "포효"를 동시에 발성한다. 그 마음은 앞으로의 '아직'을 더 살고자 맹렬히 나아간다. 생존의 논리에 육신이 묶이고, 그렇게 고된 일상이 반복되어도 그의 마음은 늘 거친 숨을 잃지 않는다. 그것은 바깥에 의해 길들여질 수 없는 "야생의 울음"처럼 들린다(「바깥의 표정」). 그러나 이 소리와 전면으로 대치하고 있는 "사람들"이 바깥에서 쳐 놓은 "그물"은 촘촘하게 짜인 통념을 가리키며, 또한 그의 마음을 옭아매는 생존의 논리를 상징한다.

바깥의 세상은 그 안에 갇힌 시인의 마음을 불길하거나 위험한 징조로 간주한다. "신음"과 "포효"는 정제되지 않은 '날것'의 소리가 되어 "그물" 밖을 향해 울리지만, 그것에 귀 기울여 주는 마음은 흔치 않다. 이 울음은 고통으로 온몸을 뒤틀다가도 이따금 삶다운 삶을 바라는 희미한 애원처럼 들리기도 한다. 몸부림에서 나온 소리이기에 "누군가의 안부를 떠올렸다 지"우기를 반복하는 것처럼 불규칙한 음고(音高)를 보인다(「이곳은 난청이다」). "방 안에 누워 스스로를 수신하며" 시인이 "밤하늘에 묻혔을 안부들"을 떠올릴 때도 마찬가지였을 것이다. 수신과 발신이 용이하지 않음을 가리키는 "난청"의 특이성은 시인의 마음을 둘러싼 현실의 폐쇄성과 누군가에게 쉽게 다가갈 수 없다는 절박함을 함께 내포한다. 자신의 생존에만 몰두하는 또 다른 '난청 지대'의 한복판에서 그는 "깡마른 안테나처럼" 마음을 추켜올린다. 이제 저 벽 너머에 있는 누군가를 향해서 다시 촉각을 세심히 기울여 본다.

전등이 낡고 닳은 세간살이를 읽는다 막다른 길에 주저앉았다 겨우 몸만 흘러든 이곳에, 어두컴컴한 낭하가 익숙한 시력을 밝혀 나갈 때 하나둘씩 살림살이가 늘었다 집 속에 절박한 집들을 거느린 곳, 저녁 무렵이면 하나둘씩 흘러들어 한 지붕 아래 포개지는 집, 아이들 소리가 새는 방과 밥 익는 냄새가 깨우는 아침을 꿈꾸며 등 시린 잠을 청한다

쉽지 않은 잠을 재우는 건 노역인가 낮게 흐느끼는 이미자가 새어

나오는 옆방은 외아들 병치레로 집도 아내도 다 쓸려 보냈다는 김 노인의 방이다 반 평 공간에 꽉 찬 불빛보다 환한 상처가 발 한번 제대로 뻗어 보지 못하고 살아온 새우등에 걸리는 밤, 유서처럼 잘 정돈된 방을 또 훔쳐 낸다 낮 동안의 거친 막노동에 모래알만 따라와 손끝으로 꾹꾹 찍어 훔쳐 내고 있다 내일도 손끝에 선명히 찍어 내야 할 모래알 끝나지 않은 노역

  한 방이 비워지면 감쪽같이 흘러드는 빈 몸들, 나고 들고 그 속에 오늘도 남긴 사람은 말 못할 빗장 굳게 걸어 잠그고 가벼운 작별 인사 건넬 줄 안다 등 시린 새우잠 끌어안고 꾹꾹 모래알 삼켜 내며 오롯이 밝히는 밤을 안다

                                                                    —「고시원」 전문

  문장부호를 최대한 생략하고 문장들을 빼곡하게 써 넣은 의도된 형식은 "고시원"이라는 "낡고 닳은" 삶의 풍경을 떠올리게 한다. "막노동"과 "새우잠", "끝나지 않은 노역"의 빈약한 삶의 일과는 이전에 「녹번동」에 펼쳐졌던 "그물"처럼 시인의 마음을 갑갑하게 한다. "막다른 길"에 홀로 "주저앉았"던 생활은 남몰래 써 둔 "유서처럼" 비참한 각오로 하루하루를 견디며 살아가는 외로운 삶이기도 하다. 하지만 그렇게 좁은 방에 갇혀 무엇도 소유하지 못한 "빈 몸"이라 하더라도, "가벼운 작별 인사 건넬 줄" 아는 마음은 "빗장" 안에 아직 남아 있기에 "오롯이 밝히는 밤"도 조금은 상상할 줄 안다. 모든 경계를 지우는 "저녁"이 와도 누군가의 삶은 꿈을 담보 삼아 그 짙은 어둠을 견딘다. 몸과 마음을 바삐 움직이도록 시달렸던 탓에 주어진 일과를 채 소화도 못 시켰을 "오늘도 남긴 사람"도 다시 내일이라는

꿈을 꾸며 얼마 남지 않은 "저녁"을 먹기 위해 손수 "밥"을 지었을 것이다.

고단한 삶의 마음을 유일하게 지탱해 주는 힘은 벽 너머에서 시인과 똑같이 삶을 꾸려 가고 있던 누군가의 밥 짓는 냄새나 아이들의 소리 같은 평범한 것들이다. 폐쇄적으로 삶을 구획했을 벽 너머로부터 간간이 들려오는 그 단조로운 소리들은 누군가가 '나'와 동등하게 살아가고 있다는 희미한 신호가 되어 지독한 밤의 고독을 잠시나마 깨운다. 방에 갇혀 있었던 탓에 시야는 묶여 있지만, 그럼에도 시인은 다른 감각(후각, 청각)에 의지한 채 벽 너머에 있는 누군가의 마음을 "손끝"으로 따라 읽는다. "낡고 닳은" 세간도 새로운 "아침"을 맞이하기 위해 가만히 침묵만 하지 않으며, 이따금 자신의 몸을 어딘가에 부딪쳐 가면서 소리를 낸다. 이전에는 어떠한 것도 느끼지 못했던 평범한 소리였을 테지만, 이제 시인에게 이 소리들은 가난한 이들의 노래이자 한 편의 시로서 그렇게 차곡차곡 담긴다.

시인의 가난은 앞으로도 끝나지 않을 것이다. 하지만 그 마음은 이제껏 가난해 본 적이 없었다. 좁은 방에 갇혔어도 시인의 감각은 늘 깨어 있었다. 시시각각 위기처럼 엄습했을 외로움을 견디면서 희망을 떠올리고 또 새로운 아침을 꿈꾸며 그렇게 누군가를 떠올렸다. 생존의 논리에 묶여 "노역"과도 같은 일과를 반복하더라도 시인은 '노래하는 자'로서 이를 견디고 있는 중이다. 벽으로 온통 둘러싸여 "난청"과도 같았던 관계를 뛰어넘으려는 욕망이자, "그물" 앞에 쉽게 굴종하지 않으려는 야생의 마음은 여전히 숨 쉬고 있다. 일상의 평범한 소리에 불과하더라도 우리는 그의 시를 통해 저기 보이지 않는 너머에도 누군가가 여전히 살아가고 있음을 느낀다. 그 소리들이 매끄럽거나 아름답게 들리지는 않을 것이다. 그러나 그것으로 누군가의 안부를 떠올릴 수만 있다면, 그 소리가 우리를 저마다 가로막고 있는 두꺼운 벽을 진정으로 무너뜨릴 수 있는 희망의 노래로 들린다면, 그것이 바로 시이지 않을까.

4. 폭로하려는 마음의 차가운 목소리―김선향의 경우

·누군가의 마음이 처한 상실과 고통의 외침에 귀 기울이지 않는 사회는 결국 해체될 위기에 직면하게 될 것이다. '문단 내 성폭력'과 '미투' 운동은 그동안 공동체 전반에 깊숙이 누적되어 왔던 고통의 신음과 단말마의 비명들이 급기야 밖으로 격렬히 터져 나온 반응이었다. 오래전부터 이 신음과 비명은 보이지 않는 곳에서 조금씩 새어 나왔다. '문단 내 성폭력' 문제를 폭로하려는 마음의 목소리들이 막 터져 나올 때쯤에 발표되었던 김선향의 『여자의 정면』(실천문학사, 2016)도 그중 하나였다. 그간 가려져 왔던, 여자들의 고통스러웠던 마음과 그 목소리들을 폭로한 이 시집은 여성만이 아니라 "늙은 남자"를 비롯해(「한번에 늙은 남자의 얼굴을 닦다」) 꼽추인 "사내"까지(「꼽추네 집」) 그렇게 홀로 마음의 고통을 견디고 있을 존재들에게 차별 없는 시선을 보내기도 했다. 그럼에도 시편들을 보면 먹고사는 일에 시달리고 삶답지 못한 삶에서 터져 나온 여자들의 목소리들이 더 많다는 것을 알게 된다.

"단화를 신고 온종일 마트에서 일하는 엄마"가 있고(「안녕, 엄마」), "여성결혼이민자 빌마 씨"도 있으며(「다정, 다정, 다정아!」), "고향을 떠나 북경에 와서 엘리베이터걸이 되었다가/웨이트리스를 거쳐 입주 가정부가 된" 중국인 여성도 있다(「손등」). 삶답지 못한 삶을 살아가는 여자들이 내뱉는 고통의 신음과 단말마의 비명 소리는 국적과 나이를 불문하고 날카로우면서도 차갑게 들린다. 먹고살아야 한다고 육신을 강요하는 생존의 논리와 더불어서 여성을 폄하고 노골적으로 차별하는 남성 중심의 논리라는 이중 소외에 놓인 여자의 몸(자궁)은 오로지 사회와 남성을 위해 쓰이며, 그 과정에서 버려지는 몸들은 익명(A양, ○○녀 등)으로 처리되어 마치 폐기물처럼 방치된다. 성폭력, 가정폭력, 데이트폭력 등 여러 폭력에 노출된 여자의 몸들도 마찬가지다. 김선향은 이렇게 버려지거나 방치된 몸, 폭력에 상처 입은 몸들의 섬뜩한 마음을 시로써 폭로한다. 이 중에는 어느 여자아이의 마음도 있다.

엄마가 야간 근무를 하는 동안
의붓아빠는
내 손바닥을 때리더니
자기 바지를 내렸어요

내가 좋아하는 아이스크림 체리쥬빌레와
의붓아빠의 그것이 사이좋게 놓여 있었죠

차가움과 미지근함
체리 향기와 락스 냄새

내 머리를 누르고 그것을 입에 넣으라고 명령했어요
피아노를 사 주겠다고 귀에 속삭이면서

이른바 삼종 세트는
의붓아빠의 그것 한 모금

체리쥬빌레 한 스푼
피아노 건반 한 개였죠

피아노 건반을 제법 모은 조용한 일요일
그러니까 못생긴 내 동생이 태어나던 날
아빠와 단둘이 집에 있던 오후
내 피아노는 산산이 부서졌죠

무슨 일이 있었냐구요?
쉿, 이건 비밀이에요
엄마가 알면 목을 맬지도 모른다며
그 새끼가 나한테 당부했거든요

―「내 동생이 태어나던 날」 전문

　의부에게 성폭행을 당한 여자아이를 화자로 전면에 내세운 위 시가 성행위나 또는 성기를 연상케 하는 언어를 썼기 때문에 파격적이라고 보지는 말자. 오히려 아이의 진술이 앞으로 일어날 어떤 파국을 떠올리게 한다는 점에서 파격적인 것이다. 이는 아이가 자신이 당했던 일을 세상에 폭로할 것이라는 가능성에서 비롯된 미래의 파국이다. 추악한 짓을 벌였던 의부가 아이에게 그동안의 일들에 대해 침묵하라고 아무리 "당부"를 했어도 아이는 이미 그 "비밀" 가운데 일부를 작중에 모습을 드러내지 않고 있는 익명의 누군가에게 발설했다("쉿, 이건 비밀이에요"). "그 새끼"(의부)의 "그것"을 즐겁게 해 주길 강요받아야만 했던 아이의 "입"은 "그 새끼"가 가장 두려워하고 있는 '진실'을 폭로할 준비를 마친 듯하다. "의붓아빠"→"아빠"→"그 새끼”라고 호칭을 바꿔 부르기 시작한 아이의 “입”은 세상을 향해 파문을 일으킬 수 있는 위치(폭로하는 자의 위치)까지 거침없이 오른다.

먹고살아야 한다는 생존의 논리는 아이의 ‘엄마’에게도 동일하게 작동했다(“야간 근무”). 아이도 그에 따라 이중 소외에 놓여 있었는데, 이는 ‘엄마’의 부재로 인해 결국 의부에게 성폭력을 당했다는 점과 그동안 그것을 누구에게도 말할 수 없었다는 점에서 그러하다. 돌봄을 받지 못했던 아이의 마음은 이제 섬뜩한 목소리로 우리 곁에 다가온다. 폭로의 가능성을 입에 머금고 있는 아이의 목소리에는 여전히 발랄함과 천진함이 남아 있지만, 그 발랄하고 천진한 진술을 통해 서서히 밀려들어 오는 미래의 풍경은 가족의 비극적인 ‘해체’라는 파국이다. 아내(‘엄마’)가 해산함과 동시에 의부는 아이와의 계약(“피아노 건반”)을 파기했으나, 그것으로 끝나는 것이 아니다. 아이의 “입”은 ‘엄마’(“그 새끼”의 아내)가 “목을 맬지도 모른다”는 비극의 징후를 머금는다. 이로써 그의 추악한 쾌락에 동원되었던 “입”안의 “차가움”은 이제 언제든 폭로할 준비를 마친, 그가 가장 두려워할 ‘서슬 퍼런 냉기’로 서서히 뒤바뀐다.

김선향의 시에 등장하는 목소리들을 어떤 공통된 것으로 묶어 내기는 힘들다(앞서 지적했듯이 그녀의 시에는 여자만 등장하는 것이 아니기 때문이다). 여자의 피폐한 마음을 옮겼던 시들도 마찬가지다. 이들의 목소리는 국적, 연령, 사회적 위치에 따라 조금씩 다르게 들린다. 그리고 이것이 김선향의 시를 단순히 여성시라고 한정하기 어려운 이유이다. ‘같은’ 여자라는 테두리 내에서도 더 차별적이고 편협한 시선을 온몸으로 받고 있는 또 다른 여자들이 존재한다. 그렇다면 김선향의 시를 ‘여자 밖에 있는 어떤 마음’으로 본다면 어떨까. 삶답지 못한 삶을 견디며 바삐 움직이고 있을 무심한 (여자들의) 마음들 가운데서도 더 위태롭고 절박하게 단말마의 비명을 내지르는 (또 다른 여자들의) 마음 말이다. 그녀의 시는 현실의 참혹함을 여과 없이 우리에게 보여 줌으로써 그 상상의 범위를 최대치로 촉발한다. 어쩌면 이러한 방식이야말로 지금의 마음을 둘러싼 생존의 논리를 붕괴시킬 수 있는 시인만의 가장 최적화된 무기이지 않을까.

5. 온기와 위로를 건네는 시, 그리고 비평의 위치

2010년대 시 비평에 대한 메타적인 시도로써 '위기'와 '시를 쓰려는/쓰는 마음'을 읽어 보았다. 생존의 논리는 경쟁과 이윤이라는 이름 하에 우리가 지닌 인간다운 마음을 지금도 위태롭게 몰아세우고 있다. 이에 응전하기 위해서는 마음을 둘러싼 위기가 어디서부터 비롯되었고, 그것을 지금의 마음이 어떻게 견디고 있는가를 앞으로도 면밀하게 살펴봐야 할 것이다. 왜냐하면 그 마음을 우리가 외면하는 순간부터 공동체의 해체라는 지옥의 풍경이 우리 앞에 더 가까워질 것이 너무나 자명하기 때문이다. 따라서 시를 쓰려는/쓰는 마음과 더불어서 시를 읽으려는 마음을 통해 우리는 삶답지 못한 삶으로부터 벗어날 새로운 희망을 꿈꾸어야 한다. 시를 쓰는 마음을 또 다른 마음으로 읽어 내고, 이를 시적으로 상상함으로써 참혹한 현실의 노역과도 같은 삶을 서로 견디면서 가장 인간다운 용기란 어떠해야 하는지 고민해야 할 것이다.

그래서 '첫'이라는 각오는 특별하다. 두 시인의 첫 시집을 각각 다룬 것도 그들의 마음을 다른 마음의 자격으로 읽어 보려는 의도에서 비롯된 것이었다. 우리 모두는 '지금'을 함께 살고 있다. 물론 소비되지 않기 위해 몸부림을 쳐도 그것으로부터 벗어나기란 결코 쉽지 않을 것이다. 삶은 위기의 연속이다. 하지만 우리는 여전히 그 '너머'를 상상하며 다시 내일을 꿈꾼다. 시를 쓰려는/쓰는 손은 아직도 다른 누군가를 위해 온기를 전할 준비가 되어 있다. 출판 편집자로 일하는 시인(이해존)의 마음, 또는 여성결혼이민자들에게 한글을 가르치는 시인(김선향)의 마음이 그러했던 것처럼 생활로부터 완전히 벗어나 있는 '시 쓰는 손'은 그리 많지 않다. 생활에 쫓겨 분주히 손을 움직이고 있을지라도 그럼에도 누군가의 삶을 떠올리고 그 마음의 고통과 상실에 귀 기울이려는 시를 쓰고자 하는 또 다른 손이 있다면, 그리고 거기에 나름의 창조적 욕망까지 덧붙여진다면 이미 그것으로 충분히 값진 것이다.

지금 이곳의 위기를 향해 문학으로써 응전하려는 '자기'의 울림은 생존의 논리를 견디려는 굳은 각오와 함께 발현된다. 시도 마찬가지다. 시로써 다른 이들을 무한히 상상하고자 하는 마음에는 어떠한 울림이 있다. 이 울림에는 바깥에서 소비되기를 한사코 거부하려는 몸부림도 뒤따른다. 이것에 응답하려는 비평도 있어야 한다. 비평이 자리 잡아야 할 위치는 아직 보이지 않는 누군가의 마음에도 기꺼이 다가가려는 데에 있고, 또 거기에 '같은' 마음이라는 자격으로 응답하려는 데에 있을 것이다. 따라서 '같은' 위기를 함께 견디며 살아가는 '같은' 마음으로서 비평 또한 시인의 마음을 바라봐야 한다. 굳이 거창한 이론이나 미학적 전략, 세대론과도 같은 것들이 개입될 필요는 없다. 지금도 어디선가 시를 쓰려는/쓰는 마음은 생존의 논리가 예상하지 못할 결과물인 시를 토해 내고 있을 것이다. 그리고 이렇게 울리는 소리야말로 지금의 위기를 견디며 사는 누군가에게 온기와 위로를 줄 수 있는 시이며, 인간다운 용기이다.

당신(들)이 말하는 '새로움'에 대한 개인적인 의심

소설-한국문학의 문제점을 진단하고 새로운 방향을 제안하라는 주제에 대해 깊은 고민에 빠졌던 적이 있었다. 개인적인 걱정부터 앞섰다. 주제 자체에 관한 의심도 들었다. 무엇에 관한 문제점을 진단한다는 것, 그리고 '새로운' 방향을 제안한다는 말에 대해 의심을 지울 수가 없었다. 흔히 무언가가 문제가 있다고 말할 때는 그 (문제가 있다는) 대상이 어떠한 결함을 지녔다거나, 이상(異狀) 상태라는 것을 의미한다. 게다가 이러한 상황에는 기대 심리가 작동하기 마련이다. 즉 누군가가 나서서(영화에서는 '히어로'일 수 있고, 어떠한 현장에서는 '전문가'일 수 있다) 획기적인 개선 방향, 깔끔한 해결책, 그것도 아니면 미봉책이라도 제시해 주어야 한다는 것이다. 거기에 '진단'이라는 말까지 덧붙여져 있으니 개인적인 의심은 더 짙어질 수밖에 없었다.

의심이 없었다면, 이 글은 그저 기존의 글들과 별반 다르지 않을 것이다. 문제를 진단하는 것으로만 비평의 권위가 세워진다면, 그것이야말로 독자와 작품, 작가로부터 멀어지는 지름길이다. 우리가 마주했던 수많은 문제들이 그저 비평의 권위를 다지기 위한 '이벤트'로만 쓰였던 것을 숱하게 보았다. 시간이 지날수록 본질적인 논의는 실종되었다. 물론 비평의 목적이 문제에 관한 정당한 비판에서 시작되는 것은 맞다. 하지만 이것이 '즉각' 새로운 방향이라는 일종의 진보적인 기대 심리로만 작동되어서는 안 된다. 왜냐하면 이러한 일련의 과정에서 우리의 시선이 자칫 어느 한쪽으로만 치우칠 위험이 발생할 수 있기 때문이다. 고민에 빠지게 한 주제를 지탱하고 있던 키워드인 '문제점', '진단', '새로움' 가운데에서 무엇보다 지적하고 싶은 것은 '새로움'이었다. '새로움'은 예나 지금이나 비평에서 반복되고 있는 수사 가운데 하나이다.

새로움은 이전의 것과 단절하고자 하는 의지와 관련된다. 그리고 이전의 것에 대한 부정적인 시선도 포함될 수 있을 것이다. 이는 문학만이 아니라 현실에서도 마찬가지다. 새로운 방향, 새로운 관계, 새로운 무엇도 그 안에는 이전의 것들을 그저 극복해야 할 대상, 또는 한계로만 여긴다. 그래야 새로움의 명분이 생기기 때문이다. 새로움을 믿는 이들은 자신(들)만의 논리를 고집하기 마련이다. 그래서 누군가가 혹여나 이전의 것을 옹호라도 하면 고지식하다고 손가락질하며, 이를 계기로 더욱더 새로워져야 한다고 목소리를 높인다. 게다가 그들은 자기 자신을 스스로 대상화까지 하려는 자발성마저 보이기도 한다. 그것만이 우리 앞에 놓인 '위기'를 해결할 수 있다고 믿으면서 말이다. 하지만 그것이야말로 진정 위기이며, 다른 목소리를 수용하지 않으려는 지극히 폐쇄적 자세이다. 특히 문학장에서 발언되는 새로움은 그래서 더욱더 의심스럽다.

이 글은 『문학과 사회 하이픈』 2019년 가을호에 실린 인아영 평론가의 글과 같은 해 가을호를 기점으로 100호가 된 『문학동네』에 실렸던 기준영 소설가의 단편소설 「사치와 고요」를 다루고자 한다. 먼저 인아영은 현재 문단에서 두각을 나타내는 평론가들 중 한 명이다. 2018년에 등단을 한 뒤부터 페미니즘에 관한 평론으로 왕성하게 활동하고 있다(등단작도 마찬가지로 페미니즘이 주제였다). 게다가 얼마 안 돼 『문학동네』의 새로운 편집위원으로 이름을 올렸다. 작품을 다루는 놀라운 식견도 그러하거니와 작품마다 애정을 보이는 평론가라고 느꼈다. 그런데 인아영이 『문학과 사회 하이픈』 이번 가을호에 실은 글에는 새로움에 관한 의심스러운 대목이 눈에 띄었다.

2019년의 우리는 문학성을 새롭게 만들어 가고 있는가? 만약 이 시대에 여전히 문학이 필요하다면, 그리고 지금 여기의 현실에 맞게 문학성을 갱신해 낼 수 있다면, 그것은 우리가 그동안 당연하고 타당하다고 여겼던 문학성이 그동안 어떠한 과정을 거쳐 구성되고 변천해 왔는지 비판적으로 검토하는 작업을 통해서만 가능할 것이다. 2010년대를 통과한 우리에게 필요한 것은 단지 지금까지 형성되어 온 문학성을 반대 방향으로 구부리는 벤딩, 혹은 본래 문학적 진실이라고 믿어 왔던 가치를 절반으로 자르는 분할이 아니라, **오늘날 현실의 필요에 민감하게 반응하면서 문학과 문학성을 끊임없이 해체하고 재정립하는 일이다. 우리에게는 지금의 우리에게 맞는 문학과 비평이 필요하다. 그리고 앞으로 해야 할 이야기가 너무 많이 남아 있다.**[1](강조는 인용자)

개인적인 의심을 말한다면, 위 글의 대목은 인아영 평론가가 자신

---

1 인아영, 「시차(時差)와 시차(parallax)―2010년대의 문학성을 돌아보며」, 『문학과 사회 하이픈』, 2019.가을, p.24.

이 『문학동네』의 (새로운) 편집위원으로 선정되었다는 점을 인지한 상황에서 쓴 것이 아닌가 싶다. 그렇지 않고서야 저렇게 가히 '선언'에 가까울 정도의 말들을 꺼내기는 어려웠을 것이다. 물론 평론가로서 당연히 해야 할 말이기는 하다. 하지만 여전히 문단 내에서 『문학동네』가 발휘하는 소위 문학권력과 현재 페미니즘 담론이 유행하고 있다는 점을 배경으로 삼는다면, 위 대목에서 느껴지는 뉘앙스는 그간 문단 내에서 쓰여 왔던 평론들의 말투와는 그 결이 조금 다르다는 것을 알 수 있다. 물론 인아영이 오로지 비평만이 발언권이 있다고 말하지는 않았다. "작가, 독자들이 그 대화를 이어받아 더 새로운 비평적인 언어"를 생산하길 희망한다고도 말했으니까 말이다. 그런데 정작 위 대목에서 쓰이는 언어들은 과연 얼마나 "새로운 비평적인 언어"에 가까운가?[2]

젊은 평론가의 목소리로 새로움의 명분을 과감하게 제시하는 듯 보이지만, 이것을 가만히 읽다 보면 위 대목을 구성하고 있는 표현 자체가 어디선가 많이 본 것 같은 기분이 든다. 어폐가 있다고 지적할 수도 있겠으나, 기시감을 지우기 어려운 것이 사실이다. "해체"와 "재정립", "비판적으로 검토하는" 등의 수사야말로 지금껏 수많은 평론가들이 써 왔던 것이지 않은가. 예전에도 비평에 대한 반성의 일환으로써 소위 엘리트주의를 벗어나야 한다는 뼈저린 자성이 있었다. 그런데 이 전도유망한 평론가에게서 우리는 왜 이전에 작품과 독자 그리고 작가 위에 군림하고자 했던 비평의 고질적인 표정을 보아야만 하는가. 이러한 표정으로 과연 앞으로 얼마나 많은 "이야기"들을 할 수가 있겠는가?

---

2 인아영, 「시차(時差)와 시차(parallax)—2010년대의 문학성을 돌아보며」, p.23.

정말 묻고 싶어졌다. "오늘날 현실의 필요에 민감하게 반응"하는 것이 문학이고 비평의 역할이라면 과연 그 필요란 '누구'의 현실로부터 오는 것인가? 무엇이 (우리에게) 맞는 문학이고, 비평인가? 우리 바깥에는 또 다른 문학과 비평이란 없는 것인가?[3] 문학의 의의는 동시대를 살아가고 있는 우리가 함께 알아가야만 하는 그 무엇에 대해 다가가고자 할 때 얻어지는 것이다. 이 과정에는 당연히 성별의 차이도 없어야 하며, 출신이나 학벌을 따질 이유도 없다. 평단 내에서 어떤 담론의 주도권을 선취했다고 하여 그것을 기준으로 삼아 '안'과 '밖'을 함부로 구획해서도 안 된다. 마치 (평론가인) '나' 자신만이 할 수 있다고 생각하거나, '나'를 포함한 소위 '우리'라는 일부 집단만이 할 수 있다는(해야 한다는) 엘리트주의적인 발상도 지극히 위험하다. 누군가는 이 말을 듣고서 당연한 소리를 한다고 할 것이다. 맞다. 그런데 고매한 '우리'는 그 당연한 것조차 하지 않고 있다.

---

3 같은 책의 지면에 실렸지만, 정말 아이러니하게도 이에 관한 전혀 다른 목소리도 있었다(아마 편집위원의 기획에 따른 것일 수도 있겠지만). 이번 『문학과 사회 하이픈』 가을호에 인아영과 함께 실린 김대성 평론가의 글이 그것이다. 그의 글 일부를 그대로 인용함으로써 논의를 뒷받침하겠다. "써야 하지만 쓸 수 없는 글이 있음을 수락하는 것, 비평적 개입이 불가능한 영역이 있음을 인지하는 것에 대해 생각했다. 게으른 자기 정당화처럼 보일 수도 있겠지만 비평의 영역이 광범위해졌고 보다 세분화되고 있음을 환기해 본다면 모든 것을 알고 있다고 가정된 주체의 자리가 아닌 쓸 수 없는 영역 또한 있음을 선명하게 드러내는 태도에서 기대해 볼 수 있는 생산성은 없는 것일까. (중략) 다양하게 분화되고 시시각각 발생하는 새로운 문학의 토양은 비평가의 위치에 선다고 해서 포섭할 수 있는 게 아니다. (중략) 비평가 개인의 역량 부족이나 담론을 생성하고 발화하는 중심의 감각을 가지지 못한 결여의 표지가 아니라, '비평할 수 없음'이라는 표지가 가리키고 있는 새로운 현장의 좌표에 집중해야 하지 않을까. 그 장소에서만 가능한 비평이 있다. 이건 새로운 영역의 개척을 통한 문학적 영토의 확장이라는 프론티어 정신을 말하는 게 아니다." 김대성, 「맨손운동-생활-비평-글쓰기」, 『문학과 사회 하이픈』, 2019.가을, pp.53-54.

인아영의 논조를 본다면, 그가 가리킨 (문학에 관한) 현실의 필요는 결국 '미투'에서 비롯된 페미니즘과 멀지 않아 보인다. 그리고 인아영은 한국문학이 독자에게 전폭적인 지지를 받았다는 점에서 가히 기념비라고도 할 수 있는, 조남주의 『82년생 김지영』을 언급했다.[4] 그런데 이것이 과연 오늘날 현실을 살아가는 다수의 독자층의 요청(필요)에 대한 문학의 보편적인 반응이라고 평가해야 할지는 여전히 의문이다. 왜냐하면 이전에 다른 지면을 통해 지적했듯이 지금 현실을 살아가는 여러 독자층 사이에는 조남주의 작품에 관한 '다른 읽기'와 그 '비평적 시도'들이 '분명히' 있었기 때문이다.[5]

---

4 "한국문학이 많이 읽히지 않는다는 전반적인 침체에 대한 당시의 고민도 밀리언셀러가 된 조남주의 『82년생 김지영』을 비롯한 페미니즘문학과 최근 들어 더욱 독자층의 넓은 지지를 받고 있는 퀴어문학의 약진을 떠올려 보았을 때 다소 거리감이 느껴지는 것도 분명하다." 인아영, 「시차(時差)와 시차(parallax)—2010년대의 문학성을 돌아보며」, p.21.

5 "조남주의 『82년생 김지영』(민음사, 2016)은 작중인물인 30대 여성을 통해 우리 사회의 여성 문제를 심도 있게 다룬 장편소설이다. '여성'이란 이름으로 살아간 굴곡진 삶을 연대기적 구성으로 그린 이 소설은 여성 독자들의 폭발적인 반응을 불러왔다. 이러한 반응은 여성들이 사회적 약자 입장에서 저마다 갖고 있던 울분과 부당함에 대해 폭로하게 되면서 표출된 '미투(Me Too)'라는 사회적 현상과 서로 맞물려 있다. 어찌 됐든 여기서 주목하려고 하는 것은, 독자들에게 공감과 위안을 준다는 소설에 대해 일종의 불편한 읽기가 제기되었을 때 나온 배타적인 반응이다. 실제로 독자들(특히 여성 독자들에게)의 관심과 공감을 얻고 있는 소설에 대해 제기된 비평은 분명히 소설에 시도된 '다르게 읽기'이자, 불편한 읽기의 일환이었다(전성욱, 「정치적인 것이 아니다—조남주 장편소설 『82년생 김지영』」, 『문학의 역사(들)』, 갈무리, 2017, pp.534-542). 자세한 것은 논외로 하더라도, 그 불편한 읽기였던 '반(反)여성적 읽기'는 어떠한 한계, 즉 소설이 지닌 내재적 한계이든, 아니면 여전히 여성이 처한 현실의 한계이든 간에 어쨌든 다른 각도에서 읽어 보자며 일종의 불편함을 제안하려는 시도였음은 분명하다는 것이다.
하지만 이런 불편한 읽기에 대한 댓글(우리는 이미 이것의 무서움을 알고 있지 않나)은 작품을 향한 공감이 얼마나 배타적인 난공불락의 요새로 구축될 수 있는지를 여실히 보여 준다. 다르게 읽기, 불편한 읽기를 시도하는 태도가 마치 자신들의 감정이 페미니즘 담론이 지금의 문단을 주도하고 있는 배경에는 이것이 문학을 넘어서 현실과 맞닿아 있는 측면이 이전 담론에 비해 상당히 넓다는 데에 있을 것이다. 쉽게 말할 수 없는 지점이 보인다면, 그저 양심 있는 척하며 편승하지 않아야 할 것이고 또한 당대 문제를 다룬 시의적인 담론이 자칫 한낱 유행으로만 지나가서도 안 될 일이다. 그럼에도 지금 우리 주변에 보이지 않는 또 다른 여성들(대표적인 예로 외국인 이주 여성, 장애인 여성, 트랜스젠더 등이 있다)에 대해 지금의 페미니즘 담론은 어떻게 접근하고 있는가? 이론으로 겹겹이 무장된 비평, 그리고 제도권 안에서만 인정받고 향유되는 일부 작품들이 과연 그들에 대해 전부 이야기한 것이라 말할 수 있겠는가? 게다가 지금의 비평은 '또 다른 여성'들에 대해, 혹은 지금의 담론과 거리가 먼

<hr />

란 영역을 침범하려는(특히, 남성인 평론가라는) 자의 공연한 트집 또는 억지스런 읽기라고 생각하는 것일까. 독자에 의해서든, 아니면 비평에 의해서든 간에 작품은 특정 집단에게만, 또는 주류(문단의 비평)라는 기준만으로 견고히 굳어지거나, 묶여서는 안 된다. (중략) 게다가 다름을 인정하지 않는 개별화된 공감과 위안으로 구축된 맹목적인 신뢰는 얼마든지 그것에 반(反)하는 결과로도 이어질 수 있다. 이러한 점에서 작품이 내재적으로 지닌 해석의 유예, 그 머뭇거림의 본래적 성질을 독자와 비평 모두가 받아들여야 한다. 그래서 '불편한 읽기'가 필요한 것이다." 정재훈, 「이해 없이, 당분간 그렇게 읽지 않기―미니멀리즘의 서사와 불편한 읽기」, 『포지션』, 2018.봄, pp.128-129.
"문학과 관련된 인터넷 기사에 일체 댓글이 달리지 않는 풍토에 비춰 본다면(특히 비평은 더욱 그러하지만), 이 현상은 가히 예외적인 상황으로 보인다. 연합뉴스에 실린 「전성욱 "'82년생 김지영' 여성의 삶 상투화…반여성적」(2018.1.8.)이란 기사에 달린 독자들의 댓글은 대략적으로 이런 것이었다. 전체 댓글 99개 가운데 일부 반응을 갖고 오면 이렇다. "많은 여성들이 공감하고 있는데 무슨"(rdw8****), "우리가 공감된다고……"(ye73****), "제대로 된 공감과 이해 없이 '82년생 김지영'의 인기에 편승해 보려는 수작"(rari****), "한국 남자가 뭘 안다고 82년생 김지영을 비판하냐?"(69hn****) 등이 있었다. 이것을 굳이 지적한 것은 공감으로 구축된 '읽기'의 경직이 얼마나 '다른 읽기'에 대해 배타적일 수 있는가를 보여 주기 위함이다." 정재훈, 「이해 없이, 당분간 그렇게 읽지 않기―미니멀리즘의 서사와 불편한 읽기」, p.129.

'또 다른 이야기'를 쓰는 이들에 대해서는 과연 얼마나 조명을 해 보았는가?[6]

이러한 담론이나 사회현상들을 문학 내로 끌어와 쓰는 유행이 비단 비평에만 있는 것은 아니다. 『문학동네』 2019년 가을호에 실린 기준영의 단편소설 「사치와 고요」를 보자. 먼저 이번 『문학동네』 가을호는 100호라는 경사스런 시기에 맞춰서 거의 모든 코너가 특집에 버금갈 정도로 구성되었다. 단편소설 코너도 마찬가지였다. 편집위원인 박민정, 김금희를 비롯해 현재 문단을 대표하는 작가들의 작품들이 실렸다. 그런데 기준영의 작품은 상당히 문제적이었다. 이 개인적인 의심에 대해 누군가는 부정적인 입장을 취할 수도 있을 것이다. 그렇다면 왜 이런 의심까지 하게 되었는지 밝히고자 한다. 먼저, 아래의 대목은 「사치와 고요」 서두 부분이다.

미주는 지난 5월, 고속도로 휴게소에 있는 화장실로 향하는 길에 한 남자와 어깨를 부딪쳤다. 그녀가 저를 부딪고 간 그를 돌아보았을 때, 그도 그녀를 향해 뒤돌아섰다. 그는 과도로 그녀의 왼쪽 복부를 찔렀다. 순식간에 일어난 일이었다. 그녀는 제대로 비명도 지르지 못하고 다리에 힘이 풀려 그 자리에 주저앉았다. 근처에서 그녀를 기다리던 남자 친구는 놀라 굳은 채로 들고 있던 뜨거운 커피를 제 몸에 쏟았다.

---

6 '여성 안의 여성'에 대해 시를 쓴 김선향 시인과 트랜스젠더 작가인 김비 소설가의 경우가 대표적이라 하겠다. 김선향 시인의 『여자의 정면』(실천문학사, 2016)은 '외국인 이주 여성'과 같은 '여성 안의 여성'에 대해 접근한 작품이다. 허나, 이 시인의 작품에 대해서는 얼마나 주목하였는가? 그리고 트랜스젠더 작가인 김비 소설가도 당선작 『플라스틱 여인』(동아일보사, 2016)으로 문단에 진입은 하였으나, 『창비』를 비롯한 몇몇 지면으로만 잠시 다루어졌을 뿐, 지금은 누구도 조명하지 않고 있다.

당일 아침에 그녀와 같은 관광버스에 오르며 눈인사를 나눴던 모녀가 괴한을 붙들고 때리고 넘어뜨리며 비명을 질러 댔다.

나중에 밝혀진 바로는, 미주에게 상해를 입힌 자는 반쯤은 정신이 나간 사람이었다. 사채업자에게 쫓기는 중에 부인마저 암에 걸려 공황 상태에서 낡은 승용차를 몰아 고속도로를 달리던 참이었다. 그의 영혼을 찢고 간 고통의 수레바퀴에게 그녀의 옷자락이 휘말린 이유는 단지 희박한 확률로 운이 나빴기 때문이었다. 엇비슷한 위로의 말들을, 그녀는 여러 사람들에게서 들었다. '이만하길 얼마나 다행인가요.'

미주는 일곱 차례 병원에 오갔다. 상처는 깊지 않아 염증이 번지지 않도록 주의하는 동안 큰 고통 없이 아물어 갔다. 그 외의 거의 모든 것들이 전과 같지 않았다.[7]

소설에서 서두는 중요하다. 서두는 소설 내 세계를 내보이는 것이며, 독자는 이 서두라는 일종의 '문'을 거쳐서 작가가 형상화한 작품 세계 내로 진입한다. 「사치와 고요」는 갑작스럽고 끔찍한 사건으로 서두를 시작했다. 가히 '테러' 혹은 '묻지 마 범죄'와 같은 사건을 서사의 문으로 제시한 것이다. 짐작건대 작가는 이 소설을 구상하기 전에 '강남역 살인 사건'을 인지했었을 것이다. 지금의 페미니즘을 강력하게 촉발시킨 그때의 사건과 매우 유사한 장면을 제시했다는 점을(더구나 사건의 충격적인 면에서 본다면, '화장실'의 폐쇄성보다는 '고속도로 휴게소의 화장실 앞'이라는 개방성이 훨씬 더 강한 게 아닌가?) 그저 가볍게 흘려보내기는 어렵다. 그런데 이렇게 시작된 소설의 전개는 의외의 방향으로 흐른다.

---

7 기준영, 「사치와 고요」, 『문학동네』, 2019.가을, pp.285-286.

소설에서 가장 심각한 부분은 이 충격적인 사건이 이후 '미주'에게 그 어떠한 영향력도 끼치지 않는다는 점이다. 이를테면 사건의 '피해자'로서 겪게 될 정신적 고통이라든가 사건 이전의 일상으로 도저히 돌아가기 힘듦을 소설은 조금도 보여 주지 않는다. 오히려 '미주'는 '상운'이라는 남자(이 남자와 '미주'는 잠깐 사귀었다가 헤어졌다)의 제안을 받아들여 "어느 정도는" "지중해풍으로 지어진" 저택으로 들어가 그 집 아이들의 "보모" 역할을 한다(p.291). 작가는 그 저택을 "'살아간다'는 감각을 환기하며 구축한 공간"이라고 묘사했다(p.291). 그런데 저택에서 일상을 보내는 '미주'의 감정적 반경 등 그 어디를 보더라도 서두에서 제시되었던 사건의 흔적은 도무지 찾기 어렵다. 그야말로 사건은 소설의 제목처럼 '고요'하게 사라지고, 피해자였던 '미주'는 저택에서 비현실적으로 보이는 평화로움마저 느낀다("여긴 참…… 넓고 평화롭네요.", p.300).

'미주'가 반드시 '피해자다운' 모습을 보여 줘야 한다는 것은 아니다. 하지만 서두에서 그러한 충격적인 사건을 제시했다면, 작가는 그 사건에 담긴 사회적 의미가 무엇인지를 묘파했어야만 했다. 소설에서 사건이 제시되는 이유는 바로 그 안에 담긴 어떠한 의미적 맥락을 작가가 독자에게 보여 주기 위함에 있다. 특히나 실제로 있었던 사건(꼭 '강남역 사건'이 아니더라도 여성들의 피습은 종종 발생했었다)을 작품 내로 가지고 왔다면, 거기에는 현실을 바라보는 작가의 시각도 당연히 반영될 수밖에 없다. 그럼으로써 사건은 독자의 흥미를 유도하기 위해서만 소모되는 이벤트성 장치가 아니라, 인물의 심리와 행동 더 나아가 작품을 둘러싼 현실까지도 관통할 수 있는 강력한 영향력을 발산해야만 되는 것이다. 게다가 사건을 일으킨 가해자, 즉 그녀를 칼로 찌른 '남자'는 도대체 왜 그런 짓을 벌인 것일까? '남자'

에 관한 이야기도 위 대목만이 있을 뿐 그 뒤로 가면 그야말로 '고요'
하게 사라진다.

또 작가는 왜 굳이 사건을 "영혼을 찢고 간 고통의 수레바퀴"라
며 마치 불가항력의 '운명'처럼 묘사한 것일까? 정말로 '미주'는 그저
단지 "희박한 확률로 운이 나빴기 때문"에 범죄의 피해자가 된 것일
까? 예술사회학 연구자이자 여성 등 소수자의 인권에 관한 저서를
집필하기도 한 이라영은 제도 속의 약자인 여성과 아이 들이 실제로
끔찍하게 피해를 입었던 사건들을 언급하면서 이렇게 말했다. "날벼
락 같은 일이다. 그런데 이 날벼락이 단지 '짐승 같은 변태성욕자'에
의해 재수 없게 벌어진 일일까."라고 말이다. 이라영은 피해자들이
겪은 사건들의 원인이 결국 "'일상'에 숨어 있는 요소들"에 있다고 지
적하며, 약자들을 보호하지 못하는 사회의 "허술한 구조"를 비판한
다.[8] 물론 사회학자로서의 견해를 갖고 온 것이지만, 작가 또한 사건
을 무턱대고 우연이나 운명처럼 묘사할 것이 아니라 그 사건이 지닌
의미적 맥락이 무엇인지를 진지하게 고민했어야 하지 않았을까?

기준영이 실제 사건을 어떻게 인식했는지는 알 수 없다. 그러나
분명한 것은 「사치와 고요」에서 묘사된 피해자 '미주'의 모습이 사건
을 둘러싼 사회적인 의미로서의(지금까지도 여전히 유효한) 그것과 철
저하게 배리된다는 점이다. 그럼 왜 이러한 일이 발생했는가? 그것
은 바로 피해자인 여성들을 그리는 것이 '유행'이기 때문이다. 너무
나 개인적인 의심인가? 이와 유사한 피해를 입은 여성, 아니면 여성
만이 아니라 누구든지 간에 피해자 입장에서 이런 작품을 읽게 된다

---

8 이라영, 『환대받을 권리, 환대할 용기—소수자를 위한 일상생활의 정치학』, 동녘,
2016, p.46, p.47.

면 과연 어떤 기분이 들까? 실제로 일어났던 범죄 사건을 소재로 한 영화가 당시 피해자와 유족들에게 가했던 정신적 고통 때문에 소송이 벌어지기도 했었다. 이는 창작의 자유를 넘어 상업적 이익을 위해 피해자와 유족들의 고통을 상품화하는 것이다. 사회적으로 파장이 큰 사건을 이렇게 「사치와 고요」(제목이 왜 "사치와 고요"인지도 의문이다)처럼 묘사해서는 안 된다. 상업적 이익을 꾀하는 것보다 더 위험한 것은 사건에 대한 왜곡된 묘사이다.

페미니즘 담론을 호출한 여러 사건들, 그렇게 문학계가 주목해서 다뤄진 것들도 있어 왔지만, 아직까지도 『문학동네』를 비롯한 주요 문예지들이 제대로 조명하고 있지 않는 사건들 또한 많다. 이 글을 마무리하는 지금 이 순간에도 불길한 예감을 지울 수가 없다. 무언가 사건이 발생하고 이슈가 될 때마다 너도나도 그것을 가져다가 쓰는 풍토는 결국 그 사건이 품은 본질적인 문제 자체에 다가가려는 의심을 마비시킨다. 더구나 아무리 시간이 지났을지라도 분명 누군가에게는 그것이 아물지 않은 상처로 지금까지 남아 있다. '세월호'만을 보더라도 알 수 있지 않은가. 아직까지도 시신조차 찾지 못한 죽음이 있는데 지금의 문학은 어디를 보고 있는가. '죽음답지 못한 죽음'이 지금도 도처에서 벌어지고 있지 않은가. 이전의 죽음들이 이제 막 벌어진 사건들의 충격파에 휩쓸려 망각될 수 있는 것인가. 언젠가 더 충격적인 무언가가 현실에서 벌어진다면, 지금의 페미니즘도 새로움의 자리에서 과감히 끄집어 내릴 것인가?

우리가 해야 할, 현실에 민감한 반응으로서의 문학은 그 현실이 묵과하고 있는 아니면 침묵하고 있는 것들을 되돌아볼 때만이 가능하다. 그리고 이건 새롭다기보다는 더 이전의 것들에 대해 계속해서 반응하고자 하는 것이다. 끊임없이 새로워져야 한다는 명분만을 고

집한다면, 오히려 이는 자칫 폭력으로('다르게 읽기'에 대한 배타적인 감정에서 비롯된다) 나아갈 수 있다는 점을 분명히 알아야 한다. 누군가의 삶, 그 현실에 다가간다는 것은 '쓸 수 없는 영역'에 접근하려는 시도이다. 쓸 수 없다는 것은 곧 '쉽게 답할 수 없는 문제'이며, 이는 우리에게 끊임없이 사유할 것을 요청한다. 그 문제 앞에서 어떠한 목적을 선취하기 위한 누군가의 해체와 재정립은 불가하다. 그리고 새로움이라 하여 모두가 그 기치 아래에 모일 필요는 없다. 또 다른 문학과 비평의 길은 반드시 있다. 바깥의 목소리에도 귀를 기울여야만 "앞으로 해야 할 이야기"들이 무엇인지 더 알게 되는 것이고, 우리가 거기에 진지하게 다가가고자 할 때 비로소 그 이야기들은 문학적 생명력을 얻는다.

개인적인 취향을 밝히자면, 나는 추리소설을 무척 좋아한다. 일본 소설, 특히 요코미조 세이시의 열렬한 팬이다. 그의 소설에는 일본 전후(戰後)를 기점으로 전복된 사회질서와 붕괴된 윤리 의식 속에서 비뚤어진 욕망으로 인해 발생한 여러 살인 사건들이 펼쳐져 있었다. 그것들이 일본 특유의 음습함 속에서 벌어진다는 점도 흥미로웠다. 이유는 또 있었다. 바로 주인공인 긴다이치 코스케였다. 탐정인 그는 문제 앞에서 냉철하고 이성적이며 박학다식에 신사적이기까지 한 셜록 홈즈와 전혀 달랐다. 더벅머리에 남루한 복장, 긴장할 때면 어김없이 더듬거리는 말투만 봐도 그러했다. 하지만 그는 피해자의 죽음이든 아니면 살인자의 죽음이든 간에 똑같이 가슴 아파했던 '인간'이었다. 그리고 자신의 잘못된 판단으로 인해 어쩌면 피할 수도 있었던 비극을 맞이해야 했을 때는 자책하며 통절하기도 했던 그런 탐정이었다. 지금도 탐정의 정답처럼 불리는 홈즈와는 전혀 달랐던, 또 다른 탐정. 지금의 문학과 비평도 마찬가지 아닐까. 그러니 우리 모두가 꼭 셜록 홈즈일 필요는 없다.

끝까지 살아 있는 존재를 꿈꾸며

> 비평의 시민권이란, 문학성에 입장하기 위한 것이거나 그곳에 머물기 위해 필요한 것이 아니라 신자유주의의 격랑 속에서 흘러들어 갈 수밖에 없는 '하수구', 그 어둠의 조건을 자신의 생활과 몸으로 익히고 제 호흡으로 한 발 한 발 나아갈 수 있을 때만 획득될 수 있다.[1]

> 우리는 결코 전쟁광들이 아니다. 다만, 그래야 하기 때문에 행하고 있을 뿐이다.—체 게바라의 메모에서

누군가는 '전위'를 곧장 새로운 것이라 생각한다. 하지만 나는 그 '새로움'이라는 것을 도무지 믿지 못하겠다. 의심스럽다. 색다를 것이라고는 전혀 없다. 익숙하다. 이전에 했던 시도를 또 '다시' 해야 한다는 것이고, 무언가가 남아 있다는 것을 확인하기 위한 '질문'일 테니 말이다. 언제든 때가 되면 이전의 논쟁이 부활하기도 했던 것처럼 이러한 말들도 그저 반복의 일환일 수 있다. 대부분의 새로움은 등장과 동시에 자신이 왜 새로운가를 세상에 납득시켜야 한다. 새로움을 강조할수록 이전의 것들을 더 과감하게 부정해야만 했을 것이고, 그렇게 지금까지 없었던 무언가가 도래할 것이라는 예언이 사람들 사이를 떠돈다.

---

1 김대성, 「'쪽글'의 생태학」, 『대피소의 문학』, 갈무리, 2018, p.147.

그리고 시간이 흘러 우리가 그것을 자연스럽게 받아들이는 시점부터 권력이 작동하기 시작한다. 정교한 이론들이 더해지면서 몸집 또한 비대해지고, 우리가 진정 가야 할 길을 그렇게 가로막을 것이다. 비평도 마찬가지다. 끊임없이 새로움을 고집하다 보면, 오히려 이것이 '다르게 읽기'에 대한 배타적인 태도로 이어질 수 있는 것이다.

의심의 뿌리는 예전부터 있었다. 그러니까 문학장에서 어떤 새로움이라 하여 모두가 그 기치 아래에 모일 필요는 없으며, 또 다른 문학과 비평의 길은 반드시 있을 것이라고 믿었기 때문이다. 문학은 여전히 정치적이라 할 수 있는가라는 질문을 다시금 떠올리며 분연히 싸워 나가야 한다는 생각을 한 적도 있었다. 비록 '촛불'의 거대한 흐름이 이제는 메말랐을지언정 그때의 민주주의를 향한 희열과 시민들의 환호가 어느새 차갑게 식었을지라도, 어쩌면 우리는 지금이야말로 다시 질문해야 할지도 모른다.

그렇다면 그 질문은 단순해야 할 것이다. '촛불' 이후 여전히 우리의 전쟁은 끝나지 않았으며, 그때 당시 혁파되기를 희망했던 어떤 것들은 어느새 다시 제 위치로 돌아와 견고하게 우리를 가로막고 서 있다. '게릴라'가 떠올랐다. 일정한 진지 없이 여기저기 움직이는 비정규군. 지금도 게릴라처럼 때마다 '쪽글'로 생존하는 용병들이 존재한다. 쪽글은 그들의 무기다. 게릴라의 대표적 소총인 AK47의 창시자인 칼라시니코프는 늘 이 말을 마음에 품었다고 한다. '복잡한 것은 쉽다. 단순한 게 어렵다.'

누구에게나 명심해야 할 것들이 있기 마련일 테지만, 그것들은 의외로 단순명료할 때가 많다. 게릴라가 명심해야 할 수칙도 단순하다. 적을 신속하게 죽이는 것도 많은 적을 죽여 수훈을 세우는 것도 아니다. 전투가 벌어지는 동안 위기가 닥쳤을 때 신속히 후퇴하는 것이 게릴라의 수칙이자 생존법이다. '문학성'에 안주할 수도 없는 용병들은 '생활'과 '글쓰기'라는 그 경계가 모호한 시가전에 휩말려 잔뜩 몸을 웅크렸다. 그들에게 생활은 전쟁이었고, 글쓰기는 곧 생존법이었다.

게릴라에게 어둠의 조건, 즉 "하수구"는 활동지이며 은신처이다. "신자유주의의 격랑"이 시인을 비롯한 가난한 예술가들과 우리 모두에게 가차 없이 밀려들어 왔고, 그렇게 가장 낮은 곳으로 나앉은 상황에서 '생존'이라는 저급한 문제를 짊어지게 되었지만, 이것은 결국 우리만의 생존법을 모색해 보는 전환점으로 이어져야 할 것이다.

우리에게 허락된 이 어둠 속에서 저마다의 호흡과 보폭으로 걷다 보면 우리와 똑같이 격랑에 떠밀린 이웃들의 '대피소'가 보일 것이다. 그리고 그곳은 "재난과 참사의 표지만이 아니라 바깥으로 내몰릴 수 있는 존재들을 상상하고 예감할 수 있는 공동체의 감응 능력"[2]을 발휘하는 곳이어야 한다. 이로써 우리의 임시 거점이 마련되는 것이다.

바깥을 향한 상상력과 예민함은 엘리트 장교나 정규군이 아니라 게릴라에 더 어울린다. 그러니까 우리 가운데 누군가는 대피소에 있는 이웃들을 향해 '나 또한 지금 당신들과 같은 경험을 했고, 당신과 똑같은 몰골로 이 대피소에 흘러들어 왔다는 사실'을 어떤 글로써든 증명해야 할 것이다. 나는 이것이 바로 "비평의 시민권"이라 생각한다. 비평의 권리는 외부에 의해 부여되는 것이 아니라, 스스로 증명해야만 얻을 수 있다.

일상과 관습의 바깥에 은신처를 둔 문학으로서의 상상과 예감은

---

2 김대성, 「쪽글'의 생태학」, p.45.

시든 비평이든 그 어떤 글로써든 시도되어야 한다. 그 방식들, 이를 테면 얼마만큼의 보폭이냐 호흡이냐는 정해진 것이 없다. 그저 어둠 속에 각자 최대한 몸을 숨긴 채 목적지를 향해 최적의 경로로 침투를 시도하면 되는 것이다.

손톱에 낀 기름은 닦이지 않고
휘발되지 않고
질병을 끌고 다니는데
서로의 꼬리를 불로 지지고 놀았다

사랑하는 것이
죽고 태어나고 죽고 태어나 사랑하는 것이
쓸모없어지는 것이
적막해서

아버지와 대화를 한 기억은 없는데

쥐 얼굴을 한 채
톱니바퀴 사이를 뛰어다녔다

시멘트가 시멘트를 묻어 버리고
잡초가 잡초를 밀어 올리고
구름이 구름을 삼키고

등이 차가워지는데

물컹하고 비릿한 덩어리가
삼켜지는데

실패하는 것이
실험하고 다시 실험하고 실패하는 것이
잘 끊어지지 않는 동맥들이
아득해서

아버지는 나와 같은 공포를 느꼈을까
쥐는 보이지 않는데

냉장고 문은 열렸다 닫히고
닫혔다 열리고

—정우신, 「쥐 인간」 전문

　　정우신의 시적 세계에는 예사롭지 않은 어둠이 짙게 깔려 있다. 이는 곧 파국이 일어날 것을 예고하는 밤이다. 그의 두 번째 시집 『홍콩 정원』(현대문학, 2021)에는 석유 냄새가 진하게 감돌고 있어 언제 폭발할지 모르는 불길한 밤을 비롯해(「암시장」), 한밤의 기도 뒤에 가려진 무시무시한 적막감과 함께 거대한 눈사태가 일어날 것 같은 불안감이("죽음의 두께", 「베이스캠프」) 묵직하게 담겨 있다.

　　차갑게 등을 떠미는 격랑에 휩쓸려 죽음을 연상시키는 어둠 속으로 마치 복잡한 회로처럼 촘촘하게 퍼진 기계적인 세계는 화자('나')가 이전에 봐 왔던 평화로운 세계와 너무나 달랐을 것이다. 그 안에

같힌 화자의 운신 폭은 극히 제한적일 수밖에 없다. "톱니바퀴"들은 오차 없이 정확히 돌아가고, 동일한 것들이 무한 반복("시멘트-시멘트", "잡초-잡초", "구름-구름")되는 상황 또한 미세한 틈도 없을 만큼 촘촘하게 채워져 있기 때문이다.

화자가 꼬리를 불로 지지다가도 문득 "공포"를 느끼는 시점에 '아버지'를 떠올리는 장면을 주목해 보자. 과거의 존재인 '아버지'는 화자인 지금의 '나'에게 삶의 어떠한 지침도 제시해 주지 못했다. 그리고 '내'가 처한 극단적 상황에 따른 공포는 '아버지'라는 기성세대가 전혀 경험한 적이 없었던 상황이었을 것이다. 이렇게 낯선 상황이 벌어지리라는 것을 예측하지도 대비할 기회도 '나'에게는 전혀 없었다("아버지와 대화를 한 기억은 없는데").

지금까지 우연성에 의해 지배되어 왔다고 여겨진 '사랑'이라든가 '실패'라는 존재적 사건 또한 이곳에서는 기계적으로 반복되는 과정에 불과하다. 이는 오직 열리고 닫히기만 하는 냉장고처럼 이분법적인 원리에 의해 작동된다. 사랑과 실패를 관장했던 운명의 손은 기계로 대체됐다. 이제는 "톱니바퀴"의 질서가 '나'의 세계를 관장할 것이며, 이는 곧 '나'의 새로운 운명이자 초월적 위치('아버지')를 독점하게 될 것이다.

기존의 몸짓과 습관은 이 새로운 질서에 적응하지 못한다. 때문에 서로의 꼬리를 불로 지지며 놀았던 화자의 행동을 유아적 퇴보라고 말할 수는 없다. 이것은 미성숙 단계, 또는 완성형에 이르지 못한 '리플리컨트'의 매우 초보적인 사례일 뿐이다. 하지만 시인의 상상적 회로와 연결된 리플리컨트이기에 이것은 우리 주변 일상에 자리 잡은 관습과 인식에 오류를 일으키게 될 것이다. 새로운 시대에 적응하지 못한 동물적 감각과 첨단 기술 사이에 발생하는 불협화음을 틈타 시인의 상상력이 침투한 흔적이 바로 리플리컨트이기 때문이다. 이것은 축적된 데이터를 오염시키는 바이러스이며, 일상 곳곳을 예민하고 민첩하게 침투해 들어가면서 점차 심각한 오류를 일으킬 것이다. 마치 게릴라처럼.

손톱에 낀 기름처럼 정체불명의 질병처럼 어딘지 모르게 이질감과 불쾌감을 주는 "물컹하고 비릿한 덩어리"는 위 시에서 가장 반항적이고 공격적인 이미지이다. 어둠에 쉽게 녹아들기도 하지만, 섬뜩하며 이질적이기도 한 이 낯선 덩어리는 하수구를 떠올리게 하면서 동시에 "톱니바퀴"들 사이에 낀 사체도 연상시킨다. 그럼 이것은 '쥐-인간'의 사체일까? 하찮게 보였던 바이러스가 일으킨 그때의 비상 상태만큼이나 물컹이는 비릿한 덩어리도 정교한 "톱니바퀴"들을 일순 멈추게 할 수 있다.

펜스가 쳐졌다. 아이들의 놀이는 금지되었다. 집을 세우는 동안에 집을 세우는 놀이 외에는 모두 금지였다. 소음이 사라진 일은 아이들을 신기하게 만들었다. 세상의 모든 소리가 집을 만드는 소리로 바뀌었다. 길은 종종 금이 갔지만 곧 깔끔해졌다. 덤프트럭이 실어 나르는 것은 늘 비어 있었다. 이것을 공사라고 하지. 사사로운 일은 여기에서 말할 가치가 없어. 공사 관계자는 팻말을 가리켰다. 펜스가 쳐졌다. (중략) 펜스가 쳐지고 펜스가 쳐지고 펜스가 쳐졌다. 공사를 하는 사람들은 잘 지어진 거대한 영안실에 자신의 이름을 배정받았고 그것을 역사라고 불렀다. 새로운 것은 늘 역사가 되지. 공사의 수사학 앞에서 다른 것은 소음일 뿐이었다. 분명한 것은 이 모든 것은 다 아는 이야기라 진부하다는 것이었다. 좀 새롭게 말할 수 없겠니? 너는 늘 똑같은 말을 하는구나. 네가 여기 살고 있다는 게 신기하다. 새로운 펜스가

쳐졌다. 나는 자라서 살아 있다. 아니 바람만이 살아 있었다. 바람이
보푸라기처럼 일어나 집들을 돌며 울었다. 이제 소음을 기억하는 것은
바람뿐이었다. 나는 오래된 소음의 지도와 악보를 바람에게 던져 주었
다. 하늘에는 아무것도 없었지만 태양 속에서 바람이 불타고 있었다.
거기 오래전에 타오르던 집이 있었던 것만 같아 눈을 들 수 없었다.

—김학중, 「그라운드 제로—미래 일기 3」 부분

가끔씩 옛 동네를 지나갈 때가 있다. 이제는 예전 모습이 완전히
사라졌고, 고층 아파트들이 빼곡하게 서 있다. 재개발이 확정된 이
후부터 곳곳에 펜스가 쳐지고, 이웃집 대문에 붉은색 락카로 'X'자가
칠해졌다. 삼엄한 문장의 경고문이 붙여져 있었고, 버려진 옷가지들
이 시체처럼 방치되고, 밤에는 가로등조차 켜지지 않아 그야말로 죽
음의 도시를 보는 것 같았다. 어떤 이웃은 이곳에 새로 지어질 아파
트에 입주할 것이라 했었고, 돈이 없어 멀리 지방으로 내려갔다는
이웃의 소식을 한참 뒤에 듣기도 했었다.

김학중의 『창세』(문학동네, 2017)에는 '재개발'을 연상시키는 시들이
몇 편 실려 있다. 이는 시인의 실제 경험에 의해 나온 시들이었을 것
이다. 정든 집과 익숙했던 동네를 떠나야 한다는, 누군가에게는 날
벼락과도 같은 상황이 위 시의 제목인 "그라운드 제로"와 너무나 비
참할 정도로 겹친다. 폭탄이 떨어지는 곳에 무엇이 살아남을 수 있
겠는가. 그곳에 있던 누군가의 삶, 추억, 이웃들과의 관계는 모조리
제로(0)로 갱신된다. 시인이 공사 현장을 "거대한 영안실"이라 말한
것은 상투적인 표현이 아니다. 그곳에서 벌어진 동시다발적인 죽음
과 파괴를 직접 목격했기에 나올 수 있는 참혹한 표현인 것이다.

이로써 "새로운 것"은 자기 자신을 살아 있는 역사로서 증명해 나

간다. 그 과정에서 미시적인 것들은 죽음과 파괴로 매몰된다. 이전의 집을 부수고 다시 새로 "집을 만드는 소리"에 주변 소리들이 묻힌다. 생산과정에서 발생하는 모든 잠재적 위험은 은폐된다. 공사현장 주변의 길이 갈라지고 육중한 덤프트럭들이 내는 소음은 그저 "사사로운 일"에 불과하다. 모든 부정성은 곧장 역사적 과업이라는 명분 하에 묵살된다.

이것이 누구나 다 알고 있고, 심지어 당연한 것이라 여기는 이곳의 질서다. 지금까지 셀 수도 없이 많은 골목들과 이웃들의 관계망이 '개발'의 명분으로 사라졌고, 그렇게 누군가의 장소와 삶의 의미는 어떠한 흔적도 남기지 못하고 매장됐다. "공사의 수사학"은 계속해서 "새로운 펜스"를 친다. 기존의 장소와 거기에 깃든 의미들을 마구잡이로 구획하여 파괴한다. 그리고 세련된 아파트와 단지 내 조성된 인위적 자연 공간, 그 안에서 여유롭게 미소 짓는 전문 모델들의 얼굴을 전시함으로써 보다 안락하고 쾌적한 삶의 이미지를 새롭게 생산한다.

한병철은 "오늘날 삶이란 그저 생산하기일 따름"이며, 이제는 "모든 것이 놀이의 영역에서 생산의 영역으로 옮겨"[3] 갔다고 지적한다. 또 그에 따르면 '놀이'는 '강한 놀이'와 '약한 놀이'가 있는데, 이제는 놀이 자체가 여가 활동처럼 약화되었고 생산의 일부로써만 기능한다는 것이다. 위 시에서 김학중이 표현한 "집을 세우는 놀이"는 한병철이 지적한 것과 상당히 겹친다. 생산에 완전히 흡수된 놀이. 그렇다면 이 죽음과 파괴를 양산하는 거대한 컨베이어를 멈추게 할 방법은 없는 것일까.

---

3 한병철, 『리추얼의 종말』, 전대호 역, 김영사, 2021, p.73.

무자비한 개발과 생신의 컨베이어를 저지하려는 게릴라적 상상을 위 시의 어디에서 찾아볼 것인가. "나는 자라서 살아 있다. 아니 바람만이 살아 있었다."를 보자. 먼저 "바람"은 "펜스"를 넘으려는 게릴라적 상상을 떠올리게 한다. 시인의 "바람"에 실린, 누군가가 살아 있었다는 증거이자 노랫말("지도와 악보")은 지상 어디에도 당도하지 않을 것이며 곧장 "태양"에 의해 불태워질 것이다. 그것들이 어디에 떨어진다 해도 또다시 새로운 "펜스"가 쳐질 것은 불 보듯 뻔하기 때문이다. 그렇기에 시인은 배수진을 치고 배를 불태우듯이 "바람"을 향해 노랫말을 던져 버리는 것이다. 생산의 논리에 맞서 스스로를 파괴하려는 시인만의 상상은 '강한 놀이'의 일환인 셈이다.

"나는 자라서 살아 있다"라는 구절에서 『창세』에 실린 다른 시, 그러니까 "나는 내 눈의 어둠에서 괴물을 보았다"라는 대목에서 보듯 어둠에 침전되어 있는 분노의 층위가 엿보인다. "이 시대의 노래가 아닌/이빨 뽑힌 웅얼거림"에는 자신이 소중하게 여겼던 삶의 터전과 모든 관계들을 송두리째 뽑힌 자의 분노와 슬픔이 뒤섞여 있다.(「괴물」) 문득 그을음처럼 떠오르는 불순한 상상. 하지만 당연한 상상. 그러니까 지금은 아직 더 자라야 하는 소년인 '내'가 끈질기게 살아남아 언젠가 저 "펜스"를 쓰러뜨릴 테러리스트가 되리라는 불순하지만 당연한 상상. 그렇게 새로운 "그라운드 제로"는 이미 예고된 것인지도 모른다.

해변에 가자

혼자라면 발자국이 두개, 아롱이 밤이와 함께 걸으면 발자국이 열개

스무개, 서른개……

셀 수 없는 무늬로 모래사장을 물들이자 파도가 다가와서 열개의 다리를 적셔도 멈추지 말자 첨벙첨벙 발을 구르자 각자의 감촉으로 햇살 아래 몸을 말리자

개 반입 금지

현수막을 운동장에서, 거리에서, 해변에서 만나게 된다 해도 걷기를 포기하진 말자 코너의 벚나무까지 달리기, 창 너머 들려오는 소리에 귀 기울이기를 멈추지 말자

비에 젖은 흙냄새, 실밥이 뜯긴 야구공, 풀숲에 뛰어들기를 끝내지 말자

열개의 다리로, 수많은 풍경 속에 발 담그기를 계속하자

바람에 흩날리는 제각각인 우리의 빛깔을 그림자와 그림자로 이으며, 쿵쿵 가끔 뒤돌아 서로를 확인하면서

모르는 길 밖으로 나서기를 두려워하지 말자 가볍게 가볍게 땅에 그어진 선의 경계를 훌쩍 뛰어넘으며

이 걷기를 계속하자

—정다연, 「우리 걷기를 포기하진 말자」 전문

앞서 두 시인의 작품과는 분위기가 다르다는 것을 느낄 것이다. 위 시에서는 해변의 바람, 햇살이 어우러져 "수많은 풍경"들이 펼쳐져 있다. 부드러운 청유형의 말투도 거부감 없이 받아들이게 되면서 문득 저 길을 걷고 싶다는 마음이 들 정도다. 그런데 시인은 저 길을 정말로 처음 간 것일까? 같은 해변도 "셀 수 없는 무늬"로 매 순간 새롭게 보이듯이 시인이 걸었을 저 길도 어쩌면 처음 간 게 아니었을 것이다. 늘 그곳을 갈 때마다 햇살의 각도, 바람이 주는 감촉, 어제와는 조금 다른 흙냄새가 수없이 다른 풍경으로 다가오는 '알면서도 모르는 길'이지 않았을까.

"이 걷기를 계속하자"라는 마지막 시구에 다다르게 되자, 예전에 봤던 리베카 솔닛의 글이 떠올랐다. "가장 철학적이고 예술적이고 혁명적인 인간의 행위에 대하여"라는 다소 긴 부제가 달린 『걷기의 인문학』에 실려 있는 「윌리엄 워즈워스의 두 다리」라는 글이었다. 이 글에서 솔닛은 당시 워즈워스가 얼마나 많이 걸었는지, 또 '걷기'가 그에게는 세상을 만나는 방식이면서 동시에 시 쓰기 방식이기도 했었다는 점을 부드러우면서도 꼼꼼하게 기술했다. 게다가 워즈워스의 『서곡』에서 그가 길을 걸을 때마다 항상 데리고 다니는 개에 관한 이야기도 있다고 하는데, 이는 위 시에서 화자인 시인이 개들("아롱이 밤이")과 함께 길을 나선 풍경과 상당히 겹쳐 보인다.

무엇보다 솔닛은 워즈워스가 스스로 밝힌 시 쓰기의 원칙, 그러니까 서민들의 생활을 길 위에서 바라보고, 그들과 대화를 나누고, 그들에게 질문을 던짐으로써 자신의 문체를 찾아갔다는 점을 강조했다. 그리고 이렇게 "그가 더 소박한 언어를 택한 것은 정치적 행동이었고, 바로 이 정치적 행동이 스펙터클한 예술적 결실로 이어졌다"[4]고 평했다.

그럼 위 시에 나타난 "걷기"를 다시 보자. 처음에는 그저 부드럽게만 보였던 풍경이 조금은 다르게 보이지 않는가. 비록 아직까지는 길 위에 사람의 모습이 보이지 않지만, 눈보다는 코로 "킁킁"거리며 서로의 존재를 확인하고 그렇게 새로운 만남을 소박하게 꿈꾸려는 시인의 방식(문체)을 당신도 나처럼 거부감 없이 받아들인다면, 우리는 위 시의 또 다른 무늬를 발견했다고 말해도 되지 않을까.

그런데 "열개"도 낯설게 보인다. 왜 숫자인 '열 개'가 아니라, "열개"라 했던 것일까. 혹시 이것이 내 짐작대로 '열개(裂開)'라면, 그러니까 조금씩 찢어져서 벌어진 작은 틈을 내가 잘못 본 것이 아니라면, '시인다운' 감각과 상상에 의해 올곧게 선 "열개의 다리"로 펜스처럼 곳곳에 묶인 "개 반입 금지"의 현수막을 찢고 그렇게 곳곳마다 "땅에 그어진 선의 경계"를 "가볍게 가볍게" 넘어가려는 발칙한 게릴라적 상상을 정말로 시인이 한 것이라면, 그 벌어진 틈에서 희미하게 비쳤을 "빛깔"을 정말로 "우리"의 것이라 불러도 되지 않을까.

저 "빛깔"은 지극히 일부만이 드러났기에 아직은 무엇이라고 단정할 수는 없을 것이다. 그럼에도 저것은 분명 이전에는 없었던 흔적이자 도래하지 않은 시적인 힘일 것이며, 어느 특정한 누구에게만 허락되지 않을, 결국 우리 모두를 향해 열린 '임시 거점'이 아닐까. 김대성 평론가가 말한 '대피소'처럼 저 빛의 거점을 가리켜 "우리의 빛깔"이라 말해도 될 것 같다.

『닥터 지바고』로 우리에게 잘 알려진 러시아 시인 보리스 파스테르나크의 「시」라는 작품에는 이런 구절이 있다. "시여, 수도꼭지 밑에서/양철통같이 공허한 뻔한 소리가 날 때,/그때도 흐름은 보존되

---

4 리베카 솔닛, 『걷기의 인문학』, 김정아 역, 반비, 2017, p.181.

어 있다./공책이 밑에 놓여 있다, 흘러나와라!"[5]

"뻔한 소리"의 상투성은 새로움과는 거리가 있다. 시에는 낯선 울림과도 같은 "흐름"이 오래전부터 자리 잡고 있었다. 그 "흐름"의 경로는 보이지 않는 곳에서부터 시작하여 어느 이름 모를 습작하는 손으로, 일상을 견디며 시적인 것을 기다렸을 그 손끝에까지 이어진다. 그렇게 조금씩 맺게 되는 것이 바로 시이고, 시간이 지나 다시 조금씩 흘러나와 공책의 여백에 서서히 낯선 무늬처럼 번지는 것이다.

안으로부터 찢고 나와서 서서히 바깥을 향해 흘러내리기 시작한 힘은 언젠가 찬란하게 시로서 마침내 제 모습을 드러낼 것이다. 단순한 믿음은 보이지 않는 곳에서부터 흘러나온다. 믿음에 이르는 과정에는 생활과 호흡이 복잡하게 뒤섞일 수밖에 없다. 정우신, 김학중, 정다연의 시들을 나의 경험, 생활과 겹쳐 보고 싶었다. 시인들의 작품과 내 호흡을 부싯돌처럼 투박하고 단순하게 부딪쳐 보고 싶었다. 순간 나타났다 사라지는 그 빛을 애써 붙잡고 싶지는 않았다.

나는 시적 전위라는 말을 모른다. 누군가가 다시 물어도 똑같이 말할 것이다. 지금까지 내가 본 시는 어느 하나도 새로움과는 거리가 멀었다. 아니 다른 말로 바꿔야겠다. 새로워서가 아니라, '다시 알아본 것'이라 해 두자.

당연한 말이겠으나, 시는 데이터나 정보 따위가 아니다. 저마다의 시는 울림/흐름을 내장하고 있다. 한 편의 시도 읽는 이에 따라 그 울림/흐름이 제각각이다. 어제의 경험으로 비춰 보고 내일의 가능성으로 열리게 될 또 다른 읽기, 그렇게 다시 알아보기가 허락되는 여

5 보리스 파스테르나크, 『끝까지 살아 있는 존재』, 최종술 역, 민음사, 2021, pp.103-104.

백이 있기에 우리 각자의 공책에 서로 다른 무늬들이 물들 수 있는 것은 아닐까.

시를 느끼고 더 나아가 자신만의 무늬와 빛깔로 그것을 기억하고자 하는 과정은 무척이나 유동적이며 수많은 변수가 존재한다. 그래서 이것은 제품처럼 생산될 수 없다. 시를 쓰고 읽는 과정에서의 여백은 어느 누구도 독점할 수 없는 내밀한 공간이며, 동시에 모두에게 열려 있는 임시 거처이다. 만약 그곳을 제도권 하의 권력에 의해 빼앗긴다면 우리는 분연히 행동에 나서야 할 것이다. 게릴라처럼.

오늘도 내일도 그다음 날도 계속해서
우리는 우리의 길을 가야 한다

1. 어떤 길은 모르는 자의 표정으로 지나가야 한다

길은 그 위에 선 이에게 모든 것을 한눈에 보여 주지 않는다. 얼마만큼의 보폭과 속도로 걷느냐 어느 위치에 서서 어디로 시선을 두느냐에 따라서 저마다 볼 수 있는 풍경도 얻을 수 있는 의미나 감동도 다를 것이다. 게다가 처음 와 본 길목이라면 이 길이 곧장 어디로 향하는지조차 알 수가 없으니, 길 끝에 무엇이 있을 것이라고 단정하려는 태도는 당연히 지양해야 한다. 일단 걸어가야 한다. 지금까지 무수한 발걸음이 저마다의 길을 지났다. 인간의 역사도 길 위를 걷는 것과 마찬가지였다. 세계의 진리를 발견하기 위해 길을 떠난 이도 있었고, 알려지지 않은 곳에 숨겨진 부와 명예를 얻기 위해 발걸음을 옮겼던 이도 있었다.

문학을 길에 비유하는 것은 그리 낯선 상상이 아니다. "언어는 말이든 글이든 시간 속에 펼쳐지기에 한눈에 볼 수 없다는 점에서 길과 비슷하다."[1] 문학의 길 위에 무수히 많은 발자국들이 찍혀 왔다고 말해도 이상할 것이 없다. 그 길에는 작가만이 아니라, 독자들의 발자취도 있다. 어떤 이는 뜻밖의 문장들을 접해 결국 울음을 터트렸을지 모르고, 문장들로 화려하게 수놓인 길 위의 풍경에 도취된 어떤 이의 발걸음은 그 누구보다 가벼웠을 것이다. 시의 길도 마찬가지다. 한 편의 시에도 여러 의미의 길목들이 있다. 시어들 사이에 감춰진 침묵과 여백, 그 안에 아직 찾지 못한 낯선 의미의 샛길들이 그러하다. 익히 알려져 온(해석되어 온) 길이라 해도 특히 시에서는 아직 누구도 발견하지 못한 또 다른 길들이 훨씬 더 많을 것이다.

간혹 그 길 위에 비평이라는 이정표가 세워지더라도 우리가 모르는 샛길은 분명 어딘가에 있기 마련이다. 이정표만을 따라 걷던 누군가가 진지한 표정으로 "우리 시가 어느 길로 나아가야 하느냐"라고 묻는다면, 우리도 "모르겠다. 길을 찾느라고 시를 쓰는 것이 아니겠는가."라고 답해야 하지 않을까.[2] 지금도 여전히 '시를 쓰는 것이 곧 길을 찾는 과정'이라고 믿는다면, 그렇게 쓰인 시를 읽어 나가려는 독자의 걸음에 대해서도 한 번쯤은 상상해 볼 수 있지 않을까. 시를 쓴 이의 걸음걸이를 똑같이 따라 할 수는 없어도 시의 길목에 서 있다면 누구든 그저 '걷는 자'여야 할 것이다. 이정표로 정해진 길이 없으니 일단 무작정 걸어가 보는 것도 그리 어려운 일은 아닐 것이다.

시를 읽고 나서 글을 쓸 때마다 길목에 선 기분이었다. 그것을 써나가는 과정 그 자체, 즉 시를 뒤따르는 나만의 상상적 보폭은 매번 설렜지만 또 한편으로는 조심스러운 여정이기도 했다. 더구나 바로

---

1 리베카 솔닛, 『걷기의 인문학』, 김정아 역, 반비, 2017, p.427.
2 황현산, 『잘 표현된 불행』, 난다, 2019, pp.78-79.

근년에 첫 시집을 낸 시인들을 따라가야 할 때는 정말로 낯선 길목에 선 기분이었다. 그렇게 설레지만 조심스러운 기분으로 따라간 이소연, 이원하, 이정훈의 시집들 각각의 샛길은 너무나 달라 보였다. 여러 갈래로 난 길을 걸을 때마다 나는 어떤 표정을 짓게 될까. 문득 이 글을 마친 이후에 우리, 그러니까 당신과 나의 표정이 현답을 하는 이보다는 우문을 하는 이의 것에 더 가까웠으면 좋겠다는 생각이 들었다. 그래야 나중에 우리가 아직 걸어 보지 못한 길을 발견했을 때의 기쁨도 그만큼 더 커질 것이기 때문이다.

2. 당신(들)이 몰랐던, 그 천천히 죽어 가는 것(들)에 대해 말해 줄게─이소연의 시

만약 당신이 이소연의 첫 시집 『나는 천천히 죽어 갈 소녀가 필요하다』(걷는사람, 2020)를 이제 막 손에 쥐었다면, 내가 그러했듯 당신도 시집의 겉표지를 가만히 들여다봤으면 좋겠다. 검은색과 붉은색의 원색적 이미지가 보일 것이다. 처음에는 나뭇가지에 잎이 몇 개 붙어 있는 것처럼 보이겠지만, 조금 더 상상의 보폭을 넓혔다면 나뭇가지가 세 갈래로 나뉜 길처럼 보이기도 했을 것이고, 특히나 잎은 마치 부릅뜬 눈동자처럼 느꼈을지도 모르겠다. 시간이 지나도 여전히 손에서 시집을 놓고 있지 않았다면, 그것은 제목에서 풍기는 낯섦 때문이었을 것이다. 처음에는 소녀의 비명 소리가 귓가를 스쳤지만, 유독 '천천히'라는 어휘가 이상하게 마음에 걸려 끝내 시집을 내려놓지 못한 것도 그 때문이었다.

소녀의 죽음은 '강남역 살인 사건'을 비롯해 지금까지 일어난 일련의 참혹한 사건들과 관련이 있을 것이다. 그런데 이 시집의 길목에서 당신과 내가 주의해야 할 지점이 있다. 그것은 바로 이 '죽음'이라는 사건이 말 그대로 '생명의 끊어짐'만을 의미하는 것이 아니라는 점이다. 다시 원래대로 되돌리는 것이 완전히 불가능해진 상처까지 포괄하는 의미로서의 죽음으로 봐야 한다는 것이다. 그리고 죽음과 가장 친숙한 색상이 검은색과 붉은색임을 받아들일 용의가 있다면, 당신도 나처럼 시집 맨 앞에 놓인 「철」[3]에서부터 드러난 저 두 원색적 대비에 시선을 집중해 보길 바란다. 바다를 볼 설렘으로 가볍게 발걸음을 시작했을 길목에 피가 한두 방울 떨어졌고, 그렇게 아무에게도 말하지 못한 채 시간이 흘러 이제는 얼굴에 검게 굳은 흉터를 지닌 소녀가 천천히 우리 앞으로 다가올 것이기 때문이다.

> 나는 여섯 살에
> 철조망에 걸려 찢어진 뺨을 가졌다
>
> 철을 왜 바다 가까이 두었을까?
>
> 눈을 감고 바다를 들으려고
> 바람을 따라갔다
> 피가 나는 뺨을 받아 왔다
>
> 아무도 나를 병원에 데려가지 않았다
> 잠을 잤다 할머니 무릎을 베고
> 지린내가 심장까지 따라왔다

---

3 이 시는 일곱 편으로 된 연작시이며, 이소연 시인은 이 시들을 나미나의 「Sun Cruises」에 협업하기 위해 썼음을 밝혔다.

철을 왜 바다 가까이 둘까?

그 둔중한 말을 왜

그땐 왜 눈을 감지 않았을까?

무얼 가지려고

갈라지는 물

다시 아무는 물

꿰매지 못한 뺨

철을 바다 가까이 두는 게 더는 이상하지 않았다

─「철」 전문

이렇게 우리는 세상으로부터 "천천히 버려질 얼굴"과 마주쳤다
(「철 2」). 그런데 이 원색적 이미지만으로는 뭔가 부족하다. 이 시를
더 들여다보면 우리가 아직 보지 못한 샛길을 찾을 수 있을 것이다.
시인 자신이 실제로 경험한 일이라도[4] 그 사건의 파편들이 시어로
써 놓고, 이것이 또 다른 시어들과 서로 연결됨으로써 시적인 의
미로 확대된다고 본다면, 당신과 나는 저 소녀의 "찢어진 뺨"에서 시
작된 샛길에 한 걸음 더 들어가 봐야만 할 것이다. 위 시에서 "무릎"
과 "지린내"로 이어지면서 풍기는 냄새는 무엇이었을까. '나'의 "찢
어진 뺨"에서 흘러나와 옷에 배인 피 냄새였을 수 있겠고, 아니면

---

4 「포항 출신 이소연 시인 첫 시집 '나는 천천히 죽어 갈 소녀가 필요하다' 발간」, 『경
북일보』, 2020.3.18.

086

'할머니'의 몸에 이미 배어 있었는데 그날 처음으로 '내'가 맡게 된 냄새였을 수도 있다. 이 냄새가 누구에 의해 비롯된 것이라 딱히 판별하기는 어렵다. 하지만 이것이 지금까지 여성이라는 이유만으로 세상으로부터 받은/받았던 동일한 상처에서 비롯된 것이라고 짐작해 볼 수는 있다.

시집을 통해 증언되는 상처들은 대부분 외부의 힘에 의해 즉각적으로 발생한 것들이지만, 또 한편으로는 시간이 지나면서 천천히 누적되어 오다가 뒤늦게 발견하게 되는 유형도 있다. 특히 「흰 집」에서는 "뒤꿈치"에 새어 나오는 피가 순백의 드레스와 선명하게 대비된다. 천천히 새어 나왔을 피의 흔적이 파티가 끝나고 나서야 뒤늦게 발견된다. 파티에 참가한 이들의 몸을 휘감은 '순백의 관습'에 가려진 '검붉은 상처'("흉터"와 "멍")는 당사자들이 그 참혹함을 늦게 알아챌수록 더 깊어졌을 것이다. 이밖에도 어떤 이들의 상처는 "아무리 반복해도 항상 뜻밖의 아픔"이 되살아나기도 했었다(「살얼음」). 고질적으로 반복되는 고통을 홀로 감내해야만 하는 누군가에게 고작 해야 "세상 모든 게 살얼음"이라는 가식적인 수사 따위는 치유책이 될 수 없다. 시인은 그것을 너무나 잘 알고 있기 때문에 이처럼 뚜렷한 원색들을 동원하여 평온하게만 보였던 세계의 감춰진 상처를 그로테스크하게 칠하려는 것이다.

쉽게 지워지지 않는 "피의 기억"들이 천천히 밑으로 흐르다가 "오래된 낡은 소리들"과 뒤섞여 시집 곳곳에 고인다(「동그란 힘」). "없지도 있지도 않은 세상"을 여과 없이 그대로 시집에 담았기 때문에 어쩌면 저 보이지 않는 밑바닥에는 지금도 검붉은 핏덩어리들이 가라앉아 있을지도 모른다(「밑」). 시집에는 소녀가 흘렸던 피뿐만이 아니라, 돌고래와 흰고래, 개와 고양이, 코뿔소의 사체에서 흘러나온 피도 함께 뒤섞여 있다. 피의 무게는 인간이든 동물이든 생명과 관련된 것이기에 동등했다. 그리고 피 웅덩이에서 멀지 않은 곳에는 '상품'으로 휘발되어 이제는 단 한 방울의 피도 남아 있지 않은 마네킹이 유기된 시신 토막처럼 곳곳에 흩어져 있었다. 저 피에 얽힌 기억과 비명 소리가 단지 "1% 우연"에 불과하다며 대수롭지 않게 여기는 이들이 눈앞에 있다면, 우리는 그들에게 어떤 말을 건네야 할까(「고척스카이돔과 낙관주의자 엄마」).

3. 너에게도 언젠가 일어날 일이에요. 그러니까 함부로 말하지 마세요—이원하의 시

지금까지 살면서 제주에 가 본 적은 딱 한 번뿐이었다. 개인적인 일정이 있었다거나 여행 때문은 아니었다. 공식 업무가 있어서 단체 일정으로 짧게 갔던 것이 전부였다. 그래서 나에게 제주는 언젠가 꼭 한번은 (다시) 가고 싶은 곳 가운데 하나였다. 이원하의 첫 시집 『제주에서 혼자 살고 술은 약해요』(문학동네, 2020)를 읽으면서 그 생각이 (다시) 들었다. 그리고 시집에 실린 시들을 하나씩 읽어 갈 때마다 상상의 보폭을 조금씩 넓혀 나가기 시작했다. 그러다 언젠가 제주에 가게 된다면 그곳 어디든지 꼭 한번은 무작정 걸어가 봐야겠다고 마음먹었다. 문득 시인의 등단 심사평이 어떠했는지 궁금해졌고 그것을 읽었을 때는 "직진성의 시"라든가 아니면 "춤을 추게도 하는 시"라는 말보다는 "근육질의 단문"에 더 눈이 가기도 했었다.

이 시집을 읽으면서 누군가의 뒷모습, 제주의 한적한 골목, 그리고 그곳에서 그리 멀지 않은 바다의 해풍에 실린 소금기가 떠올랐다. "근육질의 단문"이 눈에 밟혔던 것은 이렇듯 제주의 어느 길 위를 걸었을 누군가의 뒷모습이 머릿속에 떠올랐기 때문이다. 습관처럼 걸었던 탓에 생긴 굳은살과 같이 마음 어딘가에 따따한 것이 생겨났는지도 모른다. 나는 그 뒷모습을 상상할 때마다 누군가에게는 아무리 "아파도 도달해야만 하는 지점"이 있기 마련이라고 생각했었다(「나는 바다가 채 가기만을 기다리는 사람 같다」). 그리고 가끔은 "같이 걸을 사람"이 없어서 홀로 걸어가야만 했던 그때의 외로움이 어땠을지 떠올리다 보면 조금씩 마음이 기울어지는 것 같았다(「풀밭에 서면 마치 내게 밑줄이 그어진 것 같죠」). 그렇게 기울어져 보이는 어떤 이의 "뒷모습"은 무심코 "잡으려 할수록 쪼개지"는 터라 그냥 가만히 따라가야 할 때도 종종 있었다.

　시인의 뒷모습에서 갈라져 나온 샛길 하나가 눈에 보인다. 그곳으로 발걸음을 옮겨 보자. 시인은 왜 하필 제주에 갔을까. 누군가는 낭만과 여유를 운운하며 혼자 제주에 살아서 좋겠다고 부러워했을지도 모르겠지만, 정작 시인의 생활을 들여다보면 우리가 흔히 떠올릴 법한 '제주'라는 (관광지로서의) 이미지는 탈각되고 평범한 섬의 풍경만이 보일 것이다. 게다가 시집 사이사이에 엿보이는 표정에서 관광지의 웃음기는 찾아보기가 어렵다. 관광지인 제주가 아니라 그저 일상적인 풍경을("온통 평상인 섬", 「누워서 등으로 섬을 만지는 시간」) 평범한 목소리로 담았기에 특유의 단단함("근육질의 단문")이 나올 수 있었던 것이다. 그렇다면 시인의 저 단단함을 조금 더 가까이 다가가 확인해 보자.

　　섬에는 호수와 숲과 바위만
　　존재하는 것이 아니에요

　　입도 존재하고

목도 존재해요

용기가 얹히는 날이면
섬이 말을 하기 시작하는데요 그
말을 듣기 위해서는 정착이 필요해요

긴 목을 통과하는 속도와
입 모양이 결정하는 소리와
섬 한 바퀴를 도느라 뒤바뀐 내용을
참작하기 위해선 섬에 살아야 하거든요

굳이 이렇게라도 듣고 싶은
한마디는
삼 년간 내 근처에 오지 않았어요 그래도
삼 년간 나쁘다고 생각해 본 적 없었어요

입과 목이 있는 김에
눈도 달고 태어나지 그랬어요
기다리는 사람 표정이라도 살피시게

고드름도 꿈속에서 물결을 보는 섬인데
네가 나를 보지 못할 줄 몰랐어요

입김 없이는 꿈도 없어요
추우면 추운 쪽에서

먼저 붙어야 해요

우리 사이를 메우는 것이
바다라는 생각이 들면
육지로 가야 해요

섬에서 자연 같은 일이
유일하게 이거라면 말이에요
　　　　―「꿈결에 기초를 둔 물결은 나를 대신해서 웃는다」 전문

　그동안 미뤄 왔던 숙제와도 같았을 시인의 외로움과 슬픔은 우리도 한적한 길목에 접어들고서야 알아볼 수 있는 것들이다. 그렇게 우리는 그 길목에 서 있던, 시인의 '너'를 보았다. 어느 날 갑자기 시인이 "섬에서 살겠다고 집도 다 구했다고/떠들던 날의 첫 장면"을 연기했을 때(「동경은 편지조차 할 줄 모르고」) 그것을 연출한 이는 분명 '너'였을 것이고, 언젠가 시인이 썼던 그때의 그 편지에 실린 첫 문장도 '너'를 위한 것이었다. 시인은 '너'와 관련된 모든 것들을 뭍에 놔둔 채 진작부터 "때려치우고 싶은 인연"을 운운하며 호탕하게 웃었을 테지만(「환기를 시킬수록 쌓이는 것들에 대하여」), 그때 생겨 버린 마음속 실금들이 정작 '네'가 없는 이 섬에서 유독 선명하게 보이기 시작했다. 눈물 때문인지 아니면 소금기 때문인지는 모르겠지만 마음의 실금이 지워지기는커녕 오히려 지독할 정도로 짙어졌을 것이다.
　시집을 지탱하는 (감정의) 근육이 생각보다 훨씬 단단했다고 느꼈다면, 그것은 우리가 그만한 근력이 아직 남아 있다는 뜻이다. 한동안 쓰지 않았던 (감정의) 근육을 쓰면서 천천히 이 섬을 한 바퀴

걷다 보면, 당신의 얼굴에도 웃음기가 조금씩 사라지기 시작할 것이다. 다른 누군가에 의해 함부로 말해져서는 안 될 무언가가 당신에게도 있다는 사실을 깨달을 것이다. '너'와의 인연을 끊고자 마음먹은 이후부터 줄곧 표류했을 시인의 마음, 그 고독과 슬픔의 격랑 한가운데 놓인 이 외딴 섬의 이름이 한낱 '제주'여서는 안 될 것 같다. 이 섬의 끝자락, 바다가 보이는 길목에 서 있게 될 당신의 뒷모습도 시인과 조금씩 닮아 간다. 당신이 어떤 표정을 짓고 있는지, 그 마음에는 얼마나 실금들이 생겼는지 '내'가 선 이곳에서는 보이지 않는다. 하지만 그렇게 당신도 이제 누군가에 의해 함부로 말해져서는 안 될 것이 생겼다.

4. 좋은 것을 찾아 더 멀리 헤매는 사람의 운명이라는 것도 있다— 이정훈의 시

이정훈의 『쏘가리, 호랑이』(창비, 2020)를 인터넷 도서 사이트에서 검색을 한 적이 있었다. 거기에 달린 유일한 댓글이 있었다. '한남'이라는 단어와 함께 그 작성자가 매긴 것으로 보이는 형편없는 평점이 보였다. 트레일러 운전기사라는 특이한 이력으로 2013년에 등단을 해 화제를 모았던 시인의 첫 시집에 대한 최소한의 존중은 있어야 하지 않았을까. 페미니즘 담론이 주를 이루고 있고 그에 관한 좋은 시들이 나오는 것도 물론 반가운 일이라지만, 그와는 다른 목소리로 시를 썼다고 해서 이렇게까지 모욕을 해도 되는 것일까. 요즘 시단의 '유행'과는 정반대 방향의 길목에 놓인 이 시집에 자연스레 손이 간 것은 어찌 보면 당연했다.

앞서 다룬 이소연과 이원하처럼 이정훈의 시집에도 길이 나 있었다. 시인의 특이한 이력만 보더라도 그에게 길이란 어떤 의미인지는 당신도 시집을 읽었다면 어렵지 않게 알 수 있을 것이다. 지금까지 그가 달려온 운명과도 같았을 저 "삼백만 킬로미터"라는 길 위에는 한때 잠을 이루지 못해 줄곧 뒤척였을 외로운 시간이 있었을 테고, "평균연비와 평균속도와 짐의 톤수"를 적어 둔 노트에는 차마 적어 두지 못해 남겨 놓은 페이지가 있었을 것이다. 누구의 관심도 받아 본 적이 없어서("사람들은 알 수 없네"), 그리고 누가 자신에게 "묻지 않는 걸 말해야 하는 건 쑥스러운 짓"이라는 생각 때문에 평소에는 입을 꾹 다물었을 것이다. 그렇다고 마음속 여백을 마냥 비워만 둘 수 없었으리라. 이를테면 "딸아이가 애넌데일 성당에서 결혼사진을 보내온 밤"에는 도무지 잠을 이루지 못했고, 그런 날일수록 시인은 노트의 여백을 무엇으로든지 빼곡하게 채워 넣고 싶었을 것이다.(「일죽 휴게소」)

어떤 길은 우리가 상상하기 힘들 정도로 위험천만하다. 무시무시한 속도가 지배하는 아스팔트 길 위에서 어떤 일이 일어날지 한 치 앞도 예측할 수 없다. 그래서 시인의 시에서는 생사를 오가는 긴장감이 곳곳에 묻어나 있다. 이 예측 불가능하고 위험한 길 위에서 시인만의 신앙은 시작되었다. 자신이 모는 트럭에게 생명의 연민을 느낄 때가 있었고(「심장을 데리고」), 오늘 하루도 아무 탈 없이 무사히 지나가기를 바라며 "부적"을 쓰고 "주술"을 읊기도 했었다(「빵꾸를 때운다」). 만약 참혹한 액운이 정말 현실로 일어난다면 그저 "운명"이라고 받아들여야 할 것 같아 가끔 "눈물"이 날 때도 있었다(「어떤 법」). 흔히 '밥벌이'라고 말하며 누군가는 대수롭지 않게 볼 수 있겠지만, 그렇다고 해도 자기보다 식구들을 위해 일했을 저 마음까지 싸잡아서 차갑게 ('한남'이라고) 깎아내릴 자격은 어느 누구에게도 없다.

그는 서서 죽었다

한 손엔 고무망치 한 손엔 열풍에 달아오른 100밀리 철판

카메라 앞에서 마지막 포즈를 취한 것 같았다

500톤 시멘트 사일로 아래

12루베 컴프레서만 왕왕거리고 있었다

전철역 셔터도 닫혀 있던 시간

플라스틱 안전모에 목장갑을 끼고

배출 파이프에 커플링을 돌려 끼웠을 것이다

얇은 강철의 벽 안쪽 시멘트의 높이를 가늠하며

캄캄한 사일로 꼭대기를 올려다보았을 것이다 새벽 두 시

입석리 아세아시멘트 ID 카드를 찍고 슈트를 내리고

쏟아지는 시멘트의 무게에 출렁거리는

열여덟 개의 바퀴 옆에서 눈 끔적였을 것이다

말이 제 물 먹던 곳을 기억하듯 주유소를 빠져나와

박달재 다릿재를 넘어온 그의 차는 DA-50

이팔사팔 쌍터보 엔진이

언제나 내리막의 관성을 붙들어 주었겠지만

깜박, 40톤의 무게와 속도를 놓쳐 버린 거다

바퀴의 힘이 트랜스미션을 거쳐

거꾸로 크랭크축의 회전수를 넘어갔을 때

서른두 개의 흡기 배기 밸브

가느다란 로드가 휜 게 틀림없다

나팔 주둥이 같은 밸브가 늘 닿던 자리

시트 링 아닌 곳에 가닿는 순간 모든 게 끝나 버렸다

처음 듣는 파열음이 고막이 아닌 곳에서 울려 퍼졌다

심장이 다 닳지 않은 몸통 속에서 멎어 버리자
팔다리가 잠시 허둥거렸지만
머리는 천천히 수그러들었다
그 각도가 모든 걸 이해하고 있는 것 같았다
말 잔등 위에서 죽기를 바란 것도 아니었는데
헤드라이트만 멀거니 동쪽 하늘을 비추고 있었다
그의 사망진단서에는 이렇게 적어도 된다

심장이 900RPM으로 그의 혼까지 부려 버렸다

─「오버런」 전문

여기 또 다른 '한남'이 세상에 남겨 둔 여백이 보인다. 채워야 할 것이 있다면 무엇이든 채워 넣어야 했던 습벽 탓인지 시인은 이 여백도 비워 두지 않았다. 위 시에서는 세상으로부터 일말의 동정도 받지 못한 채 방치된 여백을 조금이라도 더 빼곡하게 채워 보려는 인간적인 몸부림이 엿보인다. 고인이 된 '그'는 시인과 함께 일했던 동료였고, 시인보다는 나이가 어렸을 것으로 보인다("다 닳지 않은 몸통"). "사망진단서"의 비좁은 여백에 적힌 문장들에는 고인을 마지막까지 배웅하려는 '아직 남아 있는 사람'의 온기가 감돈다. 문득 시인이 찾아 헤매는 구원이란 과연 무엇이었을지 상상해 봤다. 자신의 시로써 누군가의 "죽음을 아주 먼 데로 데려"다주면(「우화」), 언젠가 다시 "붉은빛이 돌아와 인간의 아이" 모습으로 나타나지 않을까. 그리고 우리에게도 그 따뜻한 손을 천천히 내밀지 않을까.

그의 시집에는 앞서 살펴본 길 이외에도 많은 샛길들이 있다. 돌아가신 아버지를 추억하며 쓰라린 가족사를 담은 시, 물가에서 쏘가리를 잡는 등의 일화를 담은 시들은 시인이 자신의 생활에서 가장 좋았던 것들을 "지워지지 않는 기억"으로 남기기 위해 쓴 것들이다 (「49」). 이렇듯 시집 곳곳에는 거칠지만 따뜻한 숨결이 스며 있고, 주변에 모든 것들을 품고자 하는 시인만의 너그러운 온기가 배어 있다. 페미니즘의 교과서라고 불리는 『모두를 위한 페미니즘』에는 "페미니즘적 사고는 우리 모두에게 삶을 돌보고 긍정하는 방식으로 정의와 자유를 사랑하는 법을 가르쳐 준다"[5]라고 쓰여 있다. "모두 흘러가는 하늘의 강"을 바라보며 "언제나 궁금한 물살"의 표정을 따라 해 봤을(「푸른 달 아래」) 시인을 '한남'이라고 훼손하는 일은 없어야 할 것이다.

5. 그렇게 우리는 누군가를 위한 무엇이 되어야 한다

세 시인의 시집에 난 샛길들을 잠시 걸어 보았다. 우리의 표정은 또 다른 질문으로 서서히 채워질 것이다. 언젠가 책을 통해 우연히 알게 된 뒤부터 줄곧 마음 한쪽에 담아 두었던 문장 하나가 있다. "오늘도 내일도 그다음 날도 계속해서 내 길을 가야 한다(oportet me hodie et cars et sequenti die ambulare)"[6]라는 문장이다. 이것이 어느 누군가에게만 유의미한 문장은 아닐 것이다. 이 글을 통해 살펴본 세 시인도 그러할 것이고, 대부분의 시인들도 마찬가지일 것이라고 생각한다. 오늘과 내일 그리고 지금도 여전히 시를 쓰며 자신만의 길을 가는 이들이 있다. 그렇게 계속 가야만 하는 길이라면 종착지라는 의미도 어쩌면 무의미한 것인지도 모르겠다. 길 위에 시인만 있

5 벨 훅스, 『모두를 위한 페미니즘』, 이경아 역, 문학동네, 2017, p.169.
6 한동일, 『라틴어 수업』, 흐름출판, 2017, p.237.

는 것은 이닐 대고, 독자들도 그 누구든 이정표 없이 자유롭게 걸을 수 있는 길이라면 더욱 좋을 것이다.

길에 대해 한참을 고민하다가 예전에 봤던 영화 「그렇게 아버지가 된다」를 며칠 전에 다시 보게 되었다. 6년간 키운 아들이 친자가 아니라는 통보를 받으면서 주인공 앞에 '피'와 '시간'의 무게가 저울질되고, 자신의 진짜 아들을 키워 온 상대측 부부와도 옥신각신하면서 점차 '아버지'로 성장하게 된다는 이야기이다. 거기서 가장 인상 깊은 장면 가운데 하나는 바로 영화 마지막 부분에서 '피'보다는 '시간'으로 키웠던 아들을 뒤쫓아 따라가는 주인공의 뒷모습이었다. 아들은 윗길, 아버지는 아랫길을 걷다가 두 길이 하나로 합쳐지는 곳에서 마침내 이들은 서로 따뜻하게 포옹하며 화해한다. '혈육'을 중시하는 엄숙한 관습을 '온정'으로 극복할 수 있다는 메시지가 지금 우리가 서 있는 이 길 위에서도 여전히 유의미하게 들려왔다.

누군가의 무엇이 '되기'까지의 과정은 비록 험난할 수 있겠지만, 그럼에도 우리는 누군가를 위해 그 '되기'를 끊임없이 시도한다. 어제 흘렀던 강물이 오늘 흐르는 것과 다르듯이 당신과 내가 걷게 될 내일의 길은 오늘 우리가 걸었던 이 길과는 분명 다를 것이다. 우리는 함께 걸으면서 서로의 무엇으로 조금씩 바뀌게 될 것이다. 시를 쓰는 시인이든 그것을 읽는 독자이든 간에 시를 통해 각자가 길을 찾아가는 시간 동안 우리는 그렇게 누군가의 무엇이 됨으로써 어제보다 조금은 더 나은 존재로 한 걸음 나아간다. 누가 뭐라 하더라도 그 믿음만큼은 반드시 지켜져야 할 것이다. 당신과 나, 우리는 서로의 무엇으로 기억되어야 한다. 각자의 길 위에 서 있겠지만, 이따금씩 길이 만나는 곳에서 잠시나마 서로의 온기를 느껴 보는 것만으로도 우리는 아직 외롭지 않다.

제2부

묵시적 재난에서 개별화된 재난으로
―편혜영, 『홀』

1. 시스템을 위한 재난

신자유주의가 내세운 시장 논리는 이제 개인의 일상 영역까지 깊숙이 침투하기 시작했다. 이것은 '글로벌', '세계화'라는 미명 하에 소비사회에 최적화된 욕망을 확산시키고, 그것에 순응하고 행동하는 것이 미덕이라고 추켜세우고 있다. 아울러 발전된 과학기술은 인간의 모든 능력을 긍정성으로 포장하고 자연의 불확실성을 지속적으로 제거해 나갔다. 하지만 바우만이 지적한 것처럼 현대인들의 불안은 오히려 더욱더 깊어지고 파괴적인 양상으로 확산되고 있다. 불안은 메울 수 없는 공동(空洞, Hole)처럼 개인의 일상 곳곳에 은폐되어 있다. 시대적 징후이자 문학적 화두로 드러난 불안은 21세기를 기점으로 일군의 작가들(편혜영, 윤이형, 조하형, 정유정)이 선보였던 장르적 실험성, 재난의 내재화, 그로테스크한 묘사, 파격적인 결말 등과 같은 서사 방식으로 이어졌다.

총칭하여 이 '재난의 서사'들은 신자유주의와 후기 근대를 배경으로 한 재난과 그로 인한 파국을 보여 줌으로써 그 속에 숨겨진 폭력성을 적나라하게 폭로하거나 공포를 상징적으로 묘사했다는 점에서 동일하다고 볼 수 있다. 자유시장과 과학기술의 낙관적 미래관을 부정하고 세계의 이면을 보다 파격적으로 묘사하고자 하는 재난의 서사 방식은 2000년대 중반까지도 주요했던 것으로 보인다. 하지만 지금의 재난의 서사는 이전 작품들의 아류에 머물러 있거나, 아니면 그것 자체가 이미 식상한 소재인 것처럼 되어 버렸다. 재난의 서사 방식이 그동안 과잉되어 쓰여 온 탓도 있거니와, 영화를 위시한 대중매체가 스크린을 통해 선보이는 재난의 스펙터클 앞에서 문학이 대중의 관심을 일말이라도 받겠는가라는 회의감도 무시할 수 없다. 그렇다면 문학에서 재난은 이제 가용하기 힘든 소재에 불과한가. 만약 그렇지 않다면, 재난의 서사는 앞으로 어떤 '재난'을 보여 줌으로써 당대의 시대적 징후를 담는 서사 방식이 될 수 있는가.

문학에서 바라보는 재난과는 반대로 신자유주의와 후기 근대가 바라보는 재난(근대적 재난)은 스펙터클을 전제한다. 스펙터클은 인간의 눈을 거치지 않는다. 그것은 재난의 현장을 카메라로 조망하며, 그곳 한가운데에 불타고 있는 희생물을 (생)중계할 뿐이다. 영화도 마찬가지이다. 할리우드의 재난영화들은 컴퓨터 그래픽으로 무장한 채 관객들에게 보일 따름이다. 이처럼 근대적 재난은 탈인간 방식으로 중계되거나 가공되어 시장에 유포된다. 현장의 생생한 공포든 만들어진 공포든 간에 근대적 재난은 지독한 원시를 지녔다. 그것은 카메라의 비가시권 영역, 즉 희생자들에 대해 무지하다. 재난의 장면은 반복되어 재생되지만, 희생당한 이들의 얼굴은 재생되지 않는다. 인간의 눈으로 목격되지 못한 희생자의 얼굴은 그저 스크린을 스치는 탈색된 이미지에 불과하다.

근대적 새난은 일시적으로 일어난 갑삭스럽고 충격석인 사선(부정성)임은 분명하지만, 반드시 어떠한 방식으로든지 '복구가 가능할 것'이라는 긍정성도 함께 뒤따라 나온다. 이것은 마치 자동기계처럼 재난 발생 이후에 적절한 시기가 오면 언제든지(또는 즉각적으로) '해결책', '대안', '사후 조치', '예방'이라는 이름으로 재난을 뒤따른다. 재난 이후에 남아 있는 자들은 무너진 세계를 다시 재건해야 한다는 소임과 함께 그것이 언젠가는 이루어질 것이라고 믿는다. 결국 근대적 재난은 희생의 반대급부로 근대적 시스템을 재건할 보다 최적화된 인간을 필요로 한다. 그것을 선한 의지와 행동으로 발휘할 개인은 자신에게 부여한 소임과 가능성을 시스템이라는 외부의 것이 아닌 자기 내부의 것으로 착각한다.

근대적 재난은 시스템의 외부에 있는 것이 아니라, 오히려 시스템을 더욱 견고하게 하는 짝패이자 쌍둥이와도 같다(근대적 시스템-재난). 시스템 내부에 있는 개인은 근대적 주술에 빠진다. 이것은 재난 이후에 따른 복구와 재건의 믿음을 자기 자신에게 기원함으로써 드러난다. 근대적 주술은 '지속적인 탈인간화'가 진행되는 일련의 사태의 심각성을 두 가지 측면에서 은폐한다. 하나는 급작스럽게 발생한 재난이 다소 시간이 걸리겠지만 반드시 복구될 것이라고 믿음으로써 읊어지고, 또한 그 믿음을 계승하여 이전 세계를 재건할 수 있는 선하고 의지가 강한 인간이 반드시 존재한다고 확신하는 것(또는 도래할 것이라고 예언하는 것)이다. 근대적 주술은 재난의 부정성을 깨끗하게 지우려고 하는 자기 최면에 가깝다. 하지만 재난으로 인한 지속적인 탈인간화 문제는 긍정성만으로는 결코 지울 수 없는 얼룩이다. 따라서 재난의 서사는 원시에 빠진 스펙터클이 간과한 탈인간화 문제를 드러냄으로써 문학 밖에서 상품으로 소비되고 있는 재난과 그

이면에 자리 잡은 근대적 시스템의 민낯을 폭로하는 방식으로 나아가야 한다.

2. 의지라는 주술에 빠진 식물인간

2000년대의 재난의 서사를 일군 작가들 가운데에서 독보적인 서사 기법으로 주목을 받았던 편혜영의 근작인 장편『홀』(문학과지성사, 2016)은 서술 시점을 재난 '이후'로 두고 전개한다는 점에서 이전의 작품들과는 확연한 차이가 있다. 작중인물인 '오기'는 지리학을 전공한 40대의 대학교수인데, '아내'와 함께 강원도로 여행을 가다가 교통사고를 당하게 된다. 사고로 인해 아내가 목숨을 잃고, 엎친 데 덮친 격으로 척수가 심하게 손상되어 전신마비가 된 오기는 이제 유일하게 남은 가족인 '장모'에게 의탁해 하루하루 연명해 나간다.『홀』의 서술 시점은 불구가 된 오기의 현재와 과거를 회상하는 오기의 기억이 서로 교차되어 전개된다. 특히『홀』은『아오이가든』,『사육장 쪽으로』에서 보여 주었던 기괴하고 파격적인 묘사가 거의 전무하다는 점에서 눈여겨볼 만한 작품이다. 또한 동일하게 재난을 소재로 한『재와 빨강』(창비, 2010)과 비교할 때,『홀』에서는 편혜영의 주요 시점이라고 할 수 있는 '현장성'이 거의 드러나지 않는다.

『홀』은『재와 빨강』과 마찬가지로 재난에 처한 개인이 등장한다. 다만『홀』은 재난이 발생하고 있는 현장 자체에 초점을 두지 않고, 오히려 오기의 교통사고(재난) 이후를 서사의 출발점으로 놓고 있다. 서사의 핵심이 재난의 진행 과정(현장성)보다는 사후에 놓여 있다는 것이다. 따라서 독자는 재난으로 인한 부정적인 영향이 앞으로 지속적으로 작중인물에게 일어나게 될 것이라고 짐작할 수 있다.『재와 빨강』의 '전염병'과 같은 광범위한 재난 현장과 비교한다면,『홀』

의 오기가 처한 재난은 그저 교통사고라는 사소한 사고에 지나지 않는다. 재난에 대한 대응 또한 C국이라는 공적 영역에서 이뤄지는 게 아니라, 개인이 홀로 '의지'를 발휘해야만 한다는 것도 확실히 비교되는 부분이다. 지극히 사적 영역으로만 국한되었다는 점에서 『홀』의 세계가 주는 재난의 긴장감은 그 강도가 『재와 빨강』과는 사뭇 다를 수밖에 없다. 오로지 개인에게만 주어진 복구의 과제는 그것의 성사 여부를 묻기 이전에 이미 타인으로부터 공감을 얻기 어려운 고립된 상황에 놓여 있는 것이다.

전신마비라는 불구의 신체에 요청되는 '의지'라는 어휘를 더 살펴볼 필요가 있다. 불구가 된 오기에게 의사는 "진짜 싸움은 지금부터예요. 의학이 아니라 의지가 필요하단 말이에요."라고 말한다(p.11). 이때 '의지'를 발휘해야 할 주체는 오로지 개인, 즉 작중인물인 오기뿐이다. '의지'는 그야말로 외부의 상황에 맞서 누구의 강요나 명령 없이 자발적으로 스스로를 고양시켜 발휘해야 할 고유의 정신적·감정적 대응이다. 의사가 오기에게 말한 '의지'라는 어휘는 불구의 몸을 치유(복구)하고 다시 원래의 상태로 되돌아갈 수 있다는 긍정성을 은밀히 보증하는 의미로 쓰인다. 하지만 불구가 될 가능성이 짙은 오기의 신체에 부여되고 요청되는 '의지'라는 어휘는 오히려 그의 신체에 남겨진 재난의 부정성을 은폐시키고 헛된 긍정성을 보증하고자 하는 기만적인 근대적 주술에서 나온 것이다. '의지'로서 드러난 근대적 주술은 개인의 한정된 재화, 제한된 능력을 마치 무한한 것인 양 탈바꿈시키고, 오히려 주체에게 더 자발적으로 능력을 발휘하라고 부추기는 시스템의 폭력이다.

'나을 수 있다'라는 주술로서 부추겨진 긍정성의 환상은 재난 이후에 극도로 취약해진 개인의 심리를 깊숙이 파고든다. 이 때문에 작중에서 오기도 자신이 정말 나을 수 있다는 확신에 빠지면서 마치 최면에 걸린 듯 새로운 행동 방식을 체득하고자 몸부림친다. 근대적 주술이 개인의 행동 변화를 자연스럽게 이끌어 낼 수 있는 데에는 그만한 이유가 있다. 바로 개인이 느끼는 불안의 근본 요소가 곧 근대적 시스템의 성격(계속해서 개인에게 불확실성을 조장하는 것)과 매우 닮아 있기 때문이다. 불안의 주원인은 사회적 역할, 정체성을 바꾸려는 끊임없는 욕망, 그리고 행동의 지침이 되는 본보기의 부재와 관련해 사람들이 겪는 문제와 더 연관되어 있다. 오늘날 이런 불확실성은 또한 사람들이 근본주의적 종교에 의지하고 사회적 제약들을 받아들이는 원인이 되며 이로 인해 새로운 유형의 전체주의가 발생하게 된다.[1] 오기는 대학교수라고 주변으로부터 신망을 받다가 재난을 겪고 난 뒤에 사회적 신분과 역할("병신"이라 불리는 상황)이 바뀌었고, 또한 행동이 철저히 제한된 신체적 상황에서 지속적으로 시행착오에 부딪힐 수밖에 없는 '행동의 지침 부재'에 처한다. 그는 차츰 자신이 '불확실성에 내던져졌다는 것' 그리고 '언젠가는 폐기물과 같은 처지가 될 수 있다'라는 불안에 빠지게 된다.

오기는 의사가 말한 '의지'를 처음에는 굳게 믿었지만, 시간이 갈수록 그것만으로는 절대 자신의 신체가 복구될 수 없다는 진실을 서서히 마주하게 된다. 그렇다고 오기의 '의지'에 깃든 주술의 힘이 사라진 것은 아니다. '의지'는 생존을 위한 욕망으로서 여전히 강력한 권한을 유지한다. 오기가 처한 생존의 문제는 한 개인이 문명에서 자연의 야만으로 내던져지는 탈인간화 사태이다. 오기는 예전에 아내가 몰래 키운 "덩굴식물"의 지독한 생존 본능을 징그럽다며 혐오

---

1 레나타 살레츨, 『불안들』, 박광호 역, 후마니타스, 2015, p.23.1

스럽게 보았지만, 재난 이후에 그의 생존 방식은 예전에 자신이 그렇게 혐오했었던 "덩굴식물"의 "생장 방식"과 차츰 닮아 간다. 그야말로 생존을 위해서만 움직이는 식물인간(자연의 야만적 질서를 체득한 인간)인 셈이다. 이렇듯 오기의 생존 방침은 "덩굴식물"의 그것처럼 생명 유지만을 위해 움직이는 지극히 퇴화된 성향을 띤다. 이는 타인을 대하는 방식에서도 마찬가지이다. 이제 오기가 타인을 판단하는 기준은 지극히 단순해진다. 불구가 된 자신을 '계속 돌봐 줄 사람'인가 아니면 '완전히 버릴 사람'인가로 말이다.

3. 홀로 저급하고, 홀로 고립된 삶

이제 오기로서는 자신을 돌봐 줄 수 있는 사람이냐 그렇지 않느냐가 생존과 직결된 중대한 문제이기 때문에 만약 그것을 판단하기 어려운 정체불명의 타인이 등장하면 극도로 경계할 수밖에 없다. 외부에서 어떤 상황이 발생했을 때 '자신을 두렵게 하는 것=악한 것'이라는 판단과 생존을 위한 이기적인 행동 방침은 신체의 즉각적인 반응을 불러온다. 그런데 오기의 회상을 보면 이러한 생존 본능이 재난 이전에도 발휘된 듯 보인다. 그가 대학교수로 임용되는 과정에서 벌인 일련의 행동은 사실 과도한 경쟁, 극단적인 개인 이기주의의 그것과 별반 다르지 않다. "임용 당시 동료의 약점을 이용해 술수를 부렸고, 간혹 자신의 성공만으로 성에 차지 않을 때가 있었으며, 가까운 누군가의 실패가 더 안도감을 주기도 한" 오기의 이력은 시장 논리에 최적화된 개인의 성과주의(시장에서의 생존주의)와 그로 인한 윤리적 무감각을 동시에 보여 준다(p.184).

시장 논리에 철저히 순응한 개인에게 돌아오는 대가는 타인과 공동체로부터 고립, 배제되는 지극히 저급한 삶이다. 작품의 말미에서 오기가 마주한 "내부의 공동"은(p.185) 그가 직면하게 될 비인간적인 삶의 공허함이자 인간다움이라는 기반이 붕괴되어 버린 윤리적 파산 상태를 암시한다. 어둡고 텅 빈 공동 안에는 무엇도 보이지 않는다. 이 깊고 음습한 공동의 어둠은 불가해한 영역으로 오기 앞에 놓여 있다. 게다가 작중에서 공동이 마치 망자를 매장하기 직전에 파 놓은 구덩이처럼 묘사되고 있는 것은 그가 처한 고립을 극단적으로 보여 주기 위함이다. 세계화를 떠받치고 있는 사고는 사회 내 개개인이 각각 하나하나 흩어져 있다는 것이며, 그 안에서 스스로 사회적인 존재임을 망각한 개인의 고립은 심각한 문제를 야기한다.[2] 따라서 지금 이곳의 개인이 처한 '심각한' 문제로 드러나는 오기의 고립은 고작 한 개인의 의지만으로는 복구될 수 없는 지속적인 탈인간화 문제인 것이다.

고아와 다름없이 자랐던 오기에게 유일한 가족은 아내와 장모였다. 사고로 아내를 잃은 오기에게 이제 유일하게 남은 가족은 장모뿐이다. 오기는 장모가 자신의 법정 후견인이며 재활과 일상생활을 보살피는 가족이라고 인식한다. 작품의 전개를 따라가다 보면, 오기가 처음에는 죽은 아내를 애틋하게 떠올리다가 이후 점차 어떤 죄책감에 휘말리는 것을 볼 수 있다. 그는 생전의 아내가 벌인 어떤 불가해한 행동을 재해석해야 하는 상황에 직면하게 된다. 또한 그는 자신을 대하는 장모의 태도가 이전과는 사뭇 달라졌음을 느낀다. 불구가 된 몸이기 때문에 행동에 제약이 있는 오기로서는 장모의 모든 일거수일투족을 파악할 수 없다. 또한 그는 폐쇄적인 생활 방식을 추구했던 아내가 자기 몰래 남긴 어떤 "기록"을 장모가 읽은 것이

---

2 강상중, 「예외와 '악(惡)'」, 강상중 외, 『예외』, 문학과지성사, 2015, pp.151-152.

이닌지 의심하게 된다. 마치 아무것도 보이지 않는 공동을 들여다보려고 애쓰는 것처럼 그는 온갖 추측을 해 보지만, 결국 돌아오는 것은 여전히 풀리지 않는 의문뿐이다.

고립된 상황이 생존과 직결된 문제로 다가오자 결국 오기는 장모에게 부여한 '가족', '보호자'라는 사회적 지위를 스스로 철회하기에 이른다. 이 과정에서 일말의 가책이나 주저함은 찾아볼 수 없다. 오기가 장모에게 기대했던 가족 또는 보호자로서의 역할은 물물교환에 따른 암묵적 거래에 근거한 것이다. '자신의 재산(재화)을 재활에 쓰는 것이 당연하다고 보는 입장'과 '응당 가족이자 보호자라면 헌신적인 희생을 감수해야 한다'고 생각하는 것이 바로 '물물교환에 따른 암묵적 거래'이다. 하지만 오기가 봤을 때 장모가 이질적이고 두렵게 보이는 것은 그녀가 거래의 규칙을 준수하지 않기 때문이다. 그는 이를 법적인 근거로 삼아 장모를 가족과 보호자라는 지위에서 배제시키고, 새로운 법적 대리인을 내세우고자 한다. 이런 오기의 사고는 어디서 비롯된 것일까. 이것은 시장의 논리처럼 비춰진다. 계약 이행을 하지 않았을 때 시장은 그 당사자를 '악'이라고 규정한다. 흔히 '악덕 기업', '악덕 상인'이라는 말처럼 시장의 계약은 도덕과 일치된다. 장모는 거래의 규칙을 위반한 이방인이며, 견제해야 할 악에 속한다. 오기가 장모에게 공포를 느끼는 가장 큰 이유는 바로 그녀가 시장 논리의 인과관계로는 불가해한 '것'으로 비춰졌기 때문이다.

반면 장모의 사회적 지위와 역할도 이미 오기와 마찬가지로 완전히 무너진 상황이다. 그녀는 유일한 혈육인 딸을 사고로 잃었고 그 이전에 남편과도 사별했기 때문에 이제는 '엄마'도 아니며 '아내'도 아니다. 언제고 지속될 수밖에 없는 재난(가족의 해체)의 흔적, 그 공허함을 견디면서 그녀가 습관적으로 읊조리는 "다스케테쿠다사이,

다스케테쿠다사이"(살려 주세요, 살려 주세요)는 그로부터 구원받기를 바라는 또 다른 주술인 셈이다. 시장 논리에 철저히 순응한 끝에 고립된 인물이 오기라면, 장모는 남편과 딸의 죽음을 누구와도 진정으로 공유할 수 없다는 또 다른 고립의 양태를 보여 준다고 하겠다. 이렇게 본다면, 작품의 제목인 '홀'이 구멍 또는 공동이라는 'Hole'을 가리키는 어휘이지만, 어쩌면 이것이 작중에서 장모인 그녀가 오기를 일컬어 "홀아비"라고 하는 것과 스스로를 "과부"라고 자칭한 것처럼 철저히 혼자 고립될 수밖에 없는 상황을 내포하는 의미로써 접두사인 '홀-'일 수도 있지 않을까.

4. 공유되지 못한 죽음과 소거된 추모

장모와 오기가 저마다 비인간적인 삶으로 고립될 수밖에 없었던 표면적인 이유는 유일한 가족이자 동반자, 즉 딸이자 아내를 잃었기 때문이다. 이들이 겪은 재난은 그 이후에도 지속적으로 흔적으로서 남아 있다는 점에서 동일한 상황이다. 하지만 서사가 전개될수록 아내/딸을 잃은 이들의 감정의 공유는 극심한 차이를 드러내며 마침내 깨지게 된다. 오기는 "의심할 것 없는 일상적인 방식의 교통사고"를 당했고(p.32) 비록 아내가 목숨을 잃어 슬프기도 하지만, 또 한편으로는 자신이 여전히 살아 있다는 사실에 안도한다. 그는 이제 유일하게 남은 가족이라 할 수 있는 장모에게 의탁할 수밖에 없다고 판단한다. 한편 장모는 유일한 피붙이인 딸의 비명횡사를 쉽게 받아들이지 못하기도 하지만, 하늘에서 바라보고 있을 딸을 위해서라도 홀로 남은 사위를 지극히 보살피고자 한다. 이들의 관계가 서서히 무너지기 시작하면서 점차 파국으로 치닫게 된 것은 아내/딸이 남겨 놓은 여러 가지 '기억'과 '기록물'들이 죽은 그녀의 삶을 추모하는 데에 합일되지 않고 피편화된 채 곡해되었기 때문이다.

　오기는 단편적으로 떠오르는 기억들을 조립하는 과정에서 아내가 어떤 태도로 삶을 살고자 했는지 등을 유추한다. 결혼 전 상견례 자리에서 아내로부터 느꼈던 이질감을 다시 떠올려 보기도 하고, 평소에 그녀가 꿈꿨던 이상향이 무엇이었고, 왜 그녀가 그것을 성취하지 못했는지 나름 비판하기도 한다. 작중 초반에만 그녀의 죽음을 안타까워할 뿐, 이후 오기의 회고는 이렇듯 아내가 어떤 삶을 추구했으며 왜 그 삶에 실패했는가를 보여 주는 데 집중적으로 할애되어 있다. 이렇게만 본다면 오기의 아내는 성공만을 좇는 속물이거나 자신의 실패에 대해 불만만 토로하는 무능력자일 것이다. 그렇다면 반대로 장모가 바라본 딸의 모습은 무엇일까. 작중에는 상세하게 나와 있지 않지만, 앞서 오기가 기억하는 아내의 모습과는 완전히 상반된 것이라는 점은 분명해 보인다. 오기가 기억하는 '아내'의 모습과 장모가 기억하는 '딸'의 모습이 이토록 상반된 이유는 앞서 지적한 것처럼 이들이 그녀를 기억하는 방식이 저마다 제한되어 있기 때문이다.

　먼저 오기가 뒤죽박죽 섞여 있는 단편적인 기억들을 스스로 납득할 만한 수준에서 조립한 것을 과연 참(진실)에 가까운 기억의 내용이라고 볼 수 있을까. 아니 바꿔 말하자면 오기가 스스로 납득한다는 기준은 어디에서 오는 것이며, 이를 통해 진술되는 아내의 모습은 정말 그녀의 것이 맞을까. 이것은 작품의 주요 서술 시점이 오기라는 문제적 개인에게 중점을 두고 있다는 점에서 생각해 볼 부분이다. 만약에 작품을 지배하고 있는 서술의 내용이 그저 오기만의 편향된 관점에서 비롯된 것이라면 작품의 의미는 완전히 달라질 수도 있다. 작품 말미에서 드러난 것처럼 교통사고를 낸 당사자가 만약 오기라면, 그는 이 모든 파국을 일으킨 원인 제공자이자 윤리적 의식이 철저히 결여된 범죄자에 가까워진다. 하지만 작가는 열린 결말을 보여 줌으로써 거기에 대한 명료한 단서를 제공해 주지 않는다.

한편으로 장모는 딸이 곳곳에 남긴 방대한 양의 기록물에 놀라움을 금치 못했을 것이다. 장모는 딸이 남긴 무수한 기록들 가운데에서 전혀 무의미한 것을 읽었을 수도 있고, 또는 딸에 대해 전혀 알지 못했던 사실을 알았거나, 그것도 아니라면 딸과 사위가 감추고 싶어 했던 비밀을 접했을 수도 있을 것이다. 그런데 문제는 장모가 자신이 읽은 내용을 일절 외부로 발설하고 있지 않다는 점이다. 딸이 그간 무슨 생각을 했는지, 사위와 딸 사이에 묵은 오해를 풀 수 있는 여지가 있었던 것은 아닌지 등에 대해 사위와 이야기를 나눌 수도 있었을 것이다. 심지어 사위를 향한 장모의 태도도 어딘지 분명해 보이지 않는다. 장모가 하는 일련의 행동들이 사위에 대한 분노에서 비롯된 것인지, 아니면 딸에 대한 실망과 자괴감에서 비롯된 것인지 작중에서는 전혀 알 수 없다.

이렇게 오기와 장모는 아내이자 딸이기도 한 그녀의 죽음을 극히 제한된 기억의 테두리 내에서 받아들이고 있다. 오기든 장모든 기억과 기록에는 한때 아내이자 딸로 살았던 그녀의 삶에 대해 여전히 해명되지 않는 공동이 자리 잡고 있지만, 이들은 자신들이 가진 것들을 공유함으로써 그 공동을 메우려 하지 않는다. 같은 가족 구성원이면서도 이들은 서로 고립된 상황에서 상이한 방식으로 그녀의 죽음을 사유(私有)한다. 그녀의 죽음은 공동체의 차원에서 공유됨으로써 추모되는 것이 아니라, 흩어진 기억이나 기록으로만 남겨져서 어떠한 접점이나 합일도 형성하지 못한 채 시간의 저편으로 사라질 운명에 처해 있다. 아내이자 딸인 그녀의 급작스런 죽음은 남아 있는 공동체 구성원, 그것도 혈육이며 배우자라는 가장 가까운 존재들에게서조차 공유되어 복원되지 못한다. 그녀는 한 조각의 기억으로, 한쪽의 기록으로만 부유한다. 죽음 이후에도 남은 이들에게 기억되는 인간다움의 추모는 소거된 채 부유하는 것이다. 이것은 비단 그녀만의 문제가 아니다. 타자를 상실한 고독 앞에서도 오로지 자기 자신만의 생존에만 몰두할 수밖에 없는 지난하고 공허한 삶이 오기와 장모 앞에 놓여 있다. 이들도 인간다운 삶에 뿌리박지 못하고 부유하는 자들이다. 또한 이들은 공허한 삶을 이어 가며 불확실한 기억의 파편과 무수한 종이 쪼가리에 둘러싸인 채 자신들의 죄책감과 그녀와의 추억들을 저울질할 것이다.

죽은 자가 아직 남아 있는 자들에게 추모되지 못하는 것은 지속적인 탈인간화 문제의 가장 극단적인 사태이다. 공동체나 타인으로부터 고립되고 저급해진 삶은 결국 죽어서도 인간답지 못한 죽음으로 이어진다. 인간이 인간다운 삶을 살지 못하고 있는 사태에 직면한 것을 가리키는 '지속적인 탈인간화' 문제는 비단 생존만을 위하는 저급한 삶만이 아니라, 죽음조차도 추모가 소거된 채 저급한 것으로 만들어 버리는 것이다. 오기와 장모가 죄책감과 추억을 저울질한다고 해서 과연 그녀(아내/딸)의 죽음을 여전히 남아 있는 '인간다운 인간'으로서 진정으로 사유(思惟)할 수 있을까. 추모가 소거된 저급한 죽음들이 난무하고 그나마 죽음을 추모할 수 있는 마지막 보루인 공동체 윤리마저도 위태로운 사태가 지속된다면, 어느 누구도 죽음을 진정으로 사유할 수는 없다.

5. 재난에서 벗어난 재난의 서사로

편혜영은 '재난의 일상화'를 파격적이고도 섬세한 감각으로 작품에 구현한 작가이다. 그가 다룬 일련의 재난들은 세계적으로 보편화된 시장 논리, 날로 발전하는 과학기술로 인한 세계의 폭력적인 이면을 드러냈다. 그간 『아오이가든』, 『사육장 쪽으로』, 『재와 빨강』과 같은 재난의 서사들은 편혜영이 구현하고자 한 작품 세계나 그에 관한 서사 방식이 일시적인 유행에 편승한 것이 아니라는 점을 보여 준다. 특히 장편 『홀』은 작가가 그동안 보여 주었던 재난의 일상화 문제를 보다 더 첨예하게 파헤치고 있다는 점에서 이전의 작품들과 사뭇 다르다고 말할 수 있다. 이전의 작품들에서 볼 수 있었던 보편적인 재난, 광범위한 재난이 아니라 교통사고라는 일상적인 재난을 통해 한 개인의 '지속적인 탈인간화' 문제를 드러내고 있는 것이 『홀』의 특징이다.

근대적 시스템-재난은 일시적인 사태로서 부정성인 동시에 그것이 해결될 수 있다는 긍정성을 내포하고 있다. 이로써 근대적 재난은 시스템을 무너뜨리는 것이 아니라, 오히려 이를 보다 견고하게 하는 것이다. 재난이 해결되고 복구될 것이라고 믿는 긍정성, 이른바 근대적 주술은 시스템에 의해 고립되고 저급한 삶에 놓인 개인의 불안을 파고든다. 근대적 재난으로 비롯된 '지속적인 탈인간화' 문제는 해결이나 복구라는 이름으로 메울 수 없는 공동(홀)처럼 남아 있으며, 이것은 급기야 죽음마저도 추모될 수 없는 사태로까지 이어진다. 현장성으로 광범위한 재난이 아니라 보다 더 좁혀진 개인의 영역에서 점철되는 재난의 양상을 묘사하는 방식은 이를테면 멀리서 조망하는 스펙터클한 것이 아닌, 그 내부에 놓인 희생자의 얼굴을 인간의 눈과 손으로 클로즈업하는 것이다. 그것의 본질은 곧 '성과 주체'(한병철)로 명명될 수 있는 지금의 개인이 처한 근본적인 불안 요소를 문학으로 선명하게 밝히는 것이기도 하다.

지금의 문학에서 '재난'이라는 소재와 그것을 다루는 서사 방식이 문학 밖에서 소비되는 상품으로 전락되지 않기 위해서라도 우리는 지금의 세계를 가로지르는 미세한 징후를 놓치지 않고 포착할 수 있는 특유의 감수성을 다시 되살려야만 한다. 왜냐하면 근대적 시스템은 물질적·비물질적 측면에서 비인간적인 것들을 여전히 고안해 내고 있으며 이를 상품으로 확대시키고 있기 때문이다. 이렇게 소비되는 상품들은 겉으로는 최신, 최첨단을 가장하고 있지만, 오히려 공동체나 타인과의 관계에 필수적인 감각이나 사유를 지극히 원시(遠視)적인 것으로 제한시킨다. 이처럼 보다 급속도로 나아가는 기술적 진보 상황과 그에 따라 날로 저급해지는 삶의 문제, 아울러 인간다운 삶에 관한 진정한 성찰들이 고갈되어 가는 과정이 서로 맞물렸을 때 생길 재난은 지금의 그 어떠한 상상조차도 간단히 초월하는 가공할 파괴력이 되어 우리 앞에 모습을 드러낼지도 모른다. 이미 그것을 경고하는 미세한 징후들이 도처에서 일어나고 있지 않은가. 인간으로서 누려야 할 본래의 자유가 탈각되고 정작 노예이면서 스스로 노예라고 생각하지 않는 무감각한 성과 주체들의 출몰을 막기 위해서는 다시 인간에 대한 성찰로 돌아가는 방법뿐이다.

지금 당신은 어떤 얼굴을 하고 있습니까

우리는 누워서 하늘에 떠 있는 삼백사 개의 별을 셌다
아직 돌아오지 못한 사람들과
계속 셀 수 없이 많은 일들을 떠올렸다
—주민현, 「안젤름 키퍼와 걷는 밤」 부분[1]

코로나19가 여전히 맹위를 떨치고 있습니다. 매일 확진자가 몇 명이 나왔는지 뉴스를 접하는 일도 이제 자연스러운 일상이 되었습니다. 일희일비하던 때도 있었지만, 어쨌든 분명한 점은 올해 초부터 시작된 이 전염병으로 인해 우리는 한 치 앞도 내다보기 힘든 길 위를 걷게 되었다는 것입니다. 어느 문예지의 여름호 특집으로 글을 한 편 실었던 적이 있었습니다. 주제가 '문학과 질병'이었는데, 저는 이 전쟁이 아직 끝나지 않았다고 썼었지요. 이것이 전쟁이든 아니면 길 위에서든 간에 시간이 흐른 뒤 우리는 뒤돌아봐야 할 것입니다. 다시 말해 언젠가 시간이 흘러 이 비극적인 사태를 어떤 교훈으로 기억해야 할 때가 온다면, 그동안 우리가 앞만 보며 걸어왔던 사이에 보지 못했던 것들이 무엇이었는지를 떠올려 봐야 한다는 것입니다. 적어도 그때를 위해서라도 우리는 조금 더 예민해야 하고, 상

---

1 주민현, 『킬트, 그리고 퀼트』, 문학동네, 2020.

실감에 몸부림을 칠 줄도 알아야 합니다.

여기까지 우리가 걸어온 사이에 서서히 무너져 내려가는 것들이 있었습니다. 저는 그것에 대해 말해 보고 싶습니다. 그것은 바로 '얼굴'입니다. 정확히 말하자면, 누군가의 얼굴에 관한 것이지요. 이번 글의 주제가 꼭 '평범한 이웃의 두 얼굴'이기 때문만은 아닙니다. 대다수의 사람들처럼 한때 저에게도 무척이나 낯설었던, 하지만 이제는 익숙해져 버린 일상에서 건져 올린 의문이라고 해 두겠습니다. 마스크를 깜빡 놓고 나온 탓에 다시 집으로 발걸음을 돌려야만 했던 때가 점차 뜸해졌고, 제가 낀 것과 비슷한 마스크를 쓴 이웃들과 인사를 나눌 때 느꼈던 어색함도 어느새 무뎌졌습니다. 예전에는 어떤 표정으로 인사를 건네야 할지 몰라서 잠시 망설였던 적도 있었지만, 이제는 그런 고민을 할 필요조차 없어졌습니다.

코로나19로 인해 모든 관계는 무너져 갔고, 그렇게 누군가의 생계는 더욱더 어려워졌습니다. 모두의 삶이 위태로운 지경에 내몰리면서 당장에 생존을 걱정해야 할 때라고 사람들은 말하지만, 불행하게도 이 전염병은 앞으로 더 크나큰 붕괴를 불러올 것입니다. 감염되었던 이들이 증언하는 지독한 후유증만큼이나 이 바이러스는 우리 사회와 공동체에 지울 수 없는 상처를 남겨 놓을 것입니다. 방역을 위해 마스크를 쓴다 하지만, 이렇듯 후유증이 있다는 것을 알아야 합니다. 마스크는 그것을 쓴 이의 표정과 목소리도 차단해 버립니다. 공감과 연민은 서서히 질식에 이르렀고, 차별과 배제가 버젓이 증식했습니다. 이처럼 무증상 전파의 진정한 파괴력은 바로 우리의 표정과 목소리를 지우는 데에 있다는 것을 우리는 분명히 알아야 합니다.

무너져 버린 소중한 일상만큼 누군가의 표정과 목소리 또한 분명 우리의 삶에 유의미한 것들이었습니다. 타자의 얼굴로 전해지는 신비로운 기운, 그 형용하기 어려운 표정과 목소리는 언제나 우리에게 영적인 울림과도 같았습니다. 또한 이는 창조적인 영감과도 연관이 있습니다. 세상은 그 영감을 발휘하는 이들을 가리켜 '시인'이라 불렀고, 이들이 건져 올린 누군가의 표정과 목소리를 가리켜 '시'라고 읽었습니다. 하지만 이따금 시는 세상을 경악시킬 때도 있었습니다. 물론 대부분의 경우 세상의 편견과 오해로 인해 정당하지 못한 평가를 받기도 했었지요. 이제는 시를 쓰고 읽는 것 자체가 무용하다고까지 말하는 이들도 있습니다. 하지만 시인들은 오늘도 여전히 시를 씁니다. 그렇게 '덕분에' 우리는 누군가의 얼굴을 오늘도 바라봅니다.

더는 찢을 수 없이 잘게 찢어진 종잇조각처럼
피를 더럽히며 나는 무럭무럭 자란다

선명한 글자들로만 적힌 서랍 속 일기장이 물었다
너는 누구의 필체로 쓰인 이름이지?

서랍에는 내가 버린 목소리들
혹은 소리 없이 커지는 소문들

아니 그건 어쩌면
가판대 위 인조 실크 스카프 쓰다듬는 눈먼 늙은 여자의 튼 손
부드러운 팝콘 속 부서지지 않은 탄 옥수수 알갱이
모퉁이를 돌 때 저 멀리 남아 있는 그림자의 분명한 색깔

나는 원한다, 납작해진 털가죽 사이로 삐져나온 개의 따끈한 내장과
도 같이
　　모락모락 김이 나는 비릿한 문장을

　　끓는 솥 위로 속수무책 둥둥 떠오르는 찹쌀 알갱이같이
　　출렁이는 단물 위의 거품과도 같이
　　설탕물에 빠져 죽은 하루살이 날개와도 같이
　　혼자 요동치는 수술대 위의 폐와도 같이

　　나를 돌아 나온 피가 잠깐 꿀처럼 흐를 때

　　모든 불명료한 것들을 분명하게 발음하려는
　　이국인의 입술을 이해해

　　밤이 왔다
　　　　─김경인, 「시」(『일부러 틀리게 진심으로』, 문학동네, 2020) 전문

　모든 얼굴들이 세상으로부터 환영받는 것은 아닙니다. 어떤 이의
얼굴은 편견과 그릇된 오해로 인해 정당하지 못한 대우를 받기도 했
었습니다. 이런 사례는 그리 어렵지 않게 우리 주변에서 찾아볼 수
있습니다. 이른바 '다문화 사회'라는 말이 사람들 입에 오르내리면서
새로운 이웃이라고 불렸던 이들의 얼굴이 가장 대표적인 경우일 것
입니다. 여전히 우리는 그들을 진정한 이웃으로 보고 있지 않는 것
같습니다. 위 시의 "이국인의 입술" 또한 우리의 편견과 오해로 인해
가로막힌 얼굴들의 목록 가운데에 위치해 있습니다. 문법상으로 어

설프게 들릴지라도 나름대로 "분명하게 발음하려는" 저 낯선 얼굴은 우리가 그저 당연하다고 여기며 보지 못했던 "불명료한 것들"이 무엇인지 되돌아보게 합니다.

저는 '시'를 제목으로 삼은 시를 볼 때마다 예민해지고 눈가에 힘을 주는 버릇이 있습니다. 왜냐하면 시인의 작업 공간을 몰래 훔쳐보는 것 같은 묘한 기분이 들기 때문입니다. 시인의 입장에서 '시'를 제목으로 넣는다는 것은 허투루 할 만한 일이 아니라고 생각합니다. 어쨌든 한 편의 시를 쓰기 위해 시인이 홀로 흘려보냈을 문장들의 수는 아마도 시인이 지금까지 마주친 누군가의 표정과 목소리만큼이나 많았을 것입니다. 밤이 될 때마다 자신에게 내려진 비밀스러운 "임무"를 수행하듯이 시를 쓰고, 조금씩 "거만해지는 밤의 목소리"를 따라 해 봤을지도 모릅니다(「밤의 임무」). 가끔은 "혼자 발광하는 글자들"을 좇느라 하얗게 밤을 보내다가도, 어느 날 갑자기 "아무에게도 편지를 쓰지 말자"는 심정으로 차갑게 돌아서기도 했을 것입니다(「거룩한 밤」).

쉽게 읽어 내려 가기 힘든 "필체"여도 그 마음만큼은 날것처럼 진실했을 것입니다. 그리고 어떤 것은 눈보다는 다른 감각을 동원해야만 그 진가를 느낄 수가 있지요. 시도 마찬가지입니다. 무언가 시로써 새로운 의미를 길어 올리려면 시각보다는 차라리 다른 감각으로 쓰는 편이 훨씬 더 유리할 것입니다. 그래서 "밤"은 시인들에게 이상적인 시간이라 할 수 있습니다. 위 시에서도 "밤"은 여지없이 왔고, 이때부터 시인은 활동을 시작합니다. 언제나 그랬듯 누군가의 표정들이 뒤얽힌 "소문들" 틈에서 낮은 숨을 헐떡거렸을 시어를 건져 올렸을 것이고, 하루 동안 쌓였던 "목소리들" 가운데에서 가장 신선한 부위를 조심스럽게 발라냈을 것입니다. 이러한 과정을 거쳐 우리 앞에까지 온 "비릿한 문장"을 제대로 음미하고 싶다면, 편견과 오해를 과감히 떨쳐 버려야 합니다.

이렇게 시를 음미하다 보면, 특유의 냄새가 마음 구석구석에 배게 될 것입니다. 틀림없이 누군가는 그 냄새를 없애고 싶었겠으나 그것은 쉬이 사라지지 않을 것입니다. 시인의 레시피는 악명이 높기로 소문이 났습니다. 하지만 그 악명은 일부 사람들의 편견과 오해에서 비롯된 것입니다. 처음 맛을 본 이라면 분명 고통스러웠겠지만, 그것은 단순한 먹을거리가 아니라 누군가의 얼굴이자 목소리입니다. 시인의 레시피는 특별합니다. 시인에게 누군가의 얼굴은 최상급 재료입니다. 그리고 그렇게 "영혼을 얼굴 안에다 부어 넣을 수 있다면" 그래서 그 "얼굴이/다정한 냄새를 풍길 수 있다면"(「오늘의 맛」) 시인의 레시피는 비로소 삶의 기록이자 역사가 되는 것이고, 그렇게 만들어진 한 편의 시는 특유의 풍미로써 우리가 잊고 있던 온기를 다시금 떠올리게 할 것입니다.

여긴 아주 환한 어둠이다
조금 다른 곳으로 가 볼까

천천히,
휘익

명왕성 탐사선 뉴호라이즌스호처럼 나도 9년 6개월을 날아서 걸어서 그곳으로 갈 수 있다면 수차례의 동면 과정을 거쳐 자다 깨다 하며 어둠이라는 심연에 다다를 수 있다면

당신은 명왕성보다 멀어야 하지 조금 더 멀어야 하지

누구도 당신의 아름다움을 훼손할 수 없다

아름다움의 영역에 별보다
죽은 자들이 더 많으면 곤란하다

빈 나뭇가지 위에 앉아 있는 까마귀들, 어둠 속 저수지 근처 폐사지의 삼 층 석탑, 차창으로 얼핏 보았던 과일을 감싸고 있는 누런 종이들이 내뿜는 신비한 기운

이런 것들에 왜 잔혹한 아름다움을 느끼며 몸서리쳐야 하는지 슬픔이 왜 이토록 오래 나의 몸에 깃들어야 하는지 당신은 알고 있을 것만 같다

당신은 명왕성보다 멀어서 아름답고
나는 당신을 만날 수 없다

당신과 내가 이 영역에 함께 있다
　　　　　　　　　　　　—조용미, 「어둠의 영역」(『당신의 아름다움』,
　　　　　　　　　　　　　　　　　문학과지성사, 2020) 전문

　사랑하는 이의 "아름다움"을 노래하기 위해 우리의 상상력은 이따금 우주로까지 훌쩍 날아가기도 합니다. 밤하늘에 뜬 별을 가리키며 속삭였을 연인들의 대화에서도 무중력과 같은 사랑의 밀어들이

반짝였을 것입니다. 이러한 표현을 상투적이라고 지적한다면야 딱히 부정은 못 하겠으나, 그렇다고 해서 그것보다 더 나은 표현이 있을 것이라고 선뜻 말하기도 난처할 듯싶습니다. 위 시에서 "당신의 아름다움"을 찬미하는 화자의 상상력 또한 우주로 향해 있습니다. "탐사선"이라든가 "수차례의 동면 과정"이라는 시어들이 이를 증명합니다. 그런데 이 탐사선은 정확한 좌표 설정이 되어 있지 않습니다. 그런 점에서 화자의 여정은 실패할 가능성이 농후해 보입니다. "당신의 아름다움"이 언젠가 "잔혹한 아름다움"이 될 수도 있기에 더욱 그렇습니다.

이렇듯 화자인 '나'의 여정은 연인들이 나눈 밀어처럼 달콤하게 보이지만은 않습니다. 지상에서 별을 올려다보는 일도 '나'에게는 쉽지 않은 여정입니다. 언젠가 "별을 보고 싶은 두통이 심한 밤"이 왔고, 홀로 "관측소까지 가야만 하는 고단한 생"은 누구에게도 말하고 싶지 않았을 상처 같은 기억이었을 것입니다(「알비레오 관측소」). 가끔 "당신의 아름다움은 내게 늘 가장 큰 시련"이었기에 그때의 기쁨만큼이나 셀 수도 없이 많은 생채기가 남았고(「당신의 아름다움」), 그렇게 '나'는 "당신과 나를 위해 만들어진 짧은 세계"의 근원을 좇아 광활한 어둠을 향해 마음을 쏘아 올렸던 것입니다(「푸르고 창백하고 연약한」).

'당신'은 아름다워야 했고, 그렇기 때문에 멀리 있어야만 했습니다. 행성 간의 운행이 가능하기 위해서는 그만한 거리가 있어야 하듯이 말이지요. 하지만 '당신'의 아름다움을 느끼려면 정작 '당신'을 보지 않아야 한다는 수수께끼와도 같은 가설은 앞으로도 해명되지 않은 채로 남게 될 것입니다. 이로써 '나'와 '당신'을 둘러싼 질서("당신과 내가 이 영역에 함께 있다")는 언제까지나 "신비한 기운"을 잃지 않게 되겠지요. '나'와 '당신' 사이의 거리를 측정하는 데에 쓸 만한 공식이 무언지는 지금도 떠오르지 않습니다. 과학적인 것도, 그렇다고 비과학적이라고 할 수 없는 모호한 공식만 있을 뿐이지요. '당신'과의 거리가 "9년 6개월"이라는 구체적인 시간으로 예측되다가도 어느새 이는 곧장 "심연" 속에 당도할 것입니다. 그렇게 '당신'은 수치로써 환산하기 어려운 어둠 속으로 유유히 사라집니다.

위 시를 보고 있으면, '사람'이라는 말이 지닌 존재적 무게가 묵직하게 다가옵니다. 시인이 시로써 상상했을 "당신의 아름다움", 즉 누군가의 고유하고도 아름다운 존재적 의미가 우주의 질서만큼이나 심오해 보이기까지 합니다. '당신'은 그저 이 무한한 세계 속에 잠시 거주할 따름인 미미한 존재에 불과할 수 있습니다. 하지만 누군가에게 '당신'은 우주의 섭리 하에 당당히 빛나고 있을 성원(成員/星原)일 수도 있습니다. "명왕성"이 태양계의 '왜소행성'으로 다시 분류가 되었다고는 하지만[2] 우주의 천체인 것만은 불변의 진리입니다. 비록 시야에서 벗어났어도 '나'의 최종 좌표는 늘 '당신'에게로 설정되어 있을 것입니다. 이 여정을 가능하게 하는 유일한 동력은 아이러니하게도 "슬픔"에서 나오겠지만, 어느덧 이것은 '나'에게 불가피한 운명이 되었습니다.

> 익히 아는 울음이
> 내게는 밤밖에 없어, 선뜻
> 나서지 못했다 우연의 주변으로
> 독한 업장들이, 한 무더기

---

2 명왕성은 발견 당시에 태양계의 아홉 번째 행성이었으나, 2006년부터 왜소행성(dwarf planet)으로 분류되었다.

숨겨 온 신발을 내려놓고
새벽을 들으러 간다

인간보다 먼저 있었던
소리에 기대어, 한 무리가
있음 직한 점괘를 만들어 가는 일

누구도 보지 못했다 정작
내 걸음과, 걸음이 진 신앙이 낡고
완연한 속운(俗韻)이 되는 길
원언도 축언도 막지 못한 바람이
첫 울음소리 끝에 매달리는 아침을

답청(踏靑)을 기다리는 머리맡
마른 길을 건너는 아이들, 이젠
무슨 점괘로 읽을 것인가

—류성훈, 「청참」(『보이저 1호에게』, 파란, 2020) 전문

위 시에서 화자처럼 저렇게 점을 치고, "점괘"를 기다리는 이의 마음은 어땠을지 상상해 봤었습니다. 화자는 왜 점을 치려 했던 것일까요. 아무리 불가피하다 할지라도 그 운명의 여신이 어떤 표정으로 자신 앞에 다가오고 있는 것인지는 누구든 궁금할 수밖에 없었을 것입니다. '미래'라는 베일 너머로 희미하게 비치는 운명의 실마리를 훔쳐보고 싶은 조바심에 이끌려 점을 쳤을 테고, 초조하게 점괘를 기다리다가 마침내 그것이 나오면 조심스럽게 읽어 나갔을 것입니

다. 목가적이면서 전통적인 세계관이 느껴지는 위 시에서 점괘를 기다리는 화자의 마음도 이와 크게 다르지는 않았을 것 같습니다. 게다가 "인간보다 먼저 있었던/소리에 기대어" 점괘를 기다리고 있으니 어느 때보다 예민하기도 했을 것입니다.

저는 처음에 "청참"이라는 말이 무슨 뜻인지 몰랐습니다. 그런데 그 의미를 알고서부터 흥미를 느낄 수밖에 없었습니다. 청참(聽讖)은 점을 치는 방법의 하나인데, 설날 새벽에 발 닿는 대로 걷다가 사람이나 짐승 소리 또는 처음 들리는 소리로 그해의 운수를 점치는 것이라고 합니다. '소리'는 '내'가 어찌할 수 없는, 그러니까 '나'에게 들이닥친 일종의 '사건'과도 같습니다. 새벽의 어스름이 채 가시지 않은 한적한 길 위에 언제 어느 쪽으로 어떤 소리가 날지 모르는 예측 불가한 상황에서 그것을 듣기 위해 가만히 귀를 기울였을 누군가의 뒷모습을 잠시 떠올려 보기도 했습니다. 오랫동안 들리는 것이 아니라 잠깐 귓가를 스쳤을 정도의 소리였을 테지만, 마치 결코 잊어서는 안 될 말을 되뇌듯이 그렇게 소리를 부여잡은 채 자신에게 행일지 불행일지를 따졌을 것입니다.

그 뒷모습의 주인공이 '시인'이었다면 어땠을까요. 소리를 기다리듯이 시의 목소리를 기다리는 시인 말입니다. 그에게도 불가피한 운명 같은 순간들이 있었겠지요. 시를 처음 알게 된 순간이라든가 계속해서 시를 쓰도록 자신을 떠미는 어떤 불가사의한 힘을 느낀 적은 없었을까요. 간혹 "단어가 문득 생각나지 않을 때"도 분명히 있었을 것입니다(「서른의 방학」). 난생처음 시를 알게 되었을 때, 그 길 위를 걸으며 한때는 "신앙"처럼 여기기도 했을 것입니다(「청참」). 하지만 시간이 흘러 문득 자신이 걸어온 길을 되돌아볼 때면 낡고 누추한 것이 더 많이 보였을지도 모릅니다. 그럼에도 시인은 지금까지 "글을 쓰는 게 다행"이라 여기며 "마지막 이승에서/더 많은 봄"을 보기 위해 다시 길을 나섰을 것입니다(「오월」).

점은 그저 점일 뿐입니다. 아무리 좋은 운수도 결국 '내'가 하기에 달렸습니다. 그리고 신앙의 본질은 하늘이라는 이상에 있는 것이 아니라, 땅이라는 현실과 맞닿은 지점에 있는 것입니다. 어쩌면 위 시를 쓴 류성훈도 그것을 알고 있는 듯합니다. 앞서 "청참"처럼 새롭게 알게 된 말이 또 하나 있었습니다. 바로 "답청(踏靑)"이었습니다. 풀을 밟으며 걸었을 누군가의 발자취가 고적하면서도, 묵직한 질문처럼 다가오기도 합니다. 위 시의 화자가 그토록 기다렸을 점괘는 과연 무엇이었을까요. 저는 그 점괘가 어쩌면 화자가 봤던 저 "마른 길을 건너는 아이들"의 발자취였을 것이라고 상상해 봅니다. 장난을 치면서 걷고 뛴 탓인지 뿌연 흙먼지도 보이는 것 같습니다. 그 사이에 언뜻 나타났다 사라지는 표정과 목소리야말로 시인이 그토록 바랐던 길조(吉兆)이지는 않았을까 싶습니다.

미래를 예측하려면 과학 공식을 공부하라고 했는데
지금의 내 슬픔도 과학이구나
깊은 곳에서 눈물로
눈물에서 통곡으로 가는 경로가
모두 과학적이구나
어느 한 단계라도 틀리면 슬픔의 공식이 성립되지 않는구나

어느 날은 역순으로 슬픔을 풀었다
비명 같은 통곡으로 시작해서 눈물이 깊은 곳으로 흘러들고
깊은 곳에서 마무리가 되는

슬픔의 역순

그 역순도 과학적이구나

공식이 틀리면 슬픔은 완성되지 않는구나

그러나 눈물이 말라서

슬픔의 수위가 넘칠 때 눈물을 생략하고 목으로만 꺼이꺼이 우는

엄마를 보았다

과학에도 예외 규정이 있었구나

모든 것을 생략해서 공식이 성립하는 것도

슬픔의 과학이겠구나

—김대호, 「슬픔의 과학」(『우리에겐 아직 설명이 필요하지』,

걷는사람, 2020) 전문

   이 글의 마지막 인용 시입니다. 요즘에는 주위에서 '방역'이라든가 '사회적 거리 두기'만큼이나 이 '과학'이라는 말도 종종 듣게 되는 것 같습니다. 그리고 이 말은 우리 사회의 질서와 이웃의 생명까지도 위협하는 이들의 그릇된 신념, 혹은 이기적인 신앙과 대치 중에 있습니다. 일부 특정 단체나 인물에 의해서 지금도 곳곳에 전파되고 있는 비과학적이고 비이성, 비논리로 무장한 말들은 표독스런 차별과 악랄한 배제를 일으킬 것이고, 문제를 해결할 유일한 열쇠인 대화를 계속해서 차단시킬 것입니다. 이와 같은 상황을 막기 위해서 동원되는 '과학'은 철저히 휴머니즘적이고, 이성적이며, 민주적이어야 합니다. 앞으로의 "미래를 예측"하고 모색하기 위한 수단이자 어떠한 현상의 인과관계를 밝히고 그 대안을 도출하는 "공식"으로써 기능해야 합니다.

그런데 위 시의 화자는 전혀 다른 "과학"을 말하고 있습니다. 일단 시의 제목부터가 그렇지요. "슬픔"이라는 감정은 상대적인 것이기에 당장 저 "슬픔의 과학"이라는 제목이 이상하게 보일 수밖에 없습니다. 그럼에도 우리는 위 시의 "과학"을 또 다른 과학으로 인정해야만 할 것 같습니다. 왜냐하면 화자가 처한 문제, 즉 "슬픔(깊은 곳) → 눈물 → 통곡"으로 이어지는 현상을 설명할 방법(공식)이 우리로서는 필요하기 때문입니다(그 역순도 마찬가지입니다). 이는 화자의 개인적인 경험을 설명하는 데에만 국한되지 않습니다. 이 공식은 개별적이고 특수한 상황을 위한 것이라기보다는 일상에 관해서 마련된 공적인 방식입니다. 이것이 가능하려면 화자가 처한 "슬픔"을 누구에게나 일어날 수 있는 보편적 사건으로 봐야만 합니다.

그렇다고 해서 모든 슬픔들이 이 공식만으로 설명될 수 있다는 말은 아닙니다. 왜냐하면 화자는 특수하고 예외적인 상황, 즉 '엄마'의 슬픔(중간 과정이 생략된 슬픔)을 목격했기 때문입니다. 만약 화자가 '엄마'의 갑작스럽고 예외적인 슬픔을 보지 못했다면, 아마도 이 세상의 모든 슬픔이 하나의 공식으로만 설명이 가능하다고 믿었을 것입니다. 화자의 믿음이 언젠가 그릇된 것으로 변질되고 그로 인해 편견이나 오해가 발생하지 않으리라고는 누구도 장담할 수 없습니다. 여전히 누구도 책임지지 않아서 혹은 사건의 진실이 밝혀지지 않아서 아직까지도 슬픔을 거두지 못한 이웃들이 있습니다. 누군가의 슬픔에 대한 편견과 오해가 조롱과 인격 비하로까지 번졌던 적도 있었습니다. 그렇기에 김대호의 공식에는 우리 주변에 고통받는 이웃이 처한 슬픔이 함부로 평가될 수 없다는 일종의 "예외 규정"까지도 포함되어 있는 것입니다.

이제 이 글을 마칠 때가 되었습니다. 글을 정리하면서 다시금 떠올려 봤습니다. 지금 우리 곁에 있는 '평범한 이웃의 두 얼굴'은 무엇일까요. 코로나19를 계기로 우리가 보았던 선량한 얼굴과 이기적인 얼굴일 수도 있겠고, 아니면 이 전례 없던 사태 속에서 조금씩 위기에 내몰리는 윤리 의식이나 시민 정신을 비유하는 표현일 수도 있는 것 같습니다. 두 얼굴을 그저 이분법처럼 한쪽은 좋은 얼굴, 다른 한쪽은 나쁜 얼굴이라고 정의할 수도 있겠지요. 하지만 어떠한 얼굴이든 간에 이는 곧 하나의 얼굴에서 나오는 것이라고 봐도 되지 않을까요. 하나의 얼굴이지만 어떤 표정을 짓고 또 어떤 목소리를 내느냐에 따라 전혀 다른 얼굴이 나올 수 있습니다. 이렇듯 이 '얼굴'을 둘러싼 문제는 우리 앞에 놓인 갈림길과도 같은 것이라 생각합니다.

어떤 길목에 이정표가 있다고 해서 우리가 꼭 그 방향으로 가야 할 필요는 없습니다. 이정표는 단지 방향만을 제시할 뿐, 어느 쪽으로 갈지를 결정하는 주체는 그 길 위에 선 우리입니다. 우리 각자가 어떤 얼굴을 가질 것인지는 결국 우리가 스스로 정하는 것입니다. 그런데 이러한 과정에서 우리는 여러 가지 방식(공식) 가운데 하나를 선택해야만 할 수도 있습니다. 그중에서 저는 문학 특히 '시적인 방식'을 당신에게 제안한 것뿐입니다. 김경인의 독특한 레시피를 시작으로, 조용미가 펼친 광활한 우주를 가로질러, 류성훈을 통해 건네받은 최고의 점괘가 그것이었습니다. 2020년 올해 출간된 시집만으로 이야기를 했습니다만 어쨌든 이 방식은 김대호의 공식처럼 앞으로도 우리 이웃들의 보이지 않는 얼굴들을 도출하는 데에 유용하게 쓰일 것입니다. 어떤 방식이든 선택은 당신의 몫입니다.

전염의 시대와 기억의 윤리

멀리서 보면
울음과 웃음이 비슷하게 보인다

타인은 관심 없고
제 것만 강요하는 우리끼리 잡담한다
겸손한 척 거리를 두는 습관을
우아한 외면 혹은 비겁이라며 조롱했다

(중략)

돌아서 안녕이라 손 흔들어도
우는지 웃는지 몰라서 편안한 거리를
그대들과 유지하고 있다
　　　　　　　　　　　　—전영관, 「안부」 부분[1]

어느덧 '코로나'라는 긴 터널도 그 끝이 보이는 것 같다. 국내 백신 접종 완료 비율이 70퍼센트를 넘기면서 이제는 '위드코로나' 시대가 열렸다. 바이러스로부터 승리가 아니라 그것과 불편한 공존을 해야 한다는 일말의 두려움도 있겠으나, 그럼에도 잃어버린 일상을

---

1 전영관, 『슬픔도 태도가 된다』, 문학동네, 2020.

다시 되찾을 수 있을 것이라는 희망이 곳곳에서 흘러나왔다. 가혹했던 통금 시간도 사라졌으니 특히나 자영업자들은 드디어 숨통이 트였다면서 다시 생업을 이어 나갈 것이다. 아울러 서로 떨어져 있던 시기에 다시 돌아올 일상을 희망하며 재회를 약속한 이들도 이제 곧 만날 때를 정했을 테다. 강제된 거리 두기에 따라 서로 멀리 떨어진 채로 안부를 물어야 했던 이들의 얼굴에는 서서히 웃음이 드러날 것이다. 그렇게 시간이 지날수록 어제의 슬픈 표정은 조금씩 지워질 것이다.

누구든 울음보다는 웃음을 더 바란다. 하지만 지금의 웃음으로 인해 어제의 울음이 아무런 의미도 없이 그저 잊힌다면 그것도 이상한 일이다. 터널이 끝났다고 하여 그 경험 자체가 없었던 일이 될 수는 없다. 위기, 즉 또 다른 터널은 언제든 다시 우리 앞에 나타날 수 있다. 예전에 글을 쓰면서 인용했던 파올로 조르다노의 기록에서처럼 "두려운 비상사태가 종료되면, 우리의 일시적 자각은 순식간에 사라질 것이다. 이것이 질병의 본질이다."라는 말이라든가, "전염의 시대에 연대감 부재는 무엇보다도 상상력의 결여에서 온다."라는 지적은 지금도 여전히 유효해 보인다.[2] 자각이 사라진다는 말의 의미는 과거 울었던 그때를 잊은 것과 같다. 그리고 전염의 시대가 끝났다고 하여 지금까지 시도됐던 상상력을 거둔다면 앞으로 언젠가 우리에게 또다시 닥칠 재난에 맞설, '연대감'이라는 사회적 예방 효과는 무효화될 것이다.

지금은 되찾게 된 오늘의 웃음보다는 어제의 감춰진 울음을 기억해야 할 때다. 바이러스와의 휴전이 종전을 의미하는 것은 아니다.

---

2 파올로 조르다노, 『전염의 시대를 생각한다』, 김희정 역, 은행나무, 2020, p.10, p.39.

병상이 없어 제대로 치료 한번 받지 못하고 숨진 환자, 과중한 업무로 목숨을 잃은 의료 종사자, 코로나로 숨진 어머니의 임종도 보지 못한 자식, 코로나로 생업을 잃고 그렇게 막다른 길에 내몰려 결국 스스로 목숨을 끊은 자영업자. 우리는 '정상화'의 명분으로 무관심과 무지에 가려진 슬픔을 읽어 내야 한다. 코로나 팬데믹에 관해 지젝은 이제 새로운 시대에 진입했으니 이 현실과 함께 살아갈 방법을 찾아야 한다고 말했다. 이러한 현실적 "수용이란 점진적으로 상황과 맞서 싸울 전략을 수립하는 태도를 의미"[3]한다. 위기는 아직 끝나지 않았다. 아무리 '위드코로나'라 할지라도 이는 시작일 뿐이다. 이제 문학 또한 전략을 세워야 할 것이다. 그리고 그 방식들 가운데 하나가 바로 '지속적인 읽기'이다.

> 슬픔의 곁을 지날 때에는
> 잠시 걸음 멈추고 예를 갖추자
>
> 너도 슬픔이거나
> 슬픔이었지 않느냐?
>
> 슬픔을 달랜다고
> 금세 기쁨이 되어 일어나겠느냐마는
> 다른 슬픔이 걸음 멈추고 곁을 지킬 때
> 슬픔은 그 속에 켜켜이 쌓인
> 상한 기쁨 몰아낼 시간 얻으리

---

3 슬라보예 지젝·이택광, 『포스트 코로나 뉴노멀』, 비전CNF, 2020, p.75.

방울방울 슬픔 일어나
다른 슬픔 콧김에도 덥게 삭으리

슬픔이여, 가던 길 멈추고
슬픔 곁에서는 잠시 멈추었다 가라
쓰러진 슬픔 곁에 지나던 슬픔 맞대어 보면
슬픔은 슬픔끼리 얼마나 닮았더냐?

같은 눈물, 같은 오열, 똑같은 체온
너도 슬픔이거나
슬픔이었다

　　　　　—신진, 「슬픔은 슬픔끼리」(『시와 시학』, 2021.가을) 전문

　위 시를 읽어 보면, 슬픔의 발생과 그 역학(力學/疫學)에 대해 생각하게 된다. 우선 눈앞에 보이는 저 슬픔은 평범한 상황이 아니다. 왜냐하면 그것은 누군가의 걸음을 순간 멈추게 하는 사건이기 때문이다. 무심한 발걸음에 일순 제동이 걸리는 것이다. 슬픔은 마치 바이러스처럼 동일한 조건에서, 즉 "똑같은 체온"과 "같은 눈물"이 있다면 언제든 발생하며 또 다른 슬픔으로 전파된다. 게다가 슬픔에서 슬픔으로 옮겨지는 감정적 반응에 의한 격정의 에너지(이를테면 "오열" 처럼)는 그동안 켜켜이 쌓인 채로 정체되어만 있었던 "기쁨"이라는 상투적인 퇴적물을 쓸어 낸다. 위 시의 화자에게 기쁨은 슬픔에 비하면 분칠한 얼굴이자 거짓된 가상에 가깝다. 그리고 그것은 지금까지 너무나 흔해서 어떠한 발걸음도 멈추게 하지 못했다.

슬픔에 공감한다는 것은 체온과 눈물만 있다ㄱ 해서 되는 것이 아니다. 여기에는 촉매제와도 같은, '인간적인' 의지가 개입되어야만 한다. 화자는 누군가의 슬픔 앞에 "예를 갖추자"라든가 그 곁에 "멈추었다 가라"라는 명령조의 어투로 슬픔이 깃든 '이야기'를 들여다보라고 말한다. 이야기를 듣고자 하는 겸손한 태도는 의지에서 나온다. 저 슬픈 표정은 어떤 이야기를 품고 있는가. 위 시의 내용만으로 알 수는 없다. 하지만 체온과 눈물, 울음(오열)으로써 이야기는 이미 시작된 셈이다. 또한 이 슬픔은 단지 그/그녀만의 이야기가 아니다. 화자도 그리고 화자가 붙잡은 당신도 모두 슬픔이라는 감정적 병인(病因)을 지닌 자들이기 때문이다. 이로써 우리는 저마다의 이야기들을 드러내고 그것을 함께 읽어 나가야 할 의미적 공동체가 되어 간다.

우리 모두에게 슬픔이 발생할 수 있다는 전제가 가능하기 위해서는 또 다른 조건이 있어야 할 것으로 보인다. 슬픔과 슬픔 사이, 그 인간과 인간 사이에서 발생하는 감정은 바로 "곁"에서 비롯된다. "곁"의 장소성은 순간적으로 발생하는 사건에 의해 비로소 드러난다. "곁"에서 감정들은 발생하고, 파열하고, 마찰음을 일으킴으로써 서로를 변화시킬 수 있는 순간을 열어 놓는다. 어떠한 의도나 목적에 의해 벌어지는 것이 아니라, 언제 어디서든 갑작스럽게 일어난다. "곁"은 무한하다. 누가 내 "곁"에 있다는 것은 언제든 내가 의도하지 않은 사건이 일어날 수 있는 무한한 가능성으로 남는다. 슬픔에 의해 발걸음을 멈춘 순간, "곁"의 자리가 우리 눈앞에 마련되는 것이며 지금까지 들어본 적 없던 이야기를 우리는 마침내 듣게 된다.

몸속으로 혈액이 흐르지 않는다

사계절의 쇼를 보여 주는 일이 내 업이다 삼월에는 어깨에 봄을 얹어 놓고 행인들의 시선을 끌어당겨야 한다 사람들의 눈길이 다가오지 않을 땐 립스틱을 짙게 바르거나 가슴에 장미꽃을 꽂고 기다려야 한다

팔월에 장마전선이 온다는 풍문이 나돌 때면 이미 나의 치맛자락은 짧아지고 가슴에 여름이 풀어지고 있다 냉방장치가 있으나 팔월의 쇼를 보여야 하므로 매미 울음소리로 삼복더위를 식혀야 한다

시월이 오면 두 어깨에 낙엽들이 쌓이고 짧은 치마가 더 길어진다 몸에 걸친 무명천 속으로 들짐승들은 동면에 들기 시작한다 그럴 때면 고독의 가슴을 태워야 하는 나는 봉화대가 된다

이제 한 해를 마무리해야 하는 12월, 발등으로 흰 눈이 쌓이고 찬바람에 살을 에이는 나의 영혼은 점점 두터워지고 하루 종일 날아들던 새들은 남쪽을 향해 날개를 펼친다

삼백예순날, 웃어야만 하는 전생 업
　　　—정계원, 「윈도 마네킹」(『시와 시학』, 2021.가을) 전문

"몸속으로 혈액이 흐르지 않는다"라는 시구가 섬뜩하다가도 이내 차갑게 가라앉는다. 제목에서 가리키는 "마네킹"의 이미지 때문일 것이다. 인간의 형상을 하고 있지만, 체온이 없는 "마네킹"은 그동안 '자본주의'나 '상품성'에 대한 비판으로써 많이 쓰여 왔다. 위 시에서 "사계절의 쇼를 보여 주는 일"도 그러하다. 계절마다 신상으로 나왔을 옷들을 부각시키기 위해 쓰이기만 하는 "마네킹"의 몸은 전시

를 목적으로 한 수단 그 이상도 이하도 아니다. 그리고 저 "마네킹"의 '곁'을 보라. 대부분 무심코 지나가는 이들의 뒷모습만이 있을 뿐, "마네킹"의 곁에는 그 어떠한 사건도 일어나지 않는다. 투명하게 가로막은 통유리가 곁 자체를 비워 두지 않고 있기도 하다. 무심함을 전제로 한 소비의 장(場)에서 곁은 일회성에 머물고, 그렇게 "마네킹"은 미라처럼 서 있을 뿐이다.

언젠가 시인은 "마네킹" 곁에 다가가서 누구도 듣지 못했을 이야기를 불어넣고 싶었을 것이다. 상품성을 부각시키기 위해 만들어진 "마네킹"이니만큼 그에 상응하는 시적 상상력을 불어넣는다는 것이 그리 납득 못할 일은 아니다. 이야기가 스며들어 갈 틈은 충분했다. 일단 시의 화자인 "마네킹"은 마치 인간처럼 생각하고 감정을 느낀다. 그리고 자신이 처한 상황도 잘 알고 있다. 시간이 지나면 "마네킹"에서 서서히 무언가가 새어 나오게 될 것이다. 화려한 쇼윈도 틈에서 다급히 위기를 알리려는 "봉화대"의 연기가 새어 나오고 상품성이 강조될수록 더욱더 야위어만 가는 "영혼"의 맨얼굴이 통유리 너머로 자유롭게 "날개"짓을 하는 이야기를 상상해 본다면, 저 "마네킹" 곁에 조금 더 머물고 싶다는 마음도 생기게 될 것이다.

"마네킹"은 우리의 형상을 대리한다. 시인은 "마네킹"의 이야기를 우리에게 전했다. 위 시에서 "마네킹"의 "업"은 우리의 그것과 사실상 다를 바가 없다. 사전적 의미인 '일정 기간 동안 계속해서 종사해야 하는 과업과도 같은 일'이 계절마다 계속해서 옷을 갈아입는 "마네킹"의 형상과 고스란히 겹친다. 고객을 위해 더위와 추위를 견뎌야 하는 여러 현장의 감정노동자들의 삶은 '코로나'라고 하여 달라지지 않았다. 지금도 우리 곁에는 과업을 짊어진 이웃들이 있고, 그 얼굴들에는 슬픔과 고독 그리고 고통이 담겨 있다. 지젝이 말했듯 감염의 위협 속에서도 힘들고 소모적인 노동에 종사하는 이웃들이 있었다. 일상의 '정상화'에 가려진 슬픔만큼이나 이웃들의 고독하고 고통스러운 "업"도 우리가 앞으로 읽어 내야 하는 틈이다.

빛나는 드레스와 턱시도 없이도
우리는 아름다울 수 있다는 선언

지속 가능한 행복을 찾아서

구두를 벗어던지고 턱시도를 젖히고
춤을 추며 입장하는 이들이 있네

흰 지점토를 뭉치면 언제나
이상한 조형물 같아 보이듯이

미래의 이야기에는
아직 빚어지지 않은 인간의 형상이 있다

사랑은 튼 살조차 몸에 난 창문
내리쬐는 블라인드나 물결처럼 보이게 하는

드물게 아름다운 세계여서
우리는 입장과 퇴장을 반복하겠지 서로를 터널처럼,

실수로 알록달록한 드레스를 만들어 버린 재단사에게는

꿈과 함께 발생하는 세상의 모든 이야기를 수집하는 재주가 있고

이례적인 폭염과 가뭄, 타오르는 공장
넘치는 강물과 흘러내리는 산사태에도

우리가 모두 살아 있다는 사실이 이상하게 생각되는 밤이면

우리에게 갇힌 세상의 모든 번식견들을 생각하고
다가오는 세상의 모든 고양이와 개들을 안는다

자본주의라는 긴 열차에 구멍을 만들고
열쇠처럼 쥐면

너무 많은 주머니를 가진 사람에게는
세상이 벌집처럼 보일 테지

주머니가 없거나 뻥 뚫려 버린
사람이야말로 주머니의 고통과 미학을 아는 사람일 텐데

블랙홀 같은 새 주머니를 달고 싶어

알사탕 같은
이상한 긴 구멍 뚫린 모자를 함께 쓰고 나란히 걷기

흰 드레스와 검은 턱시도를 길게 이으면

양옆으로 흰 건반과 검은 건반이 끝없이 계속되는

거대한 피아노를 만들 수도 있고
들을 수 없던 이야기를 들을 수 있게 되리

어떤 아름다움은 더 이상 가능하지 않다
지속 가능한 이야기를 찾아서 걷다 보면

—주민현, 「지속 가능한 이야기를 찾아서」

(『딩아돌하』, 2021.가을) 전문

위 시에 펼쳐진 저 화려하고 발랄한 "자본주의"의 무대를 보라. 쾌속으로 질주하는 유행의 막차를 결국 놓쳐 버린 "드레스"와 "턱시도" 따위는 과감하게 벗어던지고 화려한 조명 아래에서 춤을 추며 무대 위로 등장하는 사람들의 얼굴에는 웃음이 가득하다. 고통스런 업에서 벗어나 흥에 겨운 사람들로 인해 분위기가 업(up)된 무대에서는 상처마저도 아름답게 보인다. 상처에 깃든 고통스런 이야기를 마주한다는 것은 또 다른 불편함이었기에 사람들은 그 위에다 "지속 가능한 행복"과 생동한 "아름다움"을 덕지덕지 이어 붙인다. 그런 식으로 만들어진 "알록달록한 드레스"의 괴상함과 더불어 "이상한 조형물"의 기괴함도 새로운 아름다움으로 포장되어 전시된다. 이곳은 '자본주의 열차'가 만들어지면서 생겨난 꽤나 오래되고 항시 공연 중인 무대이다.

앞으로도 자본주의 열차의 낡고 오래된 증기기관은 자신이 만든 것들을 언제든 스스로 벗어던지고 또다시 전시함으로써 그 지속성을 끈질기게 유지해 갈 것이다. 하지만 지속적인 행복이나 아름다움

은 가상에 불과하다. 고통과 상처, 고독은 웃음과 행복을 위해 소모
될 뿐이지만, 그렇게 "고통과 상처가 없다면 동일한 것, 친숙한 것,
익숙한 것이 계속된다."[4] 반복되는 것들이 길게 이어지는 단순한 삶
은 미래라고 하여 별반 달라질 것이 없다. "미래의 이야기"가 정말
어떤 형상으로 모습을 드러낼지 어느 누구도 보지 못했음에도 여전
히 그 안에 자신들과 동일한 '인간'의 형태가 담겨 있을 것이라고 착
각한다. 그렇게 오래전부터 "갈등의 아름다움을 체험"했었던 "우리
는 계속 사람인 척" 연기를 해 왔던 것인지도 모른다.[5]

　갈등은 모든 이야기들의 고통과 고독의 근간이었다. 그런데 이것
이 사라진 삶은 어떠한가. 과연 우리는 부정성에 대해 얼마나 상상
력을 동원하고 있는가. 본래 구멍은 나중에서야 발견되는 '틈'이며,
상품의 측면에서는 가치를 현격히 떨어뜨리는 불쾌한 흔적이다. 또
한 그 안에 혹시 무언가 감춰져 있을지도 모른다는 불길한 상상을
불러일으키기도 했다. 이렇듯 구멍은 부정성의 장소이다. 하지만 위
시의 "구멍"에서는 부정성이 보이지 않고 오히려 그것 자체가 일종
의 상품성을 지녔다는 점을 알 수 있다. 또한 위 시에서 "구멍"은 '기
회'이기도 하다. "주머니"가 많은 사람(즉 "구멍"이 많은 사람)에게 세상
은 기회로 가득 찬 아름다운 세계이다. 그 안에서 사람과 상품 간의
입장과 퇴장은 반복적이고 단순하며 자연스러운 지속성에 의해서만
작동된다.

　행복과 아름다움이 앞으로 계속해서 지속 가능할 것이라는 믿음
은 그 어떠한 부정성도 강제로 봉합시킨다. 설령 "구멍"이 남겨져 있

---

4 한병철, 『아름다움의 구원』, 이재영 역, 문학과지성사, 2016, p.55.
5 주민현, 『킬트, 그리고 퀼트』, 문학동네, 2020.

다 한들 거기에는 당면한 위기에 따른 잠재된 두려움이 없다. 지속성 안에서 위기나 두려움은 그저 가상에 불과하다. 그렇게 언젠가 당도할 행복이라는 출구를 믿고 있기에 위기 또한 기회라는 말도 서슴지 않는 것이다. 하지만 고통과 슬픔 그리고 고독은 행복을 위해 소모되는 이벤트가 아니다. 그것은 출구가 보이지 않는 "블랙홀"이다. 『코스모스』의 저자 칼 세이건이 말했듯 여전히 미해결의 영역이라 할 수 있는 블랙홀은 어쩌면 아직 우리가 발견하지 못한 "어떤 아름다움"과도 관련이 있을 것이다. 지속 가능한 행복만으로는 도저히 닿을 수 없는 삶의 아름다움이 정말로 있다면, 지금까지와는 정반대의 역발상을 시도해 봐도 되지 않을까. 지속적이지 않으면서, 순간에 발생하는 사건으로서의 고통과 슬픔을 읽어 내려고 하는 태도야말로 우리의 지속적인 아름다움이라 할 것이다.

감정의 수축이 필요할 때

불타는 상상력이라는 치명적인 질병은
불경하며 동시에 신성하다.[1]

1.

2021년, 야권의 유력 대선 후보가 한 말이 세상을 시끄럽게 했었다. 이른바 '부정식품'에 관한 것이었다. 정확히 옮기면 이렇다. "경제력이 없는 사람이라면 부정식품(불량식품)보다 아래도 선택할 수 있게 싸게 먹을 수 있게 해 줘야 한다는 거다. 이걸 먹는다고 갑자기 어떻게 되는 것도 아니고."라는 말이었다. 과거에 이른바 '공주님'보다 더 강력한 빌런의 등장을 예고하는(주 120시간 노동시간과 건강한 페미니즘까지 화려하게 펼쳐진 블록버스터) 쿠키 영상 속 대사를 듣는 것 같았다. 왜 아니겠는가. 적어도 그때는 불량식품이 4대 악(惡)이었다. '촛불'을 거쳐서 조금은 세상이 바뀌었다고들 말해 왔지만, 저 입에서 나온 위험한 말이 그때 그 시절보다 더 퇴보된 미래를 엿보게 했다는 점에서 참담함을 금할 길이 없었다.

---

1 패티 스미스, 『몰입』, 김선형 역, 마음산책, 2018, p.11.

예술사회학 연구자인 이라영의 저서『정치적인 식탁』에는 위와 비슷한 사례 하나가 실려 있다. 요약하면 이렇다. 유럽의 몇몇 큰 식품회사가 소고기 가공식품에 말고기를 넣었다는 사실이 밝혀지면서 큰 파장이 일어났는데, 독일의 어느 정치인이 이 식품을 폐기하지 말고 그냥 빈곤층에게 나눠 주자고 말했다는 것이다. 사례 끝에 이라영은 이렇게 정리했다. "가난하며 배가 고픈 사람이라고 해서 욕망마저 가난해질 의무는 없다. 오직 배고픔을 해소하기 위해서만 입을 벌리는 1차원적인 입은 언제나 지배권력이 원하는 입"이라고 말이다. 더 축약하자면 "가난한 입도 욕망할 줄 알고, 기분이라는 게 있다"는 것.[2] 만약 저자가 이 책을 2년만 더 늦게 내놓았다면, 저 독일 정치인 사례 대신 '부정식품' 발언이 책에 실렸을 것이다.

작년에 나온 이근화의 산문집을 읽었다. 거기에서도 '가난'에 관한 이야기가 실려 있었다(「가난은 공기와 같아서」). 그 글에서도 '먹는 입'이 나온다. 이근화는 권여선이 쓴 「손톱」에서 주인공 '소희'가 생활비 때문에 짬뽕 한 그릇도 못 먹고 다시 가게 밖을 나서는 장면을 가져왔다. 이근화는 자신이 수업하는 학생들과 이 소설을 읽고 나서 "더 이상 가난은 개인의 몫이 아니라" 생각했고, 학생들에게는 "이러한 상황과 조건을 심화하지 않는 방향으로 삶을 이끌어야 할 공동의 책임이 있다고" 말하며 수업을 끝냈다고 썼다. 그리고 글 말미에는 "우리의 선택과 의지에 따라 다른 미래를 만들 수 있다는 가능성이 아직 존재한다는 점에서 자꾸 묻고 답하는 과정을 포기해서는 안 될 것이다"라고 매듭지었다.[3] 이 말은 앞서 비상식적인 말로 파장을 일으

---

2 이라영,『정치적인 식탁』, 동녘, 2019, p.141.
3 이근화,『아주 작은 인간들이 말할 때』, 마음산책, 2020, p.173, p.181.

킨 사례들과는 정반대의 입에서 나왔다.

공동의 책임을 바탕으로 한 미래 지향적 과제는 '시인'을 질문과 용기의 장으로 끌어들인다. 김경후 또한 이근화와의 대담에서 이런 말을 했었다. "끊임없이 질문과 질문끼리 부딪게 하면서 그 충돌의 빛과 소리를 느껴 보려고 노력하는 것"과 "어떤 상황, 어떤 사물, 어떤 사람, 어떤 환경이든 죽음조차도 삶보다 생생하게, 용감하게 만나면서 시 쓰고 싶"다는 말이었다.[4] 당시 대담을 통해 두 시인이 보여 준 이른바 '케미'는 독자로 하여금 '먹고사는 일'과 '시 쓰기' 사이에서의 긴장뿐만 아니라, 이를 회피하지 않으려는 견고함이란 무엇인지를 느끼게 했을 것이다. 그리고 이러한 시적 상상력은 "할 수 있는 말들과 할 수 없는 말들"[5] 사이의 긴장을 불쏘시개로 삼아 끊임없이 질문과 질문 사이로 용감하게 불을 지른다.

이 두 시인의 시집들[6]은 시 쓰기를 둘러싼 본질적인 문제, 즉 입 안에서 팽팽하게 머금어진 어떤 긴장을 저마다 강렬하게 담아낸 작품들이었다. 그에 관한 읽기를 제안해 보고자 한다. 어쨌든 "할 수 있는 말들"은 질문이나 용기가 필요하지 않다. 그것은 긴장이 없고, 매끄러우며, 자연스럽게 보인다. 질문과 용기는 이 흐름에 제동을 건다. "할 수 없는 말들"은 긴장된 분위기 속에서 질문과 용기로써 나오기 때문에 누군가에게는 투박해 보이거나 낯설 수도 있다. 하지

---

4 이근화·김경후(대담), 「당신이 살아 있다는 것」, 『시작』, 2013.봄, p.213.

5 이근화, 「검은 무지개」, 『우리들의 진화』, 문학과지성사, 2009.

6 이 글에서 다루는 시집은 다음과 같다. 김경후의 시집은 『그날 말이 돌아오지 않는다』(민음사, 2001), 『열두 겹의 자정』(문학동네, 2012), 『오르간, 파이프, 선인장』(창비, 2017), 『울려고 일어난 겁니다』(문학과지성사, 2021)이며, 이근화의 시집은 『우리들의 진화』(문학과지성사, 2009), 『차가운 잠』(문학과지성사, 2012), 『내가 무엇을 쓴다 해도』(창비, 2016)이다. 이하 해당 시인의 이름, 출판사와 출판 연도는 생략한다.

만 이로써 '가능성'(이근화)과 '빛과 소리'(김경후)도 열리는 것이 아닐까. 시는 타협될 수 없는 질문과 용기로 빚어낸 언어의 세계이다. 그렇게 '할 수 없음'을 '할 수 있음'으로까지 밀고 나가 보려는("그러니 밀고 가자/그래서 밀고 가자", 「오로라 여행」, 「울려고 일어난 겁니다」) 시인의 분투는 바로 긴장감, 즉 감정의 수축을 일으킨다.

2.

우선, 명랑하게 분노하기. 이근화의 명랑함은 최신형 엔진을 장착했었다. "늘어나는 감정"을 소화하려면, 그만큼의 추진력 강한 엔진이 필요했을 것이다(「엔진」, 「우리들의 진화」). 어떠한 규칙이나 경계선("인도와 차도")도 과감히 가로지르며 "최대한 울어 보려고" 하는(이건 울음보다는 엔진이 내는 굉음이다) 상상력은 "도시와 도시 간에 느슨하게" 풀린 "마음"을 긴장시키고(「내 인생의 0.5」), 곧장 "폭풍을 일으"켰을 것이다(「금자 씨의 권총」). 폭풍의 매력은 무엇보다 예측 불가능에 있다. 명랑한 시적 상상력으로 무장된 '적의'는 그 복수의 이유를 입꼬리 뒤로 감춘 채 "배 한 척을 집어삼킨 대왕오징어"처럼 어딘지 우스꽝스러운 장면을 연출했다(「우리의 우정은 언제부터 시작되었는가」). 이근화의 시적 세계는 공포마저도 이렇게 비정상적으로 거대했으며, 뜬금없었다.

평온했을 항해를 전복시킨 '명랑한 적의'는 "진화하는 물의 세계"에 갇혀 "평생 수수께끼의 은유만으로 사는 기분"도 마음에 들어 하지 않았다(「하마」). 그래서 급기야 만화적 상상력까지 끌어들여 와 일상을 혼종시켰다. "주먹과 가슴이 발사될 것"이라는 저 상상력을 보라(「물고기의 중심」). 대왕오징어의 습격만큼이나 우스꽝스럽지만, 로켓의 경로는 정확히 "아저씨들"의 점잖은 무대인 낚시터를 향해 설정됐었다. "이데올로기를 가진 흑발"에 "형이상학적인 웃음소리"를 내며(「박춘근 씨 밑에서 일하기」), 가짜 치아가 박힌 기계 입으로 무장한 "아저씨들"에게 말이다(「손만원 씨와 슈퍼 옥수수」). 이들은 'GMO(유전자 변형 생물체)'처럼 특정 기관(그 가운데 특히 입)을 기이하게 키운 괴물들이었다. 그래서 그런가? "멋진 아들딸들은 펜과 망치를 들고 슬프게 슬프게 울겠지만요"라는 말이 진짜로 들린다.[7]

그런데 세 번째 시집 『차가운 잠』을 기점으로 명랑한 궤도는 중력에 의한 하강 기로에 접어들었다. 엔진은 과부하 상태가 되었고, 상상력의 급속한 진화는 멈추었으며, 차가운 동면기를 맞이한 것이다. 편안한 잠이 아니라, 옅은 잠에 가까웠다. 속도감 있던 유쾌한 상상에서 조금씩 차가운 긴장이 감돌았다. "뜨거운 심장을 갖게 해 줄 신비의 명약"은 그렇게 서서히 약 기운이 다해 갔고, 이따금씩 옆 사람과 어깨를 부딪히며 "치킨버스"에 몸을 구겨 넣어야 하는 현실을 맞닥뜨린 것이다(「한밤에 우리가」). 아울러 입의 외연적 확장도 엿보인다. '입'과 '입술'의 분화와 더불어서, 신축성이라는 유사한 성질을 지닌 '주머니'라든가 '고무줄' 등의 사물들로까지 그 외연적 확장이 나타난다. 이는 임계에 다다를 때 터지거나 끊어진다는 또 다른 긴장을 내포한다.

---

7 기괴하게 특정 부위를 키운 아저씨들의 모습은 기존의 관습과 계급 등을 비유하는 것이다. 그리고 그 앞에서 울고 있는 자녀 세대들은 저 아저씨들의 질서에 철저히 배신당한 모습이다. "펜과 망치"라는 노동의 전형적이었던 상징은 젊은 세대에게 그 어떠한 감응도 주지 않는다. 게다가 코로나까지 덮친 지금의 상황에서 이들은 취업난을 비롯해 더욱더 막다른 길로 내몰렸으며, 어느새 '자살'과 '고독사'(특히 젊은이들의 고독사)가 심각한 사회적 문제로 대두되기 시작했다. 최근에 번역 소개된 사이먼 크리츨리의 『자살에 대하여』(변진경 역, 돌베개, 2021)나, 김완이 쓴 『죽은 자의 집 청소』(김영사, 2020)는 그에 관한 충실한 기록이다.

그런데 왜 하필 "알약"이었을까? 이 시집의 첫 시인 「약상자」를 보면, "알약"을 계속해서 먹어야 할지 먹지 말아야 할지 고민하는 장면이 나온다("언제라도 열 수 있지만/어쩐지 부끄럽다"). 예전에 먹은 "신비의 명약"도 혹시 이 "약상자"에 담겨 있었던 것은 아니었을까. 하지만 두 약 모두 같은 성분의 것은 아니었을 것이다. 왜냐하면 이 "알약"은 "신비의 명약"처럼 심장을 뜨겁게 할 정도로 흥분을 유발하는 것이 아니라, 오히려 차디찬 "쓴맛"을 냈기 때문이다. 서서히 부끄러운 기분까지도 들었을 것이다. 이 "알약"을 오래 곱씹어 본다면, 선악과를 먹고 황급히 몸을 가렸던 원죄의 그늘이 떠오르기도 하면서 그동안 알지 못했던 무언가를 이제 막 알게 된 탓에 생긴 감정의 변화를 엿볼 수 있게 된다. 앞서 「금자 씨의 권총」의 뜨거움에서 서서히 차가워지는 느낌으로, 영화 「매트릭스」의 빨간색과 파란색 알약처럼.[8]

네 번째 시집 『내가 무엇을 쓴다 해도』는 파란색의 약 기운이 서서히 퍼졌던 『차가운 잠』에서 막 깨어 "버석버석 일어나 길고 긴 하품을" 하는 것을 시작으로 일상이 무한 반복된다("당신이 살아 있다는 것」). 그런 와중에 "불가능한 풍선을/빨강이라 한다면" 이미 그것은 손에서 떠난 뒤였고("뜻밖에도」), 아이들이 탄 장난감 기차("장난감 기차여서 빨갛다", 「놀이동산에 없는 것」)가 지나가는 것을 볼 때마다 이곳에서 반드시 "살아남을 것"이라고 다짐했을 것이다. 그렇게 점차 빨간색

---

8 '금자 씨'는 빨간색이고, '사이퍼(Cipher)'는 파란색이다. 빨간색의 약이 시인에게 선사했던 세계(「우리들의 진화」)는 이제 끝났다. 남은 것은 차디찬 파란색의 알약뿐이다. 이후 이근화의 시 쓰기는 '뜨겁고 발랄했던 세계'와 '차디찬 현실 세계'라는 경계에 놓인다. 마치 사이퍼의 고뇌처럼 시인은 차가운 일상 속에서 그때 그 뜨거웠던 것들을 기억하려 애쓴다. 이러한 긴장은 이후 이근화의 시 곳곳에서 '암호(cipher)'처럼 배치된다.

약의 달콤한 맛은 사라지고 씁쓸한 맛만 가득해진다. 입안 가득 만두를 씹고 있어도 이곳이 "회기"인지 "중랑"인지 아니 더 정확하게 말하자면 빨간색의 세계인지 파란색의 그것인지 혼란스러웠을 것이다(「중랑에는 뭐가 있을까」). 그러면서 가끔씩은 "입안에 쓴 것을 삼킬 수 있을지도" 모른다며 스스로를 다독인 날들도 있었으리라(「택시는 의외로 빠르지 않다」).

> 푸른 하늘을 쩍 가르는 비행운은
> 마치 총알이 날아간 자국 같다
> 소리가 없고 상처가 깊다
> 가슴에 알알이 박힌 시간들이 언젠가 풀리겠지만
> 천변가로 밀려온 죽은 물고기들을
> 아무도 건져 먹지 않는다
> 죄지은 얼굴을 자신의 입으로 주워 삼킬 수는 없으니까
> 반질거리는 스타킹과 긴 머리칼들이 몰려나온다
> 새하얀 운동화들이 바닥을 꾹꾹 밟는다
>
> —「졸업식」(『내가 무엇을 쓴다 해도』) 부분

위 인용한 구절을 보면, 이전 시들에 드러났던 명랑함은 완전히 탈색된 듯하다. 멋지게 비상했을 '주먹과 가슴의 로켓'은 솜방망이 같은 "빈주먹"이 되어 돌아왔고(「내 죄가 나를 먹네」), 미사일 급의 타격을 입혔다고 생각한 지점에는 총알 자국만이 있을 뿐이다. 명랑한 상상 속에서 범람했던 강물은 잔잔해졌고, 나무에 잔뜩 걸렸던 그때의 물고기들도 지금은 너무나 현실적으로 죽어 있다. "비행운"이 사라져 가는 것을 올려다보고, 죽은 물고기들을 내려다보려면 잠시 멈

춰야 했다. 두 발로 뛰어서 바라봐야 하는 것들도 있었다. "졸업"이
라는 말의 묵직함. 끝이면서 동시에 시작인 기점. 명랑한 상상은 여
기서 끝났지만 막 갈아 신었을 저 "새하얀 운동화"는 분명 새롭다.
"바닥을 꾹꾹 밟"아 본다. 땅의 묵직함을 느끼며 한동안 쓰지 않았던
근육을 풀어 준다. 준비 자세를 취한다. "다 하지 못한 말들/길을 찾
지 못한 말들"을 향해 그렇게 다시, 땅!(「작은 불빛에도」)

3.

"화약총 소리 울리면 흰 선을 박차고 뛰어야 하지만/백묵처럼 서
있"던 누군가도 있다(「숨은 벽」, 『그날 말이 돌아오지 않는다』). 그리고 아무
리 시간이 흘러도 "발이 푹푹 빠지는 밤"은 어김없이 온다(「붕대」, 『열
두 겹의 자정』). 김경후는 첫 시집을 내고 정확히 11년 만에 두 번째 시
집 『열두 겹의 자정』을 세상에 내놓았고 "지금 나는 부서지는 시를
쓰고 있다"고 말했다(「모래의 시」).[9] 적지 않은 시간의 공백만큼이나
"어둡게 피 흘린 기억들"을 잔뜩 입에 머금은 채 어떠한 희망조차
남기지 않으려는 듯 모조리 휘발시키고 그렇게 "혀에서 떨어져 가
루"가 된 것들을 그러모아 지어낸 감정의 사막화(「지우개」). 김경후는

---

[9] '부서짐'은 김경후의 첫 시집과 두 번째 시집을 가르는 감각적 기점이다. 첫 시집에
서 「지하 생활」, 「개구리 죽이기」, 「그로테스크한 동화」 등의 잔혹한 이미지들은 절단
되거나 훼손된 육체(몸뚱이)에 집중되어 있어 자칫 과잉된 것으로도 보인다. 하지만
두 번째 시집부터 이것이 일종의 말놀이화(化)되면서 시 쓰기 과정에서 촉발된 내면
의 고독과 끊임없는 고통을 표현하는 데 집중되는 듯하다. 그렇다고 '부서짐'을 기존
의 잔혹성이 옅어진 결과라 보기는 어렵다. 왜냐하면 "잔혹성, 즉 무한 폭력은 더 이
상 자연스러운 경계가 없는 탓에 언어의 불완전성을 인정하고 욕망의 공허에 동의하
는 자의 속성"이기 때문이다(파스칼 키냐르, 『옛날에 대하여』, 송의경 역, 문학과지성
사, 2010, p.229).

"모래로만 이어진 그 길을" 한 걸음씩 신중히 걸어갔고(「모래의 시」), "어떤 밤을 질러왔던" 간에 계속해서 피를 뚝뚝 흘려 가며(「아름다운 책」) "절뚝거린 발자국"을 백지 위에 남겼다(「붕대」).

　김경후는 앞서 이근화와 나눈 대담에서 자신의 세계에 등장하는 '너'와 '당신'에 대해 말한 적이 있었지만[10] 시인이 백지에 남겨 둔 그 흔적들을 따라가고자 하는 독자라면 누구든 '너'이고 '당신'이지 않을까 싶다. 어느 시인이든 '백지'는 아직 오지 않은 말들을 기다리는 내밀한 공간이며, 거기에 흔적처럼 남아 있는 시어들을 좇아가는 일은 '너'와 '당신'의 책무이다. 그렇기에 아무리 시인이 "내 시는 읽지만 않으면 어렵지 않다"라며 잔뜩 날을 세웠어도(「안개 공황」), 모든 희망을 휘발시켜 가루처럼 떨어지는 말들일지라도 (그의 시를 읽으려는) '너'와 '당신'은 시인이 남긴 '발자국'을 끈기 있게 따라가야만 할 것이다. 그럼 "빨갛게 이글거리는 구두"도 "초록색 구두"도 신지 않은 (갑자기 빨간 약과 파란 약이 떠오르지 않는가) 맨발의 흔적을 뒤따라가 보자(「초록색 구두를 신고」, 「그날 말이 돌아오지 않는다」).

　먼저 '맨발'은 긴장을 내포한다. 바닥과 맞닿은 발바닥을 비롯해서 외부와의 접촉 빈도가 높은 신체 부위가 아무것으로도 보호되지 못하는 상태, 즉 극도로 예민할 수밖에 없는 것이라 하겠다. 「초록색 구두를 신고」를 다시 언급하자면, "구두"들을 벗어서 "나침반"도 없이 "무작정 나무들을 따라가"고자 하는 화자의 행위는 스스로를 우연의 세계로 밀어 넣고 이후부터는 오로지 육감만으로 한 걸음씩 조심스럽게 발걸음을 옮기는 것이다. 김경후의 이러한 긴장감은 시 쓰기로 이어진다. 즉 첫 시집의 「사냥터에서」는 이미 포획한 사냥감으

---

[10] 이근화·김경후(대담), 「당신이 살아 있다는 것」, pp.205-206.

로써 세상의 원초적인 단면(선혈이 낭자한 잘린 목)을 보여 주기만 했다면, 「수렵시대」(『오르간, 파이프, 선인장』)부터는 "검은 화살 꽂히는 곳"을 지나 "숨을 멎고" 활시위를 당겨 가며 "울부짖음"을 좇는 (현재 진행 중인) 사냥이 펼쳐진다.[11]

시 쓰기도 백지와 손목의 예민하고 내밀한 접촉에 의해 발생한다. 낯설고 거친 말들은 쉽게 오지 않는다. 이것은 "후진하고 또 후진하는"식의 단순하고 기계적인 반복이 아니라, 머뭇거림과 같은 비선형적 사건이다(「야간 도로 공사」). 하지만 시인에게 백지 바깥은 이와 정반대로 "언제나 야간 도로 공사 중"인 일상 그 자체다. 우연이나 몸이 아닌, 계획과 기계로만 움직이는 세계인 것이다. 이곳의 육중한 질서("롤러차")에 의해 짓눌린 말들은 죽은 말들이다. 이렇게 "오랫동안 짓밟힐 글자들"은 백지 위에 모습을 드러낼 낯선 글자들과는 정반대의 세계에 있다. 의미가 박제된 채 딱딱하게 굳어진 말로써 도로 위의 일상을 떠받칠 뿐이다. "검은 타르와 역청"의 반(反)생명적 이미지 또한 이러한 말의 죽음을 극대화한다. 그럼에도 "막다른 콘크리트 골목 밑" 어딘가에는 "모래를 파먹고 사는 골목의 가슴들"이 몸을 숨긴 채 아직 숨 쉬고 있다(「달의 유적지」).

근작 시집 『울려고 일어난 겁니다』는 세상의 변방인 골목, 그 "막다른, 길"로 내몰린 자들의 날숨을 새겨 넣은 비망록이다. 바닥에 떨어진 "깃털"마저도 한때의 창공이라는 뜨거웠던 추억이 아니라 차가

---

11 키냐르는 "활시위는 최초의 노래"라고 말하며 "리라 혹은 키타라(고대 그리스의 대표적인 현악기, 인용자)는 신에게 노래를 쏘아 올리는 고대의 활에서(혹은 짐승을 겨냥한 화살에서) 유래했다"고 지적했다. 이에 따르면 노래와 시(詩)의 시초가 수렵과 전쟁이었다는 점을 알 수 있다. 파스칼 키냐르, 『음악 혐오』, 김유진 역, 프란츠, 2017, pp.34-35.

운 콘크리트 바닥에서 "추락보다 긴 노래"처럼 살았어아 했기에 시인은 "슬픔의 횟수"를 잊지 않으려는 듯 느리지만 끈기 있게 써 내려갔다(「서예 시간」). 이것은 "아침마다 새로 집을 짓는" 방식의 세련된 공법이 아니라(「객실」), 손에 피와 진물이 날 정도로 파 내려가는 가장 낙후된 방식에 가깝다(「긁다」). 바닥에 짓눌린 말들과 막다른 길로 내몰린 존재들의 몸짓은 정형화되지 않은 날것의 이미지로 가득하지만, 이것만으로는 무엇도 바뀌지 않을 것임을 시인 또한 잘 알고 있다("아무것도 변하지 않았지", 「저만치 여기 있네」). 그럼에도 시인은 여전히 몸을 낮춘 채 "울컥"거리는 슬픔의 소리를 좇아(「넙치」) 또다시 "말 사냥"을 시도한다.

> 나는 말 사냥꾼
> 그러나 다음 주 뉴기니 어딘가
> 또 하나의 부족어가 사라질 것이다
> 해변에 밀려온 긴수염고래의 죽음처럼
> 말없이 사라지는 말의
> 마지막 음
> 듣지 못할 나는 말 사냥꾼
> 자정에 뜨는 북극 태양
> 잡고 싶었지
> 모음으로 만든 해바라기
> 꽂고 싶었지
> 나는 말 사냥꾼
> 그러나 작살을 피해도
> 말없이 사라지는 말 사냥꾼

훗날 연기구름

사냥꾼 묘지에 그 소리 들려주러 올까

다다음 주엔 빙하의 마지막 말이 사라질 것이다.

　　　　　　—「수렵시대」(『울려고 일어난 겁니다』) 전문

　위 시는 『오르간, 파이프, 선인장』에도 실렸던 「수렵시대」와 제목
이 같다. 앞선 "시대"가 시 쓰기라는 비선형적 사건에 집중되었다면,
위 "시대"는(세월이 흘렀어도 여전히 "수렵시대"다) 멸종이라는 위기 상황
에 따른 긴장이 감돈다. 사라진 말들의 무덤과 녹아내리는 "빙하" 이
미지는 소리 없이 다가온 위기 상황을 정서적으로 뒷받침한다. "사
냥꾼"은 동료의 "묘비" 앞에서 격한 감정('울컥')과 함께 "마지막"이
라는 절망적 상황에 몸을 떨었을 것이다. 사냥꾼은 멸종된 사냥감
들을, 시인("말 사냥꾼")은 사라져 가고 있는 말들을 저마다의 생활로
써 증언하고 있다는 점에서 같다. "빙하의 마지막 말이 사라질" 때가
정말로 온다면, 그때는 "빙하"에 관한 모든 것들이 사라질 것이다.[12]
이렇듯 말의 사라짐은 곧 그 세계의 '절멸'을 뜻한다. 하지만 누군가
에게는 아무것도 일어나지 않은 그저 평범한 하루였을 것이다. 그래

---

[12] "우리에게 알려진 모든 민족들은—그들이 어떤 문화를 이루었는가와는 전혀 상관
없이—그들 나름대로 완전하게 발달된 언어를 사용하고 있다. 그 언어가 지닌 합리성
은 문화민족들의 언어보다 전혀 뒤떨어지지 않는다. 한마디로, '원시적인' 언어라는 것
은 없다. 오늘날 지구상에서 사용되고 있는 모든 언어는 '최소한 똑같은 능력을 지닌'
언어들이다. 그러므로 만약 어떤 언어든지 일단 사멸되면 그와 더불어 가치 있는 문화
유산도 영원히 사라지고 말 것이며, 어떤 언어든지 일단 사멸하게 되면 이는 대단한
정보의 손실을 의미한다." 프란츠 M. 부케티츠, 『멸종』, 두행숙 역, 들녘, 2005, p.181.

서 그런가? 저 "연기구름"이 섬뜩하다.[13]

4.

예전에 이근화의 시적 세계를 언급한 글을 읽었다. 이근화는 "'무질서의 질서'라는 영역이 존재한다고 확신하는 어떤 감각의 고집"과 "카오스 속에서 카오스를 즐길 줄 아는 세대의 미학"을 보여 준다는 지적이었다.[14] 김경후에 관한 글도 읽었다. 그의 시 「실어」를 인용하면서 "말하는 자들이 살고 있는 곳에 침묵이 찾아오거나 말을 잃게 되는 순간에 드러나는 공백"을 가리키고 있었다.[15] 카오스와 공백. 카오스(chaos)에 해당하는 "그리스어 'Khaos'란 단어는 '갈라지는 얼굴'을 뜻한다. 즉 벌어지는 인간의 입을 의미한다."[16] '벌어지는 입'은 말과 숨의 통로이다. 그리고 '공백'은 침묵에 의한 말의 유예이자, 불가피한 엇나감이다. 의도된 말과 함께 ('탄식'처럼) 의도될 수 없는 소리도 나온다. 벌어지는 입은 그 자체로 예측 불가능하다. 따라서 그 입에 어떠한 현답이 나오기를 기대해서도, 용기라고 하여 그것이 반드시 우리가 원하는 결말로 이어지리라고 믿어서도 안 된다.

---

13 영화 「줄무늬 파자마를 입은 소년」은 평온한 일상과 대비되는 유대인 수용소를 매우 가까운 거리(마당의 작은 비밀 통로를 지나 조금만 걸어가면 수용소가 있는 거리)에 배치함으로써 평화와 학살이라는 상반된 세계 간의 팽팽한 긴장을 어린 소년의 시선으로 보여 주는 작품이다. 영화에서 일상을 침범했던 수용소의 연기(시체를 소각하고 나온 연기)는 이후 비극적 결말을 암시하는 일종의 시각적·후각적 복선이라 하겠다.

14 신형철, 「시적인 것들의 분광(分光), 코스모스에서 카오스까지」, 『몰락의 에티카』, 문학동네, 2008, p.268.

15 장은영, 「죽음을 상속하는 문장들」, 『슬픔의 연대와 비평의 몫』, 푸른사상, 2020, p.50.

16 파스칼 키냐르, 『혀끝에서 맴도는 이름』, 송의경 역, 문학과지성사, 2005, p.90.

그럼에도 계속해서 시도하려는 의지가 있기 때문에 질문과 용기도 아직까지는 힘이 있는 것이라 믿고 싶어진다. 갈라진 얼굴로서 드러날 수밖에 없는 존재적 틈을 상상해 보고자 하고 벌어진 입에서 나오게 될 정형화되지 않은 소리(말 이전의 것)에 귀를 기울이고자 하는 의지와 노력은 시인이라는 책무를 짊어졌기에 가능한 것이지 않았을까. 이근화의 명랑한 상상력은 이른바 "아저씨들"로 대변되는 기성의 권위와 관습을 전복하려는 시도였으며, 이후 차갑게 변모되면서 자리 잡은 '두 발의 상상력'은 이전의 명랑한 열정과 지금의 일상 사이에서의 시 쓰기라는 긴장을 드러냈다. 그리고 김경후는 일상과의 접촉으로 인해 시 쓰기가 처할 수밖에 없는 고통과 고독을 특유의 분절되고 어둠이 짙은 말들로 벼려 백지에다 은신처와도 같은 공동(空洞)을 파 놓았다.

이근화의 '명랑한 상상력과 두 발의 상상력', 그리고 김경후의 '시 쓰기와 말을 둘러싼 고통과 고독'은 저마다 아직 "할 수 없는 말들"이 남아 있다는 것을 알고 있기 때문에 생긴 감정의 수축이다. 그들의 시는 일상에 가까이 다가갈수록 그리고 고통과 고독이 길어질수록 웅크리면서 단단해진다. 함축과 절제의 미학이며 언어적 결정체라고 흔히 일컫는 시어는 이렇듯 감정의 수축에서 나오는 것이지 이완에서 나오는 것이 아니다. 지금도 어딘가에서 짓밟히고 있는 말들과 존재들이 있다고 믿는다면 그리고 차가운 일상과 텅 빈 백지를 좀 더 예민하게 마주하려 한다면, 우리의 감정 또한 이완보다는 수축되어야 맞다. 우리에게 남아 있을 아직 "할 수 없는 말들"도 이러한 긴장에서 나오게 될 것이다. 반대로 비상식적인 말은 긴장하지 않았기 때문에 나온다. 흘려들을 것이 아니다. 긴장하라. 접촉하지 않고, 예민하지도 않으며, 결국 그렇게 무감각하기에 내뱉었을 그 말이 언젠가 우리의 선택과 의지, 노력까지도 무력화시킬 강력한 빌런의 잔혹한 대사가 될 수도 있으니.

발효의 시간
―사람을 움직이는 시의 힘

밤에서 다시 밤으로 돌아오는 이 많은 식구들아
밤이 어둡다는 낭설을 믿을 수 있니?
(중략)
저녁에 도착하는 감정들
밤이 눈을 뜬다
밤엔 신선한 대화가 필요해
―김대호, 「밤에서 밤으로」 부분[1]

일본 혼슈, 오카야마현 마니와시의 가쓰야마에는 '다루마리'라는 특별한 빵집이 있다. 두 자녀를 키우며 아내와 함께 빵집을 운영 중인 와나타베 이타루가 쓴 『시골 빵집에서 자본론을 굽다』는 국내에서도 꽤나 알려진 책이다. 2014년에 처음 번역되어 현재까지 18쇄를 찍었다. "빵의 발효와 부패 사이에서 자본주의의 대안적 삶을 찾다"라는 표제 문구만 봐도 이 책에 담긴 메시지가 무엇인지 충분히 짐작할 수 있을 것이다. 평범했던 직장 생활을 미련 없이 정리하고, 그렇게 아내와 함께 자신들만의 빵집을 차리기로 결심한 와타나베의 꿈은 딱히 거창한 것이 아니었다. 기존의 기계적인 방식에서 벗어나 신선하고 건강한 빵을 만들겠다는 것뿐이었다. 그런데 그의 목소리가 일본 사회만이 아니라, 우리에게도 긍정적인 반향을 일으켰던 것이다.

---

1 김대호, 『우리에겐 아직 설명이 필요하지』, 걷는사람, 2020.

그는 부(富)를 미끼로 사람들의 시간을 빼앗은 회색 일당들의 『모모』를 언급하면서 부패하지 않는 돈에 의해 조금씩 병들어 가는 사람들의 몸과 마음 그리고 사람들과의 관계가 상실되어 가는 현실을 지적했다. 사람과 자연을 소모품처럼 쓰고 버리는 "자본의 논리가 지배하는 세계의 '밖'으로 탈출할 작정"으로 그는 차근차근 빵 만드는 일을 연구해 나갔다.[2] 시중에 판매되는 빵들, 그러니까 인공적으로 배양한 이스트라든가 식품들에 들어가는 화학첨가물 그리고 식물을 재배할 때 쓰는 각종 비료나 농약 등과 같은 식품산업 기술이 결국 자연의 섭리에 반하는, 부패하지 않는 음식들을 만들어 냈다. 지금 이곳은 그러한 기술이 있기 전보다 훨씬 풍족하게 사는 것처럼 보이지만, 부패하지 않는다는 그 부자연스러움에 의해 사람들 사이의 갈등과 증오가 배양되어 가고 있는 것은 아닐까.

그가 만든 빵은 사람을 움직이는 힘이 되기도 했다. 그는 책에 이웃들의 삶과 목소리를 담았다. 자신의 가족이 가쓰야마에 정착하도록 많은 힘을 써 준 가노 요코 씨는 초목 염색과 직물가게를 운영하고 있었고, 가죽 제품을 만드는 사람, 전통 종이로 등(燈)을 만드는 사람, 그리고 죽세공 장인도 있었다. 저마다 소명 의식을 갖고 전통을 중시하던 사람들이었다. 이들은 마을에서 각자가 만든 것들을 서로 납품하고 구매하면서 집단적 자급자족을 실천했다. "오늘날 현재와 미래를 자율성과 미시-사회들이라는 용어를 통해 사고하는 사람들에게" 가쓰야마 마을의 경제공동체는 "일반 경제에서 일반 생태학으로의 이행"으로 볼 수 있으며, 이러한 "일반 생태학은 세계, 자연, 사회를 지배하기보다는 삶의 질에 기초한 사회를 집합적으로 실현

---

2 와타나베 이타루, 『시골 빵집에서 자본론을 굽다』, 정문주 역, 더숲, 2014, p.84.

하고자" 하는 것이다.[3]

이 빵으로 말할 것 같으면
유구한 역사와 전통을 자랑하는 빵입니다

비법이 뭐냐구요?
매일 반죽을 조금씩 떼어 두었다가
다음 날의 반죽에 섞는 것,
발효는 그렇게 은밀히 계승되어 왔습니다

오늘도 빵 속으로 걸어 들어가는 사람들을 보십시오

빵 속의 터널에서 만났다 헤어지는 사람들은
같은 빵을 먹고 있다는 이유만으로
서로를 식구라고 부릅니다

밀가루로 된 벽과 지붕이 얼마나 버틸 수 있을지요
그러나 거대한 빵은
오병이어의 기적처럼 계속될 것입니다

지금도 빵을 먹고 들어오는 저 왕성한 소리가 들리십니까?

이미 한쪽에선 곰팡이가 피기 시작한, 그래도

3 미셸 마페졸리, 『부족의 시대』, 박정호 외역, 문학동네, 2017, p.128.

아직 먹을 만한 이 빵은
유구한 반죽 덕분에 발효와 부패 사이를 오가고 있습니다

더 이상 보장된 미래는 없다고
더 많은 빵을 만들어 내야 한다고 말들 하지만
오늘의 반죽이 어떤지는 알 수 없지요

빵의 분배 역시 마찬가지
파이를 나누는 일에 정해진 규칙이란 없습니다
나이프 쥔 사람 마음대로지요
그가 눈을 감은 채 칼을 휘두르지 않기만 바랄 수밖에요

빵에 갇힌 자로서
빵의 미래를 어찌 알겠습니까

눈앞의 빵 조각에 몰입할 뿐
부드러운 제 살을 황홀하게 먹어 들어갈 뿐
　　　　　—나희덕, 「거대한 빵」(『가능주의자』, 문학동네, 2021) 전문

저기 "유구한 역사와 전통을 자랑하는 빵"이라는 문구를 새긴 간
판이 서 있다. 새로 생긴 빵집인가 보다. 앞서 소개한 와타나베의 빵
집과 비슷한 가게인가 싶다. 정말 저 "역사와 전통을 자랑하는 빵"이
정성을 들여 만든 신선하고 건강한 음식인지 아니면 소비자들을 끌
어들이기 위한 허위광고인지는 오직 빵을 만드는 사람만이 알 것이
다. 전통적인 방식에는 예상치 못한 변수가 많다. 그날그날의 온도

와 습도 등에 따라 반죽이 발효될 수도 있고 아니면 부패될 수도 있는 것이라서 만드는 이조차도 모르는 일이다. "발효와 부패"는 동전의 양면이다. "오늘의 반죽"이 이후에 어떨지는 당장에 알 수 없다. 그럼에도 누군가는 확실하게 "보장된 미래"를 탐하고, 이윤을 위해서라면 "더 많은 빵을 만들어 내야 한다"고 말한다. 탐욕과 오만함은 빵의 가치를 부패시킨다.

빵의 가치, 즉 "빵의 미래"는 저절로 만들어지지 않는다. 상상력이라는 효모에 의해 건강하게 발효될 수도 있고, 아니면 독소를 내뿜으며 부패할 수도 있다. 반죽의 이후가 발효냐 부패냐를 보장할 수 없듯 "미래" 역시 불확실하다. 하지만 분명한 것은 이윤을 내기 위한 평범한 방식으로는 위 시의 화자가 말한 "미래"가 불가능하다는 점이다. 발효가 "그렇게 은밀히 계승되어" 온 방식이라면, "미래"를 위한 상상력 역시 남달라야 한다. "같은 빵을 먹고 있다는 이유만으로/서로를 식구라고" 상상할 수 있어야 하며, 또 그것이 "오병이어의 기적처럼 계속될 것"이라 믿어야 한다. 상상을 하지 않은 채("눈을 감은 채") 강자("나이프 쥔 사람")의 논리에 따라 "빵의 분배"가 이루어진다면, 빵을 잘라야 할 "나이프"가 오히려 사람을 해칠 "칼"이 될 수 있다.

나희덕의 「누룩의 세계」에는 "맛없는 빵"과 "거친 빵"이 놓여 있다. 화자가 빵집을 찾은 손님이었다면 "쉴 새 없이" 찍어 낸 빵보다는 오히려 "거친 빵"을 골랐을 것이다. 화자는 빵을 먹으며 "작은 씨앗이 자라 빵이 되거나 나무가 되는 기적"을 상상한다. "누룩이라는 몸짓에 대해 생각"한 순간부터 발화(발효)하여 숙성될 화자의 상상은 이후에 어떤 풍미를 자아낼까. 이윤을 바라지 않고 거칠지만 건강한 빵을 만들었을 누군가에게는 어쩌면 "승산의 유무나 유효성, 효율성

같은 원리들과는 전혀 다른 원리에 관한 이야기"가 있지 않았을까. 서경식은 그것을 "시인의 언어"라고 했었다. 그는 "별개의 원리로서 인간은 이러해야 한다거나, 이럴 수가 있다거나, 이렇게 되고 싶다고 말하는 것"이 "사람이 사람에게 무언가를 전하고, 사람을 움직이는 힘"이며 "시의 작용"이라 말했다.[4]

　봄비 오는 줄 모르고 잤다
　내리는지 몰랐던 비처럼 쏟아지는 잠

　누군가 몸 한 귀퉁이를
　잘라 냈다는 말을 듣는데 온몸이 얼마나 아프던지
　비명은 내 몫이 아니었으므로
　그녀는 괜찮다고 했지만 괜찮지 않았다

　읽던 책을 펼쳐 놓고 노트북도 켜 둔 채
　시간 모를 잠에서 깨어 뒤척이다
　그녀에게서 사라졌다는
　몸 한쪽으로 다시 돌아누웠다

　수화기 너머 정비사가
　낡은 찻값의 반이나 되는
　수리비 견적을 말하며 깨끗하게 수리하면
　괜찮을 거라 했지만 괜찮지 않았다

---

4 서경식, 『시의 힘』, 서은혜 역, 현암사, 2015, p.110.

며칠째 떠돌이 개가 집 주위를 맴돌며
눈치를 살피지만 괜찮지 않은 마음으로
모르는 척 피하고 있다
비 내리는 봄은 괜찮지 않은 것투성인데
괜찮다는 말을 입속에 혀처럼 달고 산다

한쪽을 잘라 낸 몸과
찻값의 절반이나 되는 수리비와
굶주린 채 떠도는 버림받은 개가
어떻게 괜찮을 수 있겠나
그렇게 괜찮지 않은 봄날 저녁이 왔다
　　　　　—김명기, 「괜찮지 않은 봄날 저녁」(『돌아갈 곳 없는
　　　　　사람처럼 서 있었다』, 걷는사람, 2022) 전문

　　그날 낮에 보았던 불편한 장면들 때문에 위 시의 화자는 밤새 뒤
척였다. "괜찮지 않은 마음"은 누군가가 무심코 건넸던 말에서부터
시작됐다. 그렇게 "누군가 몸 한 귀퉁이를/잘라 냈다는 말"을 듣게
되었고, "수리비 견적"에 대한 언짢음과 "떠돌이 개"를 향한 미안함
의 장면들이 덧붙여지면서, 불편한 감정("괜찮지 않은 마음")이 서서히
부풀어 오른다. 시가 사람을 움직이게 하는 방식은 여러 가지가 있
다. 눕거나 달리거나 무언가를 부수거나 밟을 수도 있다. 그리고 사
람이 사람에게 무언가를 전하는 것이 꼭 물질적이어야 하는 것도 아
니다. "비처럼 쏟아지는 잠"도 사람이 움직이는 하나의 방식이다.[5]
선잠을 자는지 뒤척였을 테지만, "몸 한쪽으로 다시 돌아누웠"던 때

만큼은 몸 일부가 잘려 나간 '그녀'의 고통을 화자도 똑같이 "온몸"
으로 느꼈을 것이다.

절제된 부위에 드러나게 될 흉터, 괜찮지 않은 "수리비" 다음에
청구될 수도 있는 후유증의 진료비, 집 주변에서 우연히 만난 "버림
받은 개"의 행방을 걱정해야 하는 화자의 마음은 정말로 괜찮지 않
았을 것이다. 그렇게 자신을 돌아봤을 것이다. 그동안 "괜찮다는 말
을 입속에 혀처럼 달고" 살지는 않았을까. 지금까지 주변에 온통 "괜
찮지 않은 것투성인데" 아무렇지 않은 듯 살았던 것은 아니었을까.
습관적으로 "괜찮다는 말"을 내뱉은 탓에 "혀"까지 굳어져서 이제는
다른 사람의 상처를 보고도 그저 괜찮다고, 시간이 지나면 괜찮아질
거라고 말해 왔던 것은 아닐까. 화자는 지금까지 괜찮았던 말들을
선잠에 몸을 뒤척이듯 하나둘씩 뒤집어 보고, 무심코 흘려들었던 말
들도 흔들어 깨웠을 것이다. 누구에게나 "괜찮냐고 물었지만/누구
도 괜찮은 게 뭔지는 몰랐"[6]던 탓에 잠들었던 말들이 그렇게 조금씩
깨어난다.

제사로 실은 시구처럼 밤이 마침내 눈을 떴을 때, 비로소 신선해
지는 말들이, 조금씩 깨어나는 감정들이 있다. 한낮에 잠들었던 말
과 감정들이 밤이 되자 눈을 떴다. 괜찮지 않은 저녁은 소란스럽다.
시인에게 밤은 수없이 많은 말들이 깨어나고 죽어 가는 습작의 시간
이기도 했다. 발효와 부패처럼 말의 탄생과 죽음이 일어나는 습작의
상황도 동전의 양면과 같았다. 위 시에서 한낮의 문장들은 쏟아지는

5 피카르트는 헤라클레이토스의 말을 인용했었다. "잠자는 사람조차도 무슨 일인가
를 하고 있으며, 이 우주 전체에서 일어나는 어떤 사건에 참여하고 영향을 미치는 존
재다." 막스 피카르트, 『인간과 말』, 배수아 역, 봄날의책, 2013, p.34.
6 성동혁, 「핑크피아노」, 『아네모네』, 봄날의책, 2019.

"봄비"에 젖어 간다. 저녁내 "읽던 책을 펼쳐 놓고 노트북도 켜 둔 채"로 아직 시에 옮겨 놓지 못했던 "남은 문장들이 일제히 눈가에 젖어 든" 시간이 그렇게 왔다(김명기, 「유기동물 보호소」). 시간이 흘러 남은 문장들이 어떤 무늬를 새롭게 드러낼지는 위 시의 화자도 알지 못할 것이다. "비명"이 그의 "몫"이 아니었듯 젖어 든 문장들도 그의 것이 아니기 때문이다.

저녁을 입에 물고 웃는다. 껍질을 벗긴 밤은 함부로 달고 분별없이 천박한 맛. 네가 길게 찢어 내는 흐린 빛들을 바라보며 천박, 얇고 엷어 속이 비치는 어둠의 맛을 짐작한다. 형식이 좌우하는 내용들처럼.

어긋나는 노래와 부풀어 오르는 말들뿐이구나. 우리는 지금 따뜻하게 구워지는 괄호 안일까. 엮이다 무너지는 잠시의 그물 곁일까. 그럴 때 시간은 달콤한 매듭들로 이루어진 한 덩어리의 식빵이 되었지. 각주가 더 아름다워 실패한 연구서처럼.

흰빛을 생각하면 목이 메고. 이어지는 어스름 속에서 끈적한 거미줄이 목구멍에 드리우고. 단맛의 내부가 될 때 순간은 줄 끊어진 기타 같고 새벽은 발효가 덜 된 영원 같아. 얇게 찢어지는 밤의 맛. 시간이 새벽 쪽으로 무너지는 맛. 빛으로 고르게 절여진 밤을 물고 세계의 반대편을 향해 누울 때.

　　　　　　　　　—이혜미, 「밤식빵의 저녁」(『빛의 자격을 얻어』,
　　　　　　　　　　　　　　　　　문학과지성사, 2021) 전문

비가 그치고, 다시 빵을 굽는 시간이 왔다. 위 시의 저녁은 분별없고, 얇고 엷으며, 어긋나고, 무너지기 쉽고, 그러다가 "슈가"에 끊어져 버릴 수도 있는 장면들의 불규칙한 합(合)이자, 불완전한 발효이며, 무엇으로 보장되거나 확신할 수 없는 시간이다. 젖었던 문장들에 드리운 뜻하지 않은 무늬처럼 껍질이 벗겨진 "밤"에 드리운 "흐린 빛들"의 속살도 예측되지 않았던 아름다움이다. 세상에 있는 모든 무늬가 그러했듯 저 아름다움도 언젠가는 바랠 것이다. "어긋난 약속을 교환하던 밤"에(이혜미, 「눈빛이 액체라면」) 도착한 말들과 감정은 시간이 갈수록 조금씩 "새벽 쪽으로 무너지는 맛"으로 바뀌어 마침내 혀끝에서 사라지고 말 것이다. 시를 쓰면서부터 말들이 무너지고 사라지는 것을 숱하게 봤었을 것이다. 그렇게 시로써 '사람이 사람에게 무언가를 전하는 것'이 의지만으로 될 수 없다는 것을 시인은 누구보다 잘 알고 있었다.

불편한 마음에 잠을 뒤척였을 누군가의 뒷모습을 보면, 어딘가 무너져 내린 듯 보일 때가 있었다. 보이지 않았던 세계의 단면, 그러니까 앞서 김명기의 시에서 화자의 "온몸"을 아프게 했던 누군가의 "몸 한 귀퉁이"가 사라지지 않고 "몸 한쪽으로 다시 돌아누"울 때, 비로소 허물어진 세계의 일부가 보이기 시작한다. 이혜미의 시에서도 그러한 지점이 보였다. "사람의 귀퉁이는 조금씩 슬픈 기척을 가졌다"는 상상이 일상과는 별개의 원리로 작용하면서(「순간의 모서리」), 그렇게 "세계의 반대편을 향해 누울 때" 조금씩 이곳 세계의 효용성과 유용성을 지워 낼 수 있다. 그러면서 시인은 사람으로서 누군가를 이해하려면 허물어지고 지워진 부분부터 무용하게 상상해야 한다는 것을 깨달았을 것이다.

"어스름"을 지나 서서히 "빛으로 고르게 절여진 밤"은 어떤 맛이 될까. "어긋나는 노래와 부풀어 오르는 말들"은 발효와 부패 중 어느 쪽이 될까. 그것들은 "괄호"처럼 서로를 단단하게 만들까, 아니면 "그물"처럼 서로를 흘려보내게 될까. 평소에 느끼지 못한 새로운 의미를 맛보기 위해서는 그만큼 많은 시간을 기다려야 했었고, 또 그 과정에서 무너지고 찢어지는 과정들을 하나하나 지켜봐야 했을 것이다. "응고되지 않는 말들"을 모아서(「빛명」) 그것들을 "가장 수치스러운 온도"와(「자귀나무 그늘에 찔려」) "모름의 온도" 중간쯤으로 적당히 유지시키고(「순간의 모서리」) "서로의 눈 속을 걷던 시간"만큼 오랫동안 견디는 과정을 지켜보는 것은 쉬운 일이 아니다(「매직아이」).

빵과 밤 그리고 시는 이 세계 어딘가에 은밀히 매듭지어진 "아름다운 입체"를 떠올리게 한다(「매직아이」). 누군가를 위해 빵을 만들고, 타인의 고통을 자기의 몫이라 여기며, 한 편의 시를 쓸 때에도 "우리"를 떠올리려는 방식들은 이곳과는 '별개의 원리'로 이해되어야 한다. 특히 시는 행과 연에 '말'과 '말 아닌 여백'이 어우러져 있기에 보이지 않는 것까지도 상상해야만 그 아름다움을 한껏 음미할 수가 있을 것이다. 연약한 결속이 의외의 단단함으로 돌아올 때, 우리는 '시의 힘'을 느낀다. 처음에는 단조로운 평면처럼 일상의 사소했던 장면들이 뭉쳐져서 상상으로 발효된 입체적인 시. 허물어진 마음과 부유하는 말들이 서로 엉겨 붙게 만든 상상의 힘이 그렇게 시를 읽는 사람에게로까지 옮겨 가는 과정을, 다른 말로 옮긴다면 '공감'이라 해야 하지 않을까.

"부서진 심장과 고통과 상처와 당신에 관한 에세이"라는 다소 긴 부제가 달린 『공감 연습』의 저자 레슬리 제이미슨은 서두부터 자신의 독특하면서도 흥미로운 직업을 밝혔다. 그녀의 직업은 '의료 배우', 즉 환자를 연기하는 것이었다. 그녀의 연기를 보고 의과 대학생들은 그 질환을 추측했다. 비록 허구의 인물일지라도 그녀는 좋은 연기를 펼치기 위해 그 누군가의 삶 깊은 곳까지 하나하나 파고들어 가야만 했었다. 그녀는 공감이 "우리가 짓는 건물임을 암시"한다고 하였다. 그리고 "'들을 청(聽)' 자는 귀와 눈을 뜻하는 글자, 온전한 주의력을 뜻하는 수평선, 갑작스런 급습과 마음의 눈물방울 등 많은 부분으로 이루어진 하나의 구조물"이라고 말했다. 덧붙이자면 '공감'은 "관심을 기울이겠다는, 우리 자신을 확장하겠다는 선택"인 것이다.[7]

주의력의 이성과 눈물의 감성으로 만들어지는 공감의 구조물들 가운데에는 시도 포함된다. 그것은 아름답고 연약한 입체를 자아내기도 하고, 위태로운 삶을 지탱할 든든한 버팀목이 될 수도 있다. 지금 이 순간에도 시를 쓰고 있을 누군가에게 그것은 꿈이요 비전이다. "비전으로서 그 꿈은 인간 행위자를 특정 방향으로 움직이는 힘으로 작용하여, 예기치 않은 결과들을 야기할 수 있다."[8]이것이 바로, 발효의 방식이었던 것이고 그 꿈이 일으키는 힘이 '사람을 움직이는 시의 힘'인 것이다. 거기에는 다양한 목소리들이 산다. 그리고 '사람을 이해하는 비평의 힘'은 그 목소리들을 듣고자 하는 마음이 처하게 될 모든 예측 불가능성으로, 그러니까 수없이 어긋나게 될 시도들에 의해서 증명되어야 할 것이다. 작품을 "계속 살아 있게 하며, 끝없이 이어지면서 끝없이 상상력을 북돋는 대화"[9]는 지금까지 은밀히 계승되어 왔다. 빵과 밤 그리고 시는 오늘도 그렇게 익어 가는 중이다.

---

7 레슬리 제이미슨, 『공감 연습』, 오숙은 역, 문학과지성사, 2019, pp.49-50.
8 김홍중, 『사회학적 파상력』, 문학동네, 2016, p.398.
9 리베카 솔닛, 『남자들은 자꾸 나를 가르치려 든다』, 김명남 역, 창비, 2015, p.142.

제3부

슬픔과 상심으로 쓴 인간/곤충기
—김성신, 『동그랗게 날아야 빠져나갈 수 있다』, 포지션, 2022

나방이 눈물을 마신다. 눈물을 마시는 나방은 라크리
파고스, 인간의 살을 파먹는 좋은 안트로포파고스라
고 한다. 우리는 늘 슬픔을 먹고 산다. 그것이 아름다
운 서정시와 대중가요의 본질이며, 슬픔과 상심이 그
렇게 달콤한 이유는 그것이 우리 안에서 불러일으키
는 감정, 즉 타인의 고통에 대한 감정이입과 혼자가
아니라는 작은 위안과 관련이 있을 것이다.[1]

우리는 슬픔을 먹고 산다. 그리고 눈물을 흘린다. 이것은 단순한
감정적 배설물이 아니다. 눈물은 다른 이들에게 보였을 때 비로소
진정한 가치를 얻는다. 눈물을 흘린다는 것은 '살아 있음'을 증명한
다. 그러니까 너와 나, 우리 모두가 슬픔을 '함께' 먹고 사는 존재라
는 사실을 말이다. 레베카 솔닛이 섬세하게 쓴 대목을 가만히 따라
가다 보면, 이따금씩 달콤한 시적 상상을 맛볼 수가 있다. 그녀가 말
한 슬픔과 상심이 불러일으키는 감정은 한곳에만 머물지 않는다. 오
히려 그것은 작품이라는 매개물로 인해 끊임없이 전파되면서 우리
모두가 결코 혼자가 아니라는 위안을 마음 곳곳에 꽃피우게 한다.

우연히 '나방'을 본 적이 있었다.[2] 마치 "세상 밖의 노선"인 듯(「나

---

1 리베카 솔닛, 『멀고도 가까운』, 김현우 역, 반비, 2016, p.173.
2 정재훈, 「우리를 바깥으로 유혹하는 시적인 힘」, 『문예바다』, 2022.여름.

방은 누가 풀어 놓았을까」) 한적한 시골길 같은 곳에서나 볼 수 있는 나방이었는데, 그 날갯짓이 가리키는/가르치는 것은 눈앞이 컴컴한 어둠 속에도 어딘가에는 작은 빛이 자리 잡고 있다는 사실이었다. 누군가의 슬픔과 상심에 다가가려는 마음일수록 "인적이 사라진 고행 속으로 날아가는 나방들"만큼이나 떨렸을 테고, 뜨거웠던 한낮을 가까스로 견디는 와중에 어느새 피어나기 시작한 그 "서늘한 빛무리 속으로/울고 남은 몇 개의 말들"의 날갯짓은 그동안 슬픔과 상심 때문에 흘렸을 누군가의 눈물 자국을 떠올리게 했다.

병증의 정도를 염려하게 하는 "마른기침 소리"와도 같은 시였다. 그렇게 김성신의 시를 처음 마주했을 당시에는 시의 화자가 "눈 속의 혀"로 "오랫동안 습기를 핥고 있"던 장면이 무척이나 인상 깊었다. 리베카 솔닛에 따르면, '나비'나 '나방'은 우리가 생각하는 그런 온순한 곤충이 아니다. "녀석들은 사실 사나운 곤충이며, 삶의 매 단계가 투쟁인 생명체"이다. 그것들은 "얼마간 애벌레로 시간을 보내고, 자기 살을 찢고 나오고, 번데기나 고치 상태로 지내다가, 매우 길고 맹렬한 짝짓기를 하고, 천적의 먹이가 되지 않기 위해 식물의 독을 섭취하고, 유난히 긴 혀로 동물 배설물이나 물웅덩이를 더듬는다."[3]

나는 한 마리 벌레
저 단단한 씨방 속이 궁금했다

그림자는 기꺼이 버려두며
빛의 모서리는 둥글게 둥글게

---

3 리베카 솔닛, 『멀고도 가까운』, p.143.

바라볼 때마다 나지막이 반짝일 것

견딜 수 있냐고 묻고는
사라진 웃음을 수막새로 만들며
모질다고 낯도 참 두껍다고 말할 것

내가 깊은 그곳을 헤집은 후
푸른 저녁은 말을 걸어오곤 했다

하룻밤은 당신과 입술이 맞닿는 일
사흘 밤은 당신의 어깨를 감싸는 일
이레째, 당신의 봉분을 쌓을 수도 있겠다

사소한 일들로 벌어진 당신과의 틈새로
낯선 계절이 웅크리고 있었다
앞에서 안아도 가슴은 늘 뒤
몸 안으로 흐르는 채워지지 않는 생각

갚을 수밖에 없는 운명
나를 저 멀리로 내려놓아
몸속으로 들어가는 것들은 죄다 길이 되고

안녕, 이라는 말 한마디
무릎으로 구겨 넣을 때마다
가뭇한 소리가 이명처럼 자박거린다

이젠, 낡은 몸을 버려야 할 때

우화를 꿈꾸는 당신의 몸을 받아들여야 할 때

생각이 마를수록 단단해지는 당신이라는 정념(情念)

—「충영(蟲癭)」 전문

  그때 봤던 '나방'도 그러했다. 희미한 빛을 탐하면서도 날갯짓 뒤로 그만큼 어둠을 짊어져야 했을 것이다. 어쩌면 그때는 미처 보지 못한 순간도 있었을 것이다. 스스로를 보호하기 위해 독을 섭취하고, 살아남기 위해 긴 혀로 밑바닥을 더듬는, 이른바 '생과 사' 또는 '빛과 그림자'라는 경계에서 위태롭게 움직였던 날갯짓을 말이다. 언젠가 "나는 한 마리 벌레"라고 주저 없이 말을 내뱉었을 때는 무언가 깊은 곳으로 비집고 들어가 그것을 "갉을 수밖에 없는 운명"에 순응하려 했을 것이다. 그렇게 슬픔과 상심으로 얽힌 "생각이 마를수록 단단해지는" 몸 어딘가에 조금씩 혹이 자라나기 시작했다.

  처음에는 무척이나 낯설었던 이물감도 시간이 지나다 보면 원래 있던 살과 뒤섞여 감각이 무뎌질 때가 온다. 누군가는 모진 풍파를 온몸으로 겪었던 탓에 주위로부터 "낯도 참 두껍다"라는 말을 들을 정도로 굳은살이 곳곳에 생겼지만, 그러한 삶도 가만히 들여다보면 "틈새"가 있었다. 슬픔과 상심으로 몸(살)과 마음에 생긴 그 상처와 같은 틈에는 번데기가 되기 위해 애벌레가 웅크리는 듯한 "소리"가 자리를 잡는다. 헤집고 들어갔으니, 언젠가 다시 헤집고 나올 때를 기다리면서 말이다. 그렇게 "소리"는 "낯선 계절"의 휴지기를 견디다가 번데기에서 성충이 되는 "우화"를 거쳐 허공을 향한 날갯짓처럼 울려 퍼질 것이다.

어디 나방뿐이겠는가. "여전히 살아남아 숨을 쉬고 꿈틀거리며 적막으로 길어진 혀를 내밀"고(「곰벌레」), 슬픔과 상심에 묻힌 한밤중을 견뎠음에도 결국에는 "문장이 되지 못한 지하의 한숨"을 끝으로 "바람의 뒷장까지 샅샅이 넘기"고자 했던(「지네」) 사방(四方)의 몸부림이 어디 날갯짓에만 있었겠는가. 어둠을 짊어진 채 몸부림쳐야 했던 그때의 상처 위로 세월에 의한 무덤이 켜켜이 쌓이다 보면 어느덧 이전의 제 살과 그때의 상처를 더는 구분조차 할 수 없게 될 것이다. 저 "악각(顎脚)의 그림자"도 그렇게 지금까지 여기저기 쉼 없이 씹다가 상처 입어서 생긴, 마지못한 견고함이었다.

어딘가 깊은 곳을 헤집는 벌레의 입처럼 나방의 긴 혀도 이곳 밑바닥을 더듬어 왔었다. 한밤에 쓰인 은밀한 역사였을 그 "뒷장"의 구절은 마치 오래전부터 "갖고 싶은 것들을 꾹꾹 눌러쓰면/비릿한 검은 글자들"이 혀끝을 맴돌았던 것처럼 달콤했을 것이다(「초오를 아십니까」). 그런 달콤한 시적 상상이 품은 마성의 힘은 일상의 중력을 거스르고자 하며 불온의 날갯짓을 조금씩 꿈꾸었다. 시인도 이렇듯 홀로 꾹꾹 눌러쓰는 고독의 시간, 그 "비릿한 검은 글자들"이 감돌았을 습작의 밤을 홀로 보내다가 비릿하면서도 "덜컥 쏟아지는 어둠"이 가끔은 "근사"하다고 느꼈을 것이다(「오, 유리」).

시인은 모두가 잠든 시간에 홀로 슬픔과 상심이라는 밑바닥으로 향했고, 그렇게 나방의 입맞춤을 모방해 왔다. 고독했던 습작의 밤은 나방을 둘러싼 적막과도 닮았기에 이제 어느새 시인의 혀도 나방처럼 길어진 상태였다. 어둠에 최적화된 입술을 여기저기 갖다 대며, 바닥에 긴 혀를 내밀었을 것이다. 무언가가 혀끝에 감지될 때에는 주저 없이 그것을 핥거나 씹었다. 누군가에게 "말할 수 없을 때 만져지는 후렴들"일수록 혀끝에서 달콤하게 맴돌았을 것이다(「검정

1). 또한 시인에게 이곳은 온통 "의심"으로 가득 찼었는데, 그것은 꽤나 단단해서 "오래도록 오물거리기"가 좋았다(「헤모글로빈」). 이렇게 "고독을 미감처럼 열고" 주저 없이 "삼키는 것이 主食"이 되었다(「네 펜데스」).

두부 같은 집이었지, 바위처럼 단단한 집이었지

당신의 젖은 귀와 부르튼 입술을 생각해요
오체투지, 바닥에 낮게 엎디는 참례의 시간
맹금처럼 날 선 발톱이 풍경을 수습하고
비로소 내려앉은 마음들은 먼 곳을 바라보네

어제와 오늘 사이의 음소가 분절될 때
울적의 리듬은 박장대소와 굿거리장단에도 후렴을 맞추지
어디에도 가닿지 못한 묵음이 벽을 뚫고 울려 퍼지지

허공을 가로질러 바라보면 이 세상은 때로 질문들의 증명
먼 곳에 있는 것이, 가장 가까운 곳으로 숨 쉴 때
가로지르는 것이, 내 옆에 있었음으로
누군가 되물어도 입술을 깨물 뿐

말의 섬모는 부드럽지만 함부로 내뱉을수록 공허해져
끝은 뼈처럼 하얗구나
함부로 내뱉은 말들이 부유하는 소란의 세계
돌아 나가던 命이 여기서 저기로 숨어들면

혀를 내밀어 숨겨진 말맛을 핥는다
음, 그늘진 속이 보일 땐 아늑하기까지 하군
오랫동안 놓지 못한 헛꿈이 측면으로 사라진다

굽이치는 강물에 작은 손바닥을 휘저으며
고립에 빠진 낯이 쉬웠다는 일기장
쓴다, 지난한 것들이 번져 가는 달그림자를

무수한 별들
당신이 흘린 말에 박혀

차마, 혀를 빼내지 못한

그 사이의 사이

—「말」 전문

　"두부"의 연약함과 "바위"의 단단함이 공존하는 상태는 번데기를 떠올리게 한다. 제 몸을 단단하게 웅크리고, 살을 뒤틀어서 전에 없던 날개를 만들어 내어, 스스로를 겹겹이 감쌌던 층에서 가장 연약한 지점을 찢고 나와야 하는 과정은 그야말로 "오체투지"에 버금간다. 성충이 되어 긴 혀로 이곳 밑바닥을 핥았을 때의 자세는 한없이 낮았으리라. 그렇게 "젖은 귀와 부르튼 입술"로 더 낮은 곳을 향해 "내려앉은 마음"을 잠시나마 추스를 때가 오면, 번데기였을 무렵 꿈꾸었던 "허공"이 희미하게 보이기 시작했을 것이다. 혀끝에서 달콤하게 느껴졌던 "후렴"이 "울적의 리듬"으로 씁쓸하게 바뀌는 순간이 바로 그때였고, 시인에게 '말'은 진정 그러했다.

"혀를 내밀어 숨겨진 말맛을 핥는" 것이 나방만의 일은 아니었다. '쓰다'라는 말을 핥아 보면, 그것이 무언가를 쓰는 것(筆)인지 아니면 정말로 쓴 것(苦)인지 모르는 경우도 있었다. 습작의 밤을 보내며 시를 쓰면 쓸수록 가끔은 "먼 곳에 있는 것"을 어떻게든 붙잡아야겠다는 생각에 사로잡혔을 때가 있었을 테고, 또 어느 날엔가는 "가장 가까운 곳으로 숨 쉴 때"를 찾느라 스스로를 가두어야만 했을 것이다. 그렇게 "고립에 빠진 낮"을 가장한 채로 한낮을 보내다가 어느덧 "무수한 별들"이 쏟아지는 밤이 와도 시인의 혀는 "당신이 흘린 말"의 맛을 도저히 잊지 못해 "차마" 그 말을 내뱉지도 못했을 것이다.

하지만 이곳에 살아가면서 마주했던 온갖 의문들을 오물거리며 곱씹다 보면 스스로를 "증명"해야 할 때가 오기도 했었다. 당신을 비롯한 누군가의 슬픔과 상심으로 흘러내린 말들을 핥는 것이 아니라, 오히려 시인 자신이 쓰디쓴 말을 내뱉어야만 하는 상황이 바로 그것이었다. 무심한 누군가가 "함부로 내뱉은 말들이 부유"하면서 일어난 "소란"은 더욱더 쓰디쓴 경멸을 내뱉게 했다. 부유하는 그 말들은 슬픔과 상심으로 인해 연약해진 마음을 파고들어 가 독버섯처럼 자라났다. 시인은 지금도 "함부로 내뱉은 말"을 경멸한다. 그 말에는 울음이 아니라, 냉소라는 치명적인 독소가 있기 때문이다.

파란색 커튼이 사면을 에워싸고
의사와 간호사의 목소리가 급히 새어 나올 때
병실에 도착한 내 귀에 얼굴을 붙이고
아버지가 귓속말을 했다

—저 사람, 방금 죽었어

유월 장맛비가 창문을 내리긋고
자판기에서 **빼** 온 커피잔이 출렁거렸다

흰 천을 덮은 병상이 나가고
가족 병문안이 일상처럼 이루어지는 동안
죽음에 관한 소문들 앞에서
칸칸이 잘라 나눠 먹는 수박의 푸른 줄이
링거 줄처럼 엉켜 있었다

어느 땐 이생의 지문인 양
검은 씨를 뱉는다

젖은 그늘의 말들을 미음처럼 마시고
손바닥을 펴서 낮잠 자던,
유리병 속의 몇 줄기 고구마 순
궁금한 듯 고개를 침상으로 틀며
연한 초록 잎을 내밀 때

흰 베개와 시트가 아무 일 없듯 다시 깔리며
병실의 기분은 새로 완성되고 있었다

　　　　　　　　　　　　　—「병실의 기분」 전문

"소란"에는 딱히 경중(輕重)이라는 것이 없다. 상대적이다. 그것이 일어난 장소가 위 시에서처럼 병실이든 아니면 그 어디든 간에 잠잠했던 이전의 공기가 어떤 계기로 인해 파동되는 순간이 바로 "소란"인 것이다. 그렇다면 문제는 그때 일어난 파동을 얼마나 예민하게 받아들이는가에 있다. 파동을 느끼지 못한 누군가는 자기 주변에 아무 일도 일어나지 않았다고 생각했을 것이다(이는 '냉소'도 마찬가지다). 하지만 위 시에서 화자의 "기분"은 다르다. "병문안이 일상처럼 이루어지는 동안"에도 화자는 "장맛비"가 창문을 때리는 소리라든가 "자판기에서 빼 온 커피잔이 출렁"거리는 파동을 느낀다. 그 안에 있는 누구보다도 예민하게 "병실의 기분"을 감지하고 있는 것이다.

그럼 우리도 화자처럼 예민하게 위 시의 장면을 다시 보자. "파란색 커튼"에 가려져 다급한 목소리들이 새어 나오고 결국 한 생명의 불씨가 꺼지는 순간, "저 사람, 방금 죽었어"라는 "귓속말"이 당신은 어떻게 들리는가. "저 사람"이라는 익명성은 "귓속말"에서만 있었을까. 병원 내에서 이름 대신 '환자'로만 호명되고, 복잡한 의학 용어들이 가득 찬 차트(chart) 어디에도 "저 사람"의 이름은 없었을 것이다. 그렇게 죽은 이의 "병상이 나가고" 다시 그 자리에 똑같은 "흰 베개와 시트"가 "아무 일 없듯 다시 깔리"는 병실의 환기("기분")는 그곳 공기를 완벽하게 표백시켜 버린다.

위 시에서 일어난 작은(?) 소란이 우리를 두려움에 떨게 만든 코로나 때문에 일어난 것은 아니었을 테지만, 그럼에도 분명한 점은 코로나가 불러온 죽음에 대한 사유가 최근 여러 시인들의 작품들에서 드러나고 있다는 것이다. 다른 누구보다 예민함에 특화된 시인들의 입장에서 본다면, 코로나는 과연 어떤 의미일까. "팬데믹은 우리 사회에 이미 존속하고 있는 긴장들을 폭발시킨 일종의 기폭 장치(뇌관) 구실을 한다"[4]라는 말을 떠올린다면, 위 시에서 우리가 엿들었던 누군가의 "죽음에 관한 소문들"이 일으킨 파동은 실로 엄청난 파괴력을 지녔다고 봐야 할 것이다. 그렇게 시인들은 일상에 파편처럼 널린 그 긴장과 소란을 애써 감춘다거나 정돈하려 하지 않는다.

어슷썰기를 했다, 지난 저녁을
도마 위로 흘러내린 채끝살의 핏물이 흥건히 고여 있었다

매운맛이 돌았다
모서리가 사라진 것들
감출 수 없는 기분을 게워 내는
거울에 불길한 내가 붙었다 떨어진다

한참을 그림자로 출렁인다
하나둘 채워 넣은 감정은 이미 사선으로 가득 찼다
그림자가 한참을 두리번거리자
하나둘 경계를 넘는 사소한 기분들
낯선 얼굴들이 칼끝에 걸려 미끄러졌다
목젖이 입 밖으로 튀어나올 것만 같았다

상점 밖의 단풍나무가 거리의 찬 공기를 뱉어 낸다
헐벗은 마네킹이 딱딱한 어깨를 움찔거리고
겨울에 붙은 입술 자국이 단풍처럼 붉게 번진다

---

4 슬라보예 지젝, 『잃어버린 시간의 연대기』, 강우성 역, 북하우스, 2021, p.186.

언제나 그와는 행인의 얼굴로 마주 보게 된다
어깨에 내려앉은 담배 냄새가 굴렁쇠를 굴린다
그는 어딘가로 향해 초조한 표정으로 걷고

골목길이 막히면 애벌레 삼킨 유리병처럼 숨쉬기 힘들었다
쏟아진 빈 어항처럼 공기가 빠진 전면 거울
나는 너무 늦게까지 서울역에 앉아 있었다

인파 속으로 소지하듯 숨어 버린 얼굴
비밀은 유리의 단면처럼 뾰족하다

병이 병을 어루만진다

단숨에 가라앉는 입은 끈적인다
안으로 빠져나가는 밤 사이로
저 홀로 날개를 파닥이는 새

—「거짓말」 전문

　무엇으로도 "감출 수 없는 기분"이라면 그냥 있는 그대로 말하는
것이 시인다운 화법이다. "채끝살의 핏물"이 흥건히 고인 "도마"를
끝내 닦지 않고 "지난 저녁"을 위한 "소란"의 크고 작은 흔적들을 애
써 정돈하지 않으려는 화자의 "기분"은 "사선"처럼 삐딱하다. 관습
과 격식에 얽매인 화법은 이와 정반대이다. 정답처럼 정해진 곧은
선과 같은 그것은 '나'의 "기분"이 아니라, 상황에 따라 새롭게 세팅
되어야만 하는 거짓된 "기분"을 강요한다. 이렇게 거짓된 "기분"으

로 내뱉은 격식을 가장한 말은 정작 갖춰야 할 것들을 갖추지 못한 벌거벗은 말이다. 그리고 위 시의 "헐벗은 마네킹"처럼 우리는 정해진 관습과 격식에 따라 언제든 깨끗한 옷으로 세팅되어야 하는 수동적인 존재임을 강요받기도 한다.

하지만 "하나둘 경계를 넘는 사소한 기분"은 수동적인 태도를 거부한다. 함부로 내뱉거나 거짓된 "기분"이 아니기 때문에 저 "기분"을 사소한 것이라고 볼 수는 없다. 한낮의 뜨거운 볕을 견디면서 그렇게 "한참을 그림자로 출렁"거리며 표류했을 난민과도 같은 저 불온한 감정들을 "하나둘 채워 넣"으려는 손짓을 어찌 수동적인 태도라고 볼 수 있겠는가. 그리고 앞서 "소란"을 받아들이는 "기분"이 상대적이라고 말했듯 "경계" 또한 마찬가지일 것이다. "서울역"이라는 장소에서 일어나는 만남과 이별의 "경계"는 과연 어디서부터 어디까지인 것일까. 또 그곳에서 화자가 마주 봤던 "초조한 표정"은 과연 어느 "경계"에 서 있는 자의 "표정"이었을까.

스치듯 지나간 "행인의 얼굴"이 초조하게 보였다는 시인의 "사소한 기분"은 그 어떠한 '확신'도 없이 사선으로 미끄러진다. 인파 속으로 숨어 버렸을 저 "얼굴"의 궤적도 직선을 그리며 나아가지는 않았을 것이다. "너무 늦게"였을 수도 있는, 누군가의 "단숨에 가라앉는 입"도 그러하다. 밑바닥을 더듬거렸을 나방의 긴 혀처럼 저 "가라앉는 입"이 얼마나 사나울지 또 무엇을 원하는지 우리는 확신할 수 없을 것이다. 반면 "식탁을 기다리는 사람들의 혀"는 직설적이다(「고래 배 속은 따뜻해」). 탐욕스럽게 "붉은 입맛을 다시며" 자신들의 미각을 확신한다. 그들의 탐욕은 누군가의 피와 살로 채워진다. 그들의 사소하고 순진한 "비밀"을 부수어 그 거친 "유리의 단면"들을 버젓이 방치하려는 불온함이, 바로 시인의 "기분"이다.

사라지는 것들이 구석구석 붙어 있다

흔들리는 그림자를 바다라고 바꿔 부르기 시작했다, 복도
그곳에 들어서면 생각이 길고 멀어진다
늘어선 슬픔이 빼곡히 들어찬 방들
흰색 페인트의 농담(濃淡)을 적막으로 덧칠한다

배웅한 사람과 마중 나올 사람은 다르지 않다
드문 일이지만 트럭에 숨어든 이민자처럼
오늘도 죽음이 죽음을 살려 내지 못했다
손가락 안쪽에 그믐달 같은 티눈이 들어앉기 시작했다

겨울이 도착한다
유리창, 침대가 바늘 틈에 꽂힌 채 손이 묶여 있다
코로 이어진 식사 호스는 지하로 연결된다
복도는 조용하다
화살표는 얼마나 많은 의심이 뻗어 있나
오지 않을 날이 이미 와 버린 것처럼
나의 물음표는 안과 밖의 모서리
흔들리는 물음이 사방에 널려 있다

눈물은 실패하지 않아요
병이 병을 어루만진다
복도에 버려져 까치발을 들고 있는 울음을 본다
병 속에 병이 같은 두께의 체온을 드러내도록

그 누구도 당신의 고통보다 빨리 달릴 순 없을 것이다

누군가의 바람이기도 했던 길,

약 없이도 수평으로 누워 있는 당신

긴 바다가 출구 없는 둥근 시간이 된 채

천천히 유영하며 말을 걸어오는 난간이 흔들린다

끝이 만져지는 길

　　　　—「당신의 고통보다 빨리 달릴 순 없을 것이다」 전문

　앞서 「병실의 기분」에서 우리가 봤던 예민함을 위 시에서도 어렵지 않게 찾아볼 수가 있다. 이름도 남기지 못하고 "사라지는 것들"이 구석구석 남겨 놓은 마지막 흔적들을 애써 찾고자 했고, 그때마다 "흔들리는 그림자"의 미세한 파동을 느끼며, 그 길기도 짧기도 했을 생각의 잔상을 시적인 말로써 기록하려는 화자의 태도 역시 예민한 "기분"에 나올 수 있는 것이기 때문이다. 게다가 위 시도 그 배경이 '병실'이라는 점에서 '병'을 둘러싼 죽음과 삶의 경계를 모호하게 한다. 보건과 위생, 순수함을 강조하기 위해 칠해진 "흰색 페인트의 농담"은 시간이 지날수록 옅어지고 더럽게 변색되면서 조금씩 지워질 것이다.

　예민한 기분으로 인해 가지를 뻗기 시작한 불온한 "의심"은 확신의 "화살표"가 가리키는 방향에서 점차 벗어날 것이다. 언젠가 완쾌되리라는 믿음은 조금씩 흔들리고, "코로 이어진 식사 호스"라는 임시방편적인 몸부림조차도 "지하"라는 저 냉정하고 견고한 죽음에서 한 치도 벗어날 수 없다. 화자가 마주했을 세상의 가혹한 농담(弄談)

은 아직 "오지 않을 날"의 희망과 "이미 와 버린" 고통이라는 운명의 시차를 절망적으로 체감하게 한다. 이방인처럼 병실 복도를 서성이며 화자는 이곳에 없었던 그 낯선 말들의 의미가 무엇인지 곱씹는다. 그렇게 "흔들리는 물음" 앞에서 시인은 어디에도 안착하지 못한 채 표류하는 기분이었을 것이다.

"정처 없는 것들이 서로를 주문처럼 외는 시간"이 온다고 할지라도(「부르카」), 그것들의 화법과 울림은 저마다 다르기 때문에 결국 모두의 주문이 똑같이 들리는 일은 일어나지 않을 것이다. 저마다 표류하며 그려 온 삶의 궤적과 무늬가 서로 달랐기에 우리가 그때마다 마주하는 소란은 사소하거나, 아니면 엄청난 폭발을 일으키기도 할 것이다. 위 시의 "흔들리는 물음"도 "출구 없는 둥근 시간"이라는 상대적이면서도 예측이 불가한 기로에 놓인다. 삶에 관한 우리의 물음은 "바람의 입구가 사라진 발자국처럼" 표류하다가(「읍」) 결국 "아무도 밟지 못한 시간의 협곡"으로 불시착할 것이다(「야크」).

위 시에서 화자가 "끝이 만져지는 길"이라 했다고 하여 우리는 그 끝이 무어라고 확신할 수는 없을 것이다. 시간의 협곡에 자리 잡았을 그 "끝"이라는 사건이 과연 사소한 것인지, 아니면 엄청난 폭발 같은 것인지, 그것도 아니라면 정말로 "끝"이라고 말할 수 있는 것인지조차 아무도 모르기 때문이다. 앞서 우리가 봤던 "서울역"에서 만남과 이별의 경계를 나누려는 시도가 무의미했듯이 위 시에서 "배웅한 사람과 마중 나올 사람"을 구분하려는 것도 마찬가지이다. 과연 어떤 기준으로 "배웅"과 "마중"이라는 사건을 구분하겠는가. 고통도 그러하다. "그 누구도 당신의 고통보다 빨리 달릴 순 없을 것이다"라고 해서 "당신의 고통"이 누군가의 고통보다 더 빠르다고 확신할 수 있을까.

걸으면서 볼 수 있는 것이 있다면, 뛰면서 볼 수 있는 것도 있고, 그것도 아니라면 한참을 서서 봐야만 보이는 것도 있다. 고통도 마찬가지이다. 빠르게 달려서 도달해야 할 끝이자 결승선이라는 것이 과연 고통에 있을까. 서두에서 인용한 솔닛의 책 마지막에 실린 「감사의 글」은 시인 '안토니오 마차도'의 꿈에 관한 이야기로 시작된다. 그가 꾸었던 꿈은 "자기 심장 속에 벌집이 하나 있고 벌들이 '나의 오래된 실패들을 가지고 꿀을 만들어 내는' 꿈이었다. 실패는 쉽게 찾아오지만 그걸로 꿀을 만드는 일은 그보다 어렵다."[5] 누구든 살아 있는 존재라면 심장을 파고들어 갔을 그 고통을 피할 수 없겠지만, 그것을 꿀로 만드는 일이 누구나 가능한 것은 아니다.

오래된 일들이 '실패'로 씁쓸하게 명명되기까지 그리고 그 묵은 기억들이 달콤한 꿀로 만들어지기까지의 시간은 누구도 예측할 수 없다(오직, 벌들만이 알 것이다). 게다가 그 꿀을 얼마나 얻을 수 있을지도 사실상 미지수이다. 이렇듯 우리가 누리는 달콤한 시적 상상이라는 꿀도 분명 그만한 시간을 거쳐야만 나온 것이었을 테다. 시로써 우리가 맛본 상상은 무수한 습작의 밤을 보냈던 김성신을 비롯한 모든 시인들의 고독한 노력이자, 어쩌면 사소한 실패였으며, 실로 엄청난 꿈에서부터 시작되었다. 우리에게 고통은 꿀이다. 왜냐하면 우리의 고통 역시도 심장에서 비롯된 존재적 사건이기 때문이다. 그 누구도 당신과 같은 심장을 지녔고 똑같이 고통을 느끼는 인간이다. 그러니 그 누군가도 언젠가 우리에게 좋은 꿀을 손수 내어 주리라.

---

5 리베카 솔닛, 『멀고도 가까운』, p.372.

불온한 감정의 포교자
—이원복, 『리에종』, 파란, 2021

> 불가항력적인 한낮의 그림자도,
> 자신의 길만 재촉하는
> 돌이킬 수 없는 물결도,
> 시간이나 운명과 매한가지이니.
>
> 상관없으리. 허나 시간은 사막에서,
> 죽은 자들의 시간을 재기 위해
> 고안된 듯한
> 부드러우나 버거운 자양분을 발견했네.
> —호르헤 루이스 보르헤스, 「모래시계」 부분[1]

    여기, "오래된 책"이 있다(「불온한 독서」). 거기에는 변방에 위치한 "사막의 모래"에 오랫동안 묻혀서 쉽게 눈에 띄지 않았을 것이 분명한, 이름 없는 영혼들의 흔적들이 기록되어 있었고, 마찬가지로 이름 없던 어느 "늙은 여자의 자궁"에 남아 있을지 모를 그때의 피비린내가 흐릿하게 코끝을 스치다가 문득 발작처럼 밀려오는 그때의 산통과 함께 낮고 길게 이어지던 신음 소리가 담겼다. 누군가의 흔적과 소리 들은 오로지 "바람의 길"을 따라 발걸음을 옮긴다. 그러니 어찌 알겠는가. 격랑이 언제 닥칠지 모를 시시때때로 죽음을 예감해

---

1 호르헤 루이스 보르헤스, 『부에노스아이레스의 열기』, 우석균 역, 민음사, 2014.

야만 했을 그 시절 "뱃사람들의 종교의식" 또한 뭍사람들은 이해하지 못했을 것이다. 어디든 정착을 거부하는/거부당하는 흔적과 소리들은 뭍사람들의 바람/두려움과는 상관없이 다시 바람에 제 몸을 싣고 기척도 없이 뭍을 떠났다.

시집 곳곳에 자리 잡은 '사막'에도 바람의 길은 나 있었다. 이곳에서도 "뱃사람들의 종교의식"에 버금가는 무언(無言)의 '절박함'이 삶과 죽음의 경계, 그 미지의 문턱을 홀로 배회한다. 아무리 "몸 안에 머뭇거리는 것은 다 사라지는 세상"이라 할지라도(「불온한 독서」), 자칫 이곳에 무심코 걸음을 옮기기라도 한다면 사막의 열기로 인해 입안이 텁텁하기 시작했을 것이고, 바람에 실린 모래알이 혹여나 입안에 들어가기라도 한다면 그 순간만큼은 이곳이 진정 사막이라는 것을 깨닫게 되리라. 급기야 거친 "모래 폭풍"까지 불어닥친다면(「마고에게」) 이물감은 몸 전체로 퍼져 갈 것이고, 어느새 "새로운 모래언덕"을 눈앞에 마주해야 했을 것이다. 언젠가 "이음동의어"라는(「마고에게」) 낯선 단어들을 이리저리 끼워 맞춰 가면서('자음과 모음의 뼛조각'을 이어 붙였던 「시인의 말」) 홀로 읊조렸을 시인도 그러했다.

사방이 막힌 방 안에 홀로 앉은
두 귀가 없는 소녀가 더듬더듬 오보에를 꺼낸다
소녀는 익숙하게 A 음을 길게 뿜어낸다

오보에 소리가 새어 나가지 못하고 방 안을 가득 맴돌 때
소녀가 앉아 있는 왼편 벽면에 격자무늬 창 하나가 만들어지고

소녀가 앉아 있는 맞은편 벽면에 소녀의 키만 한 문이 만들어지고

소녀가 앉아 있는 오른편 벽면에서 그랜드피아노 한 대가 튀어나와
뚜껑이 열리고

소녀가 앉아 있는 뒤편에서는 주인 잃은 각각 다른 크기의 그림자들
이 일제히 일어섰다 앉기를 반복하고 있다

소녀가 뿜어내는 A 음의 오보에 소리가 소녀의 가슴에도 창을 달아
주고
문을 달아 주고, 두 귀를 달아 준다

그곳으로 들락거리는 각각 다른 크기의 그림자들에게 꽃을 달아 준다

방의 천장이 열리면 우주 공간의 떠돌이별들도 제자리를 찾을 것이다
　　　　　　　　　　　　　　　　　　　—「리에종—불어 연습」 전문

리에종(liaison). 생소한 말이었다. 위 시의 말미에 시인이 사전적
의미를 덧붙여 놨지만, 그것보다는 단어를 직접 소리 내어 말했을
때 그러니까 '리에종'이라고 소리 내어 보았을 때, 이국적인 입말 탓
인지 혀끝에 감도는 어떤 낯선 느낌 때문에 몇 번이고 더 발음하게
된다. 리에종. 이 연음 현상 덕에 '불어'만의 매혹적인 어감이 가능
한 것은 아닐까. 흔히들 우스갯소리로 욕설조차도 아름답다는 프랑
스어라고 하지 않는가. 어쨌든 이 '리에종'을 곱씹다 보면 낯선 어감
이 입가를 맴돌다가 조금씩 머리와 가슴으로 스미면서 응어리가 만
들어지는 듯한 기분이 감돌기 시작하고 일종의 상상적 점성 같은 것

이 생긴다. 이러한 점성은 유독 어떤 단어들을 곱씹을 때 나오는 순간의 즐거움이라 할 수 있는데, 이것이야말로 우리가 시를 읽고 싶어 하는 이유이지 않을까 싶다.

또한 위 시의 부제인 "불어 연습"은 습작을 연상시킨다. 반복과 연습, 기다림. 시인에게 습작은 홀로 앉아서 시를 끈기 있게 기다리는 일이다. 낯선 단어들을 반복해서 말하며 연습하듯이 이원복도 그렇게 습작기를 보냈을 것이다. 단어와 단어를 이리저리 끼워 맞추다 보면 하나둘씩 덧붙여졌을 흔적과 소리 들이 자신의 시적 세계를 채워 나가고 있다고 여겼을 것이다. 그렇게 소리로써 무언가 채워지고, 덧붙여지고, 급기야 우주의 떠돌이별까지 "제자리를 찾을 것"이라는 희망은 분명 아름다웠다. 하지만 "오보에 소리"가 멈춘다면, 다시 사방이 막힌 방 안일 것 같고, 소녀도 우주의 별들도 모두 예전의 상태로 되돌아올 것이다. 그만큼 사방의 벽들은 견고했고, 소녀의 한계(장애)는 절망적이었으며, 우주는 여전히 인간의 눈이 미치지 못할 정도로 광활하다. 시인을 둘러싼 세계는 그러했다.

흔한 단어일수록 그 껍질은 딱딱하고 두껍다. 그래서 그 "껍질 속 내면에 만발한" 결실(「무화과꽃」), 즉 기존의 의미를 완전히 무화시킬 수 있을 만한 새로운 의미를 얻는다는 것은 결코 쉬운 일이 아니다. 그럼에도 시인이라면 짊어져야 할 운명이었을 테고 그렇기에 과정은 언제나 혹독했을 것이다. 무릇 시인이라 한다면, 딱딱하고 두꺼운 껍질에 싸여 있던 부드러운 과육(영적인 자양분)을 한 번쯤은 맛본 적이 있었을 것이다. 습작기의 열병을 앓으며 시가 오기를 견딘 것도 그 때문이었다. 쉽지 않았을 것이다. 익숙했던 주변의 모든 것들을 파헤쳐야 했고 가끔은 무언가를 정말 붙잡았다 싶었어도 돌아서면 빈손이었을 때가 많았을 것이다. 하지만 이원복은 포기하지 않

았다. "지난밤 처절했을 배설을 생각"하며 "동공이 커지고 숨소리가
거칠어"지는 하루하루가 자신의 삶이자 유일한 방식이었음을 잘 알
고 있었기 때문이다(「나는 수요일을 기른다」).

거친 숨소리와 확대된 동공은 평평한 데에서 나오지 않는다. 다시
시인에게 혹독했던 장소를 떠올려 보자. 그러니까 앞서 「불온한 독
서」에서 들었던 적 있는 '늙은 여자의 목소리'가 넘었던 바로 그 '모
래언덕' 말이다. 사막에만 언덕이 있는 것은 아니었다. 새로 생기다
가도 어느새 사라지게 될 것이기에 그때마다 이름을 "임시로 지어"
야만 했던 또 다른 "언덕"도 있었다(「나는 나를 위해 달린다」). 비록 "이
언덕을 달리는 것이 나의 한계라 느껴지지만" 그럼에도 그는 쉼 없
이 달려갔다. 지면을 박차면서 앞으로 나아가려는 일탈, 이것은 또
한 "부력으로 일어나는 법을 배워야"만 했던 그때와 동일한 방식으
로 행해진다(「담벼락의 눈동자」). "언덕"은 흔한 단어이다. 하지만 그곳
에 오르면 시야가 바뀐다. 오르기 전에는 보지 못했던 것이 보인다.
그때마다 시인은 무언가가 솟아오르는 기분을 느꼈을 것이다.

> 당신이 가 보지 못한 언덕을 달린다
> 나는 당신을 위해 달리지 않는다
> 오직 나 자신을 위해 달린다
> 나는 당신을 위해 달리지는 않지만
> 가끔 당신을 생각하며 언덕의 이름을 임시로 지어 본다
> 아무도 명명하지 못한 작은 언덕을 당신이 소유하게 한다
> 이 언덕을 달리는 것이 나의 한계라 느껴지지만
> 내가 이 언덕의 주인이 아니므로 나의 한계도
> 나를 벗어나 당신에게 달려간다

나를 위해 달린다는 것, 그것이 나를 쓰러지지 않게 하는 방법이다

누구나 새들의 가슴을 쓰다듬을 수 있는 것은 아니다

내가 달리는 동안 새들은 나에게 가슴을 내준다

누구나 뱀의 눈을 핥을 수 있는 것은 아니다

내가 달리는 동안 뱀들은 나에게 눈을 내준다

나는 달리며 서서히 내 몸이 거대한 액체 덩어리가 되어 가는 것을
느낀다

당신이 나를 불어 주면 나는 이 언덕 위에 쏟아질 것만 같다

나는 당신을 위해 달린 것은 아니지만

이 언덕 위를 계속 달려 하나의 거대한 액체가 되어

당신의 이마와 눈과 가슴과 배꼽과 발바닥으로 스며들길

간절히 바란다

—「나는 나를 위해 달린다」 부분

시인의 분신인 화자('나')는 '당신'을 향해 달린다고 말하고, 또 한 편에서는 달리지 않는다고 말한다. 동일한 움직임("달린다")이 시에 반복적으로 배치되었다는 것은 그만큼 의지가 강하다는 뜻이다. 따라서 단순하게만 봐서는 시인이 정말 무엇을 원하는 것인지 포착하기 어렵다. 달리는 것은 신체적 행위만이 아닌, 시적인 욕망이다. "호흡과 피를 순식간에 집결시키지 않는 음악"[2]은 없다고 말한 키냐르의 글에 따른다면, 이원복에게 '달리기'는 곧 음악이자 시적 욕망이다. 거친 호흡과 격렬한 박동은 최초의 음악이며, 연회이자, 종교이며, 오르가슴이다. 시인은 '당신' 너머에 있는 미지의 영역까지 달

---

2 파스칼 키냐르, 『음악 혐오』, 김유진 역, 프란츠, 2017, p.116.

린다. 아무도 "가 보지 못한 언덕", 또 "누구도 달릴 수 없었던 높은 언덕"은 평평한 의미들 사이에서 그렇게 솟아난다.

'당신'도 마찬가지다. '당신'도 두껍고 딱딱한 껍질에 싸여 있었다. 하지만 '당신'은 '나'처럼 "호흡과 피"로 이루어진 존재이다. 이러한 당신이 마치 "감각이 무디어진 갑각류가 되어 간다는 것"은 시인의 입장에서는 절망스러운 일이었을 것이다(「본제입납(本第入納)」). 너무나 오랫동안 딱딱한 껍질에 둘러싸여 있던 '당신'의 속살(영적인 자양분)은 그만큼 깊숙이 감춰져 있어 왔기에 어지간한 의지가 아니고서는 다 다르기가 쉽지 않았을 것이다. 지금까지 시인들 또한 그 껍질을 벗겨 내기 위해 몸부림쳐 오지 않았던가. 그러니까 바깥 혹은 그 너머를 상상해 보는 일이야말로 문학일 것이며, 특히 이원복에게 시는 견고 하게 둘러싸인 존재의 속살을 드러내는 일이라 하겠다. '당신'과 '나' 사이에 서로의 날숨과 시선이 순간순간 중첩되면서 그때마다 "무한 한 해독의 환상적 과정"[3]에 진입하는 것이야말로 시다.

이는 완성에 도달할 수 없으며, 그렇기에 계속해서 다시 시도해야 만 하는 연습의 과정이다. 또한 "무한한 해독"은 자신이 속한 세계의 말들을 끊임없이 재배치하면서 실현되는 것이다. 일상의 말들에 의 해 형성된 의미적 자장 내에서 시인은 쉼 없이 일탈을 시도한다. 그 시작(詩作)은 '당신'을 침입하면서 시작(始作)한다. 정점에 도달한 운 동량은 급기야 화자를 액화(液化)시키고, 곧장 '당신'에게 스민다("거 대한 액체 덩어리"). 이러한 액화는 "새들의 가슴"과 "뱀들의 눈"을 한 반 인반수의 상상력과 다르지 않다. 죽음이라는 한계에 종속된 육체를 뛰어넘고자 한 상상력은 오래된 것이지만, 시에서는 지금도 유일하

---

3 모리스 블랑쇼, 『저 너머로의 발걸음』, 박영옥 역, 그린비, 2019, p.77.

게 허락된다. 시의 장소, 즉 "계속 외부로부터의 침입적이 정보를 가능하게 하는 장소"[4]는 시인의 일탈 또한 받아들이면서 동시에 끊임없이 유동하는 감정의 장소이기 때문이다.

하나의 문,
사람들마다 꼿꼿이 세운 어깨뼈 위에 서로의 가슴쇠를 겨누며
지나가는 저녁의 거리 한가운데 문 하나,
그 문 주위, 안과 밖을 구분 못 해 어지러운 발자국에
각각 잃어버린 신발을 찾아 신겨 주자
사람들 각자의 방향 따라 어깨 돌려 문턱 앞에 슬며시
자신의 무릎을 들어 올린다
그때 각자 가슴속에 불규칙적으로 엉겨 있는 불확신의 침전물들이
수직으로 무릎까지 타고 내려와
잠시 무릎 연골을 거치며 한 번 걸러진 후
다시 문턱을 넘어 가볍게 무릎을 내리게 된다
문득, 사람과 사람 사이 무릎의 무게를 가볍게 만들어 주는
문 하나
또 하나의 문,
당신과 나는 너무 어렸다 어린 것이 죄가 되었던 시절
우리의 겉옷은 누추하고 좀먹었으나 결코 벗지 않았다
벽에 박힌 못은 녹슬어 우리의 겉옷을 지탱해야 할 지구의 중력으로
부터
이미 자유롭지 못했으므로 벗어 놓을 수가 없었다

---

4 이수명, 『표면의 시학』, 난다, 2018, p.105.

우리는 그 못을 우리의 분신처럼 가여워했으나

때로 그 못으로 하루의 끼니를 때워야 했고

그렇게 저어하게 흐르던 시간의 유속에 방치된

우리의 녹슨 영혼들은 속절없이 한 시절의 배수구로 방류되고 있었다

소용돌이 속으로 빨려드는 영혼들이 울컥 뱉어 내는 녹슨 못들

문득, 그때 문 하나만 있었다면,

사라지는 영혼들을 붙들 수 있었을 시간과 시간 사이

문 하나

—「문득」 부분

액화는 일종의 '감응'이다. 앞서 「나는 나를 위해 달린다」에서 본 반복적인 행위("달린다")처럼 위 시에서도 유속이 일어나며 계속해서 무언가 흘러가는 것을 볼 수가 있다. 이것이 발생하는 통로가 바로 '문(門)'이다. 안과 밖의 경계는, '나'와 '당신' 사이(틈)이기도 하다. 감응은 이 경계와 틈에서 발생한다. "무릎"이라는 신체 부위를 드러낸 것은 내밀한 접촉을 가리키기 위함이며, '나'와 '당신'이 지닌 (감정의) 침전물들은 곧 시 쓰기를 의미한다. "신체로 밀려든 촉발은 감응이 되고 그것은 신체 안에 침전되고 응결"[5]하면서 그렇게 서서히 "죽음과 삶이 더 섞이지 못하고 굳어지는 저녁"을 맞이한다(「우체부 Joseph Roulin」). 황혼이라는 시간적 경계를 지나 밤의 세계가 오듯이 시인의 문(門)은 또 다른 문으로 이어진다. 질문이 되고(問), 특유의 무늬(文)로 번진다. "불확신"은 질문을 받은 상황에서 나오는 것이기에 예측할 수 없으며, 황혼의 무늬는 가혹한 "중력"의 운명을 상기시

---

5 최진석 편, 「감응의 유물론과 예술」, 도서출판b, 2020, p.68.

키지만 동시에 아름답다.

키냐르에 따르면, 쓰는 것은 말하는 것보다 더 물질계에 가깝고, 쓰기는 수은보다 더 농밀한 물질이다.[6] 액체 상태의 금속은 고대에도 신비로운 물질로 여겨져 왔다. 상온에서 액체인 물질 중에서 가장 밀도가 높다는 수은처럼 시인의 시 쓰기 또한 일상 속에서 부드럽지만 특유의 농후함이 감춰져 있다. 그 구성 물질이라 한다면, 그것은 바로 누군가의 흔적과 소리 들이다. 그것들은 뭍사람들이 생각하는 것보다 언제나 많거나 깊었다. 또 그들이 생각지도 않았을 어둠과 슬픔이 일으키는 감정의 격랑은 불모지의 날씨와도 같았다(「헬싱키, 헬싱키」). 망망대해 위에서 칠흑 같은 밤이 어김없이 찾아올 때마다 물결 소리와 함께 수장(水葬)한 동료들을 떠올리면서 자신 또한 같은 운명을 맞이할 것이라 짐작했을 그때의 "뱃사람들의 종교"를 뭍사람들은 여전히 알지 못한다.

다시, 리에종. 조금씩 문(門/間/文)이 보이기 시작한다. 시로써 건네받고 그로 인해 스며드는 낯선 감정은 독자가 또 다른 문을 찾도록 부추긴다. 리에종의 또 다른 문, 즉 스튜에 밀가루 등과 같은 농후제를 사용하여 농도를 맞춘다는 의미를 끌어온다면, 이것은 곧장 어떤 덩어리를 떠올리게 할 것이다. 막스 피카르트는 저서 『인간과 말』에서 '말'은 인간 앞에 쏟아진 '소리의 무더기'이며, 또한 '소리의 덩어리'라고도 하였다. 그는 시인의 말, 즉 시적인 것을 향한 찬미와는 별개로 오늘날의 말들에 대해서는 상당히 비판적인 태도를 취하는데 이러한 대목은 책 곳곳에서 살펴볼 수가 있다. 특히 그에게 오늘날의 문장들은 짧게 던져진 것에 불과하며 거칠고 경솔하기 때문

---

6 파스칼 키냐르, 『심연들』, 류재화 역, 문학과지성사, 2010, p.122.

에 그 문장들에는 아무것도 탄생하지 않는다. 하지만 "풍부한 양분을 포함한 수풀이 길가에 우거진 문장"이 그의 말마따나 정말로 오늘날에 존재하지 않는다 할지라도 누군가는 그 믿음을 간직하며 살아가고 있지 않을까.[7]

이 오래된 책은 곧 닫힌다. 그와 동시에 다시 새롭게 열릴 것이다. 이원복이 시로써 우리에게 포교하고자 한 불온한 감정들은 피카르트가 지적한 공간, 즉 시집 안에 펼쳐진 언덕과 사막, 초원과 바다에서 나온 것이라 할 수 있으며, 이는 원래부터 인간과 그리 멀리 떨어지지 않던 감정적 지점이다. 시인의 종교를 단순히 원시적이라고 말할지라도 이것은 굶주린 우리를 "구원하는 양식"이다(「불온한 독서」). 이것과 정반대의 양식(樣式), 그러니까 누군가의 희미한 소리와 고통스럽게 남긴 흔적에 귀 기울이지 않고 눈여겨보지 않으려는 태도야말로 문장들을 더욱더 메마르게 하고 우리를 더 큰 절망으로 빠지게 할 것이다. 하지만 이원복의 믿음, 아니 시라는 종교는 "우리를 기다리는 죽음"을 상기시키며 우리에게 보이지 않은 누군가의 목소리를 들으라 하고, 사라져 가는 것들의 그림자를 다시 이곳에 드리우게 할 것이다. 그러니, 믿으라. 그 불온한 감정을 쉼 없이 연습하라.

---

7 막스 피카르트, 『인간과 말』, 배수아 역, 봄날의책, 2013, p.123, p.129.

푸른 피를 알았다/앓았다

—이용임, 『시는 휴일도 없이』, 걷는사람, 2020

하나. 지금까지 없었던 낯선 말들의 상륙기(記)

시는 어떤 경로를 거쳐 우리 앞에 모습을 드러내는가. 그것은 '일상'이라는 뭍과 '영감'이라는 물이 서로 뒤엉키는 경계에서부터 출발한다. 시의 태동은 연안(沿岸)의 운동성과 유사하다. 연안은 뭍과 물이 서로 부딪히는, 유동적이고 역동적인 경계이다. 그곳에서 끊임없이 포말처럼 일어나는, 낯선 무늬의 말들이 태어났다. 말들이 태동하는 연안에서 시인은 "경계 없이 몸을 잃는 자발성"을 '온몸'으로 시도했다(「오수」). 누군가는 그곳을 시인들의 정서적 고향이라고도 했으며, 간혹 그렇게 온몸으로 뛰어들었던 시인들의 마지막 모습을 봤다는 흉흉한 목격담이 떠돌기도 했다. 뭍의 관점에서는 쉽게 이해할 수 없었을 미지의 숨결과 몸짓이야말로 시 쓰기의 전형이며, 그렇게 경계에서 태어난 낯선 말들은 가까스로 시인의 입술을 스치며 생명을 얻고, 서서히 뭍을 향해 발을 내디뎠을 것이다.

영묘한 푸른빛이 스민 이용임의 시어들, 그 낯선 말들이 뜻밖에 찾아든 "이국어로 쓴 시"가 되어 우리 곁으로 서서히 첫발을 내딛는 다(「시인의 말」). 그런데 뭍의 변방에서부터 거슬러 올라온 이 낯선 말들이 당장에 어떤 힘을 발휘할 수 있는 것은 아니다. 이제 막 뭍으로 모습을 드러낸 연약한 말이어서 이미 오래전부터 뭍에 자리 잡은 이전의 말들 앞에서는 쉽게 소멸될 수도 있는 것이었다. 이것은 시인의 '생활'과 '시 쓰기'의 경계에서 발생하는 위험 요소와 흡사하다. 시를 쓴다는 행위란, 일상으로부터 거리를 두어야 하는 것이다. 보석을 발견한 것처럼 자신만의 말들을 잠시 은닉해 두려는 시인의 습벽 탓에, 그리고 뭍으로 나온 낯선 말들이 고유의 힘을 발휘하기 위해서는 잠복기가 필요하다. 그래야만 무엇으로도 가라앉히지 못하는 "두근두근 알아들을 수 없는 소리"이자 노래를 온전히 발산할 수 있게 되는 것이다(「비」).

순결한 네 이마에서
불온한 자궁의 무늬를 읽는 건
우연이 아니야

녹슨 시계 덩어리 심장 그게 바로 너야

말랑한 숨결이 비린 건
아직 밤이 깊지 않아서
갓 태어난 지문이 희미한 건
아직 이야기가 깨어나지 않아서

내가 밤마다 네게 불러 준

노래를 기억해
몸에서 몸으로 물려준
감각을 기억해

기억해 여자여 어린 여자여
희디흰 살결에 붉은 입술을 지녔지만
언제나 독에 취해 잠을 자는 여자여

내 몸에 더운 무덤을 만들고
파도에 젖은 분침 소리로
내게 인사한 여자여

네 심장 소리를 듣고서야
알았네 왜 기억은 관절마다
둥지를 트는지 왜 나는
시효가 만료된 순간들이
검은 낯짝을 치켜들고
웅성거리는 집단 거주지인지

피투성이 시계 덩어리 심장 그게 바로 나야

—「시계의 집」 전문

　세상의 보편적인 외양("순결")과는 전혀 다른 모습을 한 "검은 낯
짝을 치켜들고" 뭍으로 올라온 낯선 말들은 곧바로 자신들의 은신처
이자 "집단 거주지"를 형성하기 시작했을 것이다. 아직 습기가 남은

"말랑한 숨결"이지만, 연안으로부터 벗어나 서서히 뭍의 건조한 공기에 적응해 가면서 말이다. 시인의 입술에서 흘러나오는 낯선 말들은 뭍의 질서가 세운 "순결"함 사이로 떠오른 "불온한 자궁의 무늬"와도 같다. 이렇듯 시는 '불온한 무늬'를 제 몸에 두르며, 본능적으로 자신만의 외피를 형성해 나간다. 시의 역사, 그 불온의 역사는 상륙과 함께 장엄한 첫 페이지를 뭍의 시선들 몰래 시작한다. 시인이 자아낸 특유의 무늬들을 세상 그 누구도 곧바로 파악하기란 어렵다. 그리고 시인의 낯선 말들에는 '변종'이라 할 수 있는 특이한 체계가 담겨 있다.

낯선 말들의 역사, 그 상륙의 "이야기"는 "갓 태어난 지문"이라는 공인되지 않은 신분으로, 뭍에서 살던 존재들과 최초로 조우한다. 이방인의 외로운 발걸음을 고스란히 닮은 까닭에 "밀어"의 행보는 낮보다 밤이 더 어울릴 수밖에 없었을 것이다(「시계의 집」). 낯선 말들에게 유일하게 허락된 밤은 마찬가지로 뭍에서 버젓이 제 이름을 드러낼 수 없던 존재들("장의사", "도굴꾼", 「시계의 집」)도 활동하는 시간이기에 이들의 조우는 자연스러웠다. 이른바 '밤의 작업자'들이지 않은가. 시인도 이들처럼 밤의 침묵 한가운데에서 기억과 언어의 죽음을 홀로 애도하고("내 몸에 더운 무덤을 만들고"), 어둠 속에서 밀려들어 오는 "파도에 젖은 분침 소리"에 온몸을 기울이면서 이곳저곳을 파헤치느라 무수한 밤을 보냈을 것이다.

깊은 밤, 마치 도깨비불의 섬뜩한 기운처럼 이용임의 낯선 말들에는 유독 "푸른 피"가 감돈다(「작약」). 이것이 파격적인 이유는 지금까지 '피'에는 어떠한 수식어가 없었기 때문이다. 붉은색을 띤 액체라는 사전적인 의미보다 더 강렬하게 고정된 이미지가 자리 잡고 있던 탓에 지금까지 그 어떠한 수식어도 불필요했던 것이다. 하지만 시는 낯선 수식어들의 (핏)덩어리에 가깝다. 그리고 그 안에는 낯섦에서 비롯된 논리적 역방향성과 그에 따른 의미적 이질감이라는 고유의 유전적 체계가 담겨 있다. 변종으로서 이질적인 형태를 지닌 저 "녹슨 시계 덩어리"의 "심장"을 도는 피가 바로 "푸른 피"이다. 이렇게 변이된 심장으로서 은유된 시는 아직도 비정상적이고, 불길하고, 불온하고, 위태롭다.

둘. 잠복기 이후, 서서히 드러나는 낯선 증상들

시인이 이곳에 수혈하고자 하는 "푸른 피"의 낯설고 이질적인 상상력은 어떤 '삶'과 '이야기'에 더 잘 용해되는가. 이용임의 시적 상상력의 특징을 하나 꼽자면, 심장, 자궁, 뼈 등과 같이 몸의 일부를 소재로 한다는 것이다. 앞서 "녹슨 시계 덩어리"라는 심장 혹은 "물로 만든 심장"처럼 "시계"라는 인공물에 "물"이라는 자연물과 "심장"이 뒤엉키듯 결합되었다. 무용하기 때문에 세상으로부터 버림받았던 '녹슨 심장'이 다시 새롭게 "파도에 젖은 분침 소리"를 내기 시작했고, 마찬가지로 '물의 심장'도 "거침없이 늘어나는" 존재적 "상처"("심장은 상처니까요")를 가로질러 연대적 상상(상처의 나눔)을 펼쳤다.(「서정적 심장」) 그리고 '자궁'은 연안에서 멀지 않은 "비린내 자욱한 아가미"를 다시 품었고(「다시,」), 또 '뼈'는 "죽은 자의 천년 유골"의 모습을 하고 있었다(「언제든, 무덤」).

이렇듯 이용임의 시적 상상력은 세상으로부터 하찮게 여겨졌거나 가혹하게 버려진 것들을 주워다가 무언가와 결합시킴으로써 새로운 습성(의미)을 부여한다. 연민과 공감에서 비롯된 시인의 연금술적인 상상력의 자장은 한없이 낮게 가라앉아 웅크리고 있는 고독한 삶을 향해 나아간다. 이용임의 푸른 말들은 낡고 누추한 노년의 몸(「봄」),

혹은 외로움에 몸부림치거나(「안녕, 부다페스트」), 아이와 같은 연약한 육신일수록(「비」) 더 잘 결합된다. 그렇게 낮고 낮은 몸들에 스민 말들은 "흐르지 않는 혈관에/갇혀 있는" 푸른빛을 발산하며 특유의 무늬를 형성해 나간다(「작약」). 그런데 이것은 이따금 기이한 반응을 유발하기도 하는데, 이는 마치 "죽지 않는 벌레"가 심장 속으로 파고들어 기생하는 것처럼(「친근한 사물들」) 평온했던 일상에서 간헐적으로 요동치는 낯선 감각이자 기묘한 증상이 일어난다는 것이다.

자다 깨니 심장이 간지러워서
뒤적여 보니 다족류 벌레가 있더라

발이 많아 간지러웠나
기생의 병을 이기지 못하고
신발이 되거나 주걱이 되었다는 이웃의 이야기는
구닥다리 신문에서 읽었는데

신발도 없이 언 발로 서걱이느라
벌레의 큰 눈에서 눈물이 떨어지더라

차마 죽일 수가 없어 유리그릇에 넣고
매일 피 한 방울을 먹이며 키웠다
피가 진득한 밤이면
유난히 입맛을 다시는 벌레가 귀여워서
한두 방울 더 주기도 했다

벌레는 자라고 나는 마르는
어느 부모 자식 같은 신파가 한 계절,
자다 깨니 심장이 간지러워서
뒤적여 보니 삭은 피가 우수수 쏟아지더라

벌레를 품고 자다
다족류 벌레가 된 이웃은
짝이 맞지 않는 신발 때문에 고민이 많다던데

벌레의 골격으로 이루어진 심장을 더듬어도
이제는 너무 커다란 벌레를 집어넣을 수 없다

나는 네 이름의 텅 빈 문이 되었구나
밤새 꿈에 담아 데워 놓은 신을 신고
너는 부지런히 멀리 사라지렴

굳은 피 귀퉁이를 잘라 먹이며
벌레의 작은 발을 쓰다듬는다
눈보라 속의 발

내가 닿는 혈관마다 겨울이 될 거야
너는 내가 그린 지도가 될 거야

병은 정처 없어
발만 묻힌 무덤에 공양하였다

벌레는 자라고
스멀거리는 감각만 오래 남아
기면증을 앓았다

자다 깨니 심장이 간지러워서

—「당신이라는 의외」 전문

　"다족류 벌레"라는 이미지 앞에서 누구든 불쾌감과 공포를 느낄 수밖에 없을 것이다. 벌레를 홀로 키운다는 것은 외롭고 고통스러운 삶을 스스로 비춰 보고, 이를 정면으로 직시하고자 하는 일종의 자학적 상상의 방식이다. 어둡고 습한 곳에서 힘겹게 무위의 시간을 쌓으며 살았을 누군가의 삶도 세상의 또 다른 누군가로부터 "벌레"와 같은 취급을 받으며 불길한 시선을 온몸으로 받았을 것이다. 하지만 아무리 밑바닥에 가라앉은 삶이라 할지라도 또 지독히 외롭고 고통스러운 황폐함에 갇혔다 하더라도, "감각"만큼은 ("다족류 벌레"처럼) 흘러넘칠 정도로 풍부하고 예민하다. 시인의 낯선 말들은 이러한 삶 곳곳에 스미면서 푸른빛의 연민을 자아내고, 세상이 몰랐던 의미를 부여하면서, 노래로써 그들의 삶에 대해 이야기하려 한다.
　실패한 "널 떠오르게 하는 건 한낱 줄기가 가는 노래"이고(「노래의 뼈」), 그 노래의 기록인 시는 세상의 바닥에 가라앉은 삶에 대해 유일하게 증언해 줄 수 있는 한 줄기의 가능성일지도 모른다. 가능성이 지닌 본래적 힘은 오로지 폐허 위에서 드러난다. 위 시에서 화자인 '나'의 심장에 기거한 "벌레"는 밤에만 왕성하게 움직이며, 특히 "피가 진득한 밤"에는 더욱 그러해 보인다. 그런데 '나'의 심장이 밤에만 간지러운 이유(이것은 잠들지 않는 밤을 맞이하는 것이고, 낯선 감각을 인식하는 생의 가능성이다)는 꼭 "벌레" 때문만이 아니다. "간밤에 띄워 올린 꿈의/시체가 도로 낙하하는" 그 폐허를 떠돌고 있을 꿈의 부유물에 의한 가려움일 수도 있다(『십이월의 눈 무의미의 창』). 뭍에서 가장 어두운 밑바닥을 낮게 부유하다가 퇴적된 꿈들의 음영을 시인은 고스란히 심장에 새긴다.

그리고 시인은 "세계의 지붕을 딛고 지나가는/흔적으로 발자국"을 따라 뭍 어디에서도 "기록되지 않는 고어"들과 함께 버려진 꿈들의 궤적을 지도에 남긴다(『그대는 모르죠』). 거기에는 상처받은 꿈들의 이야기, 생동했던 꿈들의 마지막 흔적들이 담겨 있다. 완만하게 그려진 등고선은 계절의 영(靈)이라고 불렸던 "나비의 혈관"처럼 곳곳에 얽혀 있지만(『당신, 이라는 이름』), 그 위에 시인은 자신만의 "이정표"를 표시해 두었다(『천국이라는 이정표』). 그것이 가리키는 길을 따라 마주하게 될 "우울과 환각의 시간"은 실패와 절망에 휩싸였던 밑바닥의 어둠과 "등 뒤에서 웅성거리는" 외롭고 고독한 "생활"을 일시에 전복시키는 광기이자 휴지(休止)와도 같은 완만한 정지, 즉 세상이 지금까지 들어보지 못했던 '이명'의 증상을 날카롭고도 지속적으로 발생시킨다(『휴식 시간』).

셋. 호전되었지만, 그렇다고 끝은 아닌

제어될 수 없는 이명, "어찌할 수 없는/기록"에 따른 증상은 무엇을 의미하는가(『발가락의 여행』). 뭍에서 올라온 낯선 말들이 일으킨 증상의 정점은 '두근거림'과 '이명'이었다. 그렇게 낯선 말들은 잠복기를 거친 뒤에야 두근거리는 노래가 되었고, 생소한 푸른빛을 드러낸다. 심장이 간지럽던 밤을 무수히 보내야만 했던 누군가의 삶 밑바닥에서 꿈의 부유물과 함께 스며든 낯선 말들은 이윽고 지도에 그려진, 물의 끝자락인 "바다"를 가리키며 "함께 바다에 가자/일몰을 보자"고 속삭인다. 그곳은 우리가 봤던 연안이다.(「우리는」) "모두가 버리고 간 노래의 허물"이 물에서 생을 마친 노래의 시체였던 것처럼 그리고 이러한 노래의 실패가 이미 세상으로부터 실패로 낙인찍힌 누군가의 삶과 너무나 닮아 있기 때문에, 그렇게 시인의 낯선 말들은 낮은 몸을 향해 "함께, 두근거리자"고 속삭이는 것이다.

그렇지만 무책임한 탈주가 무조건 허용되는 것은 아니다. 강렬한 이미지에 현혹되어 삶 자체가 경시되어서는 안 되기 때문이다. 이는 시인의 낯선 말들이 지닌 필연적 한계(즉 시어로서 피할 수 없는 죽음)와도 관련이 있다. 스며드는 것들은 결국 '지워짐'이라는 운명을 맞이한다. 물으로 올라온 말들은 여전히 연약하다. 그리고 물의 질서는 무엇이든 낯선 것들을 끊임없이 배척해 왔었다. 따라서 시인에게서 태동한 낯선 말들의 죽음은 어찌 보면 시간문제이고, 필연일 수밖에 없다. 일상을 완전히 지배하는 시적 영감이란 없으며, 그것을 맹신하는 것은 어불성설이다. 그렇기에 아무리 물 바깥의 미지를 꿈꾼다고 하여도 그곳의 풍경이 정말 '공상'처럼 기이하다거나 생경한 것일 필요는 없다. '밀어'도 언젠가 그 베일이 벗겨지기 마련이며, 아무리 낮은 삶이라 할지라도 어쨌든지 간에 물에서 삶을 이어 나갈 수밖에 없다. 생명으로서 살아 있어야 하는 터전이 아직은 '여기'이기 때문이다.

고독한 골목에 발을 두고 왔습니다 고독한 골목에 머리에 꽂은 꽃을, 고독한 골목에 밀담을 적어 두고 왔습니다 그대여, 고독한 골목에 가면 내가 흘린 꿈에 스미세요 고독한 골목에 창을 두고 왔습니다 영원히 두드리는 창백한 주먹을 투명하게 말라 가는 빛을 바르고 왔습니다 고독한 골목에 그대여, 멈춘 그림자와 악수를 나누세요 고독한 골목에 색을 두고 왔습니다 겨울과 봄과 여름과 가을 저녁의 시간에 잎사귀를 담고 왔습니다 그대여, 고독한 골목으로 가는 지도를 찾았나요 모든 길이 낭떠러지로 사라지는 저승 나비 무늬 혈관을 읽어서 흰 그늘로 버리면 그대여, 고독한 골목에 내가 쌓아 둔 돌멩이와 물방울을 볼 수 있을 거예요 고독한 골목에 목소리를 두고 왔습니다 그대의 이름만 되부르는 고독한 골목에 그대를 두고 왔습니다 그대여, 부드럽게 바래세요 모퉁이를 돌 때마다 고독한 골목 고독한 골목에

—「그대여 고독한 골목에」 전문

누군가가 펼친 상상으로 암시되는 저 보이지 않는 "바다"보다 오히려 일상 속 어느 한 장면과 닮아 보이는 "고독한 골목"에 더 오래 시선이 머문 이유가 여기에 있다. 위 시에서 "골목"이라는 삶의 한구석에 무언가를 쓰고 남긴 '나'도 그것을 읽고 느끼게 될 '그대'도 같은 뭍이자 세상에서 살아가고 있다. 그렇다고 위 시의 "골목"이 아무런 시적 상상도 발현되지 않는 일상의 무미건조한 곳이라는 의미가 아니다. '그대'를 홀로 두고 떠나는 '내'가 고이 접어 두고 온 두근거리는 심장, "낭떠러지"와 같은 위태로운 삶을 견디며 온몸으로 써 내려간 편지, 또 어쩌면 '나'와 '당신'을 위한 천국의 위치를 새겨 놓은 지도의 한 부분일 수도 있는 "바래"진 '희망'은 아직 이곳에 남겨진 자들만이 낼 수 있는 은밀한 목소리이다. 삶이라는 중력과 피할 수 없는 고독을 무대화한 곳이 바로 이 "골목"이기에 더 눈길이 머물렀던 것이다.

그리고 앞서 말한, 낯선 말들의 연약하고 짧은 주기도 위 시를 통

해 재차 확인할 수 있다. 화자인 '내'가 "골목" 한곳에 외롭게 "쌓아둔 돌멩이와 물방울"은 시인들이 흔히 말하는 '바벨'을 떠올리게 한다. 질서를 교란하고 불협화음을 일으킴으로써 세상으로부터 불온한 것으로 낙인찍힌 언어들로 차곡차곡 세워진 바벨의 형상은 그동안 시인의 자의식과 연결된 고고한 이미지였다. 시인의 영예이자 영원한 꿈에 가까운 이 우상은 그에 걸맞은 화려한 이미지와 기발한 상상으로 채워졌었다. 하지만 신(神)이 그것을 잔뜩 뒤엉키게 하고 흩어지도록 명한 것처럼 우상의 허망한 이상은 지금까지 삶이라는 중력을 제대로 견뎌 본 적이 없다. 시는 '언젠가 무너질 이상'이 아니라, 더 밑으로 내려가 거기서 부유하며 떠도는 삶의 파편들과 융해되어야 한다. 이것이 바로 위 시에서 이용임이 시적으로 언설한 '두고 왔음'이고, 중력에 놓인 고독한 자가 삶에 복종하는 순리인 것이다.

푸른빛을 지녔고 또 교란을 일으키는 독성을 품었으며 가히 연금술에 가까운 기묘한 상상을 발휘했다 하더라도, 이용임의 낯선 말들도 결국 서서히 제힘을 상실해 갈 것이다. 삶의 중력은 그만큼 강력하다. 그때의 그 낯선 말들, 한때의 시가 일으켰던 증상은 언젠가 호전되어 다시 평범한 일상으로 되돌아갈 것이다. 하지만 언어와 감각을 끊임없이 낯설게 하고, 미지의 영역으로 진입하고자 하는 시인들의 모험은 앞으로도 계속될 것이다. 그렇게 시의 페이지들이 하나둘씩 늘어날수록 우리는 그만큼의 내성을 지니게 될 것이다. 무언가를 남겨 두고 돌아서는 여백을 허용하지 않으려는 누군가는 더욱더 자극적이고 파격적인 시를 원할 것이고(이는 극히 일부의 소비층에 해당한다. 하지만 만약 이러한 소비가 보편적으로 자리 잡았다면, 시는 완전히 사라졌을 것이다.), 결국 이 지옥은 영원히 끝나지 않을지도 모른다.

넷. 내성, 지나감이 아닌 또 다른 위기

우리의 언어와 인식, 감각을 둘러싼 내성은 '두고 옴'이 아니라, '(아직도) 가지고 있음'을 가리킨다. 그런데 이것은 교감과 연대적 흐름을 통해 횡에서 종으로, 높은 곳에서 낮은 곳으로, 따뜻한 것에서 차가운 것으로 향하며 전달되는 것이 아니라, 오로지 해당 개체에만 머물러 있는 폐쇄적인 상태이다. 이는 황량하게 펼쳐진 "사막화"가 진행되고 있는 환경에 최적화된 생존 방식이다(「안구건조증」). 각자의 안위와 생존만을 명분으로 내세운 반생명적 방식이자 폐쇄적인 습성이며, 이용임이 시적으로 언설한 "한순간 생의 모든 물기를 바친 자"가 꿈꾸는 천국이 아닌 지옥인 것이다. 물처럼 심장을 쏟고 모든 생의 물기를 바치는 것은 생명의 온기와 그 본연의 힘을 외부로 전달하려는 의지이며, 공감과 연대를 위한 생명 혹은 인간다운 가능성으로서 바깥을 꿈꾸려는 시적 상상이다.

"푸른 피"라도 피는 마땅히 '피'로 읽어 내려가야 한다. 이용임의 시는 낯설도록 푸르지만, 그렇다고 하여 피의 습성마저 완전히 바뀌어 버린 것은 아니다. 여전히 숨을 쉬게 하고, 주어진 생명으로서 마땅히 누려야 할 힘을 쌓게 하고, 그렇게 앞으로의 삶을 살아가게 하는 원천이 바로 '피'인 것이다. '피'는 생명이라면 지니고 있어야 하는 힘이며, 존재 그 자체를 가리킬 수도 있다. 그것은 비릿한 습기를 머금고 있으며, 이는 눈물, 슬픔, 고통, 연민 그리고 시에서도 공통적으로 엿볼 수 있는 습성이다. 앞서 서두에 시가 연안에서 태동했다고 말한 것은 시 또한 생명, 인간다움과 닮았기 때문이다. 그런데 그 '피'가 갑자기 흘러내렸다는 것은 무엇을 뜻할까. '흘러내리는 피'는 어딘가 상처를 입었다는 것이며, 바라보는 시각에 따라서 생명과 인간다움이 어떤 위기에 처했다는 것으로도 읽어 낼 수 있다. 마지막으로 시를 인용한다.

　　다시, 사월이고
　　꽃들이 저녁으로 저물고 있네

　　언제부터 꽃들은
　　저렇게 가볍게 웃으며 죽어 가는지

　　하얀 발목에 걸린 운동화가
　　경쾌하게 파닥이며 나무와 그늘 사이로
　　숨고

　　습기를 머금은 이름이 잊어버린 이름이
　　정원의 구석마다 돋는다

　　봄은 소풍 가기 좋은 계절
　　푸르고 검은 환시의 시간

　　자 우리는 김밥을 싸자

　　　　　　　　　　　　　　　—「다시,」 부분

　시집의 가장 마지막 시이다. 그런데 왜 "다시"라는 제목이 붙었을
까. "다시"라는 말에는 중의적인 의미가 있다. 행복한 시절을 "다시"
떠올릴 수도 있지만, 그와는 반대로 참혹했던 고통의 순간이 "다시"
떠오를 수도 있다. 기교가 거의 드러나지 않아 보이는 위 시는 가장

마지막에 실린 시이면서, 중력의 영향으로 가장 무겁고 깊숙이 가라앉아 있기도 하다. 그때의 사월을 참혹하게 할퀴었던 고통이 다시 떠오르는 지금 이 순간이 한편으로는 다행스럽지만, 또 다른 한편으로는 공포스럽다. 왜냐하면 그때의 고통을 서서히 둔감하게 만든 내성의 무서움을 이제야 자각했기 때문이다. 시집을 덮자, 멈췄던 피가 다시 흘러내린다. 쉽게 아물지 못한 상처를 들여다보는 이 순간이 낯설다. 그렇다. 다시, '떠올리는' 것이 아니다. 이 상처는 나도 모르게 '떠오른' 것이다. 내성 이후에 찾아온 평온함에 기대는 이상, 무겁게 가라앉은 누군가의 고통에 둔감해져 버린 이상, 반드시 다시, 위기다.

고통을 스케치하려는, 그 성실한 손짓에 대하여
—김겨리, 『나무가 무게를 버릴 때』, 시산맥, 2019

> 들을 청(聽) 자는 귀와 눈을 뜻하는 글자,
> 온전한 주의력을 뜻하는 수평선,
> 갑작스런 급습과 마음의 눈물방울 등
> 많은 부분으로 이루어진 하나의 구조물이다.[1]

고통 앞에서 우리가 가진 언어는 늘 헐거울 수밖에 없다. 고통스러운 표정과 몸짓에는 우리가 언어로 쉽게 채울 수 없는 여백이 곳곳에 숨겨져 있다. 순간순간을 이어 붙여 봐도 채워지지 않는 공동(空洞)의 표정들, 하나의 무언가로 매끄럽게 봉합할 수 없는 희미하고 불명확한 이질적인 흔적들, 이렇듯 고통은 언어로써 오롯이 표현할 수 없는 어둠에 가까운 것이다. 우리의 언어와는 달리, 미디어의 화면은 고통을 헐겁지 않은, 하나의 완벽한 상품처럼 포장한다. 낯선 나라에서 고통받고 있는 이름 모를 아이들 곁에는 반드시 깔끔하고 선한 표정이 배치되어야 하고, 그렇게 잘 짜인 브로슈어와 같은 영상은 깔끔하게 '전화 한 통'만을 요구할 뿐이다. 그리고 이것은 짧은 시간 안에 종료된다.

디지털 화면에 비치는 고통받는 아이의 얼굴은 그저 '알아듣기 쉬

---

1 레슬리 제이미슨, 『공감 연습』, 오숙은 역, 문학과지성사, 2019, p.47.

운 것(한국어)'으로 대체된 것이고, 전화 한 통이라는 단순한 행위만으로 우리의 죄책감은 사라진다. 반면 우리가 흔히 시나 문학을 아날로그에 가깝다고 말하는 것은 그만한 이유가 있기 때문이다. 지금의 아날로그는 디지털에 비해 매끄럽지 않다. 만약 시를 통해 누군가의 고통을 마주하게 된다면 우리는 당장에 그것을 쉽고 매끄럽게 이해하지는 못할 것이다. 고통은 쉽게 알아들을 수 없는 음성으로써 우리 앞에 모습을 드러낸다. 우리가 알아들을 수 없는 '(아이의) 목소리'의 여백, 어둠이야말로 진정한 타자의, 그리고 고통의 음성이다. 이처럼 음성이 지닌 힘은 밝은 곳이 아닌, 어두운 곳에서야 비로소 드러난다. 어둠 속에서 갑작스럽게 들리는 음성처럼 시도 우리를 향해 그렇게 '먼저' 다가온다.

김겨리의 시집 『나무가 무게를 버릴 때』에서는 갑작스러운 음성, 그 '알 수 없는 힘'으로 모습을 드러낸 타자의 몸짓과 그 앞에 수동적일 수밖에 없는 존재의 연약함을 동시에 확인할 수 있다. 어쩌면 시인이 의도한 것일 수도 있겠으나, 그 힘은 시집의 맨 앞에 배치된 「맹독」과 맨 뒤에 실린 「바람은 꽃의 뼈」에서도 확인된다. '독'처럼 온몸에 퍼지는 데에서 오는 고통스러운 상실(「맹독」), 보이지 않는 "익명의 뼈"에 깊숙한 상처를 입게 된 육신은 시인이 기록하고자 했던 익명의 몸짓과 음성이다(「바람은 꽃의 뼈」). 시에 드리운 어둠 속에는 뿌리 없이 부유하는 익명의 몸짓과 음성이 담겨 있으며, 그 유래를 짐작하기조차 어려운 "오래된 허공" 속으로 유일하게 손을 뻗음으로써 시인은 이곳의 가장 낮은 자의 역할을 자임한다(「원의 가계도」).

언젠가부터 골목은 생소하지만 중독성 언어들로 와자했다
나마스테 사와디캅 니하오 앗살라무알레이쿰,

나랏말싸미 문자와로 서로 사맛디 아니해도
세계 공통어인 손짓 발짓이 모국어인 사람들
한 켤레의 웃음과 한 두름의 슬픔이 마수걸이하듯
스스럼없이 물물교환되는 이면도로는 길쭉한 좌판
깨지고 금 간 보도블록을 얽은 거멀못만은 촘촘하다
흠집끼리 깍지 끼고 전봇대에 붙어 있는 다국적 전단지들
상처의 깊이와 빛깔은 달라도 모두 다 같은 내용으로
흉금을 열면 속내가 환하게 들켜서
밀봉된 내용물이 송두리째 쏟아져 길이 흥건하다
레시피가 달라도 맛이 비슷비슷한 식당들마다
여기저기 삐뚤빼뚤 적혀 있는 식탁의 낙서들,
꾹꾹 눌러쓴 필체와 획에
그리움을 견디는 치열함이 고스란히 드러나 있다
맨몸으로 얼기설기 슬픔을 얽은 듯한 육필은
국적을 통분한 자술인 듯 음각된 상처인가
채광창에 든 그늘만으로도 골목이 환한 것은
무심코 발아한 잡풀에도 꽃이 활짝 피기 때문,
지름길을 놔두고 부러 빙빙 돌아가는 것은
표류가 아니라 아직도 그리움이 버퍼링 중이기 때문이다
쪽방에 마침맞게 구겨진 자세로
빗나간 화살처럼 서로 어깨 겯고 쓰러져 잠들어도
머리는 늘 과녁을 향해 꿈을 꾼다
빨주노초파남보, 의태어로 걸걸하게 목이 쉰
풀들의 삐드렁니 사이로 저녁이 밝아 오면
노독으로 묵직해진 갓길마다

크로키적 희망이 한 움큼씩 집필되고 있다

　　　　　　　　　　　　　　　　　　　—「원곡동」 전문

　완성된 한 폭의 그림이 아니라, 그저 '최초의 구상'에 불과하며, 자신이 마주한 익명의 몸짓을 희미한 동선으로만 겨우 따라 그린 위시는 "골목"이라는 낮은 곳에서 시인이 바라본 존재들의 흔적("크로키")이다. 우리가 위 시를 통해 시인을 어딘가에 위치해 놓아야 한다면, 우리는 시인을 '쓰는 자' 이전에 무언가를 '듣는 자'에 놓아야 할 것이다. 시인은 외국인 근로자가 가장 많이 산다는 곳인 "원곡동"의 어느 골목에서 울리는 생소한 음성("나마스테 사와디캅 니하오 앗살라무알레이쿰")에 스스럼없이 접촉한다. 낯선 음성이 지닌 독성("생소하지만 중독성 언어들")에도 불구하고, 시인은 그것을 과감히 맞잡으면서 자신의 "모국어"(한국어)를 손짓과 몸짓으로 치환시키고, 그러면서 '한국인'과 '이주노동자'라는 위계에 균열을 가한다.

　골목의 시인은 그곳에 거주하는 자들의 상처를 보면서 쉽게 채울 수 없는 여백을 느낀다. 익명의 (분명 한국에 온 외국인 노동자이었을) 누군가가 쓴 "여기저기 삐뚤빼뚤 적혀 있는 식탁의 낙서들"마다 향수가 짙게 배어 있다. "모두 다 같은 내용"의 "상처"를 지녔다는 점을 확인한 시인은 인간다움에 대해 "집필"하려 했을 것이다. 그리하여 "맨몸으로 얼기설기 슬픔을 얽은 듯한 육필"에 가까운 "필체"로 다시 쓰게 된 시는 어느 '문법'에도 속하지 않게 된다. 그의 시집이 '맹독(盲讀/猛毒)'에서부터 시작하는 데에는 그만한 이유가 있다. 쉽게 해독(解讀/解毒)할 수 없는 것에 다가가려 시도했었기 때문에, 시인의 시는 이미 처음부터 쉽게 쓰일 수 없는 것이었다.

　시인이 그리고자 했던 골목 속 익명의 몸짓과 음성은 미디어의 화면에 담길 수 없는 것들이다. 김겨리의 시집은 "골목의 세레나데"라는 낮은 곳의 리듬을 스케치하듯 옮겨 놓은 것인데(「열린 음악회」), 이러한 시인의 소묘는 무엇으로 깔끔하게 고정시킬 수 없는 장면과 장면에서부터 시작(始作/詩作)되었다고 봐야 한다. 깔끔한 화면으로 '고정시킬 수 없음'이 위 시의 감정을 추동하는 동력의 일환이며, "표류"하는 것처럼 보이는 "버퍼링"도 이에 속한다. 매끄러운 소통을 추구하는 지금의 디지털화 시대 속에서 "버퍼링"은 단지 짜증을 유발하며, 그래서 신속히 제거해야 하는 결함일 뿐이다. 하지만 시인에 의해 "한 움큼씩 집필"되어 가는 시는 매끄럽지 않다. 왜냐하면 그것은 불연속적이며 이곳과는 전혀 다른 속도로 만들어지는 것이기 때문이다.

내 생의 목록에 편집된 물음표 하나, 설계도 없는 건축
그대는 내게 건축학적인 고백이었다
물방울에 새긴 조각처럼 투명한 그늘을 밑바탕으로 깔아 놓고
독학으로 익힌 설계 도면에는 고뇌와 절망과 그리움까지
주먹장이음 공법으로 정교하게 설계에 반영하였다
나뭇결을 풀어 빛깔과 언어를 매일 숙성시키며
디딤돌에 골백번도 넘게 먹줄을 그었다
먹통은 온통 검은 표정이어서 어느 게 문장이고 어느 게 속내인지
너덜너덜해진 시력부터 발톱까지 하르르 떨어지는 벚꽃 같았다
검은 벚꽃 본 적 있나? 그건 벚꽃이 혀로 제 몸내를 핥은 자국,
꽃은 바라보는 각도의 문제였다
아무튼 벚꽃이 만개한 나무로 대들보를 세웠다
벚꽃 한 잎 한 잎에도 나무의 신경이 퍼져 있을 거라 생각했다

저 우수수한 꽃들 중 한 송이쯤이야 뭐 그리 대수이겠냐마는

한 송이 떨어질 때도 나무는 온몸으로 흔들리는 법

밑동까지 흔들려 뿌리까지 저리지 않았을까

꽃잎이 떨어질 때 허공을 곡선으로 베는

건축의 상처란 공법에 대해 곰곰이 생각했다

그대는 내게 한 송이 꽃이었다 딱 한 송이만 피우는 공법으로

평생 딱 한 번만 피우고 고목이 된 어떤 나무에 대한

전설을 설계도에 반영하듯 그대는, 백미였다

물수제비 공법으로 핀 꽃은

가급적 멀리 향을 보내기 위해 개발된 신공법

그대란 씨앗 한 톨 발아하기 위해 허공을 모두 뜯어내고

바람의 골조로 지은 집 한 채

통째로 열린 창문으로 나뭇잎이 낙관처럼 떨어지는

달빛이 문패인 집

—「향긋한 건축」 전문

"공법", "설계도"라는 차가운 어휘들이 이렇게 시에 자연스레 흡착한다는 것이 익숙지 않게 보일 수도 있겠다. 하지만 시는 누군가('그대')를 위해 "집 한 채"를 짓는 것과 같은 일이다. 그렇게 시인은 시 한 편을 짓기 위해 삶으로부터 무형의 "골조"를 가져다 세우고, 그 안에 "고뇌와 절망과 그리움"이라는 재료들을 채워 넣는다. 이것은 '집짓기'를 형상화하는 것이나, 그렇다고 하여 시인이 세운 시가 우리가 흔히 보는 견고한 건축물과 같다는 말은 아니다. "설계도 없는 건축"처럼 시는 그 어떠한 공법이나 속도에 의해 계산되고 만들어지는 견고한 것이 아니기 때문이다. 시는 허공에 흔들리며 떨어지

는 꽃잎에서 보듯 여백에 둘러싸인 익명의 몸짓 그 자체를 선사하며, "달빛"이 "문패"가 되는 어둠 속으로 우리를 초대한다.

위 시에서처럼 김겨리의 시들은 여러 자연물 즉 '바람', '나무', '꽃', '새'가 반복적으로 나온다. 자연의 시간은 항상 우리 '너머'에 흐른다. 철학자 한병철은 첼란의 말을 인용하면서 "시적 원리로서의 자연은 경청의 근본적인 수동성 속에서만 모습을 드러낸다"[2]고 하였고, 일본의 비판적 지식인 가운데 한 사람인 후지타 쇼조는 포스터의 말을 빌려 "시(poetry)라는 것이 어디서 생기는가 하면 바로 이 '사람이 손댈 수 없는 것'으로부터 생긴다"고 말했다. 여기서 지적한 "사람이 손댈 수 없는 것"이란 "'TIME'이라는 방대한 시간"이며, "이른바 원생림, 열대림, 수많은 산하, 대지, 바다, 생활의 장인 것"이다.[3] 시가 만들어지는 원리와 시간도 이러한 자연의 것과 유사하다.

"유속을 편집해 물의 감정을 수습하는 일"처럼(「물결, 물이 꽃 피우는 방식」), 혹은 "늙은 염부"가 "해수면의 필체로 밀물과 썰물의 행간"을 읽어 나갔던 것처럼(「햇빛 채굴」) 시인도 자연이 부여한 시간을 낮은 자세로 견딘다. 물처럼 흐르고 향기처럼 퍼지는 자연적 질서에 조금이라도 가닿으려는 시인의 간절한 손은 "생의 굴곡에 대한 물의 습작"을 희미하게나마 꿈꾼다(「물의 후렴」). 시인의 "습작"은 자연을 향한 모방의 일환으로써 그 자연에 둘러싸인 채 삶을 이어 가는 누군가의 몸짓과 표정, 음성을 스케치하는 것이다. 이것들은 자칫 주의를 기울이지 않으면 흘러가거나 사라지기 때문에, 시인은 가장 낮은 데에 머물러 그것들을 천천히 성실하게 받아쓴다.

---

2 한병철, 『타자의 추방』, 이재영 역, 문학과지성사, 2017, p.97.
3 후지타 쇼조, 『전체주의의 시대 경험』, 이순애 역, 창비, 2014, p.126.

바람의 크로키가 지나가면 푸른 세레나데가 시작된다

일제히 누웠다 돌림노래로 일어서는 초록 음절들

풀의 상처에 음계를 대보는 바람의 심장이 뜨겁다

바람 불면 풀들이 한 방향으로 일제히 흔들리는 것 같지만

들여다보면 서로 밀어주고 당겨 주는 배려가 애잔하다

비문인 듯 탈자인 듯 뜻풀이가 무재인 풀은 땅의 서사,

체액이 수맥으로 연결되어 있어 섬모가 따뜻하다

울음의 임계점을 견뎌야 무늬를 가질 수 있다 해서

슬픔을 표절한 원본보다 더 짙은 초록이 되기까지

얼마나 나부껴야 못갖춘마디에 꽃이 맺힐까

초록은 견디는 게 아니라 여기까지가 다라는 뜻

풀이란 익명에는 통증의 반감기가 있다

지켜야 할 영역이라야 체머리 앓는 허공의 궤적뿐이지만

민들레꽃이 한꺼번에 다 터진다 해도

초록의 눈물은 단 한 방울도 노랑으로 투신할 수 없다

비명 한번 없이 상처를 완창하는 초록의 수화는

고막이 찢어질 만큼 문맥이 깊어서

흘림체의 획마다 비음으로 점철된 한 편의 수작(秀作)이다

푸른 자막으로 빼곡한 초록의 군무,

무음으로 연주하는 명곡은 오직 흔들림뿐이다

—「풀들의 군무」전문

위 시는 끈질긴 풀의 생동성과 함께 "상처"와 "울음" 그리고 "슬픔"이라는 "무늬"를 선보인다. "울음의 임계점을 견뎌야 무늬를 가질 수 있다"는 전언은 자연의 상처와 인간의 그것이 같은 "통증"을

지녔다는 것을 가리킨다. 상처와 상처 사이에는 쉽게 채울 수 없는 "바람"의 여백이 자리 잡고 있으며, 시인은 그 겉껍질을 한 꺼풀 벗겨 내어 "한 편의 수작"과도 같은 "푸른 자막"을 힘껏 열어젖힌다. 너무나 흔해서 우리가 미처 보지 못했던 "풀"의 몸짓을 시인은 "들여다보"았고, 마침내 그 특유의 '리듬'("푸른 세레나데")을 감지하게 되는데, 이 리듬이 시인으로 하여금 곧장 어떤 "서사"를 연상토록 만들었을 것이다. 이윽고 "고막이 찢어질 만큼"의 파장을 지닌 누군가의 울음을 듣게 되었을 때, 시인은 온기를 지닌 손으로 그것을 받아 적었을 것이다.

시인이 연상했을 풀들의 "서사"는 "비문"과 "탈자"를 비틀비틀 오가며 세상 앞에 자신의 무늬를 남기고 있는 이들의 삶 그 자체다. 앞서 다룬 「원곡동」도 그러하지만, 「반지하 집」의 "풀"이 머금은 가난의 "습기", 「샌드위치맨」의 "등골에 각인된 하루치의 일당"이라는 남루한 무늬, 그리고 「좌표 수선공」에서 연기된 "엑스트라"의 "울음을 참는" 표정은 모두 "풀"이 보여 준 몸짓과 다르지 않다. 고단한 일상을 하루하루 견디며 살아가는 자들의 몸짓은 '이름을 가지지 않은 자'들에게나 어울릴 만한 "무음"으로 연주되고 이름이 없는 한낱 "엑스트라"가 펼친 연기일 뿐이겠지만, 시인에게 이들의 선율은 그야말로 "명곡"에 가깝다. 올바른 문법이 아니라는 이유로 삭제되었던 낯선 표현들처럼 그렇게 세상으로부터 취급받아 왔던 이들의 삶의 무늬는 이제 시인의 손을 빌려 생생한 리듬으로 재연된다.

키냐르에 따르면 "신체는 '상이하고도 동시적인 리듬'을 발산"[4]한다. 신체의 리듬은 무언가를 견디고 있는 몸짓과 표정에서 나온다.

---

4 파스칼 키냐르, 「음악 혐오」, 김유진 역, 프란츠, 2017, p.105.

손짓과 발짓이라는 만국 공통어는 각자의 상처를 똑같이 내보이고, 이를 동등하게 나누어 짊어지고자 하는 '이름 없는 자'들의 소통 방식이다. 「풀들의 군무」의 흔들림에서 나오는 생의 문체("흘림체")는 정해진 '문법'(생존법)에 굴종하는 것이 아니라, 매 순간마다 여러 방향으로 흐르듯이 뻗어 나아가는 저마다의 생의 발걸음들이다. 그리고 "흔들림이 의태어인 불립문자"로 읽히는 것은(「고수」) 결국 존재의 몸짓과 표정이 관습적인 말이나 권위적인 글에 의지하지 않는다는 점을 가리킨다. 이렇게 시는 "불립문자"로서 우리 앞에 모습을 드러낸 무늬이다. "나뭇잎이 파란 건 울음의 깊이 때문"이듯이 시는 존재의 울음과 고통을 통해 특유의 무늬를 형성한다(「나무 무덤」).

여전히 이곳은 고통마저 상품처럼 포장하여 매끄럽게 유통시키고 있다. 동정심을 유발하는 상품은 깔끔하게 전화 한 통만을 요구한다. 그것을 소비하는 자에게 하찮은 만족감과 우월감, 혹은 일종의 소유욕까지도 충족시킨다. 하지만 시는 고통을 쉽게 말하지 않는다. 시는 상품처럼 쉽게 읽히고 파악될 수 있는 것이 아니다. 시가 담고자 한 존재론적 스케치는 "꽃은 피는 게 아니라 견디는" 것이라는 고통스러운 진리마저 붙잡아 보려는 낮은 자세에서부터 시작한다(「꽃의 자세」). 이곳의 이름 없는 변방에서, 혹은 허름하고 어두운 골목에서 지금도 희미하게 울리고 있을 생의 리듬에 귀를 기울이려는 시인의 성실함은 그래서 다분히 인간적이다. 겉치레와도 같은 표면적인 무게를 벗어던지고, 눈앞에 보이지는 않지만 또 다른 존재적 무게를 느끼고자 하는 그의 손은 오늘도 비뚤배뚤 흘림체로 시를 써 나간다.

우리는 울 준비가 되었는가
—박은영, 『구름은 울 준비가 되었다』, 실천문학, 2020

자신의 이야기를 글로 쓰기 위해서는 지금까지 눈에 잘 띄지 않았거나, 잊고 있었던 사소한 것부터 되돌아봐야 한다. 박은영도 아마 마찬가지였을 것이다. 자신의 이야기를 시에 담고자 했던 시인은 그동안 익숙하게만 대했던 주변을 하나둘씩 되돌아봤을 것이다. 그러면서 일상에서 누군가와 아무렇지 않게 주고받던 상투적인 말들을 조금씩 의심하게 되었을 테고, 홀로 앉아서 시를 써야 하는 시간이 되면(주로 그 시간대는 '밤'이었을 것이다) 자신의 몸과 마음에 붙은 무미건조한 말들의 흔적들을 모조리 털어 버리고 싶었을 것이다. 겨우 힘겹게 한 편의 시를 썼다고 한들 그 완성의 기쁨과 안도감이 여전히 마음 한구석에 잔여물처럼 남아 있던 여운까지 지우지는 못했을 것이고, 아직 못다 쓴 습작을 눈앞에 둔 것처럼 다시 그 여운을 홀로 곱씹었을지 모른다.

행간과 여백 사이를 한참 동안이나 머뭇거렸을 손길이 그러했다면, 한 편의 시를 읽어 나가는 눈길도 그만큼 진지해야 할 것이다.

박은영의 첫 시집 제목인 "구름은 울 준비가 되었다"를 다시 잘 곱 씹어 보자. 잔뜩 먹구름이 낀 하늘을 올려다보는 누군가의 걱정 섞 인 눈빛과 마주칠 것 같기도 하고, 그렇게 같은 구름 아래에 있으니 비릿함이 느껴지는 습한 공기도 함께 들이마셔야 할 것 같다. 그 누 군가가 당신의 눈앞에서 마치 저 하늘처럼 당장이라도 울 것같이 보 인다면, 가만히 옆에 앉아서 위로해 주기를 바란다. 그 사소한 배려 가 이곳에 함께 살아가고 있는 자의 '마음'이 취할 수 있는 유일한 몸 짓이기 때문이다. 이제 우리도 누군가가 "울분의 새벽을 블루 안쪽 으로 감추고/질기게 버텨 낸" 소리에 귀를 기울여 보는 것부터 시작 해 보자(「인디고」).

시집에 실린 「모자이크」는 세상의 가장 낮은 곳에서 하루하루 고 단한 삶을 이어 나가고 있던 어느 모자의 파편화된 일상(인형에 눈알 을 붙이는 부업의 장면)과 그로부터 깊숙하게 드리운 어둠의 굴곡을 보 여 주는 작품이다. 이 시에서 주목해야 할 이미지는 바로 '입'이다. "조각조각, 조각조각/깍두기 먹는 소리"를 내는 모자의 '입'은 생존 을 위한 목구멍이자, "문자로 도저히 형용할 수 없어서 '조각조각'이 라고만 헐겁게 대체된 '문자 너머의' 소리"[1]가 나오는 숨구멍이기도 하다. 이러한 '구멍'의 이미지는 '생활'과 '시 쓰기'라는 상반된 행위 양식이 뒤섞인 시인만의 이중적인 삶을 가리킨다.

박은영은 그 '입'에서 갑작스럽게 튀어나온 소리들에 귀를 기울여 왔고, 그것들을 조금씩 자신의 시로 옮겨 적었다. 「모자이크」를 비롯 해 이번 시집에 실려 있는 여러 시편들은 시인이 누군가의 '입'에서

---

1 정재훈, 「시가 새긴 낯선 무늬, 그렇게 시가 품은 옅은 숨결」, 「시현실」, 2019.가을, pp.280~281.

전해 들었던 적이 있는(아니면 시인 스스로 내뱉었을지도 모르는) 소리들로 부터 나온 것들이다. 낮고 어두운 목구멍/숨구멍에서 내뱉어진 낯선 소리는 안온한 일상에서 자연스럽게 쓰이는 일체의 정돈된 말들과 는 전혀 다른 음질을 지녔으며, 쉽게 소화하기 어려운 날것에 가깝 다. 그 특유의 무늬와 이질적인 형태는 마치 "돌연변이 색깔"로 한껏 치장된 "건축의 구조"와도 같았다(「큐브게임」). "모두 노랗다고 말할 때 누군가는 빨갛다고 말하는 공식"이 이곳에서 살아남을 수 있는 유일한 방법은 혹독한 환경으로부터 자기 자신을 지킬 수 있는 구조 ('몸')를 지니는 것뿐이었다.

무거운 모자가 걸어갑니다

모자의 무게는 코끼리 한 마리를 더한 값
태평양을 건너갈 뱃삯을 구할 때까지
모자의 위장은 만삭,
배부른 모자는
먹이의 태동을 겪어 내야 합니다

간혹, 뒤집어진 풍뎅이처럼
버둥거리는 모자를 만날 때가 있습니다
위장의 깊이만큼 허기가 도는 세계
가난한 모자는
부자가 될 수 없으므로 태몽을 꿉니다
봉분이 될 때까지
운명을 눌러쓰는 법을 터득해야 합니다

그늘을 분비하며,

한 몸이 되어 걸어가는 보아뱀과 코끼리

머리의 위치가 달라 서로 다른 곳을 바라보지만

무겁게 눌러쓴 길을 밀고 당기는 사이

모든 먹이사슬은

모자 관계를 형성합니다

열 달 동안 쑥쑥 자란 두상으로

모자는 완성됩니다

－「모자의 완성」 전문

　위 시에서 "위장의 깊이만큼 허기가 도는 세계"는 우리가 살고 있
는 이곳을 가리킨다. 이곳은 끊임없이 경쟁만을 강요하는 난폭한 세
계이며, 진지하게 삶을 성찰하고자 하는 상상력이나 이야기들을 무
용한 것으로 취급하기 일쑤인 지극히 빈곤한 세계이다. 이런 세계에
살면서 굳이 시를 쓰려는 이유는 무엇일까? 그것은 더 인간다운 세
계를 향한 상상을 시도하는 것이고, 세상이 정해 놓은 선(線)을 밟고
저 바깥을 향해 발을 내미는 용기를 발휘해 보는 것이다. 어른들의
빈곤했던 삶을 아름다운 상상으로 채워 넣었던 '어린 왕자'를 떠올리
면서 위 시를 감상해 보는 것도 괜찮은 방법일 것이다. "한 몸이 되
어 걸어가는 보아뱀과 코끼리"에게 과연 천적이 있을까? 이처럼 시
인이 떠올린 상상력과 과감한 용기로 시작된 시가 "돌연변이"라면,
적어도 이 정도 급은 되어야 하지 않았을까 싶다.

　뱀과 코끼리를 마치 "한 몸"으로 결합시킨 상상력은 이곳 세계의

통념으로는 도무지 따라잡기 어려운, 진화 과정의 열쇠라 할 수 있다. 이곳이 정한 규칙으로부터 끊임없이 벗어나려는 시의 행보는 언제나 그랬듯이 거침없는 보폭을 보여 왔다. 고단한 삶을 살아왔던 누군가의/시인의 행적을 "무겁게 눌러쓴" 시일수록 그만큼의 상당한 에너지가 내부에 작용했을 것이고, 그 안에 담긴 말들의 형상 또한 자연스럽게 이전의 그것과는 전혀 다른 모습으로 변형되었을 것이다. 이렇게 만들어진 시어들은 서로 "밀고 당기는" 과정을 거치며, 의미의 기하급수적인 확장성을 보여 준다. 시는 계속해서 "그늘을 분비하며" 진화한다. "쑥쑥 자란" 말들이 "머리의 위치가 달라 서로 다른 곳을 바라보"는 듯 보이겠지만, 그 시선의 종착지는 언제나 일상 너머에 있었다.

박은영의 시편들 가운데 어떤 시들은 그 말들이 분비하는 "그늘"의 농도가 상당히 짙었다. 그만큼의 농도를 얻기 위해 "몸의 가장 낮은 곳에서 방언을 듣던 밤들"을 숱하게 보내야 했을 것이다(「장미의 습도」). 그렇다고 이 '밤'이라는 시간이 무조건 "완성"된 시를 보장하는 것은 아니었다. 고독한 밤이 지나면 다시 분주한 한낮이 오듯이 시인은 다시 일상이라는 길에 내몰렸다. 이곳에서 시인의 정체성을 지킬 수 있는 유일한 행동 방식은 귀를 기울이는 것뿐이었다. 벗겨 내도 또다시 생겨나는 "굳은살"처럼(「모태신앙」), 길을 걸으면 걸을수록 곳곳에서 누군가의 소리들(견뎌 내는 소리, 비명 소리, 한숨 소리 등)이 시인을 붙잡았다. 이처럼 누군가의 삶은 시인보다 더 낮은 데에서도 이어져 오고 있었고, 세상에서 "가장 낮은 곳"일수록 그늘은 더욱더 짙은 색을 띠고 있었다.

길의 역사는 냄새로부터다

아버지, 말(言)의 배설물을 어디서부터 굴리고 왔나요

한 말을 또 하고 또 하는 숱한 말의 세계

당신은 경단 같은 그림자 안쪽에서

동그랗게 몸을 말았다

배설하는 자들은 따로 있는 법,

가장 곤욕스런 길은

아버지와 함께 대문을 나서는 날이었다

말의 흔적을 찾지 못하고 침묵하는 걸음에서

기하학적인 바람이 불었다

냄새의 각도에 따라 갈 길이 정해지는 시대

신화를 상속받은 가장들은 머리를 굴리고 눈동자를 굴리고 바람 빠진 바퀴를 굴려야 한다 둥글게 지나간 자리가 길이 되기까지, 아무렇게나 퍼질러 놓은 말들이 뭉쳐질 때까지 더부룩한 하루를 맞닥뜨려야 한다

돌아온 길이

양각의 주름으로 새겨진 아침

코끝에 붉은 인주 묻은 아버지가 대문을 나선다

가장 냄새나는 길을 골라

태양을 굴리고 간다

—「스카라베우스」 전문

위 시에서는 '막일꾼'(굴리는 행위로 봤을 때 그러하다)인 '아버지'의 힘겨웠던 일과가 주된 밑그림이지만, 시를 쓰는 과정도 이와 무관하지 않아 보인다. 아직 해가 뜨지 않은 새벽을 배경으로 어제처럼 똑같이 "말의 배설물을" 굴리며 하루를 시작하는 '아버지'의 노동과 시

를 써 나가는 행위는 동일한 출발점에서("함께 대문을 나서는 날") 시작한다. 녹록지 않은 생활을 견디며 끝내 "말의 흔적을 찾지 못하고 침묵하는 걸음에서" 엿보이는 시인의 뒷모습이 용역 시장에 갔다가 일거리를 찾지 못해 결국 집으로 되돌아올 수밖에 없었던 아버지의 "곤욕스런" 표정과 겹쳐 보인다. "더부룩한 하루를" 꾸역꾸역 소화해야 하는 데에서 전해지는 묵직하고도 지독한 삶의 무게가 이들 부녀가 짊어져야 할 몫으로 남아 있다. 이들에게 너무나 쉽게 안부를 묻던 "숱한 말의 세계"에서, 또 누군가가 "아무렇게나 퍼질러 놓은 말들"을 견뎌야만 했던 이들의 "코끝"은 남들보다 더 예민해질 수밖에 없었다.

위 시에서 주목할 부분은 "냄새"이다. 앞서 「모자이크」에서 보았던 모자의 청각적 예민함이 여기서는 부녀의 후각 영역으로 옮겨진 듯하다. "길의 역사는 냄새로부터다"라는 선언이 후각의 지위를 최하위에서 최상위로 격상시킨다. 일반적으로 "냄새"는 차별의 요인이자 그에 따른 신분의 격차를 부각하는 데에 흔히 쓰이는 감각적 기준이기 때문에, 시인의 이러한 의도는 충분히 달성된 듯하다. "냄새의 각도에 따라 갈 길이 정해지는 시대"의 냉혹한 규칙은 부녀를 비롯한 이곳의 모든 약자들을 "가장 냄새나는 길"로 내몰았다. 시인은 분별없이 남용되는 말들의 쓰레기 더미를 경계로 삼아 가난한 자들의 생존기를 극단적으로 부각시킨다. 물론 이렇게만 본다면, "배설물"이 가득한 세계를 향한 시인의 적대감이 물씬 풍기지만, 다른 위치에서 이를 맡아 보면 조금은 다른 상상도 가능해진다.

콜롬비아의 아마존 우림 지대에 사는 데사나족은 자신들을 '위라(wira)'라고 칭했는데, 이는 '냄새 맡는 사람들'이라는 뜻이라고 한다. 그들은 냄새란 단순히 코를 통해서가 아니라 온몸을 통해 감지되는 것이라고 생각했다. 냄새는 이들 종족이 가진 도덕적 규범의 가치를 감각적으로 느낄 수 있게 하는 매개체인 것이다.[2] 우리가 흔히 생각하는 세계관과 전혀 다른 관점을 지닌 이 종족의 경우만 놓고 봐도 위 시에서 부녀의 예민함이 지나치게 과장된 것으로 보이지는 않는다. 마지막 구절인 "태양을 굴리고 간다"에서 볼 수 있듯 부녀는 이곳과 전혀 다른 세계를 꿈꿔 왔는지도 모른다. 비록 더럽고 냄새나는 '똥'이라도 언젠가 이것은 비옥한 땅을 만드는 데 유용한 거름이 될 수 있다. 이곳에서 외면받던 시인의 저 '검은색을 띠는 말'들도 (『검은 악보』) 황량하고 거친 세상을 다시금 비옥하게 만드는 데에 유용하게 쓰일 날이 올 것이다.

> 필리핀의 한 마을에선
> 암벽에 철심을 박아 관을 올려놓는 장례법이 있다
> 고인은
> 두 다리를 뻗고 허공의 난간에 몸을 맡긴다
> 이까짓 두려움쯤이야
> 살아 있을 당시 이미 겪어 낸 일이므로
> 무서워 떠는 모습을 찾아볼 수 없다
> 암벽을 오르던 바람이 관 뚜껑을 발로 차거나
> 철심을 휘어도
> 하얀 치아를 드러내며 그저 웃는다
> 평온한 경직,
> 아버지는 정년퇴직 후 발코니에서 화초를 키웠다

---

2 콘스탄스 클라센 외, 『아로마―냄새의 문화사』, 김진옥 역, 현실문화연구, 2002, pp.135-137 참조.

생은 난간에 기대어 서는 일

허공과 공허 사이

무수한 추락 앞에 내성이 생기는 일이라고

통유리 너머의 당신은 그저 웃는다

암벽 같은 등으로 아슬아슬 이우는 봄

붉은 시클라멘이 피었다

막다른 향기가

서녘의 난간을 오래 붙잡고 서 있었다

발아래 아득한 소실점

천적으로부터 훼손당하는 일은 없겠다

하얀 유골 한 구가 바람의 멍든 발을 매만져 준다

해 저무는 발코니,

세상이 한눈에 보인다

—「발코니의 시간」 전문

무언가를 이야기하기 위해서는 이제까지 흘려보냈던 익숙한 것부터 되돌아봐야 한다. 익숙함을 거두고 다시 위 시를 보자. 집을 '안'과 '밖'으로 구획해서 본다면, 저 "발코니"는 안인가, 밖인가? "발코니"를 온전히 집 안이라 말하기도 어렵고, 그렇다고 집 밖이라 단정할 수도 없다. 따라서 이 "발코니"라는 장소는 간단명료하게 구획할수 없는 곳이다. '입'이 시인의 이중적인 삶을 가리키는 것이라고 지적했듯이 "발코니"도 이중적인 장소이다. 위 시는 두 개의 장면이 겹쳐 있는데, 하나는 "필리핀의 한 마을"이고, 다른 하나는 "발코니"에서 "화초"를 기르는 '아버지'이다. '행잉 코핀스'라는 이름의 장례 문화가 지금은 관광 상품이 되었듯 우리는 이 첫 번째 장면에서 '관광지'와 '묘지'라는 이중적인 분위기를 쉽게 포착할 수 있다. 또한 "발코니"에서 "화초"를 키우는 '아버지'의 뒷모습과 "난간"을 통해서도 인간의 삶과 죽음에 관한 문제의식이 "아슬아슬"하게 펼쳐지고 있음을 볼 수 있다.

관광객에게 저 '암벽에 매달린 관'은 여행지에서 느낄 법한 하나의 이색적인 볼거리에 불과하다. 반면 마을의 주민들은 예전에 자신들과 함께 살았던 이웃을 떠올리며 좀 더 복잡한 감정을 느꼈을 것이다. 더구나 사랑하는 이를 떠나보내야 했던 이라면 더욱 그러하지 않았을까. 저 "암벽"에 걸려 있는 "관"들을 눈보다는 마음으로 읽어 왔던 이들이라면 굳이 누군가가 나서서 삶과 죽음에 대해 장황하게 설명해 줄 필요도 없어 보인다. 위 시에서 가장 강렬한 장면을 꼽자면, 저 "하얀 유골 한 구"를 스쳐 지나갔을 한 줄기의 "바람"일 것이다. "발코니"에 서 있었던 '아버지'의 뒷모습을 상상하면서 "바람"에 실렸던 옅은 시취를 떠올리는 것은 너무 지나친 감상일까. 어쩌면 누군가도 "통유리" 너머로 "화초"를 손질하는 '아버지'의 뒷모습을 바라보면서 조금씩 탈색되어 가는 어느 이름 없는 존재의 뒷모습에 감춰져 왔던 빛바랜 이력을 다시 꺼내어 읽어 보지는 않았을까.

위 시를 읽고 나서 문득 그 마을의 "암벽"이 책의 한 페이지라면 어떨지 상상해 본 적이 있었다. 물론 거기에 걸려 있는 "관" 자체가 어떤 의미를 직접적으로 전달하는 것은 아니다. 키냐르는 책의 지면이 "하나의 거대하고 자유로우며 고대적이고 비현실적인 대륙을 일으켜 세우는 활동, 결말이 나지 않는 한없이 계속되는 활동"[3]이라고 말한 바가 있다. 한 사람의 삶이 죽음 이후에도 여전히 남은 이들

---

3 파스칼 키냐르, 『은밀한 생』, 송의경 역, 문학과지성사, 2001, p.214.

에게 기억됨으로써 계속 활동하는 것이라면, 저 거친 "암벽"을 배경으로 드문드문 걸려 있는 "관"들도 저마다의 이야기이지는 않을까. 숱한 관광객 중 한 사람처럼 그것들을 그저 눈요깃거리로 넘길 수도 있었을 것이고 독특한 장례 문화에 대해 백과사전식의 지식들을 갖다 붙이면서 왈가왈부 떠들 수도 있었겠지만, 사실상 이러한 시선은 "세상이 한눈에 보인다"며 모든 것들이 그저 쉽고 깔끔하게 정돈되어 있다는 착각에서 비롯된 것이다.

　박은영의 시들을 읽으면서 마음 한쪽이 뻣뻣해지는 것을 자주 느꼈다. 그러다가 문득, 누군가가 울고 있는 모습이 떠오르기도 했다. 가까스로 참았던 울음이 마침내 터졌을 때, 그 이후에는 과연 무슨 일이 벌어질까. '이곳의 황량한 풍경에 너무 익숙해진 탓에 메말라 있던 눈에서 누군가가 흘리는 눈물이 희미하게 비친다. 상투적인 사과와 안부에만 길들여졌던 탓에 언젠가부터 늘 의심만 해 왔던 마음의 문을 누군가의 울음소리가 두드린다.' 왜 이러한 상상을 하게 되었을까. 저 누군가가 '당신'일 수 있고, '나'일 수도 있으며, 그것도 아니라면 다른 누구도 될 수 있다. 누군가가 울고 있다면, '마음'을 지닌 자로서 할 수 있는 가장 좋은 방법은 바로 똑같은 울음으로 응답하는 것이다. 누군가의 죽음에 대해서까지 무감각해져 가고 있는 이곳의 무시무시한 변이를 유일하게 막을 수 있는 방법은 그것뿐이다.

당신을 위한 레시피
—김안녕, 『사랑의 근력』, 걷는사람, 2021

> 시 한 편을 짓는 일은 의자 하나를 만드는 일과 비슷
> 하다. 시 역시 의자처럼 실제적이고, 가끔은 의자보다
> 더 유용하다.[1]

시집을 여는 첫 시가 「시의 맛」이라니, 그 맛이 어떨지 궁금했다. 어느 시인도 그것을 딱히 무어라 말한 적이 없었는데, 설령 말했다 한들 너무나 각양각색이었을 것이 분명한데, 김안녕은 장독에서 묵은 김치를 꺼내는 일이 뭐가 대수냐는 듯 익숙하게 밥상을 차렸다. 시인이 그득하게 차린 밥상들[2]을 받아 본 독자라면, 이번 시집에서도 특유의 '손맛'을 느끼게 될 것이다. 누군가의 글씨를 흉내 내거나 또는 말없이 누군가와 포옹할 때의 그 온기를 다시금 떠올리면서 말이다. 시를 쓰는 손, 누군가를 배웅하는 손이 이번 시집에서는 묵은 김치를 찢고 포도알을 집는다. "봉숭아 물들인 손톱"에도 시인은 한 조각의 달과 싱싱한 하늘이라는 맛깔스러운 밑반찬을 차렸고, 갈증

---

1 리베카 솔닛, 『멀고도 가까운』, 김현우 역, 반비, 2016, p.111.
2 김은경은 첫 시집으로 『불량 젤리』(삶창, 2013), 그리고 두 번째 시집으로 『우리는 매일 헤어지는 중입니다』(실천문학사, 2018)를 냈었다. 지금은 '김안녕'이라는 필명으로 활동 중이다.

을 씻어 줄 물 한 모금까지 대접했으니(『시의 맛』), 우리에게 이만한 밥상이 또 어디 있을까도 싶다.

누구든지 찾아오면 무엇이든 손수 만들어 주고 싶은 마음은 어디서든 당당했고, 뜨거웠다. 시인이 차려 준 "우주 밥상"을 앞에 두고(『시의 맛』), 언젠가 시인이 우리에게 거역하라고 했던 "무료한 식탁"의 분위기가 떠올랐다(『취한 시간을 위한 말들』, 『불량 젤리』). 격식만 차려야 했던 탓에 눈앞에 놓인 음식도 마음껏 먹지 못했을 그 '불편한 식탁'에서 시인은 "붉은 혀"를 드러내고 떠들었다. 그곳의 분위기는 "예의 바른 저녁"이라는 따뜻한 밥상의 분위기와 너무나 달랐기 때문이었다(『수제비를 끓이는 저녁』, 『불량 젤리』). 근엄한 표정을 한 주인에게 '당신은 누군가에게 뜨겁기라도 했느냐'면서 따졌을 것이다. 이렇듯 뜬금없는 상상에 피식 웃음이 나다가도 누군가를 위해 차려진 밥상이 시인에게 어떤 의미였는지를 생각하면 다시금 고개가 숙여진다.

'힘들게 농사를 지은 분들을 생각하면서 밥알 한 톨 남기지 않고, 감사한 마음으로 먹어라.' 소위 '밥상머리 교육'으로 들었던 말이다. 시인도 그랬을 것이다. "이웃집 밥 냄새"에 눈물짓던 적도 있었고 "미역국" 한 그릇을 앞에 두고 엄마를 떠올렸다면 충분히 그랬을 것이다(『미역』). 무엇이든 혼자가 아니라 누군가와 함께 나누어 먹고 싶었으리라. 언젠가 친한 언니와 함께 "고추장수제비"를 먹을 때(『어느 맑은 날』), 퇴근길에 "순대"를 포장해 갔을 때에도(『망원』), 또 가끔은 찬이 없어 대충 "물에 만 밥"을 삼킬 때조차 시인은 누군가를 떠올렸다(『울음을 먹는 생』). 어느 늦은 밤에는 옥수수 알갱이를 프라이팬에 굽다가 "거대한 옥수수 농장의 일꾼"을 떠올린 적도 있었다(『옥수수버터구이』, 『우리는 매일 헤어지는 중입니다』).

불을 끄고 누우면 낮에 들리지 않던 소리들이 들린다
안 보이던 별의 뒷면이 보인다
배꼽 냄새 같은 게 몸을 부풀려 공기 속을 떠다니고
누가 같이 사는 걸까, 계속 누워 있으면 나는 정말
얼굴 모르는 누구와 같이 사는 것만 같고

강화 춘천 다르질링
발을 간지럽게 하던 먼먼 지명들을 불러 본다
양 한 마리 양 두 마리 양 백 마리
그래도 꿈은 단순하지 않아

세꼬시에 남은 가시처럼
혀 위에 남은 단어들이

압정처럼 별의 촉수처럼

깜빡— 깜빡— 깜빡—

―「누가 같이 살고 있다」 부분

　누군가의 보이지 않는 수고로움을 느끼고, 언젠가 누군가와 따뜻
한 밥상 앞에 앉았던 적이 있다면 시간이 지나도 쉬이 잊지 못했으
리라. 계속 누워 있어도 자꾸 함께 있는 것 같은 기분은 단순한 착각
이 아니라, 그만큼 고독하다는 의미였을 것이다. 그 누군가에게 과
연 얼마만큼 마음의 빚을 지었는지 저울질을 하다 보면, 어느새 지
금의 차디찬 밤이 그때의 추억과 함께 뒤섞인다. '일상'과 '시 쓰기'의

경계는 매 순간마다 중첩되는 지점이다. 한낮의 일상일 때는 들리지 않았던 소리들이 밤이 되면 시인을 찾아와 비로소 시 쓰기의 순간이 열리게 되고, 낯선 시어들은 입안에 남은 가시처럼 맴돌다가 서서히 발화한다. 이렇듯 들리지 않던 소리를 듣고 보이지 않던 별의 뒷면을 볼 줄 아는 예민함, 그리고 입안에 압정처럼 박힌 가시 같은 말들조차도 소중한 시어로 받아들이려는 저 둔감함 역시 시인만의 습벽이었다.

저 별의 촉수로부터 나왔을 간헐적인 희망은 시인이 짊어진 마음의 '빛/빚'으로도 읽힌다. 누구든 혼자 살 수 없고 음식을 먹을 때에도 함께 그것을 나눌 누군가를 떠올리면서 소소한 추억들로 일상의 무게를 잠시나마 잊었을 것이다. 시인은 지금까지 그렇게 시에 기댔고, 사람을 떠올렸다. 그 믿음은 무엇이든 '가까스로' 상상해 보려는 시인의 태도로써 증명되었다. 누군가에게 내민 손처럼 그렇게 상상의 촉수를 뻗어 "나는 누구의 대신일까"라며 보이지 않는 '당신'을 떠올린다(「뼈 심부름」). 그 상상을 조금도 주저하지 않고 밀고 나가 "당신의 핏속에는 무엇이 흐르는지" 파고든다면(「우리에게는 쓸쓸한 시간이 필요하다」), 보이지 않던 '당신'이 마침내 "이웃"이자 "사람"의 형상으로 서 있는 것을 발견하게 된다(「뼈 심부름」).

'당신'이 서 있던 곳은 분명 어느 전원의 풍경이었을 것이다. 이러한 풍경은 김안녕의 시적 세계에서 자주 보인다. 첫 시집에서는 도심 속에 있었어도 성내천 길 위에서 주변의 자연물들과 "맨몸"으로 마주하던 때가 있었고(「빗속에서」), 두 번째 시집에서 나온 '남양주 별내동'은(「15분마다 한 대 오는 80번」) 이번 세 번째 시집에서도 나오는데, 시인은 이곳에 아직도 개구리가 많다며 그 울음소리에 귀를 기울이다가도 상상의 촉수를 뻗어 "우주의 그늘"을 끌어오기도 했었다(「울음의 입하」), 밥때가 되면 으레 쌀을 씻어 안치는 그곳의 평범한 일상에는 생이 있었다. 그러나 우리는 그것을 자꾸만 잊어버렸다. 그렇기에 시인은 그 생을 이어 나가고 있었을 누군가의 방식을 우리에게 보여 주고자 했다.

피카르트는 '농부의 움직임'에 대해 이렇게 말한 적이 있다. 농부의 "움직임은 아주 느려서, 마치 느리게 도는 별들이 그와 함께 움직이는 듯하고, 농부의 궤도와 별의 궤도가 서로 겹치는 것 같다." 그리고 농부가 대지에 뿌린 씨앗들은 "하늘의 은하수에 가득한 별들과 같고, 그 씨앗들도 은하수의 별들처럼 어렴풋하게 빛을 발한다."[3] 오늘날의 말들은 이전의 그 고유한 힘을 잃었고 이로 인해 인간의 삶역시 황폐해졌다고 비판한 피카르트의 입장이라면, 저 농부의 움직임이야말로 우리가 잊고 있던 생의 가치를 상기시키는 것이라 하겠다. 그것은 우리가 먹는 음식에도 깃들어 있으며, 덕분에 우리는 육신을 살찌울 수 있게 되는 것이다. 그런데 농부만이 아니다. 우리가 잊고 있던 생의 가치는 "어느 인디언 부족"의 모습에서도 확인된다.

어느 인디언 부족은 살아 있는 모든 생명을 그대라 부른다
숨 붙어 있는 기린과 코끼리 지렁이와 거미
찔레나무와 발에 채이는 돌맹이

그대라고 호명하면
없는 그대가 멀찍이 사라진 그대가
곁인 것 같다 살아 있는 것 같다

---

3 막스 피카르트, 『침묵의 세계』, 최승자 역, 까치, 2010, pp.142-143.

기척처럼 기침처럼

받아 적은 말들이 이렇게 나로 남아 있다

붉어진 두 눈이 세상에 그득해서

산수유가 익는다

오디가 열린다

—「영원한 나라에서」 전문

"영원한 나라"라니, 무엇도 영원한 것은 없다고 믿는(아니 '다이아몬드'는 영원하다고 하겠지만) 이곳에서 저 이름 없고 미개한 사람들의 모습은 과연 무엇을 의미하는가. 시를 읽어 보면 인디언 부족 사람들이 지금의 우리와 너무나 다르다는 점을 금방 알게 될 것이다. 하찮은 것으로 치부될 법한 무언가가 그들에게는 모두 '그대'였으니 이얼마나 아름다운 "세상"인가. 모든 생명들이 이웃이 되고 그 생의 가치가 존중받는다는 것이 지금의 우리와는 너무나 멀게만 느껴진다. 인디언 부족의 세계관은 우리가 잊고 있던 생의 가치를 상기시킨다. 그들의 얼굴은 씨앗을 뿌리고 대지의 부름(곡식과 열매)을 기다리는 농부의 그것과 같다. 시인은 그들의 여유롭고 평온한 표정을 우리가 상상하게 함으로써 지금의 이곳이 얼마나 황량해졌고 참혹한지를 돌아보게 만든다.

또 위 시에서 가장 눈에 띄는 것은 "붉어진 두 눈"이다. 충혈된 눈은 마음의 동요나 북받친 감정 등으로 읽힌다. 낮에 들리지 않았던 소리들을 밤새 듣다가 지금은 보이지 않는 당신의 부재를 느끼며 눈물짓다 생겨난 것일까. 충혈뒤 눈은 상실감으로 인해 누적되어 온 마음의 상처가 얼마나 깊었는지를 짐작하게 한다. 시인의 이러한 동요나 북받침이 인디언 부족의 '그대'라는 말 한마디에서 비롯되었다면, 그 말이 지닌 힘은 지금도 여전히 남아 있다고 봐야 할 것 같다. 그렇게 시인은 곁에 누군가의 흔적("기척")을 가까스로 붙잡으려는 듯이, 아니면 말로 정돈되지 못하고 경련처럼 갑작스레 터져 나왔을 "기침" 소리를 몸으로 새기듯 그 오래된 말을 끝까지 기억하고 싶었을지도 모른다. 그 말을 함으로써 정말 '당신'이 '내' 곁에 있는 것 같고 아직 '당신'이 살아 있는 것 같다는 기분이 든다면, 그것은 더 이상 착각이 아니라 희망이다.

부족 이야기, 흔히 우리가 미개하다고 치부했던 그들의 이야기는 이렇듯 우리가 잊고 있던 것들을 가르친다. 감각 또한 그렇다. 그들은 우리도 똑같이 지닌 감각기관의 예민함을 극도로 끌어올려 훨씬 다채로운 세계관을 만들어 나갔다. 그러니 우리도 위 시의 "산수유"나 "오디"를 그저 눈으로만 볼 것이 아니라, 손으로 만져 보고, 코로 향을 맡아 보고, 입으로 가져가 맛을 보기도 해야 할 것이다. 충혈된 눈은 근대에 접어들면서 다른 감각들보다 지배적인 위치에 올랐던 시각의 균열을 암시하기도 한다. 그리고 김안녕의 시적 세계에서 또다른 감각으로 대두되는 것이 바로 후각이다. 「마음」에 배인 "냄새"는 누군가의 마음을 상상하게 하는 촉매제인 셈인데, "그 냄새를 찾는 데 일생"을 바친 "어떤 사람"의 이야기는 눈으로만은 느끼기 어려운 또 다른 세계로 우리를 안내한다.[4]

---

[4] 브라질의 보로로족은 개인의 정체성을 냄새와 관련짓고, 세네갈의 세레르 은두트족은 냄새 사이의 유사성을 통해 어떤 조상이 아기의 몸으로 환생했는지 알 수 있다

물론 시인이 이렇게 '농부'나 '인디언 부족'을 떠올린다고 하여 그들과 똑같은 방식으로 살 수는 없다. 하고 싶은 것과 현실의 간극이 무시되어서도 안 된다. 이야기가 주는 매혹의 뒷면에는 그곳이 내가 있는 이곳과 얼마나 멀리 떨어져 있는가를 돌아보게 하는 '순간'이 자리 잡고 있다. 시인도 마찬가지다. 시를 떠올릴 때마다 지금 이곳(현실)과 그것(시)이 너무나 멀리 떨어져 있다는 점을 충분히 알고 있을 것이다. 시인으로서 어려움이라 한다면야 매번 시를 써야 한다는 궁리에 처한다는 것이겠으나(「행복한 사람은 시를 쓰지 않는다」), 그렇다고 어디 가서 투정 부릴 형편도 못 된다. 왜냐하면 지금도 어딘가에는 "울고 싶어도 울지 않는 사람들이 세상에 아직 많"기 때문이다(「동경」, 『우리는 매일 헤어지는 중입니다』). 그러니 계속해서 꾹꾹 참아 내듯이 써 내려가는 수밖에 없다고 시인은 생각했을 것이다.

　　그리운 사람을 떠올리는데 얼굴이 떠오르지 않는다
　　눈이 짝짝이였는지 눈동자가 갈색이었는지 검정이었는지

　　우리는 다정하게 찍은 사진이 한 장 없고

　　어느 날 화들짝 당신이 떠올라
　　혹시 곁에 있는가 미심쩍고

고 한다. 이렇듯 냄새는 호흡을 통해 전달되고 호흡을 통해 흡입되는데, 호흡은 신체에 생명력을 주는 공기를 공급한다. 흔히 생명력과 연관되어지는 체액 또한 모두 독특한 냄새를 가지고 있다. 이들 신체적 냄새들은 한 개인의 내부에서 발산되기 때문에 그 사람의 정수, 즉 본질적 존재를 전달한다는 인상을 주는 것이다. 콘스탄스 클라센 외, 『아로마―냄새의 문화사』, 김진옥 역, 현실문화연구, 2002, pp.155-157.

가령 빨래 삶는 냄새 같은 것

흰빛이 더욱 희어질 때 우러나는 경이 같은 것

어제 내린 폭설을 딛고 어룽어룽 피어오르는 봄 냄새 같은

간지럽고 두근거리는 아름답고 슬픈

갖은 기척들

(중략)

살아 있다는 것은 결국 당신의 끝없는 꿈을 대신 꾸는 일이었다

인간이어서 죄송한 사람들이

인간다움을 연구하는 사람들이

안간힘을 쓰며 봄을 살아 낸다

―「기척들」 부분

습벽인 예민함이 아직 남아 있었으니 잠시나마 곁을 둘러볼 수가 있었을 테고, 만약 어려움에 맞서는 둔감함이 없었다면 무언가를 "연구"하거나 "안간힘"을 쓰지도 못했을 것이다. '당신'에게 진 마음의 빚을 조금이나마 덜어 낼 수도 있었을 "사진" 한 장조차 없는 상황에서 씁쓸하고 고독한 질문들이 기척을 내며 일상 곳곳을 스친다. 그때마다 스친 마음의 부위가 쓰라리면서 정말로 '당신'이라는 존재가 '나'에게 의미가 있었던 것인지 처음부터 되물어봐야 했을 것이다. 예민함과 둔감함이 시인들의 습벽이라 하였으나, 위 시에서는 이것이 더욱더 도드라져 보이는 듯하다. 김안녕에게 시 쓰기는 아직

"살아 있다는 것"을 확인하기 위한 일종의 '마음 생존법'이며 그에 관한 끈질긴 기록이다. 그 과정은 씁쓸하고 고독할 수도 있지만, 덕분에 누군가의 마음은 조금씩 더 단단해질 것이다.

"연구"나 "안간힘"에는 변수가 자리 잡고 있다. 어떠한 "연구"든 반드시 성공하리라는 보장은 없으며, "안간힘"을 쓴다고 해서 모든 불행이 비껴가는 것도 아니기 때문이다. 하지만 김안녕에게는 절박함과 간절함이 있다. 지금까지의 시 쓰기가 그러했고, 삶도 그러해야만 했을 것이다. 누군가를 가까스로 떠올리려 하고 그 모습과 표정을 상상하려면, 그전에 이미 그만큼의 절박함과 간절함으로 몸을 떨었어야만 했으리라. 그래서 날씨가 풀렸어도 여전히 겹겹이 옷을 입고 외출을 했었고(「서툰 사람들」, 『우리는 매일 헤어지는 중입니다』), 무심코 밤하늘을 올려다볼 때에도 문득 "저 수많은 별은 누구의 영혼일까"라며 언젠가 시로써 기록할 부분부터 일부러 비워 놨을 것이다(「요가 수업」, 『우리는 매일 헤어지는 중입니다』).

시인은 외출을 했을 때에도 예민함을 놓지 않는다. 시집에는 익숙한 교통수단이 나온다. 첫 번째 시집의 경우에는 전철이나 열차가 주로 나오고, 두 번째 시집에는 「15분마다 한 대 오는 80번」이 대표적이다. 이번 시집에서도 버스와 연관된 장면들이 나온다. 버스 안에서 모자(母子)의 통화를 들었던 일화를 담은 「미안」도 있고, 버스 정류장에서 어느 부자(父子) 간의 대화를 의도치 않게 듣다가 버스를 놓치기도 했으며(「세상에 공짜가 어딨나요」), 어느 날엔가는 정거장에 "깃털처럼 많은 밤들이 펼쳐"지는 상상도 해 봤다가(「덩그러니」), 별내에 있는 집에 갈 때면 늘 "33번"과 "80번" 버스 중에서 무얼 탈지 고민하기도 했었다(「어느 맑은 날」).

이렇듯 시인은 버스와 정거장이라는 공간을 통해 평범한 이웃들의 삶을 보여 주면서 독자들이 그들의 표정과 몸짓에 배인 삶의 체취를 고스란히 느끼도록 해 준다. 영화 「패터슨」에서 버스 운전사인 주인공 '패터슨'이 일과 시간 틈틈이 자신의 비밀 노트에 시를 적어 내려갔던 장면들처럼 김안녕의 시 쓰기도 버스와 전철, 퇴근길이라는 일상과의 간극에서 나오는 예술적 긴장감을 솔직하게 드러낸다는 점에서 독자들에게 조금은 더 생생하게 다가가지 않았을까 싶다. 버스 안에서 누군가가 나눈 소소한 대화가 패터슨에게는 시적 영감이 되었듯이 김안녕도 자기 곁에 있는 누군가의 말과 체취를 시로써 담아낸다. 그리고 그렇게 시인이 마주했던 저마다의 사람들이, 그 영혼들이 정말로 별들이라면("저 수많은 별은 누구의 영혼일까"), 김안녕에게 시는 온갖 노력과 시간을 쏟아부은 (마음에 관한) 연구이자 그득하게 차려 낸 "우주 밥상"인 것이다.

"연구"를 해야 하고, "안간힘"을 써야 하고, 기록을 해야 한다는 것은 지금 이곳에 분명 있어야 할 무언가가 결여되어 있거나 사라지고 있음을 의미한다. 그래서 '마음의 생존법'은 우리가 살아가기 위해서, 또 누군가의 희미한 온기를 느끼고 그 존재 의미를 잊지 않기 위해 노력해야 하는 우리의 방식이어야 한다. 이를 무시한다면 정말로 "새카만 거짓말"이 난무하게 될지도 모른다(「해피트리」). 그러니 지금의 시인에게는 시적인 예민함과 더불어서 일상 곳곳에 숨겨진 거짓에 흔들리지 않는 둔감함도 필요하다. '곁'은 무한하다. 스치듯 지나가더라도 '당신'이 머물렀던 그때를 기억한다면 분명 그것은 또 다른 희망이자 꿈으로 되돌아올 것이다. 아직도 "우리가 희망하고 그 안에서 살아가는 꿈까지 만드는 것"[5]이 시라면, 김안녕은 지금까지

---

5 리베카 솔닛, 『멀고도 가까운』, p.95.

그 꿈들을 시로써 만들어 온 시인이다. 그러니 수많은 꿈들 가운데에서 당신의 꿈을 대신 꿈꾸는 시를 만드는 것이 뭐가 대수일까.

제4부

흔적으로만 남을, 당신께 보내는 편지
—안미옥의 시

> 사랑하고, 잠자고, 책을 읽는 것은 보이지 않는 것
> (aphantos)을 보는 것이다. 독서는 보이지 않는 존재
> 를 눈으로 쫓아가는 것이다.[1]

친애하는 당신께

2019년 가을, 어느 문예지에 글을 한 편 실었던 적이 있었습니다. '종이책의 현재와 미래, 종이책을 대신할 다양한 문학의 소통 방식'이라는 주제였는데, 그때 당시 정말 얼토당토않게 "이 글은 편지글의 형식을 취합니다"라며 서두를 시작했었지요. 지금 생각해 봐도 쉽지 않은 주제였습니다. 미국의 인지신경학자인 메리언 울프가 디지털 시대의 매체와 '읽는 뇌'의 상관관계를 다루기 위해 쓴 『다시, 책으로』[2]를 인용하게 되었는데 거기에 편지글 형식에 관한 언급이 나와 있었습니다. 간단히 말하자면, 편지는 그것을 쓴 사람과 읽는 사람 사이의 진정한 대화를 위한 기초가 된다는 내용이었습니다. 이렇듯 독서에 대한 과학적인 지식을 저자가 책 전체에 걸쳐 편지 형

---

1 파스칼 키냐르, 『섹스와 공포』, 송의경 역, 문학과지성사, 2007, p.256.
2 메리언 울프, 『다시, 책으로』, 전병근 역, 어크로스, 2019.

식으로 쓴 덕분에 저 또한 편안한 마음으로 읽을 수가 있었습니다.

사족처럼 글을 시작한 감이 있지만, 이번 글은 다시 그때처럼 편지식으로 써 보려 합니다. 그때도 그랬지만 제가 메리언 울프처럼 당신께 어떤 전문적인 지식을 전달하려는 것은 결코 아닙니다. 그리고 이 글은 그녀의 방식과는 정반대로 향하게 될 것입니다. 누군가는 비과학적인 접근이라고 말하겠지요. 하지만 키냐르가 말했듯이 독서가 "보이지 않는 존재를 눈으로 쫓아가는 것"이라면, 거기에는 과학으로만 설명하기 힘든 부분도 분명 있을 것입니다. 마음은 "보이지 않는 것"이지만, 우리는 독서라는 행위를 통해 그 (마음의) 흔적을 뒤쫓아 가기도 합니다. 아니 어쩌면 마음에 관한 것이기 때문에 독서만이 그것을 느낄 수 있는 유일한 방식일지도 모릅니다. 그러니 이에 대해 한 번쯤 생각해 보는 것도 그저 무의미한 일만은 아닐 것입니다.

독서의 대상이 분야에 따라 여러 가지가 있겠으나, 저는 시집을 읽을 때면 자꾸만 누군가의 뒷모습을 바라보는 것 같은 착각을 지울 수가 없었습니다. 안미옥의 첫 시집인 『온』(창비, 2017)도 그러했습니다. 그리고 다른 시집들에 비해서 '마음'에 집중하고 있다는 점이 저에게는 인상적으로 다가왔습니다. 어쩌면 시인도 "보이지 않는 것은 사라질 수 없다는 것"이라고 생각해 왔던 것인지도 모르지요(「트리거」). 그래서 그 보이지 않지만 사라지지 않은 것을 가리켜 "영혼"이라 이름 붙이고(「램프」), 그것을 "마주하고 있다고 생각하면/건너편의 마음이 된다"는 마음으로 시인은 자신만의 "요리법"으로 빚은 문장들을 세상에 내놓을 수 있었던 것 같습니다(「굳은 식빵을 끓여 먹는 요리법」).

당연한 말이겠으나, 독서는 누군가가 쓴 글을 읽는 것입니다. 그런데 이것이 가능하기 위해서는 '쓰기'가 선행되어야만 합니다. 특히 "시를 쓰고 읽는 행위는 무엇보다두 마음의 일과 연루되어 있는 것"[3]이기 때문에 시를 쓰려는 마음은 언젠가 그것을 읽게 될 누군가의 마음보다 항상 먼저일 수밖에 없습니다. 어느 시인이든지 간에 어떻게 해야만 독자들에게 자신의 마음을 시로써 전달할 수 있을지 고민했을 것입니다. 하지만 오해하지 마시기 바랍니다. 아무리 마음을 전했다 하더라도 그것은 결국 시간이 지나면서 흔적으로만 남으니까요. 그래서인지 시인이 "마음을 정하는 것과 상관없이" 이따금씩 "어떤 문장"들은 행간 사이의 보이지 않는 여백으로 깊숙하게 제 몸을 숨기기도 합니다(「비정」). 그럼에도 안미옥은 「시인의 말」에서 스스로를 "계속 쓰는 사람"이라고 했었습니다.

나에겐 멈출 수 있는 방법이 없다

빛 소리 신호 빛 소리 신호
주문처럼 외워도 하루가 쉽게 지나가지 않는다

생소하고 어려운 단어를 찾고 있다
달아나지 못하는 마음을 더 붙잡고 싶다는 듯이

너는 잊을 수 없는 눈빛을 가지고 있었고
마음이 다른 마음에까지 겹치고 쌓이는 것을
나는 어쩌지 못했다

---

3 장은영, 「마음의 가능성: 임경섭, 안미옥의 시 읽기」, 『자음과 모음』, 2019.봄, p.251.

물은 흐르는 것이 아니라
밀리고 밀리면서 터져 나가는 것

자꾸 말하다가 익숙해져 버린 이름들
반복이 망쳐 버린 생활이 있듯이

증폭되고 증폭되는
빛 소리 신호 빛 소리 신호

좀 더 알맞은 단어를 찾아야 한다
설명해야 한다

—「프리즘」(『온』) 전문

시인의 입장에서 '시를 쓴다는 것'은 "마음"에서 "다른 마음"으로 계속해서 다가가려는 과정이었을 것 같습니다. 저는 시인이 말했던 "계속 쓰는 사람"이라는 이미지가 위 시에 가장 선명하게 드러나 있다고 보았습니다. 비록 "마음"만큼 자주 드러나는 것은 아니지만 「조언」, 「목화」, 「절벽과 개미」처럼 『온』에는 계속해서 무언가가 벌어지고 있으며, 거기서 발생하는 의미의 다양한 분화 또한 엿볼 수가 있었습니다. 이렇듯 계속해서 시를 쓰는 일이 간혹 누군가의 눈에는 그저 똑같은 행위를 반복하는 것으로 보이겠지만, 실로 그것은 고독한 일입니다. 게다가 그 일은 상당한 노력을 요구하고 있지요. 그래서인지 모르겠지만 시인이 내뱉은 "더", "자꾸", "좀 더"라는 말에 왠지 거친 숨소리도 함께 뒤섞인 것 같아서 대충 흘려보낼 수가 없었습니다.

저는 위 시의 화자이자 시인이 '아가힘'을 쓰고 있다고 보았습니다. "멈출 수 있는 방법"이 전무한 상황에서 마치 격랑에 휩싸인 듯 요동치는 "마음"이 떠올랐기 때문입니다. 안간힘은 고통을 힘겹게 버티는 상황에서 나오는 것이며, 이는 저 "마음"의 동요와 무관하지 않습니다. 조금씩 "마음"을 무뎌지게 하는 일상의 '익숙함'과 동시다 발적으로 밀려드는 "생활"을 견디면서 시인은 지금 이 순간에도 "생소하고 어려운 단어"를 찾고 있습니다. 이런 시인의 "마음"을 "멈출 수 있는 방법"은 앞으로도 없을 것이라는 생각이 들었습니다. 왜냐 하면 시인은 누군가('너')로부터 "잊을 수 없는 눈빛"을 받았기 때문 입니다. 그리고 그 "눈빛"에 스민 "보이지 않는" 무언가를 이곳의 언어로, 그러니까 시로써 다시 번역하는 일은 누구나 할 수 있는 게 아 니라는 생각도 들었지요.

저는 시인들이 언제나 시 쓰기와 일상 사이의 경계에 서 있다고 봅니다. 그래서 어느 시집이든 그것을 읽을 때마다 시인들의 안간힘 을 떠올릴 수밖에 없었던 것 같습니다. 그렇게 쓰인 시일수록 어떤 눈빛 같은 것이 스며 있을지도 모른다고 생각한 적도 많았지요. 그래 서 시를 쓴다는 것은 지금도 여전히 쉽지 않은 일이라고 보는 것입 니다. 또한 시인들은 외로운 존재입니다. 어떤 시인은 "사람들이 아 름답다고 하는 것"에 대해 쉽게 "마음"을 주기도 어렵고, 시를 향한 "마음"을 버리고 싶지 않아서 조금이나마 "버틸 만한 곳이 필요"하다 는 것을 잘 알고 있지만, 그렇다고 남들 앞에서 쉽게 "울 수 없는 마 음" 때문에 혼자서 울음을 참아 냈을지도 모릅니다(「불 꺼진 고백」).

이렇듯 안미옥의 시집에는 계속해서 안간힘을 쓰는 시인들의 뒷 모습이 함께 스며 있습니다. 하지만 그렇게 만들어진 시가 일상과 생활에 가려져 있던 말들의 숨겨진 무늬를 마치 "프리즘"처럼 우리에게 선사하는 것입니다. 우리는 시인들의 이러한 노력으로 나오게 된 시를 통해 세상을 조금이나마 다르게 "설명"해 볼 수 있게 되겠지요. 시는 지금까지 우리에게 "보이지 않는 것, 좀 더 정확히 말해서 눈에 띄지 않는 것으로 나아가는 문을 여는 일"[4]로 인도해 왔으며, 이는 시인도 마찬가지였을 것입니다. 시인에게도 시는 "귀하면서도 드물고 힘든 경험에 자기 자신을 열어 놓는 것"과 같으니까요. 하지만 오해하지 마십시오. "절박한 질문"도 고작 "일주일이면 희미해지듯"이 아무리 시라 하더라도 이것이 세상과 완전히 동떨어진 채로 있는 것은 결코 아니기 때문입니다(「나의 문」).

먼저 가 있을게

멀리 가서 보여 줄게
거기엔 뭐가 있는지 앞으로 뭐가 필요한지
너희에게 이야기해 줄게

다 같이 모여 앉아 듣는 곳에서
그 말을 듣고

노트에 필기했다
우린 전부 여기에 있는데 왜 시만 먼저 가?
여긴 어딘데

—「미래의 시」(『힌트 없음』) 전문

---

4 피에르 자위, 『드러내지 않기』, 이세진 역, 위고, 2017, p.28.

위 시는 시인의 두 번째 시집인 『힌트 없음』(현대문학, 2020)에서 가장 마지막에 실려 있는 작품입니다. 어떤 시집에 대해 이야기를 시작할 때 가장 마지막에 실린 시를 제일 먼저 언급하는 경우는 별로 없습니다만, 굳이 말씀드리자면 위 시가 시인이 썼던 다른 시들에 비해 훨씬 수월하게 읽혔기 때문에 언급하려는 것은 아니라는 점을 우선 밝힙니다. 저는 어느 시인이든 간에 '시'를 제목으로 삼은 시를 볼 때마다 무심코 지나쳤던 적이 한 번도 없었습니다. 사소한 감상일 수도 있겠으나, '시'를 제목으로 한 대부분의 시에는 그 시인의 보이지 않는 목소리가 깊게 스며 있다고 보기 때문이지요. 아무튼 저는 "미래의 시"라는 것이 과연 무엇인지 궁금했습니다. 누구보다 "먼저" 가고 그렇게 더 "멀리"까지 가서, 그곳의 새로운 무언가를 보여 주고 앞으로 "뭐가 필요한지"에 대해 "이야기"하는 것이 정말로 시의 "미래"여야 할까요?

지금까지 시를 둘러싼 이러한 목소리들이 있어 왔기에 "우린 전부 여기에 있는데 왜 시만 먼저 가?"라는 의문이 시인의 마음에 싹튼 것이라고 생각합니다. 위 시를 읽은 어떤 이들은 이른바 전위적이고 실험적이었던 그때 그 시절의 시들을 떠올렸을 수도 있습니다. 하지만 저는 이것이 단지 창작뿐만 아니라, 비평에서도 나왔던 목소리였다는 점을 상기시키고 싶습니다. 그 목소리 또한 우리에게 언제나 시가 나아갈 방향이라든가 앞으로의 시가 어떠해야 한다는 것 등을 가리켜/가르쳐 왔었지요. 그런데 그런 목소리를 계속해서 듣다 보면, 마치 무중력의 세계에 던져진 것과 같은 기분이 들었습니다. 이론들만 잔뜩 나열하면서 시가 품고 있는 그 무한한 여백을 지적 허영심으로 채우려는 목소리는 정작 우리 곁에 가까이 있어야 할 시를 더 멀리 보이게 만듭니다.

그렇기 때문에 저는 시인이 가리키는 곳, 그러니까 "다 같이 모여 앉아 듣는 곳"이 훨씬 더 가깝게 들릴 수밖에 없었습니다. 시인이 가리킨 그곳은 누군가의 허영심으로 채워진 그런 무중력의 세계와는 다릅니다. 그러면서 저는 "다 같이"가 함축하고 있는 의미가 과연 무엇인지 생각해 봤습니다. 이 "다 같이"라는 말이 곧 '마음과 마음의 친밀한 관계'를 가리키는 것이라면, 어쩌면 시는 모두가 서로 같이 모여서 듣고 혹은 쓰면서 그 안에 담긴 의미를 공감하는 과정 그 자체일 수도 있지 않을까요? 그곳에는 예전에 제가 들었던 그 비평의 목소리가 끼어들 자리는 없어 보입니다. 그리고 일상과 생활 탓에 아무리 시 쓰기가 어렵다 할지라도 시 또한 그 삶 한가운데에서 나온 것일 겁니다. 삶이라는 중력에서 완전히 벗어나 있는 작품은 이 세상에 없다고 생각합니다.

그리고 이 두 번째 시집에는 시인이 쓴 에세이 한 편이 실려 있다는 것이 흥미로웠는데, 바로 「후추」라는 제목의 글이었습니다. 이 글에서도 인상적인 대목이 있었습니다. 특히 "요즘엔 질문보다 의문이라는 단어를 더 자주 쓴다"라고 한 부분이었지요. 시인은 "질문" 안에 의도된 방향이라든가, 아니면 이미 정해진 답이 있다고 보는 것 같습니다. 하지만 "의문"은 다릅니다. 방향이라든가 정답이 없기 때문에 처음 의도한 것과는 전혀 다른 결과가 나올 때도 있지요. 그래서 시인도 "시에서 필요한 것은 계속되는 의문"이라고 본 것 같습니다. 「후추」 말미에 시인은 "가지를 뻗어 나가는 나무의 방식으로, 연결되고 확장되는 지점을 볼 줄 아는 사람"이자, "그런 시를 쓰는 사람이고 싶다"라고 썼습니다. 저는 시인이 이러한 마음이었기에 남들이 보지 못했던 무언가를 향해 조금 더 손을 뻗을 수 있었다고 생각합니다.

어떤 시인의 시에는 두개골이라는 단어가 자주 등장했다

두개골은 하늘과 땅의 **뼈**대가 되었다가
허기가 되었다가 조롱이 되었다가 엉킨 분노가 되었다가
벌레가 우글거리는 하루가 되었다가

밝은 낮이 되었다

그의 은신처에 도착해서 나는 어떤 틈을 발견하게 되었는데

틈은 발소리였고 무의미였고
작별의 인사였다

한 곡의 노래에 등장하는 가장 높은 음이었으나
정작 노래가 연주될 땐 들리지 않았다

있으나 드러나지 않는

한 사람은
그러니까라는 말을 자주 썼다 그것은 동조도 동의도 아니었다

나는 미래라는 말을 자주 쓰는 사람이 되고 싶었는데 내가 쓰는 미
래는 언제나 과거에 있었다 마치 태어나는 일처럼

하고 싶은 말을 다 하지 못해서

구불구불 거대한 미로를 그리며 말하는 사람도 있었다 사람들은 그
의 말뜻을 알아차리기 어려워했는데

언젠가 한 사람이
그러니까 오른쪽 벽에 손을 대고
계속 걸어가면 결국엔 출구로 나갈 수 있게 된다고
아무리 복잡한 미로라도 그렇다고 알려 주었다

나는 그날부터 생각하게 되었다 혼자서
미로 안의 모든 벽을 매만지고 있을 한 사람의 시간을
돌고 돌아 길을 되짚으며
종일 미로 안을 걷고 있을 한 사람을 그러면

몇 천 년 전부터 일기를 쓰던 사람이
아직도 쓰고 있듯이

말을 하다가도
말을 멈추게 된다

　　　　　　　　　　　—「공 던지는 사람들」(『힌트 없음』) 부분

　시인과 시인 사이에 흘렀을 "한 곡의 노래"처럼 우리 앞에도 '한
편의 시'가 놓여 있습니다. 그러나 개별적인 음들은 "정작 노래가 연
주될 땐" 사라지고, 우리가 시에 대해 주고받았던 말들도 시간이 지
나면 언젠가 흔적으로만 남게 되겠지요. 저는 안미옥이 "어떤 시인

의 시"를 본 것인지는 알지 못하지만, 하나의 시어에 여러 가지 의미가 있다는 것은 잘 알고 있습니다. 위 시에서 "두개골"의 의미는 앞서 시인이 말했던 "나무의 방식"처럼 여러 가지로 뻗어 있지요. 만약 누군가가 제게 저렇게 여럿으로 뻗어 있는 의미 중에 하나를 고르라고 한다면, 저는 손쉽게 '죽음'을 손에 쥐었을 것입니다. 하지만 시인은 조금 더 손을 뻗어서 "밝은 낮"이라는 또 다른 출구로까지 나아가려 합니다. 그러나 이것도 정답일 수는 없겠지요. 이러한 상황은 마치 "미로"에서 벌어진 일처럼 어느 방향이 맞는지 그 누구도 당장에는 알 수 없는 것과 같습니다.

위 시에서 여러 의미로 뻗어 난 시적인 문장들의 통로를 지나가다 보니 마치 먼 옛날의 카타콤에 들어와 있는 것 같았습니다. 시인들이 발견한 "은신처"에서 풍기던 분위기와 맞물려 어둡고 습한 공기를 느낄 수가 있었습니다. 카타콤은 기독교 초창기에 성도들의 피난처이자 예배를 보는 곳이면서 동시에 지하 묘지이기도 한 곳이었다고 전해집니다. 저는 이곳의 시인들에게 시란 과연 무엇을 의미하는지 그들의 입장에서 상상해 보았습니다. 삭막한 이곳에서 함께 시를 써 나가던 그들의 남모를 신앙심, 그들을 둘러싼 "말"들의 탄생과 죽음, 그리고 "마치 태어나는 일처럼" 불쑥 시인이라는 이름을 짊어지게 된 자들의 뒷모습을 함께 떠올리면서 말이지요. 어쩌면 시는 아직도 우리의 눈으로는 전부 볼 수 없는, 또 다른 세계인 것 같습니다.

같은 시집에 실린 「핀트」라는 시가 있는데, 거기에는 어떤 기묘한 "실패"가 나옵니다. 겉으로 봐서는 "묶은 것도 아닌데" 도무지 "풀리지가" 않고, 고작해야 "가는 실뭉치"처럼 보이다가도 "갈수록 복잡해"지는 "실패"지요. 그런데 저는 여기에서 또 다른 '실패'를 떠올려 봤습니다. 바로 세상의 시선에 비친 시인들의 실패입니다. 점점 마음이 삭막해져 가는 이곳에서 시인들이 하려는 일, 그러니까 이곳 누군가의 눈에 비친 시 쓰기는 세상이 인정하는 성공과는 거리가 먼, 정말로 무모한 일처럼 보였을 것입니다. 그것은 마치 어두운 동굴 안을 아무런 장비 없이 들어가려는 것과 같고, "아무 말도 하지 않는 사람의 눈동자"에 감춰진 마음을 읽으려고 하는 것처럼 시간 낭비에 불과한 일입니다(「기시감」). 하지만 이러한 시인들의 실패가 어두운 미로에 갇힌 우리의 미래를 위한 한 가닥의 희망이 되어 줄 날이 언젠가 올 것이라고 믿습니다.

이제 글을 마칠 때가 왔습니다. 시인은 이렇게 고백을 한 적이 있었지요. "나는 다시 편지를 쓰는 사람이 되려고 했다"라고 말입니다(「천국 2」, 「온」). 편지를 쓴 이의 손에서 떠난 '편지'가 그러하듯이 시인의 손에서 떠난 '시'도 그 순간부터 누구도 더는 어찌할 수 없는, 즉 "보이지 않는" 곳으로 향합니다. 쓴 이도, 받게 될 이도 아직은 볼 수 없습니다. 편지든 시든 간에 그것들은 "이제 꺼내 놓을 것들을/꺼내 놓는" 것에서부터 시작했지만(「조망」), 그렇다고 하여 마음속에서 꺼낸 것들이 이후에 어떤 궤적으로 또 어느 마음에 가닿을지는 누구도 알지 못할 것입니다. 이 글이 당신께 얼마나 와닿을지 저는 알 수 없습니다. 하지만 이 글도 시간이 지나면 흔적으로만 남게 될 것이라는 점은 누구보다 잘 알고 있습니다. 끝으로 미숙한 제가 아직 보지 못한 것들이 언젠가는 당신의 마음에 꼭 닿기를 바라며 이만 줄이겠습니다. 그럼 안녕히 계십시오.

신의 마침표를 찢어 버린 하와의 문자들
—김광섭의 시

김광섭은 첫 시집인 『내일이 있어 우리는 슬프다』(파란, 2018)에서 어둠과 죽음의 색채를 뚜렷하게 드러냈다. 어둠을 배경으로 핏빛이 서려 있으며, 원죄와 연루된 뱀의 흔적도 보였다. "아름다운 나의 송장, 너의 주검" 곁에는(「애도의 시대」) "붉은 망 속의 해골"이 걸려 있었고(「몰래 버린 신앙」), "검은 살갗"을 지닌 여자가 "석류처럼 물러지며 붉은 나비를 피워 냈"던 곳에는(「붉은 수목장」) 어둠 속으로 유유히 사라졌을 "뱀의 허물"만이 남아 있었다(「고드름의 기원」). 그의 시를 살펴보면, 어둠과 죽음의 이미지가 화자의 내면에서 시작해 외부 세계로까지 점진적으로 확장되는 것을 볼 수 있다. 어둠과 죽음은 김광섭의 모티프라 할 수 있으며, 지금까지 그가 이러한 문제의식을 일관되게 세워 왔기 때문에 나름대로 돋보이는 시적 세계가 가능했던 것이다.

시인이 되기 전에 그는 어느 날, "떠난 애인의 그늘"이 머물렀던 자리에 스민 어둠을 발견했다(「편집증 수업 시대」). 마음 깊이 차오르는 어둠에 차츰 익숙해질수록 육신을 엄습한 불우의 증상은 심해졌고, 누군가(특히 "의사")가 던진 "순간의 혐오"를 견뎌야만 했다(「싸움에서 잊힌 자」). 어느덧 그는 "살아 있는 비애를 알게 되는" 길목에 발을 딛게 되었고, 마침내 "비애는 서정하는 데에 있다"는 믿음을 얻었다(「전류가 흐르는 비」). 진득한 비애와 점점 겁게 변한 마음을 버리고 싶지 않았던 그는 "땅에 얽매이는 것과/하늘에 묶여 있는 것과/이별하라"는 알 수 없는 속삭임을 우연히 듣게 되었고(「치유의 자유」), 순간 "빛과 어둠이 서로 깨물며/하나의 목덜미가 되는/삽입의 물결"이 마음속으로 밀려들어 오는 것을 느꼈다(「파문」).

마음을 요동치게 한 속삭임으로 인해 이승의 속박에 얽매였던 마음의 비애를 마주한 그는 시를 쓰기로 마음먹었다. 시를 쓰면서 자신의 불우한 증상이 더욱 강렬해졌다는 것을 느꼈을 것이다. 이렇게 시인의 "신체"를 감싸는 "뇌우"와 "전류가 흐르는 비"가 전하는 "전율"은 무엇을 가리키는가(「전류가 흐르는 비」). 파스는 이렇게 말했다. "창조적 의지가 개입되지 않는 시가 존재할 수 없다는 것을 알면, 시적 창조를 순전히 언어의 역동성에 위임하는 것이 불가능하다는 것도 확실해진다. 언어는 시이며 모든 말은 비밀스러운 발화점이 건드려지자마자 폭발할 준비를 하고 있는 은유의 전하(電荷)를 숨기고 있는 것이 사실이지만, 말이 갖는 창조적 힘은 그것을 발화하는 사람에게 있다."[1] 따라서 김광섭도 자신이 "교란과 질서의 말을 동일 선상에 놓는/시인"으로서 발화하기 위해서는 보다 강렬한 마음의 힘('창조적 의지')이 필요하다고 생각했을 것이다(「뿔 시인 불 신」).

그렇다면 그의 시를 통해 엿볼 수 있는 이러한 힘을 다음과 같은

---

1 옥타비오 파스, 『활과 리라』, 김홍근 외역, 솔, 1998, p.45.

의미로 추측해 본다면 어떨까. 즉 서로 상이한 "말"들을 "동일 선상"의 시간에 하나의 사건으로 배치함으로써 인과를 교란하며, 결국에는 기존의 질서와 관습을 완전히 전복(폭발)시키려는 욕망이라고 말이다. 시인의 욕망으로 발화된 시는 이승을 지배하고 있던 모든 질서를 일시에 정지시키는 것일 수 있으며, 선과 악을 구획했던 종교적 관습마저 과감하게 허무는 것이기도 하다. 그래서 김광섭의 시를 보면, 선을 비방하거나 악을 권장하기도 하는 등의 도덕적 가치의 혼란을 느낄 수 있다. 「흥망하는 나라」만 보더라도 "면류관을 쓴 살생의 후손"이 "지상 곳곳에 덫을 놓고 촉수 까닥이며 선언하는 악행"을 신봉하고, 그렇게 "나의 출몰에 일몰하는 세계"가 열리며, "환각과 광기에 흥망하는 나라"도 세워진다. 그가 꿈꾸는 "광기"는 "최소한의 신앙"이라는 불신의 땅 깊숙한 곳에 뿌리를 내렸고, 은밀히 자라다가 절정에 이르러서야("최대한의 광기") 비로소 하얗게 꽃을 피웠다(「붉은 수목장」).

시신의 눈을 보고
여자는 매섭다 해

어디에 있었나
누가 나를 믿지 못하느냐

의심이 금지된 청와
늙은 말과 세월의 무덤
사람의 살을 뜯어 먹고 사는 마을

상주는 보았지
흰자위를 떠도는 망자의 속눈썹을

둘째야,
저승에서 보면
이승이 지옥이구나

매장이
의문 없이 시작되면
여름밤이 올 때까지 심판의 증인이 되리라

고요한 불신의 탄생

하얗게
하얗게

물결치는 단두대
불신이 믿음직하다

— 「푸른 빛깔의 마을」 전문

　한껏 만개한 광기로 강렬해진 "의심"은 "이승"의 "늙은 말과 세월"이라는 오래 묵은 질서를 "하얗게"(화이트아웃) 정지시키고, 이곳에 구획되었던 모든 기준과 경계를 지우려 한다. 위 시에 드러난 의심의 강도는 "물결치는 단두대"처럼 냉혹하고, 서서히 견고해지는 "불신"을 향한 믿음은 리드미컬하게 다가온다. 신권을 누렸던 왕의 목을 내려친 "단두대"처럼 ㄱ의 "불신"("어디에 있었나")은 서슬 퍼런 칼날과도 같았다. 언젠가부터 그는 "이승"을 지배하는 관습에 묶인 사람들의 늙고 추한 모습들을 노려보았을 것이다. 모든 "의심이 금지된" 이곳에서 오히려 "사람의 살을 뜯어 먹고 사는" 모순된 풍경도 한때 그가 믿었던 이상과는 정반대의 것이었으며, 억울한 죽음에 "매섭"게 눈을 뜬 "망자"들의 한 앞에서 신 또한 제 권능을 한 번도 행사하지 않았다. 지금껏 귀로만 전해 들었던 모든 것들을 의심하는 순간부터 시인은 비로소 눈을 떴다.

"불신"으로 가득 찬 시인의 마음은 신의 권능을 최초로 의심했던 '사탄'의 욕망과 닮았다. 사탄은 압제의 신으로부터 벗어나 자신이 주인으로서 누릴 자유를 갈망했다.[2] 시인도 자신의 육신을 철저히 구속하기만 했던 "늙은 말"들의 허물을 미련 없이 벗음으로써(사탄도 그렇게 천사장의 지위를 벗었다) 기존의 오래되고 낡은 질서(창조주인 신의 말씀)를 거역하려 한다. 김광섭이 시인으로서 꿈꾸었던 "새로운 자유"는 사탄의 화신이었던(「두 번째 낙원」) "뱀의 자비를 받는 자유"였다 (「미애인과 황야의 실과」). 자유롭게 "신을 이탈하는 음향"처럼(「푸른 물의 시」) "불신"의 "내면에서 방울지는 음악"은 어떠한 제약도 없이 울려

---

2 ""이곳이 바로 그곳, 그 땅, 그 나라인가."/타락한 천사장(사탄, 인용자)이 말했다. "이곳이 하늘과 바꾼/바로 그 자리인가, 하늘의 빛과 바꾼 것이/바로 이 슬픈 암흑인가? 어쩔 수 없는 일이로다,/지금 주권자인 그(신, 인용자)는 바르다고 느끼는 대로 처리하고/명령할 수 있으니, 그로부터 멀수록 좋다,/(중략)/음부(陰府)여! 너 깊고 깊은 지옥이여,/맞아라, 너의 새 주인을, 언제 어디서나/변치 않는 마음 가진 우리를./마음은 마음이 제집이라, 스스로 지옥을 천국으로,/천국을 지옥으로 만들 수 있으리라./어디 있은들 무슨 상관이랴, 내 언제나 다름없다면?/(중략)/본연의 나 그대로라면? 적어도 여기에는/자유가 있겠지./(중략)/천국에서 섬기느니 지옥에서 다스리는 편이 낫다." 존 밀턴, 『실낙원 1』, 조신권 역, 문학동네, 2010, pp.23-24.

퍼질 준비를 마쳤다(「고드름의 기원」). 이처럼 노래에서 나온 음계(音階)이면서, 질서를 교란하고자 세운 음계(陰計)이기도 했던 그의 시는 신이 세웠다는 낙원을 향해서도 적의를 감추지 않았다.

신을 향한 적의를 품은 채 낙원으로 다가갔던 사탄의 행적을 시인은 그대로 따라 걷는다. 낙원에 세워진 신의 질서를 교란하기 위해 사탄에게 간택된 '뱀'의 형상은 말들의 질서를 교란하려는 시인의 욕망 또한 오롯이 담을 수 있는 상징이 되기도 한다. 앞서 언급한 "서정하는 데에"서 시인이 느낀 진득한 비애는 어느덧 "몸에서 자란 비애의 가장 긴 동굴"을 형성하기에 이르렀기 때문에(「낙산」), 시인의 마음도 조금씩 뱀의 습성을 닮아 가고 있었을 것이다. 이로써 김광섭의 시 세계에서 가장 융성한 역사를 다시 쓰기 시작한 뱀은 더 이상 자연물(짐승)이라는 객체가 아니라, 시인의 욕망과 합쳐짐으로써 시적인 육신의 자유를 누린다. "시인의 혀"를 얻은 "뱀의 발자국"이 찍어 놓은 시도 그것을 증명한다(「자유와 은총」). 묵은 허물을 벗으며 그때마다 생소한 의미로 진화하는 종(種)으로서 그렇게 다시 쓰인 시는 언제나 고정된 의미로만 자신을 가두려는 해석의 손길을 교묘하게 벗어날 수 있게 된다.

누군가는 이런 김광섭의 시를 보고 마음속 깊은 곳에서 서서히 올라오는 불길함을 감추지 못할 것이다. 이것은 그가 세우려는 이질적이고 새로운 말들의 역사가 우리에게 낯설게 다가온다는 증거이다. 하지만 이는 오히려 지금까지 우리가 경험해 보지 못한 쾌락에 대한 제언일 수 있다. 우리가 그의 시를 통해 낯섦의 길목에 진입하기 위해서 유일하게 필요한 것이 있다면, 그것은 바로 지금까지 당연하다고 여겼던 질서에 대한 의심이다. 말들의 질서 안에서 오랫동안 평온하게 있었던 탓에 무뎌진 우리의 감각을 시인은 새롭게 깨우려 한다. 아담과 하와가 낙원을 낯설게 느끼도록 금단의 열매가 있는 길목을 알려 주었던 뱀의 속삭임처럼 말이다. 시인은 이들에게 낙인처럼 찍힌 "부끄러움의 역사는 다시 써야" 한다고 말한다(「싸움에서 잊힌 자」). 이 다시 써야 할 부끄러움은 금기를 어긴 까닭에 결국 낙원에서 추방당해야만 했던 불우한 자들의 감정을 인간의 언어로 표현한 최초의 말이기도 하다.

결백할수록 혐의는 완벽하다.
완벽하니까 돌아서야 한다.
보고 범한 피를 말리는.

씨를 얻는 자매들.
색이 같은 피를 나눈다.
혐의를 잊고
거듭 취한다.

신을 거느리고 해골을 오른
심판의 선조.
보고 범한 피의 번성.

부인하지 않는다.
빛이 어둠에 의지하니까
보기 좋다.

피에 감기는

색의 맛.

신을 탕진해서
성수는 뿌려진다.

돌아볼 수 있는가
스스로 피를 거둔
소금의 후예가 되어.

아내가 옳다.

나는 타락해서
살아남았다.

─「살아남은 성읍의 혈통」 전문

그는 부끄러움에 찍혀 있던 원죄의 낙인을 지우고, 그 자리에 새
로운 의미('적의')를 삽입한다. 금기를 어겼다는 데에서 오는 부끄러
움이 아니라, 오히려 금기를 위반할 수 있었던 그때의 '자유로움'이
라고 다시 쓰는 것이다. "부끄러움으로 싸울 수 없다면 용기로도 싸
울 수 없"기 때문에(「내일이 있어 우리는 슬프다」) 시인에 의해 새롭게 쓰
인 이 부끄러움은 질서를 위반함으로써 자유롭고자 하는 자들의 욕
망으로 다시 읽혀야 한다. 위 시에서 볼 수 있는 추방된 자들의 풍경
에는 땅을 일구는 노동("씨를 얻는")의 고통스러운 흔적도 보이고, 자
신이 지은 원죄를 "부인하지 않는다"는 모호한 태도도 있다. 그런데
이런 열패감에서 희미하게 확신에 찬 목소리로 "아내가 옳다.//나는

270

타락해서/살아남았다."는 말은 아담에게서 나왔을 것이다. 하와는 남편을 "타락"시켰던 옳은 아내이자, 뱀의 말을 최초로 들었던 인간이기도 하다. 인류를 고통(노동과 출산)으로 몰아넣은 장본인으로 낙인찍혔던 그녀를 시인은 왜 '올바른 자'라는 위치에 옮겨 두었나.

만약 시가 독자에 의해 비로소 완성되는 것이라 한다면, 하와는 시를 위한 가장 올바른 독자이다. 뱀이 건넨 몸짓과 말을 마음으로 받아들인 최초의 독자인 하와는 그(아담)와 전혀 다른 성격의 소유자였다. 신의 말씀을 충실히 따르는 피조물을 자처했던 아담과는 달리, 그녀는 마음속 깊은 곳에서 신에 대한 의심의 씨앗을 품고 있었다. 그렇기 때문에 "그대는 신들 중의/여신으로 보이고, 수많은 천사들과 그 시종들에게/날마다 찬미와 섬김을 받아야 할 몸이니"라는 뱀의 말에 마음이 달아오를 수밖에 없었고, 열매를 먹고 난 뒤에는 "언젠가는/그보다 더 우월하게 될지도 모른다"며 전복을 꿈꾸었다.³ 욕망하는 독자인 하와는 뱀이라는 텍스트를 읽은 뒤, 질서를 위반한/할 자로 다시 태어난다. 이로써 어떠한 금기나 질서도 그녀에게는 그저 하찮은 문제에 불과하게 될 것이다.

이렇게 욕망하는 독자를 시인으로서 욕망하는 김광섭의 마음은 인터뷰에서도 드러났다. 그의 시에서 빈번하게 쓰이는 마침표는 다른 시인들이 자주 쓰지 않는 문장부호이지만, 한편으로 이것은 내용의 종결을 알리는 '의도된 구획'이자, 또 다른 내용의 추가나 해석의 유보 등에 따른 교란을 더 이상 허용하지 않겠다는 '의미의 닫힘'이기도 했을 것이다. "하지만 그 마침표를 독자들이 쉼표나 느낌표, 물음표로 바꾸었으면"⁴ 하는 그의 바람(욕망)은 자신이 세웠던 마침표

---

3 존 밀턴, 『실낙원 2』, 조신권 역, 문학동네, 2010, p.98, p.110.

의 질서를 이제는 익명의 독자들이 교란해 주기를 바란다는 뜻으로 들린다. 끊임없이 유예되는 해석의 불확실한 격랑을 향해 그는 자신이 세웠던 시마저도 미련 없이 던져 버린다. 그렇게 자신이 찍었던 마침표를 스스로 훼손했고, 이제는 그 빈자리에 무한한 쉼표, 물음표와 느낌표들이 한껏 밀려들어 오기를 기다리고 있는 것이다.

새로운 의미를 맞이해야만 비로소 누릴 수 있는 쾌락의 몫은 독자의 것이어야 한다. 시인이 찍어 놓은 마침표를 기어코 찢고 나올 쉼표와 느낌표, 물음표는 독자만이 새길 수 있는 낯선(아직 해석되지 않은 채로 남겨진) 상형문자이다. '잠재 독자'라 불리며 익명으로 감춰진 수많은 욕망과 그 행적들은 형형색색의 향연으로 펼쳐질 각자의 낙원들을 만들어 나갈 것이다. 지금도 질서와 관습, 사회적 금기라는 묵은 틀을 마치 허물을 벗듯이 던져 버리면서 자신을 갱신하려는 시인의 마음이 있고, 그것을 바라보는 누군가의 마음(들)도 있다. 시인의 마음은 언제나 우리를 불확실한 격랑 앞에 머뭇거리게 만들며, 알 수 없는 기묘한 불길함으로 우리를 끊임없이 안내하려 할 것이다. 그렇게 누군가의 시는 우리가 아직 모르는 새로운 낙원의 길목을 가리키며 은밀하게 속삭인다. 그 마음에서 흘러나오는 유혹의 목소리가 지금도 희미하게 들린다. 당신도 방금 들었는가. 그렇다면 이제 "그대가 깨문 욕망"에서부터 모든 것은 다시 시작될 것이다(「파과」).

---

4 「첫 시집 인터뷰」, 『현대시』, 2018.12, p.214.

당신을 위한 밥, 그리고 우리를 위한 시
—김사이, 『나는 아무것도 안 하고 있다고 한다』, 창비, 2018

원문은 모르지만
뒤는 내가 계속하지
그래
이 실패에도 불구하고
나 또한 살아야만 한다
왜인지는 모른다
살아 있는 이상 살아 있는 것의 편을 들으며
—이바라기 노리코, 「이 실패에도 불구하고」 부분[1]

어떤 작품을 읽고 그에 관한 글을 쓰고 나면 그때마다 일말의 보람이나 안도감 따위를 느낀다. 하지만 그것도 잠시뿐, 마음 한편으로는 잔여물처럼 남아서 온전히 다 지워 내기가 어려운 것이 있었으니 바로 실패라는 감정이었다. 누군가가 공들여 쓴 작품을 오롯이 해석하지 못했다는 일종의 자책일 수도 있겠고, 한참 전에 원고를 보냈음에도 문득 무언가 더 말했어야 했던 것들이 뒤늦게 떠올라서였을 수도 있겠다. 그렇게 차츰 실패에 내성이 생길 때쯤, 이바라기 노리코의 시구절을 우연히 접하게 되었다. 또 다른 실패를 알게 된 것이다. 실패했어도 그 이유 따위를 생각하지 않는 것. 그리고 실패를 극복의 대상으로 보지 않아야 한다는 것. 이렇게 곱씹어 볼수록

---

1 이바라기 노리코, 『이바라기 노리코 시집』, 윤수연 역, 스타북스, 2019.

글을 쓴다는 것이 나에게 어떤 의미인지, 왜 앞으로도 계속해서 실패해야 하는지를 스스로에게 질문해야만 했었다.

그럼에도 확실한 것이 있다면, 여전히 '나'는 아직 살아 있다는 것이다. 어떤 작품이든 간에 그것을 쓴 누군가는 아직 살아 있으니 쓸 수 있었던 것이며, 또 다른 누군가 또한 마찬가지로 아직 살아 있기에 그것을 읽고 그에 관한 글을 쓸 수 있는 것이다. 따라서 이러한 '살아 있음'은 무에서 유를 이끌어 내면서 어떠한 의미들을 열어 둘 수 있는 창조적 가능성이자, 진정 우리가 추구해야 할 인간적인 가치를 실현시키고자 하는 다양한 행위들의 토대가 된다. 글을 둘러싼 인적 관계도 마찬가지다. 작품 내에서 분화하는 의미망은 해석의 범위를 언제든 벗어나기 마련이다. 따라서 누군가의 관점이 절대적일 수는 없다. 어떠한 글이라도 시간이 지나고 나면 '또 다른 읽기' 앞에 제자리를 다시 내어 주어야 한다. 이러한 이타성은 글을 둘러싼 관계만이 아닌, 동시대를 함께 살아가는 공동체 내에서도 추구되어야 할 자세이다.

누가 들어도 당연한 말이라 할 것이다. 하지만 우리는 이 당연한 말을 너무나 쉽사리 잊고 사는 듯하다. '살아 있음'이라는 존재적 범주는 필시 단수가 아닌 복수인데도 불구하고 오만하게 '나'만 살아 있다고 생각하는 이들의 인간답지 않은 작태가 이따금씩 회자되는 것만 봐도 그러하다. 게다가 이제는 기술적으로 발전하고 보다 풍족한 삶을 누리며 살고 있다는 생각이 들다가도, 일가족이 생활비가 없어서 동반 자살을 하고 심지어 누군가는 굶어 죽은 뒤 한참이 지나서야 발견됐다는 소식을 들을 때면 과연 이곳이 문명화된 사회가 맞는지 의심할 수밖에 없어진다. 경제적인 지위나 규모, 배움의 있고 없음에 따라 서열을 나누는 것도 문제지만, 오히려 근본적인 것은 실패를 용납하지 않으려는 그릇된 인식이라고 본다. 그리고 그 인식에는 누군가의 '살아 있음'을 배제하려는 악의가 숨겨져 있다.

시집에 관한 글을 쓸 때는 이따금 그 제목을 곱씹어 보며 논점의 방향을 정하고는 하는데, 이번 김사이의 두 번째 시집 『나는 아무 것도 안 하고 있다고 한다』도 그러했다. 가시적인 성과만을 추구하고 사람이든 재화든 간에 오로지 쓸모 있음만을 논하는 사회에서 이 "아무것"이라는 말이 어떤 의미인지는 누구나 짐작할 법하다. 말 그대로 그것은 이곳에서 실패로 정의된다. 무언가 대체 가능한 것이 있든지 없든지 간에 이미 이름조차 없는 그저 "아무것"에 불과할 따름이기에 당연히 실패로 간주되는 것이다. 게다가 곧이어 뒤따르는 "안 하고 있다고 한다"라는 외부로부터 나온 일종의 선고는 가히 사형선고처럼 들린다. 무엇도 하지 않고 있으니, 살아 있어서 응당 받아야만 했을 정당한 대우도 기대하지 말라는 의미인가? 이처럼 시집의 제목은 지금 이곳이 정해 놓은 무용과 그에 따른 무관용의 낙인을 너무나 선명하게 보여 준다.

> 가난한 목숨들은 불행의 지분이 많다
> 불행은 구경꾼들처럼 떼로 덤비기도 하지만
> 옆구리를 찔러 자빠뜨리기도 한다
> 슬픔 한 방울까지 쪽쪽 빨아 배를 불린다
> 나는 녹이 슬어 삐걱거린다
>
> 재계약 즈음 수직으로 서 있는 사다리는
> 구멍 난 욕망이었다
> 피가 바짝바짝 타들어 가도

답은 정해져 있고

세계가 폭주할수록 정의는 더 멀어져 갔다

내 심장은 힘차게 뛰고 있으나 나는 쓸모없고

살아야 해서 바람의 지분들을 그러모아 대기 중인 나는

살아서 무참히 시들어 갔다

알맞은 체온으로 알맞은 꿈을 꾸며 알맞게 살고 싶었다

나는 누구의 무엇의 부제가 아니라 나였어야 했다

머뭇거림과 두려움 사이에 망각의 강이 흘러

오랜 세월을 외면한 나는 뿌리 없는 씨로 떠돌았다

불행의 눈동자에 갇히니 삶이 대기 발령이다

그늘의 딸로 태어나 그늘진 몸에 알록달록한 무늬들

나를 걸어 잠근 이번 생은 글러먹었다

오롯하게 내 죽음을 누리는 것

스스로 죽어 가는 시간에 내가 마침표를 찍는 것

글러먹은 생에 대한 저항으로

—「저항의 방식」 전문

　　개별적인 시인의 경험과 보편적인 시의 영역은 이미 오래전에 외부로부터 지속적인 폭력을 당해 왔다. 이는 직접적인 폭력이 아니라, 그릇된 인식으로부터 비롯된 편견과 고정관념을 뜻한다. 가시적인 성과만을 강조하는 이곳의 냉혹한 질서가 시라고 하여 비껴가진 않는다. 소위 잘 팔리는 시집이 있고, 연예인 못지않은 팬층을 거느리는 시인도 있으니까 말이다. 시인이라는 같은 이름으로 살아가지만 필시 누군가는 생활과 시 쓰기라는 그 "머뭇거림과 두려움 사이"

를 외롭게 걸어가야 했을 것이다. 생존을 둘러싼 불안과 시를 쓰고 자 하는 욕망이 서로 부딪히며 마찰력과 같은 저항적인 힘이 그때부터 조금씩 생겼으리라.

"가난한 목숨들" 사이로 휘몰아쳤을 "바람"을 함께 맞아 보기도 했기 때문에 그에 따른 "지분들을 그러모아" 당당히 쓸 수 있는 자격도 갖춘 것이라고 봐야 할까. 하지만 그렇다고 해서 이것을 어떠한 특혜나 특권 따위로 치부할 수는 없다. 시인이 소유하는 "지분"이란 것은 그저 "그늘의 딸로 태어나 그늘진 몸에 알록달록한 무늬들"을 지녔다는 것뿐이기 때문이다. 특유의 무늬를 지닌 말들을 구사할 자격이 시인에게 주어졌다는 것은 가난한 목숨들로부터 '말할 권리'를 양도받았다는 의미로 볼 수 있다. "공동체 바깥으로 내밀리고 내몰린 몫이 없는 이들의 고통을 감응하는 시인의 몸"이 이곳에 아직 숨 쉬고 있고, 또 그 "아물지 않은 몸으로 언어가 새겨지는 동안 만큼은" "생이 약동하는 장소"가 허락된 것이라 한다면, 위 시의 저항의 방식은 당연히 정당방위가 맞다.[2]

몸이 "녹이 슬어 삐걱거린" 탓에 '무용'이라는 낙인이 찍혔더라도 언젠가는 "오롯하게" 자신만의 "마침표를 찍는 것"이야말로 시인이 생각하는 "저항의 방식"이다. 이는 매번 "아무 이유가 없는 상식적인 날"마다(「예감」) 자신을 둘러싸고 있던 저 "딱딱하게 굳은 말들"을 향해(「보통 날들」) 파괴적인 종결을 강제하려는 시인만의 "결단"인 셈이다(「솔직한 위선」). "결단"의 결과가 성공이 될지 아니면 실패가 될지는 그리 중요하지 않다. 마침표를 찍는 행위, 그 자체만으로 저항은 이미 시작된다. 분명 누군가는 문장에서 가장 맨 끝에 찍힌 그저 작

---

2 김대성, 『무한한 하나』, 산지니, 2016, pp.184-185.

은 점에 불과하다고 말하겠지만, 계속해서 새로운 문장들을 쓰려면 이 점을 반드시 찍어야 한다. "입안에서 맴돌던" 알 수 없는 그 "광기" 섞인 말들을 언젠가는 반드시 마침표처럼 새겨 넣음으로써 지금 이곳의 "중심 밖으로 외출"을 감행하려는 자세야말로 시인이 생각하는 진정한 저항인 것이다(「신호」).

무명들의 가난
가난한 단어 가난
가난은 태생이 계급적이어서
자발적 가난이란 없다
가난은 민주주의의 발바닥
가난은 노동과 복권 사이를 떠도는 것
가난은 사료를 먹으며 가난을 대물림하고
가난의 약점은 이웃이 없는 것
이웃의 관계를 되찾아야 밥이 되는 것
밥은 빼앗는 것이 아니다
밥은 나누는 것이다
밥은 살아가는 시간을 나누는 것
밥은 삶의 감수성이다
밥은 태도다
수식어를 붙이지 않는 만국의 밥
그것이 밥의 감수성이다

—「밥」 전문

그렇다면 이 저항의 향방은 과연 어디쯤 향하고 있는 것일까. 저항이라는 행위가 단순히 세상을 향한 부정과 광기에만 머물렀다면 그것은 고작해야 아마추어의 치기 섞인 투정처럼 보였을 것이다. 하지만 시인은 저항의 궤적을 지금 이곳이 정해 놓았던 "중심 밖으로" 설정했으며, 아이러니하게도 한때는 "중심"에 있었지만 이제는 어느덧 사라져 버린 누군가의 "밥"을 그 종착지로 삼았다. 위의 「밥」은 김사이의 시집에 실린 시편들 가운데에서 가장 선이 굵고, 시적 세계관을 가장 담백하게 담아낸 시이다. 인공조미료와도 같은 "수식어" 따위는 함유되지 않았다. 지금 이곳이 설정해 놓은 "가난"에 의해 낙인찍히고 참혹하게 파편화된 비인간적인 삶("떠도는 것", "이웃이 없는 것")을 복원할 수 있는 유일한 방식은 시가 이들의 "밥"이 되는 것뿐이다. "밥"으로서의 시는 누군가와 "살아가는 시간을 나누는 것"이며, 인간다운 "삶의 감수성"이자, 따뜻한 "태도"와 직결된다.

이렇듯 누군가를 위한 "밥"을 떠올린다는 것은 인간적인 행위이자 상상력인 동시에 '살아 있는 것의 편을 든다는 것'(이바라기 노리코)을 의미하기도 한다. 이웃의 '연대'를 서로 간의 마음과 마음의 응집력이라고 본다면 뒤이어 자연스럽게 "밥"의 찰기를 상상해 보는 것도 어렵지 않다. 김사이의 시집에 실려 있는 다른 시들에서도 이 특유의 끈끈함을 곳곳에서 느낄 수 있다. 특히 시집 맨 뒤에 있는 「다시, 다시, 또」 같은 경우에는 "끈적끈적한 알몸뚱이로/헤매는, 시"가 우리 앞에 서 있다. 시가 지닌 끈끈함에 대해 생각해 보자. 시는 매끄럽지 않으면서 매번 지나가는 자리마다 쉽게 지울 수 없는 감정의 잔여물을 남기고, 끊임없이 "다시"와 "다시"를 "또" 반복하면서 지금 이곳의 의사소통이 추구하는 매끄러운 과정 사이사이에 그렇게 자신만의 마침표(이것은 어찌 보면 '중지'일 수도 있겠다)를 찍는다.

"밥"은 시간을 필요로 한다. 흔히 '뜸을 들인다'고 말하는 것처럼

"밥"이 제대로 되려면 뜸이 필요하다. 시를 쓰기 위한 과정도 이런 뜸이 있어야 한다. 지금 이곳의 황량한 길 위에서 떠돌고 있을 낯설고 누추했던 말들을 모아 '서서히' 시로써 다져 나가는 작업은 나름의 찰기, 이른바 끈끈함이 있어야 가능하다. 그렇기에 김사이도 일상에서의 말보다 "시가 여전히 길다"고 말했던 것이다. 그리고 그것 (시)이 아직 "덜 성숙하"다면(이곳은 이를 실패라고 쉽게 단정한다) 뜸을 더 들이기 위해 기다리기만 하면 된다. 시인은 여유로운 "그 믿음"을 바탕으로 누군가를 위해 손수 밥을 짓듯이 그렇게 시를 써 왔을 것이다. 혹여나 "음정 박자"가 서툰 말이 간혹 들리더라도 그것은 이곳의 무미건조한 말들에 비하면 분명 따뜻했을 것이다. 이처럼 시인은 '살아 있음'의 온기를 지금도 품고 있으며, "아직 길은 있는 것이다"라며 앞으로 자신이 걸어가야 할 방향을 묵묵히 바라본다.(「시인의 말」)

그 길의 계보는 이전부터 이미 쓰여 왔었다. "내 시집이 국밥 한 그릇만큼/사람들 가슴을 따뜻하게 덥혀 줄 수 있을까"(함민복, 「긍정적인 밥」)라는 희망과 두려움 사이의 머뭇거림은 시대가 지나도 변하지 않았기에 시인(들)의 발걸음은 실패에도 흔들림 없이 꿋꿋하게 이어질 것이다. 이제는 밥이 아니어도 먹을 것들이 도처에 넘쳐나고, 시집보다 훨씬 더 즐겁고 손쉬운 볼거리가 넘쳐나는 시대가 된 지 오래다. 하지만 겉으로는 풍족하다고 할지언정 정작 마음의 양식은 제대로 먹지를 못해서 아사 직전에 놓인 이곳의 인간다운 상상력("상상력이 위험에 빠졌다", 「탈 탈」)을 다시 되살리기 위해서는 '마음의 밥'이 필요하다. 결국 이것은 '나'만 사는 것이 아닌, '우리' 모두가 살 수 있는 방향이 어딘지를 찾기 위한 유용한 방식이 될 것이다. 누군가를 위해 밥을 짓던 손이 그랬듯 시를 쓰려고 머뭇거렸을 누군가의 손도 우리 모두를 위한 따뜻한 마음에서 나왔다.

당신을 위한 알약들

—이지호, 『색색의 알약들을 모아 저울에 올려놓고』, 걷는사람, 2021

> 언어가 조금씩 몸에 스며든다. 반복이 조금씩 영혼을
> 매혹한다. 기억이 욕망에 발을 들여놓고, 방방 뛰는
> 아이 같은 호기심이 흔적 없이 지워진다. 비언어가
> 언어에서 증발된다. 알았던 것만 그리워한다. 즐겼던
> 것만 욕망한다. 허기에서, 앎의 허기에서 배회하듯,
> 이전의 날들에서 배회한다.[1]

여기, 색색의 알약들이 있다. 생김새는 고만고만한데 유독 색깔은
저마다 다양해서, 가만히 들여다보면 새로운 것 같으면서도 어디선
가 봤던 것 같기도 하다. 풀잎처럼 완연한 초록빛을 띠는 알약도 있
고, 짙은 검은색의 것도 군데군데 보인다. 손으로 한 움큼 집어서 저
울 위에 조심스레 올려놓는다. 이제부터는 적정한 복용량을 재야 한
다. 물론 실제 약은 아니다. 하지만 우리에게 꼭 필요한 약일 수도
있다. 시인은 "말을 가두기에는 캡슐이 제격"이라 생각했었다. 그리
고 자신이 쓴 말들이 달달하고 단단한 것보다는 정말로 쓴 약이 되
기를 바랐을 것이다. 힘들게 쓴 것들이니 "예의"를 갖춰 "포장지"에
곱게 싸서 다른 이들에게 보내려는 시인의 마음 한구석에는 언젠가
"편지를 보내는 사람의 이름을 오래도록 불러 보았"던 그때만큼이나
물기가 스며 있었을 것 같다.(「스물다섯 비망록」)

---

1 파스칼 키냐르, 『심연들』, 류재화 역, 문학과지성사, 2010, pp.88-89.

"안쪽의 물소리를 지키는 일. 사랑은 머무르려 주소를 찾습니다."
시인이 내게 직접 시집을 보내 주면서 쓴 약과 같은 말이었다. 지금까지 여러 시집을 받으면서 본 흔하고 형식적인 감사의 말보다는 "정성"이 느껴져서 가만히 그 '안쪽'을 들여다보게 됐다(「군자란」). 안쪽과 물, 그리고 그것들을 지킨다는 일은 무엇일까. 시집에서 자주 언급되는 저 안쪽이라는 시적 공간이 문득, 반짝 열렸다 사라지는 「도깨비시장」처럼도 보였다. 어디든 있지만 또 어디에도 없을 것 같은 미지의 장소가 떠올랐다. 어둠과 적막이 펼쳐진 채 언제든 울음이 뒤따르는 순간이 지배하는 곳. 그래서인지 이지호의 시는 수용성에 가깝다. 그곳 어딘가 "가장 깊은 곳"에서 감정의 물줄기가 만들어 낸 "소리가 굴러다니는 내부"는 시인만이 알고 있는 울음의 번식지였을 것이다(「마트료시카」).

그곳은 시인에게 몇 되지 않은 "훌륭한 울음터"이다. 그 오래되고 비밀스러운 터에는 지금도 "사람"을 '사랑'이라 잘못 말해도 "마음"을 전하는 데에 전혀 지장이 없었을 것이고, 서로의 "이름과 가리키는 내용"들이 어긋나는 바람에 원활하게 소통되지 않았어도 '너'와 '나'의 보폭은 조급해하지 않았을 것이다.(「정체성」) 그만큼 시인에게는 훌륭한 곳이라서 남들에게 감추고 싶은(오히려 남들이 이해하지 못해서 알려 주기 어려운) 미지의 장소이기에 그곳의 주소지는 쉽게 파악하기가 어렵다. 그곳은 전원의 풍경을 닮았으며 "아름다운 문화재 같은 사람들"이 살기도 하지만, 가장 높은 곳, 빛과 어둠, 사람의 마음과 더불어 "말의 의미가 정박할 곳을 찾지 못하고 표류"하게 만드는 물줄기가 가로지르고 있다(「지방무형문화재 제29호」).

그곳으로 흐르는 물줄기의 수원은 지금까지 시인의 몸에 스민 그 시절의 체험들이었을 것이다. 기억과 함께 떠오르는 그때의 색이나 냄새 또는 무늬이거나 아니면 누군가를 향한 그리움은 오직 시로만 붙잡을 수 있었을 것이다. 사춘기의 우울을 앓았던 시절에(「앵두」) 처음 맛봤던 오디를 "자꾸 따는 습관"은 시간이 갈수록 서서히 휘발되었지만, 그때 가슴속에 스민 "검붉은 말"이 자아낸 원색적 무늬는 오히려 조금씩 더 선명해졌을 것이다. 시집 곳곳에 남은 기억과 그 시절에 관한 흔적들은 비록 낡았을지 몰라도 이는 다시 시적 언어로써 고유의 색을 서서히 드러낸다. "그 풀숲의 색"과 "계절을 몸에 모신다는 것"은 자신만의 시적 성소라 할 물줄기를 지키는 일과 같았고, 설령 "계절의 그늘이 말라 간다"고 할지라도 언젠가 또다시 "오디가 후드득 떨어질 때"가 올 거라 믿었을 것이다.(「색을 가지다」)

지층에 지층이 포개진다
서로 다른 살이 감촉을 받아들여야 하는 일은
고단한 작업이 될 것이다

(중략)

수직의 도시에 그림자는 수평이다
땅의 기운을 받았던 사람들은 이젠 흙을 잃어버리고
하늘의 기운만 받으려 휘청휘청 흔들린다
한때 땅이었던 하천을 덮고 담장을 세우고
검은 그림자가 그 자리에 눕는다

(중략)

허공에서 지하의 땅기운을 끌어온다

떠났던 것들이 돌아와 소리로 가득 메워지는 객토

아이들의 깔깔깔 웃음소리가 싱싱한

점점 다른 내가 나를 채워 가듯

다른 것들이 나를 메운다

한 시대의 연대기가 새로 쓰인다

—「흙 받습니다」 부분

　하지만 지금은 아름다운 사람도 소리의 번식지인 객토도 모두 위태롭다. 섭리를 믿고 다시 자연스레 회복되리라 기대하기가 어렵게 됐다. "기일도 없이 숨어 있는 위기의 식물들 동물들"이 빼곡하다(「멸종 달력」). 바깥인 이곳은 죽은 흙만 있고, 물줄기는 메말라 더는 보이지 않는다. 이곳의 삶은 허공에 수직으로 매달려 위태롭게만 보인다. 응당 땅에 발을 딛고 서야 함에도 불구하고 허울뿐인 허공에 매달린 삶은 곧장 무너질 것이 뻔하다. 시인의 '안쪽'에서도 높이는 있었다. 다만　삶의 위태로움과는 달랐다. "여명 받은 솟대는 야생" 그 자체였고(「야생의 기표」), 그만큼의 높이에 걸맞은 "삶과 죽음의 바람"이 공존했으며, 그곳에서는 늘 바람조차도 "주소를 잃을 때가" 많았다(「에필로그」). 나무에도 뿌리가 있는 법이고, 어느 열매든 허공에만 매달리지 않는다. 땅에서 시작되고 땅에서 끝나는 당연한 섭리를 이곳의 우리는 병적으로 망각하는 중이다.

　이 병의 치명성은 자각증상이 거의 없다는 것이다. 위태로운 징후는 바깥에서만이 아니라 바로 우리 몸에도 드리워져 있다. 어느새 늘어나 있는 뱃살의 두께는 "불편한 칸칸의 습관"에 의해 나왔고, 지금까지 살면서 "느슨했던 적 없는" 경직된 얼굴이 "집요한 이빨"에 뜯겨 나간다(『하의의 날들』). 칸칸이 빼곡하게 만들어진 "아파트가 목숨 줄 같은 여자"의 "허한 세계"는 이제 막 창백하고 무표정한 얼굴로 그녀 앞에 서 있다(『슬픔이 서 있다』). 무대 중앙에서 잠깐 동안 조명을 받았을 때는 언젠가 화려한 주연이 되리라 꿈꾸었을 테지만, 도시만의 섭리이자 그 냉혹한 대본은 애당초 주연을 약속한 적이 없었다. "도시의 단역"들은 그렇게 긴장되고 조급한 보폭만을 무대 위에서 선보인 채 암묵된 지문에 따라 서둘러 장막 뒤로 사라진다.

시인은 이렇게 사라지고 떠난 것들을 다시 자신만의 시적 무대 위로 불러들여 그것들이 본래 지녔던 싱싱하고 다양한 소리들을 풍성하게 연출한다. 시인이 쓴 "연대기"는 일종의 '은닉 대본'이자 처방전이다. 이지호에게 시는 "서로 다른 살"의 "감촉을 받아들여야 하는 일"이었기에 이렇게 무지한 허공과 창백한 삶을 더 이상 가만히 두고 볼 수는 없었다. 시인이 내린 처방은 안쪽, 즉 '사람의 마음'을 회복함과 동시에 지키는 것이다. 마음을 지킨다는 것은 누군가에게 (또는 우리에게) "살짝, 엄청난 자극을 주는 일"이라서 특유의 예민함과 남다른 섬세함이 있어야 한다(『울음이 지극하다』). 제대로 효능을 발휘하려면 "살짝"과 "엄청난"이라는 감각의 격차를 감안해야 한다. 그렇기에 시인은 자신의 일이 "고단한 작업이 될 것"이라 늘 염두에 두고 있었던 것이다.

하루 다섯 번 들어오는 시내버스
이 마을 시계는 매일 다섯 번 외출한다
포장길과 비포장길이 덜컹이는
온몸으로 받는 직진의 날들

돌아온다는 전제가 들어 있는 말
벚꽃의 배웅을 받으며 외출했다

(중략)

내가 외출해 있는 사이 가을이 왔다
외출에서 돌아오는 길
제각각의 표정에서 시곗바늘을 읽는다
보따리의 주인은 바뀌어 있고
덜컹이는 버스는 조금 얌전해져 있다
찌든 냄새 술 냄새 틈으로
이내 사라질 버스처럼 떨어뜨린 감정을 줍는 사이
외출한 여름을 마중 나온 코스모스
만나지 못해 서성대고 있는 듯 건들건들한다
잃어버린 단어를 찾는 내가 아직도 그곳에 있다

—「외출」 부분

　　고단한 작업으로 인한 긴장과 피로감이 잠깐의 외출로 해소되지
는 못했을 것이다. 시인이라는 이름을 짊어지면서부터 현실과의 마
찰음은 심해져 갔을 테고, "온몸으로 받는 직진의 날들"을 하나하나
넘길 때마다 어딘지 모르게 엄청난 속도로 내달리는 기분도 들었을
것이다. 시작과 끝을 알 수 없기에 더 어렵고 난감했을 것이다. 시인
은 일상에서 불쑥불쑥 튀어나오는 시제들을 받아 적는 기분으로 외
출을 했다. 그러다 가끔은 '풀숲의 색'과 '계절'이 그때처럼 몸 안으로
스며들었다. 외출하는 사이에 "가을"은 찾아왔고, "여름을 마중 나

온 코스모스"가 그때처럼 반가웠을 것이다. 그 시절 "오디가 후드득 떨어질 때"를 기다리며 짙은 흔적으로 오래도록 남아 있던 단어들을 비록 지금은 잃어버렸어도 언젠가 다시 찾을 수 있을 것이라 희망하면서 말이다.

시인에게 일상은 "살짝"과 "엄청난" 마찰의 연속이었다. "늘 가까이 있으면서도" 문득 "먼 시선으로 바라만 보아야 하는 일"이 습관이 된 탓에(「걸음의 문양」) 버스에 몸을 실어 차창 너머 "가을"과 "코스모스"를 바라볼 때조차 이따금 다른 이들에게 오해를 사는 경우도 있었다. 몸에 "몇 개의 단어가 시제처럼" 스며들 때마다 그만큼 "버린 낱장"들도 많았다(「오늘의 시제」). "하늘을 오래 올려다보는 습관"은 그렇게 버려진 것들의 흔적을 찾아보려는 마음에서 비롯되었을 테고, 위 시에서처럼 외출을 하고 와서도 시인은 "잃어버린 단어"는 없었는지 홀로 곱씹었을 것이다. 습작기를 앓았던 때만큼이나 수없이 버린 낱장들 안에 담긴 몇 개의 단어들을 다시 찾더라도 그것들이 시인의 마음을 "살짝" 흔들지 아니면 "엄청난" 파장을 일으킬지는 아직 알 수 없다.

왜 시를 쓰는 일은 이처럼 고단하고 예측 불가한가. 버스를 탄 시인의 눈에 비친 일상의 풍경과 함께 불쑥 튀어나왔을 그때의 잃어버린 단어들을 곱씹다 보면, 영화 「패터슨」의 장면들이 함께 떠오른다. 버스 운전기사인 주인공 패터슨은 노트에 매일 시를 쓴다. 버스를 운행하면서 패터슨은 승객들의 대화를 듣고, 그렇게 평범한 일상에서 시적인 말들을 건져 올린다. 그는 일을 마치고 집으로 돌아가는 길에 우연히 시를 쓰는 소녀를 만나기도 하고, 반려견 마빈이 그가 그동안 써 온 시 노트를 조각조각 찢어 버려 큰 상실감에 빠질 때에도 우연히 일본인 시인을 만나 빈 노트를 선물로 받는다. 그 장면에서 일본인 시인이 패터슨에게 건넨 대사는 지금 떠올려 봐도 인상적이다. 때론 텅 빈 페이지가 가장 많은 가능성을 선사한다는 말이었다. 시가 예측하기 어렵고, 고단한 이유도 여기에 있지 않을까.

우연히 만난 사람들, 그리고 텅 빈 페이지의 가능성은 그에게 단지 "살짝"의 해프닝으로 끝날까 아니면 "엄청난" 사건으로 이어질까. 이것은 그저 영화 속 주인공의 이야기가 아니다. 시인이라면 써야 했을 것이고, 그렇게 쓴 시는 누군가의 황량한 삶에 희미한 가능성을 선사하게 될 것이다(이번 시집에는 시인이 재소자들을 대상으로 시 쓰기를 수업했던 일화를 담은 시도 있다). 한 페이지를 빼곡하게 채웠어도 그다음 페이지에 쓰일 또 다른 낱말을 기다리는 일. 페이지 위에 놓인 손의 머뭇거림이 마치 어디에도 목적지가 보이지 않는 곳을 배회하는 걸음처럼 그림자를 드리울 때, 시인이 말한 그 낱말들은 '잃어버린 것'이 아니라 언제든 다시 올 '새로운 가능성'이 될 것이다. 그러니 시인이 "조금만 기억을 당겨도 물길이 왈칵 불처럼 피어오를 것입니다"라고 한 말도 틀리지 않았다(「티하우스」).

이지호는 오늘도 배회한다. 사랑으로서 머물고자 하는 장소, 즉 시적인 무언가를 찾기 위해 내일도 배회할 것이다. 그동안 어딜 가든 이방인이었을 것이다. '스카이라인'이라며 그럴싸하게 불리지만, 가만히 보고 있으면 하늘이 빌딩으로 인해 들쭉날쭉 뜯긴 "수직의 도시"에 이제 막 첫발을 내민 이방인이었을 것이고, 반대로 '자연'이라는 "그들의 세계"에서는 "재미없는" 불청객에 불과한 인간이었으니 말이다(「산책」). 하지만 시인의 감정은 국적도 주소지도 없다. "떠도는 것이 멈춘 자리에 풀이 돋는"다는 믿음만이 있을 뿐이다(「풀씨」). 「시인의 말」에서 유독 "마음의 격"이라는 말이 기억에 남는다. 잃어버린, 아니 새로운 가능성을 품고 있는 낱말들을 일상에서 건져 내어 그것들을 시로써 스미게 하고, 그렇게 인간다운 마음의 품격을 다지고 시인의 자격을 지키는 고단한 일은 믿음이 없었다면 불가능했을 것이다. 자, 이제 처방에 맞춰 알약들을 받았으니 당신도 믿고 복용하길 바란다.

그럼에도 우리는 이해하지 못할 것이다

—최지인, 『일하고 일하고 사랑을 하고』, 창비, 2022

> 요즘 우리 사는 꼴이 그런 식이다.
> 모든 게 매끈매끈하고 유선형이며,
> 모든 게 엉뚱한 무엇인가로
> 만들어진 것이다.[1]

"우린 아직 다 미생이야." 이 말은 2014년에 방영된 드라마 「미생」에 나온 대사이다. 당시 센세이션을 불러일으켰던 이 드라마는 무한 경쟁 사회에서 어떻게든 버텨 '완생'이 되기를 꿈꾸는 직장인들의 삶을 솔직하게 그렸다는 점에서 많은 사람들에게 공감을 얻었다. 국내 굴지의 종합상사에서 비정규직 신분인 주인공 '장그래'를 비롯해 여러 개성 있는 인물들이 등장하는데, 이들은 마치 바둑판에 놓인 바둑알처럼 저마다 자신이 처한 상황 속에서 최대한의 능력을 발휘하기도 하지만, 또 가끔은 어처구니없는 실수를 하여 스스로 곤경에 빠지기도 한다. 회사라는 조직의 일원이지만 그 조직의 성과가 곧장 자신의 성공을 의미하는 것은 아니었다. 기업의 성공과는 별개로 드라마 속 인물들은 자신이 아직도 누군가로부터 존중받을 만한 '인간'인지를 확인해야만 할 때도 있었다.

---

1 조지 오웰, 『숨 쉬러 나가다』, 이한중 역, 한겨레출판, 2011, p.41.

어느 기업이든 간에 '위기'에 대응할 수 있어야만 경쟁에서 살아남는 법이다. 특히 「미생」처럼 대외무역을 주업으로 하는 사내 분위기는 웬만한 업종들과는 비교조차 되지 않을 정도로 그 긴장도가 높았을 것이다. 자칫 잘못하면 회사가 엄청난 경제적 손실을 떠안아야 할지도 모를 위기가 발생했을 때, 그것은 단순히 업무 수준의 문제로만 그치지 않는다. 예측 불가의 위기 상황은 실무자를 비롯한 윗선까지 얼어붙게 만든다. 그들이 가장 두려워하는 것은 바로 '실직'이다. 이는 식구들을 위해 밥벌이를 해야 하는 가장으로서의 본분이 위태로워진다는 의미였다. 이렇듯 예전부터 직장인들의 삶을 소재로 한 작품들에는 언제나 가장의 무게가 함유되어 왔었고, 언젠가 닥칠지 모를 절체절명과도 같은 긴장감으로 인해 이들의 삶은 손쉽게 '전쟁'으로 비유되었다.

하지만 지금은 이러한 도식이 대중에게, 특히나 지금의 젊은 세대들에게 과연 얼마나 공감을 이끌어 낼 수 있을까. 기성세대들이야 그때만 해도 사회 초년생으로서 넘어야 할 취업의 장벽이 지금보다는 많이 낮았다. 하지만 요즘 젊은 세대들이 체감하는 벽은 그때와 비교할 수가 없을 정도로 높아졌다. 게다가 어디든 비정규직이 일상화된 상황에서 이들의 자립 기반은 눈에 띌 정도로 약화된 것 또한 사실이다. 회사에 입사하여 승진과 연봉이라는 '사람대접'을 받기 위해, 그렇게 하루하루 전쟁 같은 격무에 시달릴 때마다 식구들을 생각하면서 사표를 가슴에만 품고 다녔다는 기성세대의 너스레는 지금의 젊은 세대 입장에서 볼 때 그저 배부른 소리처럼 들릴 법하다. 이들의 눈에 비친 기성세대는 '완생'도 아니요 존중할 구석이라고는 하나도 없는 자들이다.

어느 부부가 산 중턱에 개를 버리고 서둘러 하산하다가 크게 다칠 뻔했다 그들은 운이 좋았다 무사히 차를 타고 주차장을 빠져나갔다

개는 킁킁 흙과 돌의 냄새를 맡았다 나무그루에 오줌을 누었다 중턱을 이리저리 돌아다녔다

나는 얼마간 그 개와 걸었다
곁에서 걷다가 멀어지는 개를 기다리며
먹을거리를 주어도 먹지 않는 개를 쓰다듬으며
집부터 치워야겠다고 생각했다

(중략)

갈 곳 없는 몇몇만이
삼삼오오 시내를 어슬렁거렸다

(중략)

가족을 버린 아버지와
얼굴도 보기 싫다 떠난 어머니
친구들의 집을 전전하며 매일 잠자리와 먹을거리를 걱정해야 했던 소년
인간의 맨 밑바닥은 어디일까 마을 사람들이 수장당하는 걸 본 소년은 지금쯤 할아범이 되었을까

(중략)

서른 내내 가난했고
어쩔 수 없는 미래에 뒤척이다
깼다

교사가 학생을 불러 세워 **뺨**을 때리고
고학년이 저학년을 불러 세워 **뺨**을 때리는
액션 영화의 엔딩 크레디트

아득히 먼
끝과 끝

—「보드빌」 부분

　살면서 어떤 명확한 정답이 있을 것이라고 믿지는 않았을 테지만, 그럼에도 "삶의 모범이 없다는 건/몹시 슬픈 일"인지도 모르겠다(「코러스」). 최지인의 『일하고 일하고 사랑을 하고』에서도 기성세대는 한없이 볼품없는 존재들로 비춰진다. "개를 버리고 서둘러 하산"하던 "어느 부부"의 악행(?)도 목격자 없이 신속하게 치러졌을 것이고, 그래서 "그들은 운이 좋았"던 경우가 되는 것이고, 그렇게 그들의 비정함은 익명 속으로 빠져나갔다. 화자는 버려진 "개를 쓰다듬으며/집부터 치워야겠다고 생각"했었다. 그 버려진 처지가 측은했던 것은 화자가 지금도 그때의 고통과 상처를 기억하고 있었기 때문이다. "가족을 버린 아버지"와 "얼굴도 보기 싫다 떠난 어머니" 앞에서 화자 또한 버려진 개와 같았다.

위 시에서 개와 화자가 동급이듯이 최지인의 세계는 "돼지에서 인간으로, 인간에게서 돼지로, 다시 돼지에서 인간으로 시선을 옮겼지만 이 둘을 구별하기란 이미 불가능"한 곳이다(「열개의 귀」). "사회생활의 모든 순간에 그는 다른 사람들로부터 사람대접을 받음으로써 매번 사람다운 모습을 획득하는 것"[2]이라지만, 최지인의 세계에서는 엄연히 틀린 말이다. 그곳에서 필시 누군가는 매번 "인간의 맨 밑바닥은 어디일까"라는 식의 질문을 곱씹어야 했을 것이다. 애써 뒤척인들 빠져나갈 구멍이 없다는 사실을 뻔히 알면서도 매번 지긋지긋하게 마주해야 하는 질문이었으리라. 지금까지 어디에서도 "삶의 모범"이라는 것 따위를 보거나 듣지도 못한 삶이라서, 주변에 일어난 모든 일들을 인과라든가 그에 따른 책임 소재 등은 따지지 않고 모두 "어쩔 수 없는 미래"로 퉁쳐야만 했을 것이다.

암울한 미래를 어쩔 수 없이 떠안아야 하는 화자의 입장에서 지금의 이 현실은 불행의 연속이다. 이것이 어느 "누구의 잘못도 아니라고 말하는 사람"들을 화자는 믿지 않는다(「생활」). 가진 것이 없어서 오직 몸뚱이만 담보로 내세울 수 있는 이 지옥 같은 곳에서 그는 한 번도 편안한 밤을 보낸 적이 없었다. "우리는 왜 불운을 타고났을까"라든가(「서사」) "인간은 왜 죽을힘을 다해 일하는 걸까"라는(「살과 뼈」) 식의 질문들이 화자를 밤새 뒤척이게 했다. 그것들을 곱씹은 화자의 표정은 과연 어떠했을까. 지금까지 기성세대들에 의해 믿었던 모든 것들, 그러니까 풍요로운 미래라든가 노력에 대한 정당한 결실 따위는 애당초 이곳 현실과는 전혀 무관한, 오히려 교묘하게 짜인 시나리오로 만들어진 영화의 한 장면이었던 것은 아닐까.

---

2 김현경, 『사람, 장소, 환대』, 문학과지성사, 2015, p.116.

나아진다는 게 뭘까
여러 날 동안
여러 달 동안

완전히 다른 사람이 되고 싶다고
하지만 우리를 주저하게 하는 것들

면담이 끝났다
그만둘 날이 정해졌다

사무실 이곳저곳에서
경보음이 울렸다

무슨 일이야?
지진이 났대

모두 자리를 지키고 있었다

(중략)

바로잡을 기회는
있었다 분명 잘못된 것을
알면서도 그대로 둔 것이다

(중략)

우리는 우리의 잘못을 해지도록
읽고 또 읽었다

이 밤이 계속되기를 바라며
가만히
가만히

—「숨」부분

액션 영화에서 느끼는 짜릿한 쾌감이 아니라, 일상 자체가 폭력의 연속이라면? 그리고 스크린에 비친 재난의 스펙터클을 관객의 입장이 아니라, 정말로 목숨을 걸고 탈출해야 하는 상황으로 맞닥뜨리게 된다면? 최지인의 시들을 읽다 보면 현실이 이러한데 과연 무엇을 더 상상할 수가 있겠는가라고 묻게 된다. 이 세상의 모든 공포는 어쩌면 인간 스스로가 만든 것이지 않을까. 철근과 콘크리트, 유리로 된 무덤들이 하늘 높이 솟았다가 붕괴될 것이라는 상상이라든가(「마카벨리전」) 또는 무덤과도 같은 건물들이 서로 비슷한 모양으로 줄지어 서 있는 인위적인 풍경과 함께 그 안에서 비슷한 모양을 한 삶의 방식과 마음이라는 획일화된 세계가 자칫 어떤 외부적 위험에 의해 공멸할 수도 있을 것이라는 불안이 감지되기도 한다(「최저의 시」).

"사무실"에서 "경보음"이 울리고 "지진"이 났음에도 아무도 자리에서 벗어나려 하지 않는다는 위 시의 풍경을 어떻게 받아들여야 할까. 가혹한 현실 세계와 그 실상을 교묘하게 감춘 가상의 문법 사이에서 최지인의 시적 화법은 무력감이 짙게 깔린 듯하다. 아무리 발버둥 친다고 한들 한 치도 벗어날 수가 없으리라는 무력감 말이다.

한때는 정말로 "완전히 다른 사람이 되고 싶다"는 생각을 했었을 것이다. "표준규격에 알맞은 볼트와 너트"처럼 완벽한 화법을 당연하게 여겼지만(「언젠가 우리는 이 원룸을 떠날 테고」), '시인'이 되고 나서부터 "어떤 문장에서 사족을 떼면 아무것도 남지 않는다"는 것을 알게 됐을 것이다(「예견된 일」). 그러면서 "사족"이라는 것이 말 그대로 쓸데없다는 의미가 아니라, 이곳의 "표준규격"과도 같은 화법에서 벗어나고자 했던 "짓궂은 농담"일지도 모른다고 생각하지는 않았을까(「파수」).

위 시의 "밤"이 최지인의 시적 세계에서 매우 중요한 시간대인 것만은 분명하다. "우리의 잘못을 해지도록/읽고 또 읽었다"라는 구절에서 볼 수 있듯이 어둠은 시인에게 매우 중요한 시간대로 보인다. 시인의 눈에 비친 "이 세상에는 아무래도 상관없는 것투성"일지라도 "밤"이 되면 비로소 무언가 보이기 시작했을 것이다(「크로키」). "어둠 속에서 우리는 생각에 잠"기고, "소리"와 "감정"을 비롯해 "이미 벌어진 일"들이 스치듯 지나갈 때가 있기 마련이다. 시인의 손은 그때 바삐 움직인다. 앞서 다룬 「보드빌」에서 "아득히 먼/끝과 끝"이 있었던 것처럼 최지인의 시들에서는 표준규격과도 같은 완벽한 화법과 짓궂은 농담 사이의 여백, 선과 선 사이의 공백, 일부러 채우지 않은 부분들이 곳곳에 마련되어 있다. 움직이는 대상을 빠르게 스케치하는 크로키와도 같은 시이기에 독자는 그 부분을 자신의 상상으로 채워 넣을 수가 있는 것이다.

월세로 보증금 까먹고
쫓겨났을 때였다
세간살이

차에 싣고 잘 곳을 찾아다녔다
이대로 내가 사라졌으면
바라기도 했다

(중략)

아무것도 이룬 게 없다는 사실이
억울해서
핸들 붙잡고
마지막의 마지막까지
살아남겠다고
다짐했다

면접관들은 서류를 펼쳐 놓고서
무언가 적는 듯했는데

(중략)

고용되었고
휴일에는 거의 늦잠을 잤다
슬픔은 없었다

이게 세상이라는 거야
좋지?

—「세상의 끝에서」 부분

"이게 세상이라는 거야/좋지?"라는 말은 분명 기성세대가 너스레를 떨며 내뱉은 말이었을 것이다. 우리가 살고 있는 이곳은 안정된 직장과 급여, 그리고 휴일에 쉴 수 있다는 것만으로도 충분히 사람답게 살고 있다고 여긴다. 과중한 업무나 야근을 하다 보면 "슬픔" 따위를 느낄 새도 없다. 남들은 비정규직 신분으로 불안하게 살고 있는데 배부른 소리를 한다며 주위의 비웃음만 살 것이 뻔하다. 좋은 세상이지 않느냐는 물음에 대한 시인의 대답은 그가 쓴 시 곳곳에 담겨 있다. 비록 이곳에서는 그의 시를(아니, 시 자체를) "사족"처럼 여겼을지라도 시인은 끝까지 "마지막의 마지막까지/살아남겠다"는 다짐으로 습작의 밤을 보냈을 것 같다. "표준규격"에서 벗어난 볼트와 너트가 견고한 체계를 불안하게 만들듯 이곳의 완벽한 화법에서 헐거워지는 부분을 드러내는 일이야말로 "세상의 끝"으로 내몰린 자가 할 수 있는 유일한 일일 것이다.

위 시를 읽다가 소설 한 편이 떠올랐다. 직장인의 삶을 유쾌하게 담아냈다고 주목받은 장류진의 작품이었다. 소설집 『일의 기쁨과 슬픔』(창비, 2019)에 실린 작품들 중에서 가장 짧은 소설인 「백한 번째 이력서와 첫 번째 출근길」의 주인공 '나'는 최지인 시의 화자(서른 살)보다는 어리지만, 나름 "중고 신입"이다. 인턴과 계약직을 전전하다가 마침내 정규직이 되어 새로운 직장에 첫 출근을 하는 짧은 에피소드를 담은 소설이다. 정규직이 되니 "정말 존중받고 있다는 느낌"이 들었고, '나'를 "인재로 대해 준다는 느낌"에 발걸음이 가벼웠다. 하지만 회사가 위치한 건물 입구의 회전문 속도에 타이밍을 못 맞춰 주춤거린다. 불안했다. 무시, 괄시, 따돌림, 그리고 건강진단 결과 질병이 발견되어 입사 취소 통보를 받는 것까지 온갖 두려움이 머릿속을 스쳤다. 그러다 건물 안으로 들어온 순간 온몸을 감싸는 "차원이 다른 냉방"에 출근길에 땀으로 젖은 블라우스가 "다시 기분 좋게 펄럭였다."

장류진의 소설을 떠올리게 된 이유는 "사 년 동안 네 번 이직하며 봉급과 실업급여를 탕진했고 작업에 몰두"했다는 최지인 시의 화자의 기분과도 관련이 있었다(「서시」). 피셔에 따르면, 자본주의는 다른 어떤 사회 체계에서도 전례가 없을 정도로 사람들의 기분에 의존하고 그것을 재생산한다. 그리고 망상과 자기 확신이 없으면 자본주의는 제대로 기능할 수 없다는 것이 그의 주장이다.[3] 장류진의 소설은 이렇듯 '나'의 기분에 초점을 맞추면서 언제든 불행이 닥칠 수 있다는 사실을 암시했다. '내'가 느낀 불안이 바로 그것이었다. 그렇기 때문에 "삭막하고 불공평한 세상에서 쉽사리 생계를 포기할 수 없는 개인이 시스템을 버텨 내게 하는 근력"이라는 것도(「일의 기쁨과 슬픔」의 해설) 자칫 '기분'에 휩쓸려 이곳의 진실을 제대로 보지 못했기 때문에 나온 말이 아닌가 싶었다.

최지인의 시에서 볼 수 있었던 무기력은 이제 그 근력마저 무너져 내렸음을 의미한다. 시스템 속에서 죽어라 버틴다고 한들 한낱 개인이 그것을 어찌할 수 없다는 사실을 누구도 쉽게 부정하지는 못할 것이다. 견고한 시스템에 의해 훼손당하고 상처받은 누군가가 다시금 삶의 근력을 회복하리라는 희망 섞인 상상도 우습긴 마찬가지다. 젊은 세대를 위로한답시고 그들의 고통과 상처를 공감한다는 따위의 기성세대의 말들도 그렇게 들린다. 물론 최지인의 시가 동년배의 독자들에게만 읽히라는 법은 없다. 그저 진지한 독자라면 크로키처럼 그려진 시인의 세계를 감상할 때 그 여백에다 자신이 지금까지

---

3 마크 피셔, 『자본주의 리얼리즘: 대안은 없는가』, 박진철 역, 리시올, 2018, p.67.

살면서 느낀 고통과 상처를 덧칠해 봤으면 한다. 그의 시에 담긴 고통과 상처는 다분히 의도된 바에 따라 매우 단순하게 배치된 듯하지만, 그 여백은 결국 독자인 우리의 기억으로 채워지기 위해 마련된 것이기 때문이다.

여담이지만 아내는 「미생」을 지금까지도 보지 않는다. 웬만한 유명 드라마들은 다 챙겨서 보는 사람인데 그저 재미가 없어서 보고 싶지가 않다는 말이 처음에는 무척 낯설게 들렸었다. 그 말 뒤에 감춰진 그때의 고통과 상처를 알게 된 뒤부터 더는 권하지 않았다. 일을 못 한다고 고함을 지르고 욕설을 내뱉고 늦은 밤에 전화로 업무를 지시하는 짓이 남성이라서, 나이가 많아서, 또 직장 상사라는 이유로 정당화될 수는 없다. 누군가는 분명 자신의 꿈을 위해 회사에 다녔을 텐데, 그것을 단지 생계만을 위해 버틴다고 함부로 말하는 것도 그렇거니와 그때의 경험으로 쇠약해진 근력을 다시 키워 보라는 충고나 격려도 엄연한 폭력이다. 상대에 대한, 또 자신과는 전혀 다른 삶이 있다는 사실에 대한 무지에서 벌어지는 폭력이다. 그래서 매끈매끈하고 저항에 최소화된 유선형의 말일수록 그것은 삶의 치열한 현장에서, 그리고 상처를 입은 자들로부터 언제나 외면을 당해 왔다.

우주인을 꿈꾸는 시인

―김학중, 『포기를 모르는 잠수함』, 창비교육, 2020

> 네가 아무리 영리하다 할지라도,
>
> 신은 너에게 모든 것을 동시에 주지는 않으신다.
>
> ―아프리카 케냐 마사이족의 어느 노인의 말[1]

2021년 5월에 개봉한 「학교 가는 길」은 서울 강서구에 위치한 '서진학교'의 설립 과정을 다큐멘터리 방식으로 담은 영화이다. 장애특수학교가 자신들의 지역에 건립되는 것을 격렬히 반대하던 주민들 앞에서 무릎을 꿇었던 장애 학생 학부모들의 장면은 뉴스를 통해 알려진 바 있었다. 다큐멘터리 영화로까지 만들어졌다고 하여 어떻게든 상영관을 찾아가 보려고 했는데, 최근에서야 깜짝 놀랄 만한 기사를 접하게 되었다. 영화 상영을 허가하지 말아 줄 것을 요구하는 소송이 제기되었다는 것이다. 이전에도 이른바 '님비'라고 부를 만한 일들이 있어 왔다지만, 어린 학생들의 교육 시설 건립에 대해서도 이렇게 이기적이고 편협한 이해관계가 끈덕지게 작동하고 있다는 점은 놀라움을 넘어 부끄러울 정도다. 장애특수학교 건립을 허락해

---

1 베네딕테 잉스타·수잔 레이놀스 휘테 편, 『우리가 아는 장애는 없다: 장애에 대한 문화인류학적 접근』, 김도현 역, 그린비, 2011, p.106.

주었으니 그에 맞는 혜택을 달라는 주장도 있었다는데 이는 자신들의 시민의식이 미성숙하다는 것을 스스로 증명한 꼴이나 다름없다.

다행스럽게도 성숙한 시민들의 적극적인 지지와 관심으로 일은 긍정적으로 흘러가겠으나, 이것을 단순히 어느 특정 개인이나 일부 집단만의 문제로만 볼 수는 없다. 그러니까 영화 상영 금지 소송을 한 개인이나 또는 당시에 장애특수학교 건립을 반대했던 지역 주민들을 가리켜 이기심의 극치라 비난만 하는 것은 본질적인 문제 해결이라 보기 어렵다는 것이다. 인터넷 기사 댓글을 통해 그들을 비난하는 것은 누구나 할 수 있다. 하지만 감정적으로 누군가를 비난하기 전에 왜 그것이 발생한 것인지를 생각해야 한다. 스웨덴 출신으로 통계학 분야의 권위자이자 오해와 편견을 넘어 사실을 토대로 세상을 바라보자고 주장하는 한스 로슬링도 저서에서 밝혔듯이 어떤 문제 앞에서 "누군가를 손가락질하는 지극히 단순한 해법에 갇히면 좀 더 복잡한 진실을 보려 하지 않고, 우리 힘을 적절한 곳에 집중하지 못하기 때문이다."[2]

무엇이 도대체 문제인지 관심을 갖고 우리의 힘을 집중하는 방식들 가운데에는 문학도 포함시켜야 할 것이다. 쓰기와 읽기, 즉 작가와 독자가 작품으로써 소통하고 상상력을 키우는(단순한 해법보다는 확실히 복잡한) 방식은 문학과 사회라는 관계 하에서 이미 많은 주장들이 있어 왔다. 특히 마사 누스바움은 자신의 저서에서 아리스토텔레스의 말을 빌려 문학작품은 인간의 삶에서 일어날 법한 일들을 우리에게 보여 준다고 말했다. 그리고 "좋은 문학은 우리에게 격렬한 감정을 불러일으키고, 불안을 야기하며, 당혹스럽게 만든다"고도 주장

---

2 한스 로슬링 외, 『팩트풀니스』, 이창신 역, 김영사, 2019, p.295.

했다.[3] 물론 여기서 그녀가 지적한 문학의 사례는 소설이지만, 꼭 그것이 아니더라도 문학이 사회에 긍정적 영향을 준다는 것에 대해서만큼은 우리 모두 공감하고 있다고 본다. 결국 문학 또한 삶을 소재로 하는 것이기에 진정 '좋은 문학'이란 우리가 그 삶에 대해 보다 복잡한 상상을 하도록 만드는 것이라 하겠다.

엄마, 예전엔 장애아면 그냥 버렸어?
고아 수출하던 나라가 정말 우리나라였어?

지금은 못 먹고 못사는 나라도 아닌데
애들 버리고 그러는 나라가 우리나라야?

―「생일 아침」 부분

아들에게 질문을 받은 '엄마'는 "도대체 어디서 듣고 와서 그러는 거냐"며 퉁명스러운 반응을 보였지만, 속으로는 당혹스러웠을 것 같다. 그러면서 아들에게 "지금" 이곳이 네가 살기 좋은 "나라"는 아니라는 불편한 진실을 말해야 할 때가 언젠가 오리라는 것을 느꼈을지도 모르겠다. 선천적 저시력 장애를 가진 어린 아들도 빤히 목격한 세상의 단면이 어쩌면 어미로서 가급적이면 최대한 늦게 보여 주고 싶었던 이곳의 추악한 민낯이었을 테니까 말이다. 위 시의 대목을 읽었을 때, 김학중의 두 번째 시집 『포기를 모르는 잠수함』이 그저 청소년'만'을 대상으로 읽혀서는 안 된다고 느꼈다. 이 시집이 선천적 저시력 장애를 가진 시인의 삶을 무대로 해서만도 아니다. 그러

3 마사 누스바움, 『시적 정의』, 박용준 역, 궁리, 2013, pp.32-34.

니까 이전에 첫 시집 『창세』(문학동네, 2017)를 내놓으면서 "질문을 하니 용기가 생겼다. 그리고 시를 써 나갔다."라고 쓴 대목이 문득 위시의 질문과 겹쳐 보였기 때문이었다(「시인의 말」).

어떤 질문들은 갑작스럽게 튀어나와 사람들을 불편하게 만들고 당혹스럽게 한다(아이들의 갑작스런 질문들을 떠올려 보라). 퉁명스럽게 받아들이든 아니면 그냥 못 들은 척했어도 시간이 갈수록 뒤끝이 뭔가 씁쓸했던 경험이 있었다면, 그게 바로 불편한 질문을 마주했다는 증거이다. 물론 그 질문을 받은 당사자가 누구냐에 따라서 느껴지는 감정적 결 또한 저마다 다를 수밖에 없다. 하지만 분명한 점은 그 불편한 질문이 '당연하지 않음에도 당연하게 여기는 이곳 현실'을 가리키기도 한다는 것이다. 김학중은 『포기를 모르는 잠수함』을 통해 우리에게 질문한다. 우리는 그의 질문에 대해 퉁명스러운 반응을 보이거나, 못 들은 척하며 무시할 수 없다. 왜냐하면 저 질문이 시적인 구절에서 벗어나 지금 이곳을 가리키고 있기 때문이다. 서두에서 말한 서진학교의 어린 학생들도 언젠가 자신들의 부모에게 이런 불편한 질문들을 했을 것이다.[4]

질문은 너그러움을 가장한 채 들어 주는 것이 아니라, 갑작스러운 충격으로써 들어야 하는 것이다. 듣자마자 곧바로 대답하기가 어려운, 그래서 더 낯설고 불편한 질문일수록("아무 대답도 하지 못했다." 「친구를 왜 차별하니—소미의 일기 4」) 그것은 철학이 될 수도 있고 문학의 소

---

[4] 또한 그것은 어찌 보면 무서운 질문일 수도 있다. "한국의 거리에서 왜 장애인들을 볼 수가 없죠?"라며 질문을 한 "휠체어를 탄 외국인"의 모습은 그동안 당연하게만 여겼던 풍경을 순간 이질적으로 만든다. "그가 남긴 질문이 우리 뒤를 따라오기 시작했다"라는 마지막 구절은 누군가의 불편하고 무서운 '질문'이 어떤 감정적 침전물을 남기는지를 보여 준다.(「무서운 질문」)

재가 되면서 또한 시적인 것이 된다. 그동안 익숙하기만 했던 주변의 모든 것들이 불편한 질문에 의해 낯설게 보이기 시작했다면, 그럼 이제부터 내가 무엇을 해야 할지를 고민할 수 있게 된다. 쓰기는 그 고민 뒤에 오는 여러 가지 실천들 가운데 하나일 뿐이다. 그리고 김학중이 말한 '용기'는 지금 이곳에서 시를 쓰는 자로서만이 아니라, 장애를 가진 자신과 세계와의 접촉면에서 일어났을 어떤 불가피함 또한 내포하고 있다. 그러니까 높은 수압과 한 치 앞도 내다볼 수 없는 혹독한 환경을 이겨 내야 하는 '잠수함'처럼 말이다. 이 잠수함은 시인의 '질문'을 연료로 삼고 있으며, '용기'를 통해 추진력을 얻는다.

학기 초는 무한히 같은 시간이 반복되는 때이다.

아니, 왜 안경을 썼는데 그것밖에 못 보니?
요즘엔 라식도 있고 라섹도 있다는데
병원 가서 좀 고쳐
답답해서 원.

지금으로선 방법이 없다던데요
대답하면

그걸 말이라고 하니 얘, 네 눈인데.
더 큰 병원을 가 봐야지.
아니면 장애인 학교를 가든가.

나는 더는 대꾸하지 않는다.

잠수함의 내구성과 그 기술(technology)은 깊은 물속이라는 혹독한 환경에 의해 만들어진다. 김학중의 질문과 용기의 내구성 또한 마찬가지다. 그에게 화려한 형식 따위는 중요한 문제가 아니다. 겉모양은 투박하게 생기고 색깔은 온통 검은색을 하고 있더라도, 잠수함으로서의 생존 여부는 결국 외부의 환경을 얼마나 견디는가에 달렸기 때문이다. 무한 반복되는 차별과 편견 앞에서 "더는 대꾸하지 않"는 자세는 얼핏 보면 우리가 흔히 봐 온 장애인의 수동적인 제스처와 닮아 있다. 하지만 이것을 조금만 다르게 보고자 한다면, 더 이상의 대화가 진행되지 않도록 중지시키려는 의지의 발현이자, 자신을 향한 온갖 차별과 편견의 음파 자체를 흡수해 버리려는 시인만의 특수한 생존 기술로도 읽힌다. 이렇듯 김학중은 자신만의 기술(depiction)로 지금까지의 수많은 외부적 충격과 시행착오 끝에 얻어 낸 고유의 "항해법"을 축적해 놓았을 것이다(「잠수함 우리 집의 항해 일지」).

위 시의 화자이면서 어린 시절의 김학중에게 거침없이 말을 쏟아 냈던 학교 선생(새로운 담임)의 경우는 그가 감내해야 했을 무수한 충격 가운데 일부일 뿐이다. "장애인은 장애인답게 살아야 한다"는 말이나(「그해 명절」), "학생은 불구인데/대학 와서 제대로 공부할 수 있겠어요"라는(「대입 면접」) 식의 편견들은 지금까지 그가 감내해야만 했던 충격이었다.[5] 그것을 견딘다는 것은 말처럼 쉬운 일이 아니다.

---

5 "비장애인들이 장애인들과 마주하도록 강제되었을 때—즉, 비장애인들이 장애인을 회피할 수 없었을 때—그들은 대개 장애인을 미성년자나 무능력자처럼 취급함으로써, 존중을 보류함으로써, 그리하여 장애인들로부터 동료 인간으로서의 당연한 권리를 박탈함으로써 그러한 강제 상황의 위협에 대처한다. 비장애인들은 또한 자신의

주변 사람들로부터 차별과 편견의 말들이 날아와 "마음속까지 쿵 소리"를 내며 거칠게 부딪칠 때마다 자신이 처한 상황이 "생존과 가까이 있음을" 뼈저리게 자각했을 것이다(「자유 낙하」). 자신의 항로를 "아프지 않은 날들로 가는 길"로 설정해 놓고 고독한 습작의 시간을 견디면서, 그렇게 "시를 쓰다가 여기에 이르렀다"고 밝힌 시인의 기록은 아직 끝나지 않았다(「시인의 말」).

장애에 관한 어떤 해결 "방법"이 있을 것이라는(「무한 반복」), 즉 장애를 언젠가는 고쳐야 할 비정상적인 상태로 바라보는 시선이야말로 진정 실현되어야 할 희망을 저 어둡고 깊은 바닥까지 끌어내린다. 이렇게 차별과 편견이라는 중력으로부터 벗어나기 위해서 무엇이 필요한가? 우리가 "고통을 평가하는 인간의 능력이 불완전하다는 점을 고려해 볼 때, 우리는 다른 존재의 곤경을 상상하기 위해 최선을 다해야 한다."[6] 또한 공존을 꿈꾸고자 한다면 "우리는 그 복수성을 표현할 언어와 행동과 이미지를 찾아내야만 한다."[7] 독자들은 이러한 고통과 복수성에 관한 시적인 대답으로써 『포기를 모르는 잠수함』에 등장하는 여러 인물들(시적 화자의 친구들), 그러니까 '뇌전증'을 앓고 있는 '진솔'을 비롯해, '연서', '석이', '소미'를 떠올릴 것이다.[8] 맞다. 하지만 또 다른 상상적 코드를 말하고 싶다. 그것은 바로

우월함을 단언함으로써 그들 자신을 장애인들과 구별 짓곤 한다. 마치 이것이 그들로 하여금 장애인과 유사한 운명에 빠질 위험성을 완화시켜 주거나 하는 것처럼 말이다." 베네딕테 잉스타·수잔 레이놀스 휘테 편, 『우리가 아는 장애는 없다: 장애에 대한 문화인류학적 접근』, p.273.
6 마사 누스바움, 『정치적 감정—정의를 위해 왜 사랑이 중요한가』, 박용준 역, 글항아리, 2019, p.236.
7 카롤린 엠케, 『혐오사회—증오는 어떻게 전염되고 확산되는가』, 정지인 역, 다산초당, 2017, p.226.

'우주선'이다.

> 우주에 나가면 장애인이든 비장애인이든
> 서로에게 의지해야만 한다고 한다
> 중력이 없는 우주에선 작은 실수로도
> 우주 미아가 되기 때문에 서로를 도와야만 한다고 한다
>
> 다리가 불편한 사람도
> 우주복을 입고 무중력에 있으면
> 걷지 않으면서도 앞으로 나갈 수 있다고 한다
> 눈이 나쁜 건 조금 걱정되지만
> 우주는 광대하고 광막한 어둠과
> 그 어둠을 질러오는 빛뿐이라
> 길 위의 장애물 같은 게 없으니 괜찮다
>
> (중략)
>
> 사람들은 모두 중력을 좋아하지만
> 나는 우주가 좋다
>
> 나는 지구인이 아니라 우주인이 되고 싶다.

---

8 시적 화자의 친구들은 나이는 어리지만 성숙한 시민의식을 보여 준다. 이들은 시적 화자의 '장애'를 단지 극복의 대상으로 보지 않으며 오히려 더불어 살아가는 것으로 써 대한다. 그리고 이러한 성숙한 시민으로서의 자세는 '엄마'의 모습에서도 볼 수 있다.(「엄마가 해고되었다」, 「병원에서」, 「퇴원하는 날」)

우주선의 외부 상황도 잠수함의 물속만큼이나 인간에게 결코 유리한 생존 조건이 아니다. 위 시를 보면, 자유롭게 상상의 나래를 펴면서 우주로 향한다는 식의 익숙한 장면을 마주할 수도 있겠다. 하지만 그 외부 상황이 생존에 유리하지 않고, 오히려 그것을 위협한다는 점("우주에선 작은 실수로도/우주 미아가 되기 때문에")에서 시인은 공존의 문제를 끌어온다. 「입학식」, 「자유 낙하」처럼 무자비한 차별과 편견에 의해서 당장 생존에 촉각을 기울여야 하는 상황이 '나'뿐만이 아니라, 타자 또한 마찬가지라는 것이다. 혹독한 환경 속에서 살아남으려면 함께 도와야 한다는 진리에서 비롯된 공존의 상상력은 허무맹랑한 무중력의 공상과는 다르다. 그럼에도 현실의 중력은 여전하다. 게다가 시인의 눈에 비친 이곳 "사람들은 모두 중력을 좋아하"는 중이다.

중력을 좋아한다는 의미를 다른 식으로 보면, 편견이나 안주함 또는 익숙한 탓에 온 무감각이다. 거칠게 말하자면, 우주와 같은 미지의 세계에 무관심한 태도인 것이다. 위 시가 『포기를 모르는 잠수함』에서 유일하게 '우주'라는 공간을 담고 있다는 것을 곱씹어 본다면, 이것이 단순한 상상이 아님을 알 것이다. 시인의 첫 시집 『창세』가 종교적 세계관을 담았다고 봤을 때, 이러한 상상 또한 신적인 것으로써 볼 수 있다. 지상에서 인간은 기술을 통해 이미 예전부터 이곳(지구)의 주인 노릇을 했지만, 우주는 지금도 미지의 영역이다. "광대하고 광막한 어둠"은 인간의 기술로 전부 밝힐 수 없는 곳이며, 언제나 그 '너머'의 영역으로 남아 있을 것이다. 그럼에도 인간은 좁디좁은 지상에서 장애인과 비장애인, "지하 월세방"과 "아파트"를 구획한다. 그리고 단지 그 이유'만'으로 누군가를 차별하고 함부로 대한다(심지어 아이들까지도 말이다). 이것은 신적인 관점, 즉 인간 너머에서 본다면 명백한 '죄'다.[9]

『포기를 모르는 잠수함』 맨 마지막에 실린 「내리막 우리 집」을 보면, '엄마'는 "우리 집이 반석 위에 지은 집"이라 말씀하셨다. 그리고 "집 앞의 내리막을/끌어다가 하늘과 잇는 곳에 서 있었다"라는 구절에 이르면 시인의 시적 상상력이 막연하게 허공에 떠 있다기보다는 지상에서 비롯된 상상의 힘이 응축하여 위로 쏘아져 올라가는 것임을 깨닫게 된다. 지상에서 감내해야 했던 차별과 편견, 심지어 가난까지도 조롱받는 상황("재미로 하던 말에도 상처받던 날들")에서 시인은 "단 한 번도 흔들림 없이 그 자리에서/나를 기다려 주는 우리 집"을 발견하고, 마침내 그곳에서 위안과 시적 영감을 얻었다. 인간은 "하늘" 아래에 있다는 진실. 그래서 누군가를 향해 "재미"로 말하기 전에 그 너머를 상상해 보려는 성숙한 자세. 김학중은 잠수함처럼 투박하게 보일지라도 매우 견고한 마음의 기술을 구축하였고, 이로써

---

9 장애인에 대한 문제만이 아니라, 지금도 여전히 아동 범죄 등이 빈번하게 벌어지고 있고, 일상 곳곳에서 차별과 편견이 난무한(특히 임대아파트 주위로 쳐진 펜스와 그로 인해 상처받은 아이들) 한국 사회보다 케냐의 마사이족 사고관이 훨씬 더 성숙하다. 마사이족에 따르면, "기형아나 손상을 지닌 아동을 죽이거나 학대하는 것은 나쁜 것인데, 왜냐하면 그들이 '같은 혈족'이기 때문이며, 이는 그들도 인간임을 의미한다. 합법적인 성적 결합 속에서 한 남자와 여자에 의해 생겨난 아이는, 그 출생에 선행하는 관계들로 구성되어 있는 사회의 당연한 한 구성원이다. 비록 그 아이가 사회의 완전한 구성원이 되기 위해서는 인간화와 사회화를 위한 다수의 의례들을 통과해야 하지만, 탄생의 순간부터 사회적 존재라는 것에는 의심의 여지가 없다. 그러한 아이를 학대하는 것은 신에 대한 죄악(엥고키)이며 인간관계뿐만 아니라 신성에 대한 부당한 처사로 해석된다." 베네딕테 잉스타·수잔 레이놀즈 휘테 편, 『우리가 아는 장애는 없다: 장애에 대한 문화인류학적 접근』, pp.128-129.

나온 『포기를 모르는 잠수함』은 우리 모두가 함께하는 삶이라는 더 넓은 곳으로 항해한다.

우주로 진입하기 직전에 느끼는 육중한 압력만큼이나, 또는 심해 속 깊은 어둠과 함께 밀려오는 압도적인 수압을 견뎌야 하는 것처럼 시인의 여정은 그 시작부터 험난했었다. 사실 어느 시인이라도 마찬가지였을 것이다. 현실에서의 이해관계, 혹은 더 극단적으로 추락하여 생존 문제로까지 촉각을 곤두세워야만 하는 상황은 시를 쓰는 입장에서 보면 그야말로 혹독한 환경이었을 것이다. 이러한 시인의 상상력이 안정적인 궤도로 진입하기 직전까지도 세상의 목소리는 급기야 "당신들은 안전하게 살 수 있습니다. 산다는 건 안전한 거죠. 상상력 같은 건 안전과 비교하면 아무것도 아닙니다. 더 이상 다른 것이 되려고 하지 마십시오."라며 귓가에 날카로운 경고음을 사정없이 때린다(「방주의 워프 항해—미래 일기 6」, 『창세』). 그렇게 "상상력의 엔진"이 굉음과 함께 시인의 질문과 용기를 모두 소진시킬지라도 이제 곧 "어디든 이미 우주"다. 정말로 그는 "우주인"이 될 것이다.

감추고 있는 너의 발톱을 보여 줘

―박소란의 시

1. 이교를 따르는 은둔의 반인반수들

좀비들이 출몰했다. 이제는 흔해 빠진 좀비 영화를 말하는 것이 아니다. 실제로 이곳 세계에서 벌어진 일이다. 비트코인이라는 새로운 탐욕의 광풍이 여전히 세차게 이곳 세계에 불어닥치고 있다. 날로 발전하고 있는 최첨단의 기술을 통해 세련되게 다듬어지는 자본의 교리는 점점 강력하고 탐욕스러운 부의 현물들을 현시하면서 일확천금의 풍문을 세계 곳곳에 전파시키고 있다. 비루한 삶에서 벗어나고자 하는 자들은 너도나도 할 것 없이 자신들이 가진 재물들을 그러모아 그 우상의 발밑으로 점점 모여들었다. 그러면서 등장하게 된 이른바 '비트코인 좀비'라는 반생반사(半生半死)의 이름은 최소한의 행위만으로도 천문학적인 부를 얻을 수 있다는 맹목적인 확신에 빠진 자들의 것이 되었다. 이들은 비록 겉으로는 첨단 기기에 둘러싸여 있지만, 이기적인 탐욕과 윤리적 무감각은 철저히 좀비를 닮았다. 좀비들은 영원히 채워지지 않을 그 공허한 입을 끊임없이 벌리면서 자본의 교리가 세운 세속적 계율인 탐욕이 물질적으로 현현된 '살'을 좇는다.

반면에 여기, 스스로를 체념과 불행의 신자라 고백한 이가 있다.[1] 모든 희망을 포기해야만 했고 어떠한 물질적 행복도 누리지 못하는 이 은둔자의 신앙은 이미 이전부터 자본의 교리에서 철저히 배척당해야만 했던 이교의 한 부류였다. 이러한 '체념과 불행의 종교'는 다른 종교들처럼 어떤 고귀한 신의 가르침으로 인해 탄생한 것이 아니다. 그것은 오히려 생명이 지닌 힘을 지속적으로 퇴화시켜 가면서 비루한 삶을 조장하고, 효율성으로 극대화된 기계적인 생존 방식을 강요하고 있는 "냉담"한(「만두를 좋아하지 않는 사람처럼」) 이곳 세계를 종교적 발상지로 삼았다. 아담과 이브라는 창조물처럼 체념과 불행의 종교에서도 어둡고 음습한 생의 한복판에 짐승과 인간의 야합으로 태어난 반인반수[2]가 등장한다. 박소란의 『심장에 가까운 말』에 등장하는 반인반수의 형제들은 차디찬 겨울에 태어났으며(「겨울에 태어났어요」), 발톱과 송곳니를 가졌고, 죽은 자를 보거나(「메리, 메리」), 야생의

---

1 "오로지 체념, 체념만을 택하였다 체념은 나의 신앙"(「체념을 위하여」), "겨울에 태어났어요 거룩한 불행을 종교로 삼았을 때"(「겨울에 태어났어요」). 박소란, 『심장에 가까운 말』, 창비, 2015.

2 "인간(고대인, 인용자)은 근본적으로 자신들이 동물과 다르다는 것을 알고 있었다. 다만 그것들을 생명의 그물이라는 관계 속의 한 존재로 동등하게 인정했으며, 자신들이 동물로도 식물로도 변할 수 있다고 믿었던 관념만이 지금의 인간들(현대인, 인용자)과 달랐을 뿐이다. **그들이 갖고 있던 자연과 인간과의 관계를 하나의 그물망으로 생각했던 상상의 공간은 지금의 인간들이 생각할 수 없을 만큼 건강하고 무한했던 것 같다.**(강조는 인용자) 무시무시한 동물과의 투쟁, 자신들을 생존하게 해 주는 동물들과의 공존은 그들로 하여금 그 힘에서 벗어나고 싶은 동시에 닮고 싶은 욕망을 불러일으켰을 것이며, 그것이 그들의 무한한 상상력과 합쳐져 수없이 많은 '이미지'들을 만들어 냈던 것이다." 김선자, 『변신 이야기—필멸의 인간은 불멸의 꿈을 꾼다』, 살림, 2003, p.18.

짐승을 닮았으며, 아귀 같은 새끼들을 낳기를 꿈꾼다(「미자」).

반인반수들과 달리 이곳 세계의 좀비들은 체념과 불행을 알지 못한다. 이들은 탐욕에 관한 말초적 감각을 제외한 어떠한 것도 무감각할 정도로 퇴화되었기 때문에 고통을 느낄 수 없으며, 하물며 죽음이 지닌 공포가 무엇인지도 모른다. 따라서 "어떤 의문부호도 참견하지 않는 명백한 죽음"이란(「망명」) 이들에게는 도저히 이해될 수 없는 사건이었다. 오히려 이들은 시세가 오르고 내릴 때마다 감정적인 부호를 연발하며 서로 경쟁하듯 계속해서 더 많은 부와 탐욕을 채워 줄 현물인 '살'을 노골적으로 원한다. 반면에 박소란의 시적 주체들인 반인반수들은 생명으로서 마주하는 체념과 불행이라는 부정성의 흔적(얼룩)을 통해 동족이자 종교적 형제를 확인한다. 지극히 제한된 감각기관을 지닌 채 탐욕에 의해서만 움직이는 좀비들과 달리, 반인반수의 형제들이 지닌 감각은 대단히 은밀하면서도 민첩하다. 이들은 특유의 감각을 발휘하여 자신들만의 은밀한 기호를 포착하고, 그렇게 세계 내 은둔해 있던 자신들의 동족이자 형제를 찾아낸다.

참외를 깎는다 샛노랗게 익은 웃음을
커다란 접시에 가지런히 담는다
그녀의 꽃무늬 앞치마를 싱싱한 참외를 사람들이 칭찬한다
어쩌다 접시 가장자리에 묻은 머리카락을 재빨리 훔쳐 내는
그녀, 힘주어 쥔 과도가 낯설게 반짝인다
유독 손목이 가는 그녀는
얼마 전 다녀왔다는 후지산 기슭 아오끼가하라를 이야기한다
아름다운 풍광 속 시간을 잊은 산처럼 머물고 싶었다는 이야기

그녀의 낮고 고운 목소리를 칭찬한다 누군가 불쑥

근처 죽음의 숲에 대한 풍문을 꺼내고

그녀는 웃는다 웃음은 더욱 노란 빛을 띠며 접시에 담긴다

사람들이 그것을 입안 가득 넣고 우물거린다

노랑이 거실 곳곳에 진동한다 노랑이

머문 테이블 위 드문드문 음산한 얼룩

숲의 가장 이슥한 곳 새겨진 어떤 발자국 같은

가늠할 수 없는 정적이 흐른다

그녀는 웃는다 단물이 고인 참외를 재차 권하며

울울한 머리칼을 쓸어넘긴다 참외를 깎는다

참외의 기다란 허물이 수북이 쌓인다

작고 심약한 날벌레가 그 속에 들어가 몰래 우는 것을

진득거리는 손을 닦으며 나는 조용히 바라본다

—「그녀가 참외를 깎을 때」(『심장에 가까운 말』) 전문

위 시는 체념과 불행의 교리에 입각한 반인반수가 자신만의 감각기관을 어떻게 발휘하는지를 보여 준다. '그녀'의 집을 방문한 사람들 틈에 섞인 화자의 시선은 '그녀'가 "힘주어 쥔 과도"의 낯선 빛을 먼저 포착한다. 이어서 '그녀'가 얼마 전 다녀왔다는 "아오끼가하라"[3]가 무척 아름다웠다는 말을 가만히 듣는다. 그러다가 누군가 불쑥 입을 열어 근처에 있는 또 다른 "죽음의 숲"에 대한 불길한 "풍

3 이 숲은 '죽음의 숲'이라고도 불리며, 지금도 매해마다 자살자의 시신이 발견되는 자살 명소로 일컬어진 곳이다. 한국일보-뉴욕타임즈 특약 뉴스, 「이 환상의 원시림이 '죽음의 숲'?」, 2018.1.12. 기사를 참조.

문"을 꺼낸다. 반면 사람들은 오로지 '그녀'가 깎은 참외에만 관심을 집중하고 있다. 커다란 접시에 탐욕스럽게 놓인 '살'을 두고 불길한 풍문 따위야 이들에게는 전혀 중요한 문제가 아니다. 그 와중에도 화자의 시선은 "노랑"이 머문 테이블 위에 새겨진 "음산한 얼룩"을 재차 포착하면서, 더 나아가 가시적인 것만으로는 오롯이 느낄 수 없는 "숲의 가장 이슥한 곳 새겨진 어떤 발자국 같은/가늠할 수 없는 정적"을 체감하기에 이른다. 이렇게 '그녀'의 표정과 몸짓을 끈질기게 탐색하던 시선의 주인은 바로 시의 맨 마지막에 불쑥 모습을 드러낸 '나'이다.

또한 여기에 수북이 쌓인 "허물"의 이미지는 이제 막 탈피를 끝낸 짐승(뱀)을 떠올리게 하는데, 그렇게 '나'는 사람들과는 다른 감각으로 '그녀'의 변모되어 가는 육체에 둘러진 낯설고 우울한 감정들을 포착한다. 그리고 '그녀'가 말한 "아름다운 풍광 속 시간을 잊은 산"에 숨겨진 생명의 힘과 더불어 체념과 불행을 느낀다. 숲의 흔적을 잊지 못해 음산한 얼룩(마치 뱀의 무늬처럼)을 몸에 두르기 시작한 '그녀'를 끈질긴 시선으로 탐색한 끝에 '나'는 비로소 자신과 같은 반인반수를 조우한다. 반면 사람들은 과육이라는 달콤한 '살'이 가져다주는 희열에 빠진 채 공허한 칭찬과 웃음을 연발하며 떠들 뿐이다. 웃음 뒤에 감춰진 '그녀'의 진짜 표정과 감정은 이들에게 전혀 중요치 않다. 이들이 탐닉한 "단물"의 '살'은 실로 "도무지 맛을 알 수 없는" 불안한 것일 수도 있지만(「설탕」, 『심장에 가까운 말』), 이들은 탐욕스런 좀비들처럼 그것에 대해 일절 동요하지 않는다. '나'의 시선에서 순간 반짝였던 낯선 '칼'('발톱'과 '송곳니'도 이와 동일하다)이 이곳으로 현시한 음산한 얼룩은 그들(반인반수)만의 은밀한 생명의 기호로써 그렇게 교환된다.

2. 아무에게나 쉽게 보여 줄 수 없는 것들

첫 시집인 『심장에 가까운 말』을 거쳐 신작 소시집에 이르기까지 박소란의 시에서 등장하는 체념과 불행의 반인반수들은 "발톱"과 (「양말」, 신작) "송곳니"(「아아,」, 『심장에 가까운 말』) 그리고 "적의"를(「생선」, 신작) 지니고 있다. 이들은 '짐승으로서 지닌 생명의 감각'[4]으로 체념과 불행의 교리를 따르는 존재들이다. 반인반수들이 지닌 특유한 감각은 이곳 세계와의 이질감을 더욱더 선명하게 부각시킨다. 이들은 낯선 것을 경계하는 짐승처럼 이곳에 대해 예민하게 반응하기도 하고, 경우에 따라서는 강렬한 적의를 드러내기도 한다.[5] 이러한 반인반수들의 예민하고 강렬한 반응은 이곳 세계에서 소위 "엄살"이라고 불린다. "아파요 중얼거리는 나는 엄살이 심하군요/단골 치과에선 종종 야단을 맞고 천진을 가장한 표정으로/송곳니는 자꾸만 뾰족해진다"(「아아,」). 반인반수로서 자신이 품고 있는 '생명의 감각'과 '본능에 가까운 적의'를 아직 쉽게 노출할 수는 없다. "천진을 가장한 표정"은 이곳의 정의(定義)에 순응하는 척하는 위장술이다. 이렇게 "엄살"과 '천진한 표정'이 훌륭한 위장술이 될 수 있었던 것은 그만큼 이곳 세계가 누군가의 고통에 대해 무감각하고 무지하기 때문이다.

---

4 『심장에 가까운 말』에는 특히 버려지거나 고통에 시달리는 짐승들의 감각들이 산재되어 펼쳐져 있다. "꼬리가 잘린 채 버려진 것"(「나의 고양이가 되어 주렴」), "다리를 절며 다가온 부랑견"(「감」), "길들여지지 못한 짐승의 아가리"(「없다」), "길을 할퀴는 고양이"(「기침을 하며 떠도는 귀신이」), "기원을 잃어버린 어느 짐승의 긴한 울음소리 (중략) 쇠한 짐승의 마지막 발톱을 세워 똑똑"(「정전」), "무거운 날개를 들썩이던 익명의 새들은 남김없이 철거되었네"(「용산을 추억함」), "낯모를 슬픔이 마음의 여린 뺨들을 할퀴는 소리"(「지익」) 등이 그것이다.

5 "상복을 입은 한 떼의 적막이 나를 노려본다/비늘처럼 돋아난 적의를 온몸에 휘감은 채/포효하는 침묵의 괴물"처럼 '적의'는 짐승의 '살'을 지닌 채 이곳 세계를 향해 포효하기도 한다(「단추를 잃어버리고」, 『심장에 가까운 말』).

신작시 「생선」은 이곳 세계에서 '물고기'라 불리지 않아 결국 '시체'로 전락한 생명의 불행을 담고 있다. 울부짖던 아이들도 이제는 울기를 그쳐 체념에 빠진다. "알"에서 나와 상복을 입게 된 아이들(물고기와 인간 사이에 태어난 반인반수들)은 엄마의 죽음에 대해 왜 사과를 하지 않느냐며 방관과 침묵으로 일관한 "이들"을 향해 입을 연다. 아이들의 질문하는 '입'과 달리 이들의 '입'은 체념과 불행에 대해 무감각하고, 그저 이기적이며 탐욕스러울 따름이다. 한 치의 의문도 질문도 없이 젓가락을 놀리며 시체들의 살을 파헤치고 먹어 치우는 이들의 탐욕스런 '입'은 좀비의 그것과 똑같다. 홀로 남겨진 아이들은 자신들이 목격한 '엄마'의 죽음에 대해 어떠한 해명도 듣지 못한 채 "현장"을 떠돌거나 결국 "고아원"으로 뿔뿔이 흩어질지도 모른다. 하지만 분명한 사실은 그 뒤로 아이들은 누구에게도 '입'을 열지 않을 것이라는 점이다. 왜냐하면 자신들이 목격한 '엄마'의 죽음과 그로 인한 참혹했던 고통을 현장에 있던 그 누구도 공감하거나 위로하지 않았다는 냉담한 진실을 마주했기 때문이다. 다음 시에 등장하는 '나'도 이 아이들과 처지가 비슷하다.

양말을 벗을 수 없다
이 속에 죽은 발톱이 있다고

나는 고백할 수 없다
어둡고 습한 것 불길한 것이 있다고
나는 있다고

흔한 상처일 뿐인데 고작

발톱일 뿐인데 어째서

죽은 발톱 하나가 나를 짓누르고 있다고

나는 이야기할 수 없다
죽은 발톱이 되어 가고 있다고 실은 죽어 가고 있다고

네 앞에서는 괜히 엄살을 부리게 된다
양말은 왜 양말인가
발이 아닌 손에 목에 얼굴에 죄다 양말을 신고 싶다고

나는 고백할 수 없다
너의 눈을 똑바로 쳐다볼 수 없다
너는 다만 생각하겠지
당신은 참 수줍음이 많은 사람이군요

그런 너를 좋아하지 않을 수 없다
그런 네게로 걸음을 옮기지 않을 수 없다
너는 알 수 없겠지

양말을 벗어 본 적 없는 내가
너의 곤한 맨발을 오래 들여다보는 이유

—「양말」 전문

위의 시 「양말」에서 '나'는 자신이 숨겨 둔 "어둡고 습한 것 불길한 것"("발톱")을 입 밖으로 내뱉지 못한다. "발톱"이 '나'를 짓누르고 있는 '고통'과 이곳 세계가 인식하는 "엄살"은 통점의 강도에서 상당한 격차를 드러낼 수밖에 없다. "발톱"을 "양말"로 감추면서 사랑스러운 "너의 눈을 똑바로 쳐다볼 수 없다"는 '나'의 고독과 두려움은 '너'에게 쉽게 다가갈 수 없다는 근본적인 이질성을 본능으로 느낀 데에서 비롯된 감정이다. 아무에게나 알려줄 수 없는 비밀이 과연 '너'에게 공감과 위로를 받을 수 있는 것인지에 대해 여전히 '나'는 조심스럽다. 게다가 '너'의 "곤한 맨발"은 생명의 감각이 완전히 퇴화한 '매끄러운 발'이며, 이곳 세계에 아무런 적의도 없이 '순종적으로' 변한 신체의 일부분이다. "양말"로 애써 감출 필요도 없고, 어떠한 통증도 일어나지 않으며, 그저 피곤하다는("곤한") 일시적 기분만을 느낀다. "발톱"이 없는 매끄러운 발은 본연의 힘을 잃어버린 나약하고 무기력한 존재임을 드러낸 것이기 때문에, '나'로서도 '네'가 정말 믿을 수 있는 (반인반수의) 동족인지 의심할 수밖에 없는 것이다. 아직도 "입"을 다문 채 말이다.

신작 시 「고장 난 저녁」에서 '나'는 옆집 사람이 건넨 "삶은 감자"를 메마른 "입"으로 씹어 삼킨다. 이곳 세계의 "저녁"은 언제든지 고장이 날 수 있는 기계처럼 쉽게 마모되고, 온갖 결함으로 가득 차 있는 연약한 시간이다. 거기에서 생긴 '나'의 공허한 마음은 "설익어서 자꾸만 설컹거리는 감자를" 먹는 것처럼 딱딱하게 굳어 있다. 스스로도 "밤새 잔병이나 앓을 것"이라 생각이 들 정도로 지독한 '소화불량'을 유발하는 이곳의 "저녁"은 '나'의 아버지가 살았던 시골 마을의 한겨울 "지익"(저녁)을 떠올리게 한다(「지익」, 「심장에 가까운 말」). 생명 본연의 힘이 아직 깃들어 있었던 고향의 단단한 저녁은 태고의 모습을 담은 원형적 이미지를 떠올리게 한다. 그곳에서 숟가락을 든 "한

줄기 우직한 심줄"은 탐욕의 현물에 불과한 좀비들의 '살'과는 달리, 단단한 생명의 힘으로 다져진 진정한 '살'이다. 생명으로서 힘껏 힘을 발휘하고, 따뜻한 밥을 씹어 먹으며, 다시 잠자리로 돌아와 그날의 상처를 치유하는 것으로 하루를 마감하는 그곳의 "지익"은 태곳적 생명들이 "영원히 하나의 세계만을 신봉"했던 경이로운 옛 풍경과 닮았다(「향기로운 밥」, 『심장에 가까운 말』).

3. 냉담한 이곳보다 더 차갑도록

생명의 태곳적 공간이자 "기원을 잃어버린 어느 짐승의 울음소리"는 고향을 상실한 존재의 쇠한 기운에서 새어 나온 설움이다(「정전」, 『심장에 가까운 말』). 이곳 세계는 '나'에게 냉담하고 낯선 곳이다. 신작 시 「비닐봉지」에서 '나'는 고향을 상실한 자로서 체념과 불행의 계시를 온몸으로 받는다. 이곳 저녁의 퇴근길 위에서 묵묵히 김밥을 먹고 있던 '나'는 누구와도 함께 밥상을 나눌 수 없다는 심리적 방황에 직면한다. 게다가 "비닐봉지"와 동격인 '나'는 자신이 언제든 다른 누군가로 대체 가능하고, 쓸모가 없어지면 버려질 수밖에 없다는 것을 잘 알고 있다. 무엇보다 자기 자신에 대해 무어라 확신할 수 없는 '기원' 상실에 따른 심리적 방황은 세계를 향한 적의로 이어진다. 그렇게 "까닭도 없이" 달리기 시작한 '나'는 노골적으로 드러난 이곳 세계의 "도무지 썩지 않는" 차가운 이면을 향해 분노한다. 폐물로 버려진 "비닐봉지"처럼 빈곤했던 '나'는 스스로 날개를 찢어 버리려는 새의 절망을 상상하면서 상처 입은 마음을 체념과 불행의 교리에 의탁하게 된다.

냉담한 이면을 감추고 있는 세계에서 점차 소진되어 간 생명과 그에 따른 분노는 강렬한 신앙심을 불러온다. 철저히 체념하고 거룩한 불행을 찬미할 수 있게 된다는 것은 '생명을 향한 파괴적인 위협'에 맞서 더 부정적으로 나아가려는 의지가 있기에 가능하다. 무엇으로도 위로받지 못하는 자(반인반수)로서 '나'는 본능에 의해 눈을 뜬 이 '부정성의 의지'를 단단한 '살'처럼 견고하게 다져 나간다. 이 '살'은 앞서 좀비들의 탐욕을 채워 주는 차갑게 식은 고깃덩어리가 아니다. 오히려 진정한 '살'은 생명이 필연적으로 마주할 수밖에 없는 고통을 견디고, 정당한 생의 분노를 발휘하는 과정에서 본연의 생기를 드러낸다. 그런 면에서 '살'을 위축시키는 '겨울'은 체념과 불행의 교리를 따르는 반인반수들에게 혹독한 시간이다. "단호한 표정"을 짓는 겨울을 맞이하면서(「참 따뜻한 주머니」, 「심장에 가까운 말」) '나'와 '아버지'는 이제 막 시험대에 오른 신도(信徒)로서 지난한 순례의 여정에 진입한다.

전기장판에 누워 겨울을 난다
어떤 추위에도 끄떡하지 않는다 부연 입김이 터져 나오는 꿈이라도
따뜻하다 이 방은 참 따뜻한 곳이다 알 수 있다

아버지도 나도
전기장판에 누워 겨울을 난다 그러므로 우리는 따뜻하다 따로 또 같이
믿을 수 있다

종일 떨다 돌아온 날에는 온도조절기에 빨갛게 불이 들어온 것만으로 안심이 된다
세상 끝 옥탑에 보일러가 도는 기분

외출할 땐 꼭 끄고 나가셔야 해요 꼭이요 당부할 때마다 아버지는

알았다 좀처럼 대답하지 않고

피를 마르게 한다는데
온수매트를 사야 하나 얼마짜리를 사야 하나 이따금 고민도 하지만

지금은 버릴 수 없다 취한 바람이 창을 때리는 초저녁
금빛 장판 위에 쓰러지듯 누운 아버지는 어느덧 새근새근 잠이 들고

피를 마르게 한다는데

일부러 장판을 켜지 않은 날에는
무거운 이불을 머리끝까지 당겨 덮게 된다 죽은 척 짓궂은 장난을
치는 아이들처럼,
아버지도 나도

전기장판에 누워 겨울을 난다
어떤 슬픔에도 끄떡하지 않는다

— 「전기장판」 전문

겨울을 난다는 것은 일시적인 죽음('잠')을 통해 훗날의 재생을 예
비해야 하는 시련의 과정이다. 위의 신작 시 「전기장판」에서 '나'와
'아버지'는 겨울을 나야 하는 짐승들의 방식과 동일하게 잠을 자고,
서로의 온기를 나눈다. 하지만 이러한 온기가 마냥 안락한 것만을
선사하지는 않는다. 동시에 "알 수 없는 그 독한 온기"로 인해 서서
히 "피가 마르게" 되면서 독기가 생기기 때문이다(「머플러」, 「심장에 가

까운 말」). 낡은 전기장판 위에서 겨울을 나야 하는 이들에게 발생하는 독기의 진원지는 겨울보다 더 냉담하고 참혹한 이곳 세계이다. 하지만 이들로서는 피가 마르게 되더라도 그저 견뎌 낼 수밖에 없다. 왜냐하면 낡은 전기장판보다 기술적으로 더 진보된 세계("온수매트")를 이들은 아직 받아들일 준비가 되어 있지 않기 때문이다. 언젠가 올지 모를 죽음을 "짓궂은 장난"으로라도 예비해야 하는 기묘한 역설은 체념과 불행을 온몸으로 체득하는 문제가 결국 생과 사의 경계에 위태롭게 놓인 생명의 겨울나기임을 보여 준다. 그러면서 이들은 냉담한 세계를 향해 언젠가 한껏 독을 내뿜게 될 생명의 증언자이자, 점점 이곳에서 외면받고 있는 체념과 불안의 교리를 지켜 낼 순교자가 될 것이다.

박소란의 시 세계에 등장하는 반인반수들은 아직 퇴화되지 않은 생명의 들끓음을 원동력으로 삼아 이곳 세계와 맞서고자 하는 이질적인 존재들이다. 체념과 불행에 눈을 뜨게 된 '나'를 비롯한 반인반수의 형제들은 이곳 세계에 받아들여질 수 없는 이종(異種)들이다. 이들이 지키고자 하는 '생명의 감각'과 탐욕으로 그릇된 세계에 저항하려는 '체념과 불행의 교리'는 단단한 '살'들로 채워져 있다. 이들의 '발톱', '송곳니'와 '적의'는 이곳 세계에서 자본과 기술에 억압받았던 생명들의 태곳적 흔적이자, 저항의 상징이다. 끊임없이 반생명적인 것을 전파하는 자본의 교리에 저항하고자 하는 이종들은 제 몸을 숨긴 채 세계를 향한 독기(체념과 불행)를 채워 나갈 것이다. 체념은 희망을 기대하지 않는 철저한 '부정성'의 사유 방식이며, 불행 또한 마찬가지이다. 상실에 아파하는 연약한 자가 아니라, 강인한 생명력에 눈을 뜬 존재로서 그릇된 세계를 향해 부정성의 힘을 현시하고자 하는 것이 바로 박소란의 시적 세계인 것이다.

지금도 이곳은 날로 진보하는 기술로 인해 한없이 매끄러우며 안락하고, 탐욕을 위해서라면(그것이 '합법'이라면 더욱더) 누구도 거리낌 없이 그것을 추구할 수 있는 세계이다. 자본의 교리가 낳은 좀비들은 여전히 떠돌고 있다. 설령 비트코인이라는 탐욕의 광풍이 지나가더라도 언젠가 또다시 등장하게 될 자본의 새로운 교리는 한층 세련되고 더욱 진보된 기술력을 바탕으로 곳곳에 전파될 것이다. 그렇게 되면 비트코인 좀비와는 또 다른 모습을 지닌 좀비들이 출몰할 것은 두말할 나위가 없다. 하지만 그들이 탐욕스러운 '입'을 벌리며 씹을 수도 없을 그 허상을 먹어 치워도 생명에 관한 본질적인 사유가 채워지지 않는 한 '정신의 공복'으로부터 영원히 구원받을 수는 없을 것이다. 숱한 생명들의 죽음이 노골적으로 조롱받고 무감각하게 잊히는 참담한 세계가 '지옥'이 되지 않기 위해서는 이제부터라도 진정한 '살'을 복원해야 한다. 아직 견뎌야 할 것이 너무나 많다. 안락한 온기를 찾기보다는 이 냉담한 세계보다 더 차가워져야 한다. 시인의 말처럼 "그래 이대로, 따뜻하지 않을 것"이라는 차가운 마음가짐으로(「고장 난 저녁」).

고통을 사랑하는 이상한 시인을 구합니다
—민구의 시

비밀이 있다면
그것이 단 하나라면

오늘은 너도
시가 된다는 것

너는 가장 따뜻한
비라는 것

처음 만난 당신이
나의 시인
—민구, 「나의 시인」 부분[1]

시인의 작품론을 부탁받아 글을 쓸 때마다 으레 따라오는 버릇 하나가 있다. 다른 글에서도 밝힌 바 있으나, 유독 '시'라든가 '시인' 또는 '편지' 등의 시어를 마주하게 되면 이상하게 집착에 가까울 정도로 곱씹어 보는 버릇이 그것이다. 그동안에는 이 버릇에 대해 딱히 신경 쓰지 않았지만, 이번 민구의 작품론을 쓸 때는 사정이 달랐다. 왜였을까. 혹시 "물 한 방울"의 흔적이 깃든 "낱장의 편지지"를 건

---

[1] 민구, 『당신이 오려면 여름이 필요해』, 아침달, 2021.

네받은 기분이 들어서였을까(「증발하는 세계」). 아니면 시의 어떤 장면을 보자마자 마치 열병처럼 앓던 습작기가 불현듯 떠올라서일까. 시어를 곱씹을수록 "바다가 보이는 비밀의 언덕"에 서서(「유일」) "바람에 실려 온 냄새"를 맡으며 "무심코 너의 이름"을 떠올렸을 시인의 뒷모습을 멀리서 훔쳐보는 기분이 들었다(「일 분이 되기 전 영원한 오십구 초」, 『당신이 오려면 여름이 필요해』). 이 고질적인 버릇이 사실은 누군가의 비밀에 더 가까이 다가가고 싶은 마음에서 나온 것은 아니었을까.

시인이 간직하고 있었을 단 하나의 비밀이란 과연 무엇일까. 다른 누구의 비밀이 아닌, '시인'에 관한 것이라 한다면 분명 무언가가 있지는 않을까. 조금 더 그 비밀에 대해 생각해 보았다. 어쩌면 그 비밀은 처음 시를 알게 된 그때 그 시절에 관한 이야기일 수도 있겠고, 시를 쓸 때마다 느끼는 어떤 감정적 변화를 딱히 설명하기가 어려운 탓에 붙여진 불가피한 명칭이거나, 혹은 '내일'이 정해지지 못한 채 '오늘'을 묵묵히 견디고 있는 습작들의 장소를 감추고자 만들어진 말인지도 모르겠다. 어찌 되었든 시인이라는 이름을 짊어지고 살면서 생긴 비밀은 시 쓰기와 관련된 것일 테다. 모든 말을 매번 원천으로부터 새로 퍼 올려야 하며 그래서 신의 흔적에 가까이 있는 존재가 시인이라 한다면,[2] 그렇게 퍼 올린 그 말이 길면 길어질수록 겪게 되었을 "이상한 경험" 또한 비밀스러운 것이었으리라(「시작 메모」).

그럼 민구의 낯선 경험과 연루되었을 '너'는 과연 누구/무엇인가. 그간 발표된 작품들을 본다면, 이는 '당신'으로 지칭될 때처럼 실체적인 누군가를 가리키는 것으로 짐작되기도 하지만, 또 한편으로는 마치 공기처럼 보이지 않는 그저 '무언가'일 수도 있을 것이다(「공기—

---

2 막스 피카르트, 『인간과 말』, 배수아 역, 봄날의책, 2013, p.225.

너는」). 그의 첫 번째 시집 『배가 산으로 간다』(문학동네, 2015)에는 "공기"라는 동일한 제목으로 실린 여러 작품들마다 각기 다른 부제들이 달려 있는데, 특히 「공기—너는」에서 '너'는 "공기"처럼 일상을 떠돌고 있으면서도("투명한 포자") '나'와는 다른 생체 기관을 지닌 존재로 모습을 드러낸다("촉수"). 이렇게 본다면 '너'는 '나'와 전혀 다른 이질적 존재이며, '나'의 의지나 목적과는 상관없이 자유롭게 유영하는 존재인 것이다. 뿐만 아니라 첫 시집에는 까마귀, 거북이 등과 같은 동물들도 등장하였는데, 이 낯선 존재들은 '나'를 기이한 상상의 세계로 이끌거나 또는 동등한 위치에서 '나'를 빤히 응시하기도 했었다.

마주를 구합니다

말은 길들일 수 없고
작은 일에 짜증을 내며
제가 상상하는 모든 높이의 울타리를
넘어가는 것 같습니다

말은 기분이 나쁘고
결혼식장을 난장판으로 만들어 놨으며
설탕과 당근을 경멸하는
이상한 식습관을 가졌습니다

새벽에 집을 나갔습니다
저는 정신이 나가서 기도를 하며
제 발로 돌아오길 기다리고 있는데요

이번 신작 시 「공고」는 말(馬)의 이전 주인이 새로운 "마주"를 구한다는 내용이다. 아직 그 "말"을 본 이는 없지만 주인의 말만 들어본다면, 이 "말"은 길들이기가 쉽지 않다는 것을 알 수 있다. 경건해야만 하는 식장의 분위기를 완전히 망쳐 놓기도 했었고, 평범한 말과는 전혀 다른 식습관으로써 자기가 "말"이라는 것을 스스로 부정하기도 했었다. "말"의 새로운 주인을 구하려는 이전의 주인(화자) 입장에서도 이 괴퍅하고 이상한 "말"은 최대한 빨리 처리해야 할 대상에 불과하다. 길들일 수 없는 말에 관한 이야기가 이번 「공고」에만 다루어진 것은 아니다. 첫 번째 시집에 실린 「말을 찾아서」를 보면 「공고」의 "말"과 비슷한 품종으로 보이는 말들이 살던 "마구간"의 풍경이 펼쳐져 있었다. 그곳에 있던 "말"은 "파도"처럼 아름다운 "갈기"가 있고, 그 "굽"은 무척이나 단단했다. 뭍보다는 저 멀리 펼쳐진 바다만을 바라봤던 "진흙투성이의 검은 말들"은 길들이기가 쉽지 않았고, 자신의 몸을 씻기려는 주인의 손길마저 한사코 거부했을 것이다.

위에서 언급한 작품들에 등장한 '말(馬)'을 다시 '말(語)'로 뒤바꿔서 읽어 보자. 그렇다면 이 '말(語)'은 일상에서 쓰이는 지극히 평범한 말보다는 오히려 낯설고 이상한 말에 가까우며, 대개의 시인들이 정말로 소유하고 싶은 말이기도 하면서 그럼에도 지금까지 어느 곳에 묶여 본 적이 없던 말이 된다. 이 "말"은 기존의 질서(문법) 앞에 고분고분하게 머리를 숙이지 않는다. 식장의 분위기를 망치듯이 문법의 질서를 잔뜩 어지럽힐 것이고, 평범한 식습관을 거부하듯이 상투적인 의미 부여를 "경멸"하며 언제든 틈만 나면 그것을 벗어나려 할 것이 분명하다. 그러니 제아무리 능숙한 시인일지라도 "상상하는 모든 높이의 울타리"를 친다 한들 "말"은 언젠가 가뿐히 그것을 뛰어넘어 집 밖으로 나갈 것이다. 집 나간 말(馬)이 "제 발로 돌아오길" 기다리는 이전 주인처럼 시인도 말(語)이 스스로 제 모습을 드러낼 때까지 잠자코 기다리는 수밖에 없다.

여기까지 본다면, 잠시 간과하고 있던 사실 하나를 발견하게 될 텐데, 그건 바로 「공고」를 본 그 누구도 이 "말"을 직접 보았거나 들어 보지 않았다는 점이다. 말(馬/語)은 이전의 주인이나 또는 시인의 진술로만 전해졌을 뿐, 우리는 아직 그 말을 본 적도 들은 적도 없는 것이다. "공고"는 누군가에 의해서 전달되는 내용이지, 우리가 직접 경험하는 것과 무관하다. 그런데 또 한편으로 이 말(馬/語)은 우리도 이미 기르고 있는 것/알고 있는 것이기도 하다. 지금껏 우리는 살아오면서 자의든 타의든 간에 말을 수집해 왔고, 일상에서 아무런 불편함을 느끼지 않은 채로 그렇게 말을 써 왔으며, 이따금 새로운 말을 보거나 듣기 위해 기꺼이 돈을 지불해 오지 않았나. 어쨌든 선택은 당신의 몫이다. 저 거칠고 이상한 말에 흥미가 있다면 바로 주인에게 연락하라. 그나저나 당신의 이전 말은 안녕한가? 먼저 울타리 안에 갇혀 있던 당신의 말 상태를 살펴보기 바란다.

쉴 새 없이 진동벨이 울리고
회사에 전화를 걸면 내가 받겠지

주말에 수고한다고
비타 오백을 꺼내 마시라고
나는 나와 통화를 하며
무슨 말을 꺼내야 할지 망설이겠지

겨우 전화를 끊었는데
헤어진 사람에게 연락이 온다

다시 만나자고 천천히 생각해 보라고
실수를 만회할 기회를 주겠다고

—「일요일」부분

두 번째 신작 시 「일요일」을 읽었을 때는 '당신의 일요일은 안녕한
가?'라는 질문을 묵직하게 떠안은 기분이었다. 그동안 일요일에 대
해 제대로 사유해 보지 않았다는 사실을 발견하게 되면서 나 또한
"세계 안의 가치와 질서를 좇는 사람들"과 똑같은 "눈"을 지니고 있
었다는 생각이 들었다.[3] 일요일을 사유해야 한다면, 그것이 과연 우
리에게 어떤 의미이기에 그래야만 하는가. 직장에서 일을 하거나 학
교를 다니는 이라면 대부분 「일요일」에 공감할 것이다. 화자가 처한
상황이 극적으로 보이면서도 이것이 꼭 불가능한 상황은 아니라는
생각을 하면서 말이다. 일요일인데도 일(업무)은 "쉴 새 없이" 밀려
오고, 다른 한쪽에서는 "천천히 생각해 보라"며 또 다른 일(연애)이

---

3 이 대목을 직접 인용하면 다음과 같다. "일요일은 일하지 않는 날이다. 그러므로 그
것은 누구보다도 먼저 일을 하는 사람들, 곧 직장을 가진 이들에게 의미 있는 날일 것
이다. 그러나 그들은 한 주 내내 일요일을 기대하며 살지만 일요일에 대해 사유하지
는 않는다. 이는 너무 손에 잘 맞는 망치를 사용하는 목수가 그 망치에 대해 사유할
기회를 가지지 못하는 것과 마찬가지이다. (중략) 일요일은 요일의 질서가 너무 몸에
잘 맞는 사람들, 직업을 가지거나 학교 시간표에 맞춘 생활을 하는 사람들, 즉 세계
안의 가치와 질서를 좇는 사람들의 눈에는 모습을 드러내지 않는다. 그들은 단지 일
요일을 '살' 뿐이다." 서동욱, 「차이와 타자」, 문학과지성사, 2000, pp.341-342.

화자(시인일 수도 있다)를 압박한다. 보상("비타 오백")은 차마 입에 담을 수조차 없을 정도로 초라하기 그지없고, 어제의 "실수를 만회할 기회"가 내일도 주어지리라는 보장은 없다.

휴식(사적 공간)과 노동(공적 공간)의 구분이 사라진 상황이고, 일도 연애도 긴박한 미션처럼 주어질 뿐이다. 그렇게 몸은 쉴 새 없이 바삐 움직이지만 정작 마음은 차갑게 굳어져 시체마냥 미동조차 하지 않는다. 그저 가만히 누워만 있고 싶지만, 그것도 쉽지 않다. 정말로 화자(아마 시인일 것이다)가 꿈꾸었던 진짜 일이란 과연 무엇이었을까. 아마도 "금단 현상"이(「스모크」, 『당신이 오려면 여름이 필요해』)이 일어날 정도로 몸과 마음에 깊숙하게 배인 '시 쓰기'가 아니었을까. 비록 한 문장도 쓰기 어렵고, 겨우 쓴 것마저 "공중분해"된다 한들 그 "한 모금"이 있기 때문에, "너를 만나러 가는 날"이 조금은 더 특별하게 다가오지는 않았을까. 또 그 "한 모금"은 "깨끗하게 비운 와인 잔"에도 찰랑거리며 있었으니, 어쩌면 시인에게 진정한 일요일은 "낯선 사람과 나란히 앉"을 수 있는 새로운 모험이자, 현실에서는 상상할 수 없었기에 거짓말과도 같은 휴식이었을 것이다(「사이드웨이」, 『당신이 오려면 여름이 필요해』). 그러나 시인이라는 이름을 감춰야만 했던 평범한 일상에서는 이것이 불가능하다.

> 적은 월급, 눈치 보기, 부재중 통화
> 모든 게 그대로인 꿈속에서
> 여섯 시에 퇴근을 할 거라 다짐했지만
> 오늘은 월요일, 초과근무를 해야 하고
>
> 창밖으로 뛰어내렸지만 죽지 않았다

죽지 못해 살았지만 사는 게 아니었다

빨리 들어오라고 지시하는 사람들과
알아서 기어 나가라고 밀어내는 사람들 틈에서
꿈도 정신이 없었을 것이다

너도 무언가에 쫓기듯
분주하게 이어지고 있었다
—「평범」(『당신이 오려면 여름이 필요해』) 부분

「일요일」과 마찬가지로 위 시에서도 누군가의 몸과 마음은 쉴 새 없이 내쫓긴다. "빨리 들어오라고 지시" 받고 "알아서 기어 나가라고 밀어내는" 동시적 압박은 앞서 「일요일」에서 본 상황과 유사하다. 약육강식을 떠올리게 하는 야생적 세계에서 화자(이제는 굳이 시인이 아니어도 무방하다)의 '삶'은 그 본래의 의미가 상실된 채 생존의 영역으로 내쫓긴다. 그리고 이는 예전에 한병철이 지적한 '성과 주체'처럼 철저히 비인간적인 삶이라 하겠다. "꿈"은 현실의 조건과 규칙에 의해 잘려 나가고, 이는 결정적으로 '말'의 빈약함마저 불러온다. 화자를 둘러싼 야생의 법칙은 오로지 생존을 위해 발휘되어야 할 순발력만이 우선시된다. 정작 곱씹어 봐야 할 말을 도태시키고, "낱말 하나가 고통의 모든 무게로부터/우리를 해방시킬 거라"는 희망은 이곳에서 정신 나간 소리로 치부된다(「유일」). 이로써 '너'를 비롯한 모든 존재나 사건은 말로써 기억되지 못하고, 그 어떠한 사유도 없이 분주하게 지나가다 끝내 사라진다.

불행하게도 이것이 정말 우리의 현실이라며 낙담하기보다는 나름의 상상력을 동원하여 자신만의 비현실을 꿈꾸는 방식도 비밀리에 있어 왔다. 시인들마다 이러한 방식을 통해 자신만의 스타일이나 시적 세계를 구성해 나갔다. 그 비밀스러운 작업의 일환으로써 민구 시인 또한 '죽음'을 자신의 시적 세계를 지탱하는 문제의식으로 삼았었다. 첫 번째 시집에서 "죽은 자들이 일가를 이루고" 사는 어느 마을의 풍경이 그러했고(「동백」), "파도에 떠밀려온 시신"과 함께 난파선의 잔해들이 여기저기 흩어진 어느 해변에서도 시인만의 죽음 의식이 무엇인지 엿볼 수가 있었다(「房—바다 건너」). '죽음'은 그저 지나감으로써 끝나 버리는 사건이 아니라, 아직 살아 있는 우리 주변에 여전히 맴돌고 있을지도 모른다는 상상에서 비롯된 비현실적인 세계. '애도'나 '시 쓰기'와 같이 느림이 지배하는 세계. 이러한 상상력이 가능한 이유는 그간 무수히 많은 말을 흘려보내야만 했고, 그만큼 사라진 말의 흔적을 목격했던 나름의 이력이 있었기 때문이다.

어느 존재가 사라진다는 것은 곧 그만큼의 말도 사라진다는 걸 의미한다. 그리고 시인은 그 사라진 존재와 말을 향해 자신만의 방식으로 애도한다. 여기에는 몇 가지 세부적인 방식이 있다. 이를테면 익숙한 표현을 새롭게 변형시키는 방식도 있고, 사라진 말을 다시 그대로 반복하는 것도 포함된다. 세 번째 신작 시 「비현실」에서 화자, 즉 시인이 목격했던 적이 있는 저 "살아 있는 사람들의/무덤"은 아이슬란드에서 전해 내려온 설화와도 관련이 있어 보인다(「나는 환생을 믿지 않아」, 『당신이 오려면 여름이 필요해』). 물론 척박한 환경 탓에 어둡고 황량한 세계관을 그린 북유럽 신화적 모티프도 나쁘지 않지만, 앞서 「평범」에서 본 "죽지 못해 살았지만 사는 게 아니었다"라는 비인간적인 삶의 풍경을 아직 "살아 있는 사람들의 무덤"의 「비현실」에 덧씌워 보면 어떨까. 그렇다면 "말없이 잠들어 있었다"라는 자칫 상투적으로 비칠 수 있는 말이 한 울타리를 뛰어넘어 '버젓이 살아 있음에도 죽은 자처럼 침묵하고 있는 이곳'을 날카롭게 가리키는 말로 탈바꿈되지는 않을까.

'죽은 자'와 '아직 살아 있는 자'를 냉정하게 구분해 놓고서 애도를 한다는 것은 있을 수 없는 일이다. 시인 또한 그것을 알고 있는 듯하다. "말없이 잠들어 있었다"와 마찬가지로 "눈을 감았을 때"라는 말도 가만히 보면 그렇다. 아직 살아 있는 '나'와 이미 죽은 '그'는 똑같이 눈을 감고 있었다. 그때 '나'는 죽음("무덤", 미래)을 보고 있었고, 반대로 '그'는 삶("일기장", 과거)을 바라봤다. 이 교차 지점을 어떻게 봐야 할까. 죽음과 삶이 서로 연결되어 있다는 인식, 분명 아직 살아 있음에도 "나는 죽은 것이다"라고 받아들이는 태도. 이것이야말로 진정 '죽음'을 사유하고자 하는 자세이며 애도의 순간이 아닐까. '나' 또한 죽을 수 있다는 점에서 출발하는 것이기에 죽은 자가 남기고 간 유산을 통해 삶을 다시금 간절하게 붙잡아 보려는 마음. 그러니 시인의 입장에서 진정한 애도는 죽은 자가 남기고 간 "일기장"을 읽어 보는 것으로 시작되어야 했을 것이다.

「비현실」을 둘러싼 이런저런 말을 풀어놓았지만, 어쩌면 이 시는 먼저 생을 떠난, 시인의 선배에 관한 이야기에서 비롯된 것인지도 모르겠다. 그러자 문득, 시인이 감춰 둔 비밀을 발견한 기분도 들었다. 기쁨보다는 서글픔이 앞선 기분 말이다. 시인이라는 이름을 짊어지기 전에 이미 민구는 '죽음'에 대해 나름대로 사유를 했었을 것이다. 당시에 기형도 시집을 읽으면서 "좁은 방 안에 감도는 고요함이 좋았고 캄캄한 밤에 망자가 앞에 와 있는 기분"[4]이 들었다는 서투

---

4 민구, 「그는 이제야 시처럼 보인다고 했다—기형도」, 『계간 모:든시』, 2019.여름, p.100.

른 고백도 그러하고, 예전 대학 시절에 시 모임을 함께했었던 선배의 묘 앞에서 기형도 시집과 함께 동봉된 편지를 놓아 주기도 한 시인의 모습에서 그 사유의 흔적이 엿보인다. 그렇다고 하여 '죽음'을 완전히 이해했다고는 볼 수 없다. 그리고 민구 시인에게나 다른 누구에게도 '죽음'은 어찌할 수 없는 절대적 사건이고 그것은 분명 너무나 "갑작스러운 이별"이기에 그 순간만큼은 고통스러울 수밖에 없는 것이다.

가능하다면 내가 아는 기쁨을 나누고 싶다
글을 통해서 아름다운 것을 말하고
가치 있는 삶에 대해 이야기하고 싶다

만약 그것이 가능하다면
죽은 이의 앞에서 떠들지 않고
아파하는 사람들을 위해 기도하고 싶다

하지만 사랑이 부족하다
하늘 높이 떠오른 사람들을
지상으로 내려오게 할 능력이 없다

―「유일」 부분

그러니까 죽음 앞에서 애써 무언가 말하려 하지 않는 태도. 이것이 민구가 찾은 방식일 테다. 누군가는 죽음을 애도한답시고 온갖 말을 동원한다. 하지만 시인은 그저 자신이 가진 말로 이야기하고, 기도를 올릴 뿐이다. 죽은 자들("하늘 높이 떠오른 사람들")을 다시 "지상으로 내려오게 할 능력"은 신의 영역이다. 비록 그들을 다시 지상에 내려오게는 못할지라도 그들이 이곳을 떠나기 전에 어떤 삶을 살았는지 기억하려는 자가 되도록 노력하는 시인의 자세. 시는 그렇게 나온다. 높은 곳을 애써 바라보려 하지 않고 오히려 자신과 같은 위치(지상)에서 고통을 견디는 이웃을 향해 다가가려는 '인간다움'이야말로 시적인 경험이며, (비인간적인 세계의 입장에서 보면 틀림없이) '이상한 경험'이라 할 수 있지 않겠는가. 거리의 상상력은 고통이고 그 고통을 사랑한다고 말했던 기형도 시인처럼 어쩌면 민구에게도 누군가의 고통은 '시인'으로서 사랑할 수밖에 없는 절대적 사건이자, 삶의 흔적이라 말할 수 있을 것이다. 시인이 "무엇을 기다려야 하는지" 모르겠다고 말했더라도, 우리는 그럼에도 그가 '시인'이기에 희망을 건다.

운명에 걸 판돈은 아지 남았다
―전형철의 시

세월이라는 인내의 도움 없이는
해변의 모래밭은 탄생하지 않았을 것이다.[1]

어제 나는 우주에서 행실이 좋지 못했다.
아무런 질문도 하지 않고,
그 무엇에도 감탄하지 않은 채
꼬박 24시간을 살았다.[2]

2019년, 달 착륙 50주년을 맞아 『네이처』가 미래의 달 과학을 이끌 차세대 과학자로 지목했던 심채경은 2021년에 에세이 한 권을 출간했다. 『천문학자는 별을 보지 않는다』는 '일상을 살아가며 우주를 사랑하는 법'이라는 문구와 함께 그 표지가 매우 인상적인 에세이 책이었다. 위에는 보름달이 떠 있고, 아래에는 송전탑을 비롯해 콘크리트 건물들이 곳곳에 세워진 도시가 보인다. 하늘과 지상을 대비시키기 위해 색감이 쓰였는데, 지상의 도시는 노을을 연상케 하는 분홍빛이 감싸고 있고, 그 위에 달을 감싸고 있는 색은 마치 이른 새벽, 해가 조금 떴을 무렵에 볼 법한 하늘빛이다. 위아래로 두 가지 색이 표지 중간 지점에서 만나 뒤섞여 희미하게 안개와도 같은 층을

---

1 칼 세이건. 『코스모스』, 홍승수 역, 사이언스북스, 2006, p.390.
2 비스와바 쉼보르스카, 『검은 노래』, 최성은 역, 문학과지성사, 2021.

이루는데, 이는 우주(달)와 지구(도시)라는 두 세계를 구분하는 듯하면서도 동시에 이어 주는 것 같은 효과를 자아낸다. "지구 밖으로 나간 우주비행사처럼 우리 역시 지구라는 최고로 멋진 우주선에 올라탄 여행자들이다"[3]라는 대목을 봐도 그러했다. 미지의 천문(天文)을 올려다보는 것도 아름답지만, 지금 우리가 발을 딛고 선 이곳 지구 역시도 우주만큼 아름답다는 뜻일 테다. 전형철의 이번 신작 시 「얼굴 행성」에서도 이와 비슷한 시구가 있다. "나를 싣고 가는 버스와 대지와 배와 바다와 그것을 등에 지고 달려가는 지구를 응원"한다는 것도 어쩌면 같은 맥락이지 않을까. 이렇듯 밤하늘에 뜬 별들을 올려다보며 그 솟아나는 감정들을 언어로써 붙잡고자 했던 이들이 천문학자만 있던 것은 아니다. 심채경의 책에 추천사를 쓴, 『뉴턴의 아틀리에』로 대중에게 잘 알려진 김상욱 이론물리학자가 "천문학(天文學)은 문학(文學)"이라 했듯이 밤하늘 아래에 이 둘은 서로 이어져 있는 셈이다.

전형철은 지금까지 줄곧 밤하늘을 올려다본 시인이다. 그는 첫 시집 『고요가 아니다』(천년의시작, 2014)에서 "한 사람의 생은 별 하나의 적분"이라는 공식을 가슴에 품으며(「반려」), "항성에서 행성으로 행성에서 혜성으로" 빛났던 그 궤적을 따라 "당신과 나"의 성좌를 상상했었던 시인이다(「분열의 율법」). 중력으로 인해 묵직한 통증을 느꼈을 때에는 "별은 더 이상 낭만적인 여신의 이름"이 아닐지도 모른다는 생각이 그의 머릿속을 스쳤지만(「세드나」), 그럼에도 "이 생(生)이 한 번은 아니었을 거라" 희망하며 다시금 밤하늘을 올려다봤을 것이다(「건강검진」). 해설을 쓴 이경수 평론가의 말처럼, "천상과 지상을 자

---

3 심채경, 『천문학자는 별을 보지 않는다』, 문학동네, 2021, p.259.

유롭게" 오갔던 전형철은 그렇게 "고독한 투신이 시인의 자유로운 망명을 가능케 할 것"이라는 믿음을 이곳에 심었다.

두 번째 시집 『이름 이후의 사람』(파란, 2020)에서도 밤하늘은 있었다. 하지만 "지상의 관심은 낮에만 뜨겁고" 그렇게 누군가의 밤은 외롭고 차가웠다(「월식」). "누구도 멍든 별에 대해 말하지 않을 때" 홀로 밤하늘을 올려다본 이를 우리는 얼마나 상상해 봤던가(「달의 비등점」). 설령 이제는 밤하늘에 새겨진 "시간의 진로"를 어느 누구도 읽으려 하지 않는다 하더라도 한 번쯤은 "아무도 아닌 누군가의 말에 귀 기울이는 사람"이 어딘가에 있을지도 모른다는 상상을 해 봐야 하지 않을까(김학중의 추천사). 귀를 기울이는 사람일수록 우리가 보지 못했던 뒷면을 보려 하고, 또 그것에 대해 이야기하려 하지는 않았을까. 그렇게 "이 별에 그림자로 사는 사람"이 있다면(「추(錘)」), 그는 오늘도 우리보다 조금 더 바깥 어딘가에 걸터앉아 물과 뭍의 경계가 희미해지는 지점을 응시하며 "라이터를 켰을 것이다"(「해삼위(海參尉)」).

블라디보스토크라는 더 익숙한 지명을 떠올리지 않아도, 그곳에 얽힌 역사의 에피소드를 기억하지 못하더라도, 그저 "어둠이 바다와 합류되는 빛깔"을 가장 잘 볼 수 있는 곳 어디쯤이라 해 두어도 좋다 (「말들의 묘지」). 해가 저물고 어둠이 짙어질 무렵, 편지를 비춘 라이터의 "불씨가 마른 종이 위에/길을 내며 흐르고 있"는 것처럼 보이다가(「세한도」) 어떤 부분은 음영에 가려 "읽을 수 없는 글씨체"도 있었을 것이다(「역치」). 편지를 읽던 쓸쓸한 눈은 그것을 쉬이 흘려보내지 않았다. 왜냐하면 그렇게 그림자에 가려져 보이지 않던 부분을 상상으로 채워 넣으면, "유빙처럼 테두리를 그리며 흐르고 있"던 것이 편지의 글씨만이 아니라 눈물이라는 것을 잘 알았기 때문이다. 그리고 그럴 때마다 그는 "내 몸에 얼굴 같은 게 담겨 있다"라며 망명자의 말투로 눈물의 출처를 흐릿하게 감췄을 것이다(「심인성」).

나는 내가 하는 말을 담아 두는 그릇에 대해 말한 적이 있다

두꺼운 릴 테이프가 사라진 era

나를 싣고 가는 버스와 대지와 배와 바다와 그것을 등에 지고 달려
가는 지구를 응원하며

밤을 휘어감는 바람의 미뢰에게

별을 동전처럼 던져 주며 중얼거렸다

지금 여기에 없는 기록입니다
당신을 발음하는 모든 순간이 침묵할 것입니다
다시 입 밖으로 밀려난 기억을 시간의 밑대로 엿볼 수는 없는 법입니다

차고 맑은 날
더 차고 수수하고
무연히 흐르는

바람이 등사한 문장

내일의 빛깔에 대해 이야기하려고
어제를 침묵하고 있는데

낙인찍힌 저녁이 웅얼거린다

껍질과 모서리로 만들어진 문자
영혼에 새긴 문신처럼

두드려도 열리지 않는 마음 너머
절대 방향을 알 수 없는 선

머리와 발끝이 닿게 몸
둥글게 말아 숨긴다

지구가 공전 궤도의 가장 왼쪽에서
다시 제일 오른쪽 끝에 닿을 때까지

오랫동안 소리 없이 움직이는 음각의 그릇을 들고

일곱 개의 구멍을 지나

터벅터벅 터덜터덜
걸어 들어간다

윤곽은 사라지고

붉게 타오르는 사소하고 무른 뼈들의 세계로

그림자로 살았다는 고백은 절망만을 의미하지 않는다. 어둠이 있어야 비로소 별빛을 보듯이 그림자가 짙어질수록 "내일의 빛깔"에 대한 이야기는 그만큼 환하게 빛날 수 있기 때문이다. 필시 그는 누군가가 영혼으로써 남겨 놓았을 궤적을 상상하며 그 너머의 빛을 보고자 했으리라. 껍질과 모서리, 문자와 영혼, 몸과 뼈에 스민 어제와 내일의 빛을 좇아 더 낮은 곳으로, 더 어둡게 몸을 웅크렸을 것이다. 그리고 자신이 한 말을 담아 둘 "그릇"을 가지고 있는 자라면, 우리는 그를 시인이라 불러도 된다. 존재를 이룬 외피와 그것에 의해 둘러싸인 내용물로 본다면 시 또한 말을 담아내는 그릇이다. 저 "그릇"에는 '내'가 했던 말뿐 아니라, 다른 이의 말이나 소리도 담겼을 것이다. 또한 시를 써서 생계를 이어 나간다고 본다면, 저 "그릇"은 곧 시인의 양식(糧食)을 가리키는 것일 수도 있겠다.

그런데 왠지 저 "그릇" 안으로 몸을 둥글게 만 이미지가 떠오른다. "그릇" 안에 몸을 만 자세는 마치 어미 배 속에 몸을 웅크린 태아 같다. 배 속에 가만히 있으면서 어미로부터 영양분만을 받아들이는 것이 아니라, 바깥에서 들리는 목소리 등의 자극에 반응하는 존재처럼 말이다. 그렇다고 한다면, "그릇" 안에 몸을 둥글게 말은 자세는 외부 세계의 목소리와 빛, 소리 없음까지도 자신의 "그릇"에 담아내려는 자의 방식이라 말해도 될 것 같다. 소리 없이 찾아온 "밤을 휘어감는 바람의 미뢰"에 제 몸을 맡기기도 했을 테고, 또 문득 자신의 영혼에 찾아온 "바람이 등사한 문장"을 뒤늦게 가까스로 붙잡고자 했을 시인의 처지였다면, 그 보이지 않는 순간을 예민하게 감지해야만 했을 것이다. 이것이 어둠과 침묵을 관측하려는 시인만의 유일한 방식이다.

말과 소리를 담은 "그릇" 그리고 그 안으로 몸을 둥글게 말아 넣는다는 상상의 궤적을 따라가면, 어느새 "그릇"이 화자인 '나'와 합치되는 순간을 마주한다. "소리 없이 움직이는 음각의 그릇"을 직접 손에 들고, 자신의 몸에 담겼던 그 누군가의 얼굴("일곱 개의 구멍")을 지나, 이곳에서 견고함을 과시했던 모든 것들이 서서히 "사소하고 무른" 상태로 변해 녹아내린다. 어둠이 바다와 합류됐던 지점에서 봤던 것처럼 눈앞에 모든 경계가 사라진다. 그 지점이야말로 시인이 상상하는, 말과 소리가 태어나고 죽는 곳이다. 혀끝을 맴돌던 말의 운명, 즉 "발음하는 모든 순간이 침묵"의 궤도에 진입하는 그때부터 말은 해석에 관해서 "절대 방향을 알 수 없는 선"을 그리며 차갑게 떨어진다. 그렇게 시인은 낯설고 차가운 이국에서 자신의 운을 시험해야 했을 망명자처럼 운명을 향해 "별을 동전처럼" 던진다.

아름다운 빛들은 착란에 가까웠다. 열기를 잃은 빛의 구석을 피해 조금 덜 추웠으면 싶었다. 앞선 느림과 뒤처진 빠름 사이에서 어둠에 쫓겨 연착하는 빛은 낮게 신음했다. 너는 너무 멀리 가지 마. 신음 소리가 태양으로 향하는 발정 난 고양이 같았다. 따스했던 목소리와 촉촉한 발음이 지펴 놓은 그물에 걸려 버둥거릴 때 하늘을 깨닫는 새처럼.

병에 담아 띄운 편지에 답장이 없었다. 유리의 빈 껍질만 해안가에 가끔 발견됐다. 물의 행렬과 공기의 배열은 병 속 종이를 신비로운 무염으로 물들였다. 쌓아 올린 벽돌 선들과 모래알이 구르는 자국을 따라 별의 주사위를 굴렸다. 처음처럼 허공의 농도는 외롭고 때때로 돌에게서 먼지에게로. 얼마간의 기다림이 어떤 몸을 얻을 참인가. 간격

과 무게의 황금률에 기대어 오랫동안 뒤집지 못한 카드를 구겼다. 귀
신고래만 잠수한다는 가장 깊은 해구의 1미터쯤 아래에서 물끄러미 수
면을 바라보는 인어처럼.

꿈이 빗나갈 때마다 거울은 아래쪽으로 조금씩 몸이 쏠렸다. 벽이
복부에 꽂힌 책들을 빼 바닥을 타일처럼 정교하게 덮었다. 이 세계는
좀처럼 눈을 감을 수 없는데. 깨진 틈에 천천히 입을 오므려 숨을 불어
넣었다. 애타는 입술과 마른 부레의 숨결이 강산(剛山)에 깃들 때까지
다리를 처음 본 물고기처럼.

맨발에 다섯 색 매듭을 묶어 두었다. 줄은 제 꼬리를 물고 그르렁거
리며 시간의 거품을 길어 올렸다. 바깥에 호명할 갸륵한 이름이 늘어
섰고 목숨의 도안이 책편처럼 부려졌다.

나는 얌전한 돌을 사랑했지만 내내 가라앉거나 흔들리는 중이었고
생각하지 않는 어디에도 없는 돌을 도무지 짐작할 수 없었다.

—「나는 얌전한 돌을 사랑했지만」 전문

"모래알이 구르는 자국을 따라" 굴러가는 "별의 주사위"는 시인을
어떤 운명으로 인도했을까. 운명의 도박판에 걸터앉던 그에게 모든
순간들은 (탄생의) 희열이었고, (죽음의) 침묵이었다. 문득 "인간의
육체는 초라하고 기이하고 허약하고 고독한 필멸의 연안"[4]이라는 대
목이 떠올랐고, 또 폴란드의 시인 비스와바 쉼보르스카의 시구도 떠
올랐다. "삶을 살아 낸다는 건, 돌 던지기와 같은 것"이라 노래했던

---

4 파스칼 키냐르, 『부테스』, 송의경 역, 문학과지성사, 2017, p.36.

(「쫓는 자들과 쫓기는 자들에 관해」) 시인에게도 인생은 "알 수 없는 규칙이 지배하는 게임에/망연자실 참여하기"였다(「부주의」). 전형철도 첫 시집에서 "운명이/등 뒤에서 날아오는 돌멩이"라고 했었다(「매복의 거처」). 그리고 「성변측후 단자(星變測候 單子)」에서도 그는 "아이들이 글자를 주워 공깃돌"처럼 던지고, 또 "집개에게 던져 준 뼈다귀에서 인린(人燐)"이 나와 "은하"처럼 펼쳐진 광경을 목도했었다.

"따스했던 목소리와 촉촉한 발음"으로 직조된 운명의 "그물"은 시인을 옭아매어 기어이 "하늘"을 올려다보게 했을 것이다. 이렇듯 전형철의 시 세계에서는 운명과도 같은 거대한 외부적 힘에 의해 어떤 행위나 움직임이 반사적으로 일어나는 것을 자주 볼 수가 있다. 위 시에서도 "돌"이 외부적 힘("생각")에 의해 "가라앉거나 흔들리는" 것이라든가 "거울"이 어느 한쪽으로 쏠리는 장면이 보인다. 이렇듯 시인은 어떤 물체의 무게중심이 한쪽으로 기울어진다거나, 아니면 "깨진 틈"으로 "숨"을 불어넣는 것같이 무언가가 어디로 흘러들어 가는 순간을 포착했다. 이번 신작 시를 비롯한 다섯 편의 시들에서도 무언가를 던지거나 굴리는 행위가 눈에 띈다. 별의 주사위, 글자, 동전, 돌이 그 대상물인데, 문제는 이것들이 시적 상황 내에서 해석을 유예시키며 예측할 수 없는 동선을 보여 준다는 점이다.

이러한 예측 불가의 상황은 표면적으로 시인 자신이 어찌할 수 없음을 가리킨다. 섭리에 따라 발생하는 존재적 사건(탄생과 죽음) 앞에서 시인 또한 어쩔 수 없는 인간이기 때문이다. 하지만 이와 동시에 시인은 '순간'을 포착하려는 입장이기도 하다. 다시 말해 천문학자가 오래도록 밤하늘을 바라보며 미세한 별의 움직임을 관측하는 것과 마찬가지다. 시인도 그러하다. 궤적을 그리며 움직이는 것이나 어둠이 바다에 합류되는 것처럼 어떤 순간을 포착하기 위해서는 시적 상상이 필요한데, 결국 이를 가능하게 하는 것이 바로 인내심이다. 천문학자가 그랬듯이 시인 또한 "앞선 느림과 뒤처진 빠름 사이에서" 불시착을 감행하는 빛의 신음(들리지 않는 소리)을 포착하기 위해서는 인내해야 한다. 섭리를 이해하기 위해서는 오직 견디는 것밖에 없다. "얼마간의 기다림"이라는 불특정한 시간은 시인에게 "어떤 몸을 얻을 참"이냐고 묻는 듯하다. 그리고 기다림은 별을 바라보는 것만이 아니라 '편지'와도 관련이 있다. 메리언 울프는 편지가 "쓴 사람과 읽는 사람 사이의 진정한 대화"[5]를 열어 놓는다고 말했다. 「해삼위」의 편지도 그러했을 것이다. 그런데 위 시에서 화자가 "병에 담아 띄운 편지"의 수신자는 "바깥에 호명할 갸륵한 이름"이라는 익명으로 가려져 있다. 마치 밤하늘의 우주처럼 그 끝이 어딘지도 예측할 수 없는 "바깥"으로 던져진 "편지"에는 「성변측후 단자」에서 보았듯 운명의 단자(單子)가 적혀 있던 것은 아닐까. 그렇다면 해안가에서 발견된 "유리의 빈 껍질"은 그동안 운명에 판돈을 걸었던 시인이 유일하게 돌려받은 답신일 것이다. 아울러 필멸의 육신을 상기시키는 차가운 파편이기도 했다.

내가 사랑하는 당신은 나의 찌꺼기예요
높은음자리표를 닮은 계단에서 항상 내려다보며
잘못 찾은 사전을 손에서 놓지 못하지요
내 오드아이가
당신의 길을 살펴 주진 못할 겁니다
하나의 단어가 뿌리내릴 시추 점을 찾아

---

5 메리언 울프, 『다시, 책으로』, 전병근 역, 어크로스, 2019, p.33.

한 개의 심지를 찾아

나에게 손을 내밀겠지요

번번이 바뀌는 증언에 대해 의심하지 마세요

안과 밖 모두 찾을 수 없을 겁니다

어린아이의 기도가 폭격을 맞았거든요

미망인, 삼보, 말없이 걸어가죠

다시 기본음부터 시작하는 겁니다

은혜로운 당신은 지혜롭게도 말합니다

모든 것은 혈관을 흐르는 피톨들의 믿음 때문이라고

어쩔 수 없다고

차라리 잘되었어요

이 네모난 겨울을 벗어나고 싶어요

거울 뒤편의 악마를 만나고 싶다는 말은 아닙니다

지금은 온도 금도 내게 없는 것도 당신에게 줄 수 없을 테니까

고양이는 시간이 멈춘 개와 태양으로 향하는 의자 가운데 앉아 있지요

늙은 발음을 비난하지는 말아요

어차피 눈이 보이지 않는 악사의 목소리는

삼보,

신은 미리 연습했을까요

전선으로 향하는 깃발처럼

삼보,

—「삼보(Zambo)」 전문

오직 "하나의 단어"로 "한 개의 심지"로만 세상을 바라본다는 것은 비극이다. 그것은 마치 음영에 가려진 글씨체가 보이지 않는다

고 읽지 않는 것과 같다. 망명자의 어눌한 발음에는 더 많은 이야기들이 담겼다. 그것이 어눌하다고 하여 "비난"하는 본토의 화법으로는 절대로 밝힐 수 없는 이야기들이 여러 가지가 있을 텐데 그중에서 특히 절망은 이 세상에서 제일 약하고 가장 볼품없는 것들을 골라 제 모습을 드러내 왔었다. 그래서 "하나의 단어"라는 빈약한 말들, 그리고 "한 개의 심지"라는 메마른 상상력으로는 이를 포착할 수가 없는 것이다. 전형철은 그것을 누구보다도 잘 알고 있는 시인이다. 그는 지금까지도 필멸을 예감하는 자만이 그려 낼 수 있는 "절대 방향을 알 수 없는 선"으로 자신보다 더 낮은 자들에게, 이 세상보다 더 바닥에 있는 것들에게 상실의 무늬를 음각해 왔다(「얼굴 행성」).

시인은 더 낮고 깊은 곳으로 감각의 시추 봉을 박는다. 자신의 일상에 더는 메울 수 없는 구멍들이 곳곳에 생겨났어도, 그는 이를 조금도 부끄러워하지 않을 것이다. 물론 "시간의 거품을 길어" 올린다는 것이 마냥 쉬운 일은 아니다(「나는 얌전한 돌을 사랑했지만」). 그것은 수없는 어긋남의 연속이었을 것이다. 거품처럼 보였을 습작일지라도, 그것은 시인에게 "믿음"의 부산물이다. "모든 것은 혈관을 흐르는 피톨들의 믿음"이라는 구절도 거품을 연상시키는데, 이는 그의 "믿음"이 피와 얽힌 만큼 강고하다는 것을 의미한다. 이교의 맹목적 믿음은 세상을 혼탁하게 하고, 평판(評判)의 법정을 어지럽힌다. "오드아이"도 그렇다. 우리는 저 눈을 어떤 색의 눈동자라 정의할 수 있을까. 어느 쪽의 색을 택해도 그것은 반은 맞고, 반은 틀린 말이 된다. 그야말로 도박의 확률과도 같은 것이다.

'손은 눈보다 빠르다.' 영화를 즐겨 보는 이라면 누구나 알 만한 영화 속 대사다. 왜 이 말이 떠올랐을까. "눈이 보이지 않는 악사"는 별을 보지 못한다. 그렇다고 우리는 저 "악사"가 별빛의 아름다움을 모르는 자라 말해도 되는가. 그에게는 누구보다 섬세한 '손'이 있다. 편지를 쥔 손, 공깃돌을 던지는 손, 그리고 운명을 향해 판돈을 던진 손처럼 그의 손도 이곳에 발을 딛고 살아 있음을 증명한다. 빛은 하늘에만 있지 않다. 그리고 눈이 아니라, 손을 통해 느껴지고 전해지는 빛도 있다. "피톨들의 믿음"은 어쩌면 서로의 온기를 주고받는 삶을 향한 신념이지는 않았을까. 언제나 밤이었을 저 맹인 악사의 이야기에도 분명 잊지 못할 순간들이 있었을 것이다. 좋은 연주를 들려줘 고맙다며 악수를 청했던 상대방의 손에서 온기를 느꼈던 순간마저 없었을까. 적어도 그 순간만큼은 아름답게 기억하고 있었으리라.

밤하늘의 별빛은 지금도 여전히 아름답다. 그러나 그 눈이 밤하늘에만 줄곧 머문다면 그야말로 등하불명(燈下不明)이다. 아름다움에만 취해 있거나, 지적인 허영심으로 가득한 눈은 또 다른 의미의 맹목이다. 게다가 어찌 아름다움만 있을까. 전형철은 이곳에서 우주의 섭리를 발견하기 위한 고독하면서도 무모한 여정을 시작(始作/詩作)했다. 망명자의 눈과 다음 편지를 기다리는 손으로, 그렇게 언젠가 "당신과 세상에게 내가 할 수 있는 마지막 선전포고"를 결심한 마음에 의해서 이곳은 다시 새롭게 밝혀질 것이다(「시인의 말」, 「슬픔의 수리학」). 그렇게 시인만의 방식으로 관측될 누군가의 얼굴이 행성이고, 그렇게 흘릴 눈물은 혜성처럼 빛날 것이다. 하지만 이 또한 어찌 평안하겠는가. "전선으로 향하는 깃발"이 어느새 전장에 다다른다(「삼보」). 익숙했던 것들의 죽음과 낯선 것들의 탄생을 기도(企圖/祈禱)하려는 자의 운명은 이제 바람에 거칠게 휘날리는 깃발처럼 예측을 불허한다. 이미 주사위는 던져졌다. 아니 "주머니엔 아직 던지지 못한 돌이 남아" 있다(「물안개」, 「고요가 아니다」). 운명에 걸 판돈은 아직 남아 있다.